你是我心中的光

将洒下的光藏进故事的土壤里

光粒

盛不世 著

台海出版社

目录

CONTENTS

>> >>> >> >>> >> >

如果
先动心的那个人就输了
那这场对峙里，
我把赢家送给你。

第一章

离

"楚鸢，你马上就要变成二手货了。"

楚鸢怎么都想不到，在自己生病住院的时候，心爱的丈夫会搂着另外一个女人到自己面前来。

那个女人冲她嚣张地笑道："死胖子还想着独占季少，你做梦吧！"

楚鸢捏着手里的离婚协议，下意识地问："阿季，这是……你的意思吗？"

季遇臣被她这种茫然又痛苦的眼神看得别过头去，语气冷漠道："你又胖又丑，配不上我。"

"我配不上你？"楚鸢的眼睛都红了，愤怒道，"我配不上你的话，你当初为什么要娶我？我爱了你那么多年……"

——季遇臣，当年青春年少，你说要娶我为妻……

"我是因为得了肾病需要吃激素药才会变胖！"楚鸢不敢相信自己的丈夫会如此狠心，难以置信道，"你怎么可以在这种时候抛弃我……夫妻情分当真半分都没了吗？"

"我以娶你为耻辱，还情分？"季遇臣冷笑一声，残忍道，"蒋媛才是我的真爱。你既然身体不好，那就赶紧退位让贤吧！"

她是他的耻辱。

他有钱、年轻，声名在外，无数女人趋之若鹜，可如今别人都笑话他的老婆是个死胖子。

"我还怀着你的孩子，你怎么可以这么狠心？！"

楚鸢不肯签字，季遇臣按着她的手让她快签。两个人挣扎间，险些把纸戳破。

听见这句话，季遇臣的冷笑更甚："我都没碰过你，哪里来的孩子？你这个死胖子，要是想挽留我也编些我容易信的东西吧？！"

不，那天他们都喝多了，醒来躺在一起……虽然没有前一晚的印象，可是楚鸢这次住院检查出来怀孕了，季遇臣竟然不认账！

"你不会是要说那次喝酒吧？我可没印象，你别拿这个来绑架我。怀孕？你也配生我的孩子？"

冰冷的话把楚鸢的心扎得鲜血淋漓。她眼眶通红道："可是我真的怀孕了。"

楚鸢的大脑一片空白，合同被攥得哗哗作响。

蒋媛气不过楚鸢不肯让位，抓着她的头发，扯痛了她。

楚鸢叫了一声，无力地反抗道："你干什么？"

"你这个不要脸的胖女人，快把离婚协议给我签了！阿季说没碰你，你现在撒谎说有孩子也太晚了，赶紧签字！"看见楚鸢反抗，此时病房里没外人，蒋媛也懒得装了，凶相毕露，"你老公已经是我的老公了！"

看着季遇臣决绝的表情，楚鸢哭得伤心欲绝。她道："你怎么能如此践踏我的尊严？我们是夫妻呀，阿季……"

——我陪了你那么多年，你竟在我住院的时候让其他女人鸠占鹊巢。季遇臣，你这是要诛我的心呀！

"我们是怎么结婚的你还不清楚吗？"季遇臣极其冷漠地说道，"要不是你那个有钱的哥，我会咬牙娶你？"

楚鸢感觉自己的心像被人对半劈开，绝望从心脏的裂缝里疯狂涌出，逐渐吞没她。

——季遇臣，你当真太狠心了，一丝情分都不讲。

季遇臣见不得楚鸢控诉的眼神，于是搂着蒋媛转身就走，走之前还说："晚上我派人来取离婚协议，你赶紧从我的世界里消失！"

当晚，楚鸢没等到季遇臣来取离婚协议，有人将她迷晕从医院里绑了出去。

再次睁开眼睛的她，惊魂未定，后知后觉地发现蒋媛竟然也在。

对方以同样的姿势被绑着，哭得梨花带雨。

见楚鸢有动作，那歹徒走过来用力地拍了一下她的脑袋，说道："死胖子！总算醒了！一会儿你老公拿五千万元来赎人。你猜，他会救谁？"

楚鸢心里猛地一凉，歹徒这是要二选一，五千万元只能带一个人走。

就在这时，门外传来车子的熄火声，还有急促的脚步声。

楚鸢内心一喜——季遇臣，她的老公，她的希望来了！

绑匪大喊："五千万元只能带一个人走！季遇臣，你选吧！"

选？

季遇臣心里闪过一个念头——如果他这个时候选择视而不见，放弃了楚鸢，以后就再也没人能绑架他的婚姻自由，他和蒋媛也能顺理成章地在一起。

如果不是楚鸢家里有钱，他怎么会娶她？现在他忍不下去了，正好机会送到面前，何须再忍？

"我选择……救她。"季遇臣指着蒋媛，故意没看楚鸢。

这一瞬，楚鸢感觉有一种痛苦从心底深处逐渐弥漫上来，窒息感几乎将她吞没。

刀架在脖子上，冰凉的刀锋兴许还没她的心冷。

——季遇臣，我懂了，原来你说的从你的世界里消失，竟是以这种方式。

此时，外面的保镖们以为抓住了机会，趁着歹徒和季遇臣谈判分心，不顾一切地扑向他们，和歹徒扭打在一起。一直埋伏着等待时机的警察只能跟着一拥而上。

角落里的楚鸢被最后一个被逼到无路可逃的歹徒拽住，那人手里拿着刀，在空中比画着，狠狠道："你居然敢挑衅我，你不信我做得出来，是不是？"

"不要刺激歹徒！"警察说什么都晚了，季遇臣带来的人自作主张地先冲了过去。

到底是慌张护主，还是说……是季遇臣暗示的？

感觉到有刀子抵在肚子上时，楚鸢惨叫了一声，喊道："季遇臣！"

撕心裂肺的三个字，好像用尽了她全身的力气。

季遇臣本该出手阻止，可是那一瞬间，他竟然护着蒋媛，直勾勾地看着刀子毫不留情地朝着楚鸢刺下去。

他要她死！

这一刻，楚鸢已经分不清谁才是真的凶手。是歹徒，还是默认这一切发生的，自己最爱的丈夫？

——季遇臣，你就算不救我，难道连孩子也……

锐利的光在空中划过一道弧度，剧痛让楚鸢的脸色变得煞白，血色尽失。

刀子和背叛一起刺入她的身体，刺破了她的善良和自欺欺人。

——季遇臣，你是怎么做到如此虚伪和狠毒的？

有人一下子冲到楚鸢的身边将歹徒控制住，随后救护车的声音在外面响起。

季遇臣抱着蒋媛，死死地盯着楚鸢流出来的血。

失血过多应该会致死吧？楚鸢会死吧？

只是为什么他明明希望她消失，搂着蒋媛的手却在不停地颤抖？

楚鸢被抬上担架，有人围上来，季遇臣也装模作样地凑上前。

可是这一刻，楚鸢盯着男人俊美的面容，感觉自己好像从来没认识过他，他让她的爱变成了一个笑话。

"太好了……离婚协议，好像不需要我签字了……丧偶就可以放你自由了吧？"

季遇臣不知为何自己的牙齿此时竟紧紧地咬在一起，还不停地在打战。他冷漠道："你少卖惨。"

救护车的声音逐渐接近，楚鸢的身体却在逐渐变凉，双眼也快要闭上了。

"不是卖惨，是成全。"

看，他要她的命，她这不是快死了吗？

"你害我至此，将来如何还我……"楚鸢闻到了血腥味，眼睛通红，话也说不完整。

——我恨你，季遇臣，我恨你！

"楚鸢……"季遇臣不敢和楚鸢对视。她的眼神太让人绝望了，就好像天崩地裂，而她也将伴随着世界粉身碎骨、灰飞烟灭。

楚鸢凄凉地笑道："再来一次，我绝对不会爱上你。我要你不得好死……"

两年后，机场。

一架飞机缓缓降落，机身喷着订制的图案，一看就知道是私人飞机。从别的飞机上下来的游客羡慕地说："有钱人呀，有钱人的飞机机长是不是都很帅呀？"

"看机身图案，还是女孩子喜欢的。"

"肯定是被有钱人包养的小三呗。"

"你呀，就是酸！"

…………

飞机轰隆作响，从天空向下俯瞰，来往穿梭的人就如同蚂蚁般渺小。

私人飞机落地，坐在驾驶舱里的女人完成最后的动作，用对讲机报告完毕后，轻吁一口气，将所有开关都调整好，最后摘下耳机，对着坐在后面的男人吹了一声口哨，说道："到了。"

男人正戴着眼罩闭目养神，因为眼罩遮住了眼睛，只能看清楚半张脸。他笔挺的鼻梁下嘴微张，看起来正在小憩。

他被女人摇了一下，才摘掉眼罩，嗓音低沉地问："到了？"

"嗯。"女人揉着自己的手，吐槽道，"开了十多个小时，累死我了。"

"我居然还活着。"男人掸了掸身上并不存在的灰，白皙的脸上带着痞里痞气的戏谑。

他有一双很冷的眼睛，即使笑起来眼里也不带一丝感情。他道："楚鸢，你这飞行员没白考。说实话，坐你这趟飞机我都买好巨额保险了。"

楚鸢翻了一个白眼，遗憾道："没出事太可惜了。"

她干脆利落地下了飞机，处理完一切手续，身后有人帮忙拎着行李，他们走出快速通道。

楚鸢回国第一件事情就是去找好朋友。

于是当洛妩拉开门，看到楚鸢漂漂亮亮地站在自己家门口的时候，惊得直接跳起来，喊道："你……你……你怎么……你是怎么回来的？怎么不打一声招呼？"

虽然知道楚鸢没死，但是她减肥成功还突然回国着实把洛妩刺激得不轻。

楚鸢说："开飞机来的。"

隔着大洋彼岸直接开飞机就来了？她那语气说得跟开车出门买菜似的。

洛妩张大嘴巴，不可思议道："你好好说话。"

"真的。"楚鸢撩了撩自己的大波浪黑发，勾唇一笑，轻描淡写地说，"听说季遇臣今天结婚？我是来吃席的。"

洛妩上上下下打量了一遍楚鸢。如今的她又瘦又漂亮，哪里还看得出先前生病发胖时的模样？就算她此时此刻站在季遇臣面前，估计他也认不出来。

身为好友，洛妩小心翼翼地问："参加他的婚礼？你没事吧？"

那可是她最恨的季遇臣，冷眼看着她"死"去的季遇臣……

楚鸢笑了，也不知道是在笑谁。心口突然传来的刺痛，让她下意识地攥紧了自己的手。

就算过去了两年，她依旧无法克制自己在面对与季遇臣有关的事情时会情绪波动。痛苦伴随着窒息感一并涌上喉头，她带着恨意说："好得很呢，该是他有事了。"

——风水轮流转，季遇臣，你欠我的，我要你千百倍地还回来！

两年前的今天是楚鸢的忌日，两年后，季遇臣和蒋媛特意挑在这天办婚礼。

楚鸢是季遇臣的前妻，活的时候不受人待见，又胖又笨。季遇臣被迫和她联姻之后，对她恨之入骨。

楚鸢"死"的那天，他巴不得放鞭炮庆祝，哪还管蒋媛是不是第三者？

如今自然是要特意挑在这种杀人诛心的日子来开启自己人生的新篇章。

此时，来往宾客的脸上都挂着虚伪的笑容，嘴里都说着恭贺的话。

"季少的新娘也太漂亮了。"

"希望这次可以白头偕老，子孙满堂。"

在季家大少爷季遇臣面前，谁敢不说他喜欢听的好话？

看着站在一起郎才女貌的季遇臣和蒋媛，满座来宾都在恭维："果然帅哥要配美女呀！"

"不过，上一个是怎么死的？"

"上一个……那么晦气，都死多久了。算了，大好的日子，不提也罢。"

听到"那么晦气"四个字时，季遇臣没说话，只是笑着搂住了蒋媛，对来宾道："谢谢大家出席我的婚礼。"

"季少太客气了，季家如日中天，能够邀请我们，倒是我们的荣幸呢。"

"这副嘴脸真是令人作呕。"大家都说着谄媚讨好的话，却有一道清亮的女声如同平地一声惊雷，震惊了整个闹哄哄的会场。

季遇臣觉得这个声音有些熟悉，可是又想不起来在哪里听过，正好这个时候会场的光线被调暗，唯有大门敞开着，透进些许光。

季遇臣眨了眨眼，定睛看过去。

门外走进来一个身材高挑的女人，逆光而来，红裙明艳，黑色的大波浪遮住半边脸。她脸上戴着一副漂亮的蕾丝面具，遮住下半张脸，只露出一双漂亮的狐狸眼。

只见她轻轻撩一下头发，勾了勾红唇，风头便直接盖过盛装打扮的新娘蒋媛。

季遇臣的心跳暂停了几秒，面对突如其来的访客，他的情绪无端有些紧张和激动。

他问道："你是谁？"

他不记得邀请过这个女人。

"这是谁呀？"

"就算戴着面具也感觉好漂亮。"

"不会是季少在外面……"

蒋媛一听，登时对走进来的女人没了好脸色。她当年能从楚鸢那个傻胖子手里抢来季遇臣，就不会再拱手让出去。别的女人想爬上她男人的床？做梦！

蒋媛如临大敌般问："你是哪位？邀请函都是我们亲自发的，我记得没有邀请你。保安呢？给我把她赶出去！"

如此直截了当不给情面的话，说明蒋媛是真的气坏了，甚至在众人面前耍女主人的威风。

外面的保安纷纷将突然闯入的女人围了起来。

即使被围住，女人也丝毫不慌张。她双手抱胸，细长的手指敲打着自己的另一只手臂，笑了笑，说道："怎么会不认识呢？这两年我可是做梦都想见你呢。"

此话一出，全场哗然。

蒋媛脸色煞白，这不就是代表着眼前的女人和季遇臣关系匪浅吗？季遇臣也跟着变了表情，在他结婚的日子当着全场宾客的面说这个，不就是说他私生活不检点吗？

季遇臣语气凶狠道："我根本不认识你，这位小姐，请你出去！"

说完，为了挽回面子，他走上前，凶神恶煞地打算亲自赶这个莫名其妙的女人出去。岂料刚上前准备抓她，门外传来一道冷漠而桀骜的声音："让开，人是我带来的。"

闻言，大家再度看向门外。

身穿西装的男人单手插裤兜，步伐不羁地走了进来。

他眯着眼睛笑了笑，走过来将胳膊肆意地搭在女人的肩膀上，顺手揉了揉她柔软的头发，像搂着自己的宠物似的说道："季家大少爷亲手给我写的邀请函邀请我来，这会儿又要赶我的人出去，不太好吧？"

这个男人是……尉婪？

这个女人是他带来的？

"尉少？"

"天哪，终于见到真人了，好帅呀！"

"长成这样到底是什么感觉呀？要是我做梦都能笑醒。"

尉家大少爷的面子谁敢不给？满肚子疑问也得憋回去。

季遇臣立刻从凶神恶煞变回了客气的模样，笑着咬牙说："原来是尉少，是我唐突了。之前听说尉少在国外不一定赶得回来，没想到您还真亲自来了，太荣幸了。"

几分钟前是众人在巴结季遇臣，现在是他在巴结尉婪。

看见尉婪，蒋媛的眼里染上了不甘。尉婪可是声名在外的钻石王老五，眼前这个女人凭什么能攀上尉少这种高枝？肯定是她平时做狐狸精做惯了，勾引和黏着他。

蒋媛的心理活动还未结束，被尉婪当众搂着的女人就"啪"的一声打掉了他搭在她肩膀上的手，毫不在意地说："别压我，高低肩都被你压出来了。"

女人的这个举动让蒋媛看呆了，能和尉婪有如此亲密的举动，她居然还不屑？

面具下的那双狐狸眼里对季遇臣似乎还带着别的情绪，他被她盯得一愣，回过神，心头一颤。为什么他从这个神秘女人的眼里，察觉到了一股痛苦和恨意？

楚鸢和尉婪来得太过突然，让不知情的季遇臣毫无防备。他看着二人亲密无间的模样，不知道为什么内心有些不甘。他明明和这个女人素未谋面，为什么心里会有这么怪异的感觉？

于是季遇臣当着所有人的面看了楚鸢很久，结婚这种日子，他竟然忘了身边的蒋媛，脑子里想的全是他的前妻。

尉婪冷笑一声，说道："季少看起来对我的女伴很感兴趣。"

季遇臣脸色一变，宾客看他的眼神已经有些古怪了。他只能连连说道："不是的，只是觉得尉少的朋友有些眼熟。"

楚鸢察觉季遇臣在看自己，抬头冲他笑了笑，而后道："季少贵人多忘事，不记得我很正常，但今天是什么日子，您可不能忘呀。"

今天是什么日子？

季遇臣的眼神微变，今天是他大喜的日子，可同时也是楚鸢的忌日。

说完这话，楚鸢笑着说道："作为您的老朋友，我也为您准备了新婚大礼，就在门口。"

楚鸢拍了两下手，门外立刻有人抬着东西走进来。此时此刻会场的灯火恰好亮了起来，亮度被调到最大，热闹非凡的婚礼现场霎时间被照得如同白昼。

看着被抬进来的东西，全场宾客直抽冷气，甚至有女人承受不住地尖叫了一声。

"这……这是什么？！"

被抬进来的，是两个巨大的花圈。

花圈上还写着名字——楚鸢和未出世的孩子。

这还没完，抬着花圈进来的人将花圈端端正正地摆放在会场台子的正中央，挡住了大屏幕上季遇臣和蒋媛亲密的婚纱照不说，还齐齐地高喊：

"祝季少二婚快乐！"

声音震天响，满座皆惊。

带着花圈来砸场子，还特意点名二婚，这根本就是故意恶心人！

可他们没想到的是，话音刚落，大屏幕上的结婚照一下子变成黑白色的，正中央是刺目的一个"奠"字。

这可是别人的婚礼，大屏幕上竟然是个"奠"字！这得多大仇多大怨！

蒋媛一哆嗦，身子不稳地往后退了几步，被服务员扶住才勉勉强强地站稳。她指着楚鸢，问道："你什么意思？屏幕怎么会这样？是不是你买通了婚庆公司？"

大婚的日子竟然放这种不吉利的东西！晦气！

季遇臣的面上毫无血色，看着这两个花圈，上面明晃晃的名字刺得他睁不开眼睛，满座宾客跟着议论起来。

"这什么情况？屏幕被黑了？还是婚庆公司被人买通了？"

"听说两年前季少的老婆离奇死亡，具体案情从没公开过，楚家人找了半天都没找到尸体。"

"这……今天不会是他前妻的忌日吧？"

"应该是女方的家人吧，不然还有谁敢做这种事情？太损阴德了。怎么还有个孩子的花圈呀？当年不会是一尸两命吧……"

议论声传进季遇臣和蒋媛的耳朵里，两个人已然站不稳了。没想到尉婪带来的人居然要大闹他们的婚礼，如今这个婚还怎么结？

"保安呢？保安！"

"你到底是谁？"

尉婪充耳不闻，在旁边报幕，但他随口说的一句话，就令在场的所有人瞠目结舌。

"听说当年的那起绑架案，歹徒要求二选一，你冷眼看着自己的老婆被刀捅，只为了能顺理成章地和小三在一起！毕竟离婚的话，楚家那边不好对付，可倘若人死了，你是丧偶，那婚姻关系就自动解除了。"

此话一出，全场哗然。

季遇臣双目赤红，想也不想地反驳："满口胡言！尉少是听信了谁添油加醋的话？这是造谣！什么一尸两命？！我可没碰过楚鸢，就算真有，

— 010 —

那也是她给我戴绿帽子，玷污我的婚姻！"

玷污？

楚鸢只想笑，也笑了，竟笑出眼泪来。

——季遇臣，为什么你到现在还要演戏呢？我那么爱你，你却亲手打破了我所有的幻想，如今还要在我"死"后给我泼脏水。

——死人无法反驳，你这样高枕无忧，怕是想不到如今我就站在你的面前吧！

——季遇臣，我感觉自己好像从未认识过你。

蒋媛看见旁人质疑的眼神，生怕名声受损，跟着补充道："我看你就是诚心来闹事的！当年楚小姐死了以后阿季悲痛欲绝，连楚家人都没说什么，你又是谁？凭什么两年后跑来质疑他！"

悲痛欲绝？那都是装出来的！

楚鸢只觉得浑身气血上涌。她看向蒋媛，用尽力气克制自己的情绪，用旁观者的口吻将鲜血淋漓的真相剖析开来："事后在媒体面前卖惨是你一贯的套路，为了博得一个好名声，真是连良心都不要了！两年前楚鸢还怀着孩子的时候，你冲进病房要她签离婚协议，嘴巴里可是一口一个'死胖子'。蒋媛，他当初能为了你这个小三抛弃自己的妻子，你就不怕下一个轮到你？"

下一个轮到你！

蒋媛被楚鸢的话吓得脸上血色尽失。

这两个花圈，不只是过去楚鸢的结局，更是她可能步的后尘。

季遇臣气急败坏地怒吼道："够了，你说的一切都是假的！什么孩子？拿出证据来！你到底是谁？楚鸢的事情跟你没关系。她已经走了，为什么还要让她灵魂不安？"

搬出死者为大那一套说法来堵她的嘴吗？

楚鸢眼里含泪，冷笑着转身面向众人，心口的刺痛令她快要呼吸不过来，可越是这样，她越是要把自己的脊背挺得笔直。

——季遇臣，我不能再让你看轻我一丝一毫！

这时，周围响起议论声。

"当年季少的前妻是怀着孕被人绑架的？"

"为什么我们不知道当年绑架案是绑架了两个人？"

"特殊案情，所以没公开吧？可以理解。"

"季少不会是故意选择了蒋媛而让自己的前妻出事身亡吧？"

"不会吧？堂堂季少，人设崩塌，道貌岸然。"

听见这些话，季遇臣只觉得浑身上下汗毛倒立，为什么这个女人会专门挑这个日子出现？甚至对两年前的案情了如指掌，就好像她在案发现场一样。

季遇臣的脑海里闪过一个恐怖的念头。他脸色煞白，上前一把抓住女人的手臂，不顾自己身后蒋媛骤变的表情，疯魔似的喊道："楚鸢，你是楚鸢对不对？！"

变瘦、变漂亮了，回来复仇，对不对？

楚鸢反手一个耳光，吓得周围人又是一阵尖叫。

打完之后，她身边的尉斐顺手递上手帕给她擦手。她仔细地擦了擦修长的手指，盯着自己的指甲。她的指甲染成了鲜红色，就如同那日从她身体里涌出来的血一样。

女人字字泣血，打耳光的手还在颤抖。她咬牙道："楚鸢？当年的楚鸢早就死了，死在绑架案里，死在你的眼前，你忘了吗？"

"你居然敢打他！"蒋媛气疯了。她穿着婚纱不方便动手，不然她一定要帮自己老公把这一巴掌还回去。可现在她只能叫嚣道："你个贱女人居然敢打他！保安呢？"

若不是尉斐在场，他们一定要这个女人不得好死！

"打的就是他。"尉斐在边上语气淡淡地说，"我还嫌力道轻了，当初楚鸢被一刀子捅死的时候，可不是这么几分力气就够的。"

季遇臣的手因为愤怒而开始不停地颤抖，事到如今，他不可能放过眼前这个女人了。他忍着半边脸的肿痛，不敢找尉斐算账，便针对楚鸢，质问道："你到底是谁？"

"不重要。"

楚鸢收起手指，揉了揉手腕，挺直的脊背始终没有弯过。她踩着高跟鞋，看着那两个花圈，明明是令人悲伤的物件，可此时此刻，她竟觉得像是大结局一般畅快。

然而畅快的背后，是毁灭，是破碎。

——原来鱼死网破是这样的吗？季遇臣，当年我有多痛，你知道吗？

通红的眼眶透露了她正承受着多么强烈的情绪反噬，可饶是如此，她也没有吭一声。

两年了，曾经那个渺小的自己和那个无辜的孩子，她仍旧无法释怀。

婚礼现场送花圈引起了轩然大波，因为季遇臣这种人物也算是媒体关注的对象，蹲在外面的记者一嗅到味儿便冲进来。原本是采访他大婚的，如今变了方向去捕捉更劲爆的内幕，镁光灯和话筒将他和蒋媛团团围住，霎时间，整个婚礼现场被毁得一干二净。

"季少，对于这两个花圈你有什么想说的吗？"

"当年绑架案的真相是什么？"

"季少，这个女人您有印象吗？"

"您和蒋媛是什么时候认识的？出轨是不是真的？"

季遇臣和蒋媛边维持着虚伪的笑容，边额头冒着冷汗地应付这群难缠的媒体记者。为了维持社会地位和人设形象，他们不能慌。圈子里确实有人知道蒋媛当年是小三上位的，但这种事情大家不会说破。可消息一放出去，外面的普通民众也知道的话，定然会动摇季家的股票。

季遇臣看了一眼，这群记者当中有陌生面孔。能来采访的记者他都打点过，那么这些陌生面孔只有一个可能——这个女人自己带了记者过来，就是为了让他人设崩塌。

完美的婚礼竟然被一个女人如此轻松地搅得一团乱！

"保安呢？保安！把记者都赶出去！"季遇臣气急败坏道。

"季少，你是不是心虚了？"

"杀人犯不会就是你吧？"

记者的问题却仍一个接一个抛来，听得他冷汗直流："不要胡说！造谣是要负责任的！"

楚鸢踩着高跟鞋趁乱离开，尉婪跟着她，看她一脸冷漠地走出会场。

二人在地下停车库里停住了脚步。

车子边上，楚鸢一身红裙，肤白如雪。她拉开车门，坐进了副驾驶座，将面具摘下。

那一瞬间，露出全脸的她，美得惊人。

尉婪看了一眼楚鸢，目光渐深，问道："把季遇臣的婚礼毁了，开心吗？"

目前来看，他们这个婚暂时结不成了。

楚鸢眼睛都不眨一下，好像这样就可以把眼角的泪水憋回去。她颤着嗓音说："还不够。"

他犯下的罪孽，这些怎么够呢？这只是开胃小菜罢了。

尉婪看着她，只觉她这个样子有一种脆弱的美感。

听到楚鸢说还不够，尉婪当作没听见，自顾自地将西装脱了，又随意地解开衬衫的衣领。

楚鸢回过神来，扯着嘴角故作无所谓地笑了笑，说道："尉少宽衣解带是为了安抚我的情绪吗？那你接着脱。"

尉婪边发动车子，边冷笑道："再脱要付钱的，楚小姐。"

"钱？"

楚鸢将一张银行卡别到尉婪的皮带里，细长的手指隔着衬衫拍了拍男人精壮的腰。这种行为太大胆，换作以前的她是断然不敢的，然而这一刻，她只是虚伪地勾起嘴角，眼神冷漠地说："感谢尉少今天带我去季遇臣的婚礼会场，这些钱算是我的小小敬意。"

"飞机的油费和车子的油费顺便一起报销一下。"尉婪笑得毫无感情，丝毫看不出来刚才在会场和楚鸢打情骂俏的样子。好像逢场作戏是他的本能和习惯，而如今四下无人，骨子里的麻木和冷漠便直直地溢了出来，"身为你的主人，今天帮你撑场打脸'渣男'，回去问你要些利息，不过分吧？"

楚鸢的眼神变了变，没说话，隔了一会儿，红唇一扬，说道："不过分，尉少想做什么就做什么。"

车子飞驰而出，楚鸢浓密的黑发伴随着从车窗卷进来的风在空中飞舞着。尉婪的车速极快，但是她已经习惯了。推背感令她头皮发麻，然而在失控的超高速行驶里，她在疯狂中抓住了快感。

尉婪的余光瞟到了楚鸢享受极限刺激的表情，冷笑了一声。

换成别的女人早就吓得脸色苍白，而她仿佛在濒死的危险里寻找活着的感觉。

真是个有意思的女人。

二十分钟后，尉婪将车子开到了一栋别墅前。这是她过去买的小别墅，当初和季遇臣结婚后她就搬进了两个人名下的房子里，如今回国自然不会再去有他的气息的地方，所以尉婪猜到她想回这里。

然而楚鸢开始警惕起来，这套房子是她秘密购买的，也就告诉过前夫和哥哥，一般人查不到才对，尉婪居然直接开过来了。这就像是一种无声的宣示，告诉她，她在他面前一丝不挂。

"你怎么知道我在这里有房子？"

这么多年了，楚鸢还不知道尉婪背后的水有多深。

男人没回答问题，只是自顾自地停好车，把楚鸢的小别墅当成自己家似的，下了车对着她说："饿了。"

楚鸢用指纹开门，随后看了一眼站在门外手插口袋的尉婪。他们一个一身红裙，一个西装革履，乍一看像是参加完晚会回来的，但谁又知道其实他们互相防备呢？

尉婪倒也自觉，进门没有客气，拉开冰箱，意外道："怎么有人准备好了？"

她两年没回来，他以为这里会一团乱。

"提前联系了人帮我打点。"楚鸢挥一挥手机，说道，"我的好姐妹，洛妩。"

"关系挺好。"

尉婪坐在沙发上，慵懒地撑着自己的下巴。男人的下颌线到手指的线条干净利落，如同他这个人一般冷酷又自私。他径直拉开茶几下面的抽屉，看到几盒过期的药。

上面的名字太复杂了，复杂到连尉婪都看不懂的地步。他举起一盒药，问："这是你当年吃的？"

"嗯。"楚鸢没回头，好像在烧水，"因为偶尔会回来，所以有备着。"

"甲泼尼龙是什么？"

"免疫抑制剂。"

楚鸢说出这个名字，睫毛颤了颤。当年她是个胖子，就是因为吃这些药。

她有肾病综合征，这个病很痛苦，需要不停地吃含有激素的药和免疫抑制剂。虽然现在治愈效果良好，通过健身和合理饮食调理也让身体素质稳定了下来，但还是得注意避免复发。

楚鸢叹了一口气，都不知道自己这两年是如何咬着牙坚持下来的。

或许是仇恨支撑着她活下来，当初那个善良懦弱的胖姑娘，伴随着那起无情的绑架案，彻底消失。留下来的只有她，仿佛经历了一场削骨剔肉的洗礼，灵魂变得单薄又冷酷，连她自己都觉得陌生。

楚鸢红色的指甲在光滑的厨房流理台上敲打了两下，自嘲道："我是个胖子的时候，你就认识我了。"

当初那场她和季遇臣都喝多醒来后毫无记忆的酒局，也是她第一次遇见尉棼。

尉棼不打算和她回忆那些过去，因为他懒得安慰。于是又举起另一盒没怎么吃过的药，念道："醋酸泼尼松片。"

"哦，那个是强效的激素。我放着备用。"楚鸢总算转过身来，冲着尉棼笑得花枝乱颤，"不良作用是吃了会阳痿。"

尉棼像是碰到什么晦气东西似的直接将那盒药丢进垃圾桶，而后边上楼边道："让我补一觉吧，昨天开会太晚了，吃晚饭再喊我。"

楚鸢没应声，他便直接走进主卧，像主人似的霸占了她的床。

此时此刻，门外却传来一阵脚步声。

楚鸢好奇，走过去一看，熟悉的四个"3"车牌号，是季遇臣的车。

果不其然，刚才还在婚礼会场的季遇臣，连西装都没换就直接追到了这里。

楚鸢挑眉，看着季遇臣火急火燎地下车跑到门口，还带了不少人。他喊道："你给我出来！"

楚鸢没搭理，径直走进厨房拿电水壶，根本没把季遇臣放在眼里。

季遇臣冷笑一声，最后一丝耐心也消失殆尽，竟然直接带着保镖破门而入。密码是楚鸢的生日，他根本没注意到自己输入密码时无比熟练。

门开了。在楚鸢刚倒好水的下一秒，他上前一把抓住她的头发。

楚鸢吃痛，来不及叫人，就被季遇臣的手下狠狠一脚踹在膝盖上，她就这么被按着跪在他的面前！

锥心的痛与恨在身体里弥漫开来，楚鸢的眼底一片通红。

——季遇臣，你的真面目竟然如此狰狞可憎！

季遇臣瞪着那双好看的眼睛，眼里一片冷意。这个女人戴着面具破坏了他的婚礼，又将他引到死掉的前妻的房子里，是何居心？

季遇臣狠狠地拽着楚鸢的头发将她的脸抬起来，骂道："你这个贱女人——"

话音未落，季遇臣愣住了。

凌乱的发丝下，女人的面容美艳到令人心惊。

季遇臣的心狠狠一震，不敢相信眼前的一切。这张脸是陌生的，可为什么和她对视的一瞬间，他竟然会觉得有些熟悉。

"楚鸢"的名字掠过他的脑海，他一惊，下意识地否认。

不，不可能是楚鸢，她是个死胖子，怎么会还活着？

被这么多人围着，还被一个人按着背，楚鸢咬牙切齿地看着季遇臣，说道："我贱？比不得你这种出轨的男人更贱吧？季大少！"

听见楚鸢的话语，季遇臣原本对她还有些恍惚，这会儿所有的情绪瞬间被激了起来。他笑得阴沉，拽着她的头发没松开，说道："我还以为你有多大的本事呢，原来不过如此。"

保镖又踹了楚鸢一下，说道："跪好了！"

楚鸢的眼里掠过一丝狠意，红唇一扬，冷冷道："彼此彼此，你能拿我怎么样？"

这些动静早该传到楼上尉斐的耳朵里去了吧？他为什么没有出现？还是说，他习惯于袖手旁观？

楚鸢的肩膀微微颤抖，季遇臣捏住她的下巴，狠狠道："我不管你是谁，是我前妻的朋友也好，是楚家人派来复仇的也好，搅乱我的婚礼，只有一个字，死！"

当年季遇臣就眼睁睁地看着楚鸢死去，如今她无比相信，他什么事都做得出来。

于是她大笑道："也是，'死'这个字在你嘴里简直无足轻重，你当年不就是眼睁睁地看着那个胖女人死去吗？"

季遇臣的心像是被什么刺穿了似的，忙问："当年的事情你到底知道多少？"

　　要是被人知道那起绑架案另有隐情，是他选择了让楚鸢死，那么时至今日，他所有的苦心经营将统统崩塌，甚至还可能引起季氏股票的下跌。

　　这种事情一旦有发生的苗头，就要掐死在胚胎里。

　　于是季遇臣捏着楚鸢的下巴，仿佛下一秒就要将她的头割下来似的，厉声道："到底是谁告诉你这一切的？你搅乱我的婚礼是何用意？"

　　楚鸢感觉自己的嘴里都有了血腥味。她不肯说，季遇臣便威逼利诱："可惜了你这张脸，要是愿意告诉我实话，我还能保你下半辈子荣华富贵。你要是不说，就做好准备让人给你收尸吧！"

　　他这是认定楚鸢已经死了，才敢把话说得如此决绝，要是知道她现在就在他面前……

　　——季遇臣，你怕是要吓破了胆吧？

　　楚鸢狠狠地在季遇臣的脸上啐了一口。她过去竟然爱过这样一个人面兽心的家伙，简直是作孽。

　　"你休想！"楚鸢字字坚定。

　　"把人给我带走。"

　　季遇臣难以置信，这个女人居然会拒绝自己，他可是堂堂季大少。

　　话音未落，楼上传来了笑声。

　　"带走？没我的允许，你们今天谁敢带她走出这个门试试！"

　　楚鸢和季遇臣同时一震，抬头看向楼上的人。

　　只见主卧的门打开，尉婪好像终于看戏看够了似的，这会儿总算肯出面。

　　季遇臣没想到房子里还有一个尉婪，登时脸色大变，问道："尉婪，你怎么在这里？"

　　"怎么不能？"尉婪站在楼上，笑得意味深长，"许你出轨找女人，不许我跟她寻欢作乐？"

　　这话像是一巴掌打在季遇臣的脸上。没想到尉婪也知道一切，莫非当年的事情是他……

　　"看你这死不悔改的样子，当真是对你的前妻半分亏欠感都没有。"尉婪感慨了一声，"楚鸢死得真没价值，活该。"

"活该"两个字不知道触及了季遇臣哪里，明明是他冷眼看她死去，这会儿竟然激动起来，喊道："尉少，您大可不必这样评价我的前妻！"

"人都死了你激动给谁看？"尉婪扯了扯嘴角，漠然说，"放开她，你手下不懂规矩，别让我亲自来教训。"

尉婪要保下眼前这个女人？

季遇臣死死咬着牙关，没想到半路杀出来一个尉婪，又想到自己可能有把柄落在他们手里，于是这会儿不得不放人。他一松手，楚鸢便自由了。

尉婪走下来，站在楚鸢的身边，看她发丝凌乱的样子，笑着问："怎么还要我出手呢？"

楚鸢冷漠道："没人逼你。"

啧，好心帮她还不领情。他就喜欢她这样劲儿劲儿的。

尉婪看向季遇臣，说道："在我发火之前赶紧离开。"

季遇臣怎么可能让真相平白溜走，本来拷问一下这个女人，软硬兼施，就能知道她是谁。现在就这么算了，他当然不甘心，迟疑道："可是……"

尉婪抬了抬眼皮。

季遇臣硬着头皮也得上了。他说："尉少，我刚从婚礼现场出来，实在不明白您身边这个女人的来路，如今她又强行闯入我前妻的宅子，我怀疑她对于我和我前妻的过去有误会，所以才会从中作梗，希望尉少能告诉我她是谁。"

听听，事到如今，他还在嘴硬说当年的自己是清白的。

尉婪站在那里，浑身上下透着放肆不羁的气息，说道："我为什么要告诉你她是谁？"

季遇臣一愣，又重复了一遍："因为她破坏了我的婚礼，我怀疑她对我有误会。"

尉婪保持着一个"感觉很无聊"的姿势，不知道听没听进去，只道："嗯，有道理。"

"当年发生的事她可能有搞错的地方，才会故意选择在我的婚礼上帮我的前妻出气。"季遇臣觉得自己把话说得这么明白，尉婪再听不懂就不可能了。

他不想和尉婪为敌，所以这会儿才好声好气地和尉婪说话，尉婪不会给脸不要脸吧？

"我追过来，是想着有误会的话大家说开就好，还希望她在记者面前帮我证明一下清白，毕竟我的婚礼被她毁了……"

尉婪确实听明白了，于是问："所以呢？"

所以呢？

如果眼前这个人不是尉婪，季遇臣可能已经破口大骂，什么东西，听不懂人话吗？

但这个人是尉婪，季遇臣只能强忍着怒意道："婚礼被搅乱需要个说法呀，所以想让尉少帮个小忙而已。"

"哦。"尉婪把头一歪，笑了，说道，"关我什么事？"

闻言，楚鸢只想笑，事实上她也确实笑出了声。

尉婪这个人根本不是什么好人，浑身上下就两个字——自私。

不关他的事，他不但要高高挂起，还要在边上拍手看戏。他不仅隔岸观火，还唯恐天下不乱。尤其是此刻，看着季遇臣猝然变得僵硬的脸，他还要反问道："你结不结得了婚，关我什么事？我凭什么帮你忙？"

季遇臣很想说"还不是你身边这个贱女人闹事情给害的"。

尉婪护着她，他只能找尉婪。

但他说不出口，眼睁睁看着楚鸢站在尉婪的身边，像是找到了靠山。他气愤到发抖，却也只能说："简直蛮不讲理。"

"到底是谁不讲道理？"尉婪眉毛一挑，语气里带着嘲讽，"你把当年的事情和案件调查全部公开不就水落石出了？到底谁被绑架，是谁死了，而你又选择救哪个人质，这些档案里应该都有记录吧？"

季遇臣怎么可能会公开这些。他人设不保，社会地位便会被动摇。

"可是……可是就算公开，我的婚礼也补救不回来了。"季遇臣只能抓着婚礼被破坏说事，原本志在必得的表情已经荡然无存，鬼晓得这个尉婪如此难缠，看来圈子里说他恐怖不是空穴来风。

"你什么意思？"尉婪高冷起来的时候简直吓人，平时痞里痞气地笑，如今眯着眼睛冷着脸，着实不好惹。他问，"要我补给你一场婚礼？我娶你？"

"不是。"季遇臣必须要硬气一回，于是说道，"我的意思是，这位小姐需要给我赔礼道歉吧，我和蒋媛的大婚……"

尉娄打断他，轻嘲道："严谨些，二婚。"

第三章

还

季遇臣将苦水往肚子里咽，从牙缝里把话挤出来："我和蒋媛的二婚就这么被毁了，我们也需要一个说法。"

"哦。"尉娈点点头，看向身后的女人，问她："你愿意道歉吗？"

楚鸢立刻嬉皮笑脸地说："嘻嘻，不好意思。"

——一个顺手就把你的婚礼毁了。不好意思，下次还敢。

尉娈转过头来看向季遇臣，说道："你看，她都说不好意思了，人家一个女孩子，你一个大男人就别得理不饶人了。"

这到底是谁得理不饶人？！

季遇臣脸色发青。他从没被这样羞辱过，这笔账他记下了。这次来没能弄清楚这个女人的真实身份，他一天不知道，就一天没办法睡得安稳。

尉娈在这里，他注定没办法接触到这个女人。也不知道她用的什么手段竟让尉娈这么护着她，下次他要想方设法地亲自会会她，试探试探她到底是谁。

季遇臣咬着牙狞笑着，心里做好了盘算，后退着说："那我大人有大量不和小女子计较，反正我和蒋媛情比金坚，这一场闹剧不会影响我们的爱情。"

这是专门说给楚鸢听的，恶心她呢！

结果楚鸢丝毫不生气，还摆出大为感动的模样为他鼓掌，讥笑道："挺好，你们天生就该在一起，建议一定要绑死，不要离婚祸害别人。"

季遇臣险些冲上去，气结道："你！"

"不过你就别待在我前妻的房子里了！都是外人，待在这里不心虚吗？"季遇臣话锋一转，指着楚鸢道："尤其是你！"

"什么前妻？这是我的房子。"尉婪说，"踹坏我的门，还没问你要钱呢。"

季遇臣脸色煞白。什么情况？这套房子他敢肯定是楚鸢活着的时候买的，因为没多少人知道，但他是知道的，所以才如此确定，怎么一转眼又变成尉婪的了？

楚鸢也跟着惊讶了一下。她的房子什么时候变成他的了？她怎么不知道？

难怪最开始尉婪会问楚鸢他会不会把门踹破！

尉婪轻描淡写地说："原房主好像出事后人没了，我买了下来，不信可以去查交易，现在在我名下。"

这下好了，季遇臣不仅是非法入侵，还当着房主的面把人家的门踹了！

听见这些，季遇臣的心跳都快停了。他竟然不知道尉婪已经买了这座别墅。

他的前妻、尉婪，还有眼前这个女人，所有的事情纠缠在一起，让他快要分不清真假了。

如今在别人的屋檐下不得不低头，季遇臣只得乖乖地给尉婪赔罪："尉少，实在抱歉，我不知道这房子您买了。我护妻心切，不想前妻的房子被玷污，看见有人闯进来还以为是心怀不轨之人。尉少，请您理解我。"

听听，连护妻心切都说出来了。季遇臣这张嘴还真是能把黑的说成白的。

他话里话外搞得好像还对前妻有所留恋似的，想保护她留下来的一草一木。以此道德绑架别人，好让尉婪无法跟他真的撕破脸皮。

于是尉婪也跟着装，两个男人像是在比谁更虚伪。他说："是吗？刚才还说跟蒋小姐情比金坚呢，可能是我不懂爱情吧。不过季少都这么说了，过几日我会把修理的账单送到季少公司，剩下的就不多打扰了。"

季遇臣轻吁一口气。尉娄阴晴不定，他还以为这下自己摊上大麻烦了呢，没想到能逃过一劫。

于是他连连赔笑道："媛媛是我此生挚爱，但我的前妻也对我很好，于情于理我都该护着她的东西。"

楚鸢很想问他，当初绑架案发生的时候，为何不多护着她一些？既然当日那般选择，如今又何必要假惺惺地装出一副好男人的模样？

他就不怕半夜睡不着觉吗？

因为怕尉娄多算账，季遇臣找了个借口赶紧溜，走的时候还用凶狠的目光扫了楚鸢一眼，仿佛在说"我们没完"，随后才开车离开。

楚鸢气血上涌，方才听见季遇臣说蒋媛是他此生挚爱的时候，她所有的恨意都冲了上来，几乎要把她的理智压垮。

要冷静，这才哪儿到哪儿。

她要让他痛不欲生，却还是会在他说"前妻"这两个字的时候心口发酸，那些编出来的假话几乎让她产生了动摇。莫非她还对他抱有期待？

不，她活着就是为了找他复仇。

尉娄看着她眼睛泛红的模样，知道她是恨透了季遇臣的虚伪和恶毒，却还要问："你当初是怎么看上这种货色的？"

楚鸢的眼里带血丝，笑道："是呀，尉少，您当初要是早些出现，哪里还有季遇臣这种人渣什么事。"

尉娄嘲讽道："可别，我当年也看不上胖子。"

楚鸢恨不得把咖啡泼在尉娄的脸上。这人亦正亦邪，确实护着她，但也时常戳她的伤心处。

她端着咖啡的手指紧了紧，问道："我的房子为什么会变成你的？"

尉娄不假思索地答："骗他的。"

楚鸢拔高了声调，问道："所以你那个时候在说谎？"

"对呀。"尉娄承认得轻轻松松。这个人承认自己说谎话的时候，眉眼竟漂亮得不行，不像是干坏事，反而有种有恃无恐的优越感。

他道："现编的，他太烦了，只想快些赶走他。"

"你怎么能随口就是谎言？"楚鸢皱眉道，"万一他查到了……"

"查到就查到呗，被骗不得反省一下自己的智商？"

尉婪就是个虚伪又冷漠的人，根本不关心别人的死活，也不关心真相。毫无良心，推卸责任，满口谎言，自私麻木，说的都是他。

楚鸢觉得，得亏自己不是与他为敌，不然他是个比季遇臣还要可怕千百倍的对手。

看楚鸢端着咖啡这么久，尉婪也有些渴了，习惯性地说道："给我也泡一杯。"

楚鸢："你没长手？"

尉婪："数三秒。"

楚鸢立刻乖乖去泡了。

她泡完端过来，尉婪一喝，当场吐了回去，问道："什么牌子的咖啡？"

"速溶的。"楚鸢看一眼生产日期，又说，"哦，这包过期了。"

她刚才泡给自己的那包没有过期。

尉婪额头青筋直跳，说道："故意的？"

楚鸢笑得跟刚才和季遇臣赔礼时一模一样，毫无真诚道："没有，不好意思，尉少。"

夜里，楚鸢收拾了客卧给尉婪休息，而她则端着没过期的咖啡进了书房。两年没住过这房子了，感觉还挺新鲜。

楚鸢打开许久未开机的电脑，在某个软件上输入了自己的账户，然后进入私聊频道。

HS："我看见楚鸢上线了。"

小鸟："我来啦！"

栗子："晚上好，楚小鸟。"

小鸟："晚上好。栗子，今天季遇臣的婚礼现场，多亏你黑了他们家的电脑和灯光。"

桃子："女明星出场不得自带灯光？话说，大屏幕上的字喜欢吗？"

小鸟："喜欢，阎王爷那儿走过一遭，看见这个字并不觉得恐惧。"

好酱："对你来说是新生。楚鸢，今天帮你毁了他们的婚礼，我们很开心。"

裴："这话搞得好像我们是坏蛋似的，明明是惩恶扬善、大快人心，好吗?

好酱: "哎哟,这不是大明星老裴吗?今天怎么有空来频道说话?"

裴: "赶完通告了,尉婪呢?不在线吗?叫他出来兜风喝酒。"

小鸟: "他在洗澡。"

桃子: "好暧昧哦,你和尉婪是不是有一腿呀?"

栗子: "好暧昧哦,你和尉婪是不是有一腿呀?"

小鸟: "我想打断他的腿。"

裴: "那没事了。"

打完这几个字,楚鸢抬起了头。旧书桌里面还有她过去的日记本,里面一页一页都是她过去爱着季遇臣的心路历程。

当年的自己真可笑,以为爱能够抚平一切,殊不知正是这份愚蠢的爱将她推入深渊。

如果能够重来,她决不会再爱他。

楚鸢走出书房时,正好撞见尉婪裸着上身从浴室出来。她看过去的时候,他腰上裹着浴巾,抓了一把自己湿漉漉的碎发,水珠顺着他坚毅的下颌线一直淌到性感的凸起的喉结,最后被锁骨托起。他紧绷的结实的背部肌肉有着刚沐浴完的光泽。

楚鸢多看了他一眼,说道: "怎么这么不拿自己当外人呢?上衣不穿干脆下身也别穿呀。"

尉婪转过身来,一张脸散发着热气,眼神看起来邪邪的,一看就不是什么正经人。他挑了挑眉,说: "我敢脱,你敢看吗?"

楚鸢故意说: "还挺想见识见识呢。"

话音刚落,尉婪欺身而上,动作迅速,如同瞄准了猎物的豹子,精准又凶狠地扑到目标身上。他将楚鸢压着,声音听起来很危险: "勾引我很好玩吗?"

"当然好玩。"楚鸢伸手搂着尉婪的脖子,用胸口去蹭他。

尉婪的眼神骤然一沉,冷笑着。他和她贴得极近,仿佛下一秒就可以吻上去。男人笔挺的鼻梁与她的脸相撞,他道: "你这条狗命都是我捡的,从我这里学会的本事,就少放在我身上,懂吗?"

这一瞬间,楚鸢好像窥见了真正的尉婪的冰山一角,不由心口一颤。

她回过神来，像个小妖精似的，轻声对尉婪说："您以后也少激我，虽然我这条命确实是您捡的，但怎么活，没人能掌控我。"

尉婪笑着，手已经放在了楚鸢的脖子上，似乎只要微微一收紧，她的脖子就能被他拧断。

楚鸢等着他继续，可惜他没有。

尉婪轻轻拍了拍楚鸢的脸，语气深沉缱绻，话语暧昧，却带着危机和杀意："我哪里舍得呢？宝贝。"

对于尉婪嘴里诸如"宝贝"此类的称呼，楚鸢听了毫无波澜。他是个可以随时随地把"爱"这种话挂在嘴边的人，谎话对他来说就是家常便饭。

骗得过自己，才能骗别人。

说谎犯法吗？不犯法，所以就算尉婪说谎，楚鸢也没那个闲情逸致去改正他。何况他的谎话对她而言是件好事，只要他说谎，她就不用当真。

于是楚鸢笑了一声，亲昵地对尉婪说："尉少这声'宝贝'喊得我几乎当真了呢。"

"有自知之明是好事。"尉婪咧嘴笑得灿烂，眼神却阴沉下来。

他松开她，随后转身去了卧室。

楚鸢感觉自己的身上还带着他的热气，直到他放开，她才发觉自己攥紧的手指竟在发抖。

看着尉婪离去的背影，楚鸢收回视线。正好这时手机振动，想来是有人找她。

她打开手机，发现有人发了一条短信过来："楚鸢，你是不是没死？"

这是一条来自未知发件人的消息。楚鸢看了一眼短信内容——她这才回国多久，这么快就有人坐不住了呀。

她回到书房，坐在电脑前，将短信截图并发送出去。

立刻有人打来电话。楚鸢接通，对面是一道温润如玉的男声，似乎笑着说："小鸟，有什么要我查？"

"这个手机号……"楚鸢用半边脸和肩膀夹着手机，两只手空出来敲键盘。她勾了勾唇，道，"我得查查。"

"我帮你吧。"

"不用了，栗子。"楚鸢的动作极快，屏幕上接连跳出好几个窗口。

她说，"我很快就能查到这个手机号码在谁名下。"

对面的栗荆有些无语，他也在查，闻言说道："速度怎么比我还快？我当初就不该教你那么多。"

"哪能呀？你的大名无人不知无人不晓，谁敢在世界第一网络工程师的面前耍大刀？我这种雕虫小技，不过是对您的致敬。"

怎么这么讨好他？

栗荆本能地觉得不对劲，于是问道："你入侵的时候用的谁的互联网协议地址？"

"你的。"

"我就知道。"

出事了还是他扛着呗！这种徒弟他当初为什么要收！

果不其然，下一秒，边上的另一部工作专用手机响了起来。

"栗哥，晚上好。我们后台刚才遭到黑客攻击，那个互联网协议地址怎么是您的呀？"技术团队的人给栗荆打电话确认一下情况。

栗荆有苦难言，只好说："我刚才不小心黑进去看了一下。"

那还真挺不小心的。

"栗哥，你要是想知道什么直接问不就好了？我们的防火墙都是你编的，不用费那力气。"小弟调笑说，"是不是时隔多日来检测我们的安全防护？"

嘿，理由都给他想好了。

栗荆顿时改口道："对，我是来检查作业的。"

楚鸢在手机里听见了他们的全部对话，止不住地笑，反正出事了有栗荆兜着，整个圈子都得给他几分面子。

她边笑边查看身份认证信息。意料之中，"蒋媛"两个字映入眼帘。

栗荆也查到了信息，和她几乎同时调出资料界面。他说："这不是……"

"我没猜错。"楚鸢玩弄着自己红色的指甲，纤长的手指似乎在勾着空气里不存在的线。

她哼笑一声，说道："做贼心虚，这么快就坐不住了。"

蒋媛还在试探她的真实身份，所以往她当年的手机号码发短信，用来试探她到底死了没有。

楚鸢没换手机，自然还能收到消息。

死？楚鸢勾唇冷笑一声。是死了，那个楚鸢早就死了。

当年的经历足够她死一次，而后浴火重生。

她已经没有什么可以害怕的了。

楚鸢关掉手机短信的界面，眼里闪过一丝狡黠。

既然蒋媛这么迫切地想要知道她到底是不是当年那个可怜的胖女人，她不如陪对方好好玩一玩。

季家。

蒋媛发送完短信以后，死死地盯着手机界面。如果那个女人就是楚鸢，那么收到这条短信肯定会有什么动作。

可是五分钟过去了，对方没有任何回复，甚至连否认都没有。

蒋媛的一颗心被吊起来，身旁的季遇臣脸色也不是很好。大婚之日被这样一闹，谁还笑得出来？尤其是他追着那个奇怪的女人去到楚鸢的家里，被尉婪泼了一盆冷水，如今气上加气。

两个人坐在沙发上各怀鬼胎。

蒋媛发现没回音，不甘心地看着季遇臣，问道："你能确定那个女人就是楚鸢吗？"

说实话，季遇臣也不敢确定，只说："我追着她，发现她回到了楚鸢以前的房子里，但尉婪说房子是他买的。"

"她还住在楚鸢以前住过的房子？！"

蒋媛明显慌了神，倘若真的是楚鸢，那么两年前的绑架案很快就会被人翻出来，他们会被公众架在火上烤！

蒋媛气得攥着沙发上的抱枕，喊道："阿季，你倒是想个主意呀！要是楚鸢跳出来说了当年的真相，我们的名声怎么办？"

"还不知道她是不是真的楚鸢呢！"季遇臣紧紧咬着牙，想起之前在尉婪那里吃的闭门羹，狠狠地说道，"过去的楚鸢看见我可是连个'不'字都不敢说的。"

现在那个女人意气风发，跟过去的楚鸢截然不同，真的有可能是同一个人吗？

概率也太低了吧。

就算是同一个人，当年楚鸢又是如何死里逃生的呢？

此事疑点重重，他们不能自乱阵脚。

听到这个，蒋媛抿唇，原本还算平静的脸上露出了些许凶狠。她道："没关系，我可以找人确认一下她到底是不是真的楚鸢。"

季遇臣皱眉，问道："你又想干什么？"

"没人可以毁掉我的婚姻！"蒋媛从沙发上猛地站起来，一个念头从脑海里闪过。她说，"到底是还魂复仇，还是故弄玄虚想让我们露出马脚，查一查就知道了。"

就算是真的楚鸢，她也一样能让对方再死一次，死得彻彻底底！

时隔两年重回自己的家中，楚鸢第一次睡了个好觉。她醒来的时候，外面天色正好，阳光从窗帘的缝隙里照进来，暖洋洋的。

楚鸢用手在眼前遮了遮，深吸一口气，切实活着的感觉缓慢地铺遍整个身体。

她走出卧室，正好看见尉斐在厨房里做早餐。他熟练地摆盘，听见声音，抬头看了一眼。二人目光对视，乍一看像是新婚的小夫妻。

唯有楚鸢知道，这个男人的内心有多冷漠和自私，他习惯了高高挂起和虚伪地演戏。别看他现在是笑着的，指不定下一秒就捅谁一刀。

她和他，不过是有利可图、互相索取罢了。当年他救她，也是有交换条件的，她一直清楚他不是什么好人。

楚鸢还活着的事情没有公开，如今在尉斐的公司挂着秘书的职位。他对她有救命之恩，她自然也要帮他做些事情。

她攥了攥手指，深吸一口气，眼下她还不会违背尉斐，于是下楼跟他打招呼："早。"

"早。"

楚鸢走到桌边坐下，尉斐在倒牛奶，很大方地给她也倒了一杯，还做了两份意面，一盘推到她面前。

楚鸢看着尉斐，唏嘘道："没下毒吧？"

尉斐眯着眼，笑道："下了，有种别吃。"

楚鸢拿起叉子吃起来。她的厨艺从来没长进过，以前为了讨季遇臣欢心，总是想方设法让自己变得贤惠，去学做各种糕点。最后厨艺没学好，婚姻也失败了，还遭绑架险些身亡，从此，她断了讨好别人的念头。

尉斐倒是聪明，做饭这种事情，一看就会。

楚鸢吃着尉斐做的意面，掏出手机看了一眼。昨日那条短信之后，蒋媛再没来打扰她。她挑了挑眉，问道："今天是不是季遇臣那边的人要过来谈生意？"

"嗯。"尉斐将食物咽下去之后，喝了一口牛奶，才不急不缓地回答楚鸢。他永远有一种自带的慵懒和优雅，活在自己的世界里，从来不管别人的死活。

他继续说："应该会派代表来，前阵子就有一个合作，所以他才会为了讨好我而给我发婚礼请柬。"

难怪婚礼上这么给尉斐面子，毕竟季家也是家大业大的，却对尉斐一忍再忍。

——季遇臣，你这种大少爷也有需要讨好的人吗？

楚鸢心里有了主意。

吃完早餐，她跟着尉斐一起去上班。这两年她表面上是他的秘书，外边都传他在国外的公司养着一个情人，她就是那个传说中的情人。

楚鸢踩着高跟鞋追上尉斐出门的步伐，熟稔地坐进副驾驶座。

尉斐对于她这一系列轻车熟路的行为早就已经习惯。

在国外的这两年，楚鸢也是住他家里，跟他一起生活。孤男寡女的，他偶尔也会对着她傲人的胸部和翘臀露出意味深长的表情，调侃："季遇臣当初怎么没发现你是个潜力股？"

楚鸢便会挺直背脊回道："我也没想到，减肥成功胸却没瘦。"

尉斐踩一脚油门，开着拉风得不行的车出了门。

他平时上班爱开大车，那种巨大又威风的车，牌照还是特殊牌照，就差后面没有一群保镖开车跟着了，每次都能引起路人围观。

尉斐不是个低调的人，常戴着墨镜，打开车窗。路人能看见他干净利落的侧脸，鼻梁笔挺，一看就是个有钱的帅哥。

每当这种时候，楚鸢都会自觉地戴上口罩。她可不想出风头。

一路被人注视着到了公司，楚鸢下车，这是她头一回跟着尉斐调回国内的公司上班，说起来也算是半个"空降"的秘书，一定会引起不小的动静。

果不其然，她一出现，公司里便响起一阵窃窃私语声。

"这女的是谁呀？"

"哇！身材好好！"

"看来我们尉总的眼光还是不错的，至少不喜欢'排骨精'。"

"听说尉少在国外的时候身边就有个女人了，不会就是这个吧？"

"那，莫非是走后门进来的？"

"啧啧，等着看她的本事咯。"

…………

各式各样的目光打量着楚鸢，换作以前的她肯定紧张到不敢说话，但现在她只是冷艳地笑了笑，跟着尉夤走进高层专用电梯。电梯门缓缓合上，人们看到的最后一眼是她带着嘲讽的妖媚笑容。

楚鸢坐在尉夤的办公室外面，收拾着自己的办公桌，打了卡，又打开电脑，正打算好好交接工作的时候，外面传来一阵脚步声。她还没来得及抬头看是谁，那人已经到了她的面前。

朝她走来的女人有一张长得还算不错的脸，手里拿着文件，冲她道："你就是那个新来的？"

她说完上下打量着楚鸢。就是这个女人来了，才导致她的秘书职位被撤，换成别的部门的行政助理。她原本还期待着能接近尉少，这下好了，愿望直接落空，还被换到别的部门，都是因为这个女人！

楚鸢看了一眼对方脖子上挂的工牌，上面写着名字——杨若盈。

莫非她是之前这个位子的主人？

楚鸢勾了勾唇，伸出手，纤细的手指做了鲜红漂亮的指甲。她应道："是的，我是新来的。你好。"

"我来和你交接工作。"杨若盈没握楚鸢伸出来的手，看她坐在转椅上靠着椅背懒散的模样就来气，打算给她一个下马威。于是说道，"你知不知道身为秘书的首要任务是什么？尉少的一切事务你都得帮忙，包括他吃饭、喝水、点外卖……"

"上厕所要我帮他脱裤子吗？"楚鸢直接打断了杨若盈。

杨若盈面色涨红，气道："不知廉耻，你怎么能说出这种话？！"

"我还以为请了个保姆呢。"楚鸢面不改色，边玩扫雷边说，"工作以外的事情我一概不管，吃饭、喝水他自己来，又不是残废。"

"你！"杨若盈没见过这么嚣张的秘书，更无法接受自己被这样一个嚣张的人抢走了原本上好的工作职位，气急败坏地说，"你以为秘书是这么好做的吗，你不就是开后门进来的吗？！"

楚鸢忙着扫雷，头都不抬地应道："嗯，嗯。"

杨若盈愣住了，原本以为开后门的人都是虚荣心极高的，这么说可以刺伤她的自尊心，却没想到她直接承认。于是杨若盈重复了一遍，"真是开后门的？"

"对呀。"楚鸢的语气颇为诚恳，"要不这样，你去找他好好说说，我也不爱上班，还是你来。"

她才不乐意上这个班，还得天天看他的脸色。

杨若盈险些被楚鸢气昏："你知不知道你在说什么？"

她居然敢这样胆大包天地承认开后门这种事情？这个女人到底有没有廉耻之心？

楚鸢经历那么多绝望，早就改了性子，再也不是以前那个傻乎乎的女人，她的心态早已强大起来。如今被人这样挑衅，她不以为意地笑看杨若盈着急，也不说话，只是自顾自地玩扫雷。

她点下最后一颗——赢了。

她揉揉手腕，看一眼时间，比平时慢半分钟，肯定是杨若盈和自己说话，打扰到她发挥了。她嘟囔："一会儿要准备接见季家来的客人，没空和你唠嗑。"

杨若盈脸色大变，没想到这个新来的这么不把自己放在眼里。她怎么会这么简单地放过楚鸢？于是端出前辈的架子，将手里的文件放在楚鸢的桌上，说道："这些资料你替我录到库里去，下班前要交给别的部门，就当是对接任务了。"

这明明就是杨若盈在别的部门的工作，算哪门子的对接任务？

楚鸢抬头看了对方一眼，没说话。

职场上经常会有这种欺凌，当有新人加入的时候，一些不怀好意的前辈会特意交给后辈一些超出他们原本岗位范围的事情，把繁杂的琐事统统交给新人。

压榨新人已经是一种很常见的职场现象了，杨若盈自然也不会放过打压新人的机会。

"另外，我们部门主管的儿子要写毕业论文，大家都挺忙的，腾不出时间，你刚来，又是干秘书的，这件事情就交给你吧。写好了发我邮箱就行，时间也是今天晚上。"杨若盈说的时候，特意盯着楚鸢白里透红的脸看。

这个女人化的妆明明不浓，但怎么看怎么狐媚，说不定平时就是这样勾引尉少才混进公司的，她怎么可能让楚鸢舒舒服服地靠男人上位？

楚鸢等着听杨若盈还能说出什么离谱的任务来，不过说完这些，她像是打胜仗似的走了，甚至没等楚鸢给回复。

职场里，前辈给的任务，后辈自动默认接受。

看着杨若盈自说自话放在桌子上的文件，楚鸢笑了一声，从椅子上站起来，上前敲了敲总裁办公室的门。

楚鸢推门进去，尉棽正在看报道，看见她进来，挑眉道："怎么了？"

"你之前那个秘书，给我下马威，让我给别的部门整理资料，还要给部门主管的儿子写论文。"楚鸢说这话的时候，扯了扯嘴角，问，"公司里有这种人吗？"

尉棽听完，意味深长道："这种小事就别吵到我耳朵里来吧？"

楚鸢早就猜到他会这么说，毕竟他是个讨厌麻烦的人。

她没指望他真的能替自己出气，毕竟当初他带她去季遇臣的婚礼现场，是有别的利益可图，如今他手下的人打压她，他不站出来主持公道也正常。毕竟麻烦，而且没有涉及任何利益。

楚鸢站在那里一动不动，红色的高跟鞋精致，白皙的脚踝性感漂亮。她"嗯"了一声，也不知道听没听懂尉棽这话的意思，接着说道："再过二十分钟季遇臣那边会派人过来。"

"你替我接待一下。"尉棽特别喜欢看戏，自然想看楚鸢如何接待前夫公司派来的代表，于是他笑眯眯地喝了一口咖啡，说道，"听说，派来的代表是蒋媛的亲戚。"

楚鸢想了想，蒋媛的亲戚往上数三代都没一个是有出息的，看来她已经深入渗透到季遇臣的公司，连那帮废物亲戚都能送进去，这才是真正的开后门吧。

楚鸢坐在外面的会议室，亲自泡了两杯茶，等着这位蒋媛的亲戚。他走进来的时候趾高气扬的，生怕别人认不出他来自季家，毕竟在普通人眼里，季家可是他们一辈子都碰不到的名门望族。

在看见会议室里坐着的长腿大美女之后，来人用一种油腻的眼神上下扫了楚鸢好几眼，随后递过去一张名片，说道："你好，我是季氏企业派来的代表经理蒋辉。"

楚鸢接过名片，客气地说："蒋经理，您好！关于我们公司之间的合作，还是有些重点想和您谈谈的。"

"谈谈归谈谈——"蒋辉油腔滑调的样子，像极了得志的小人，靠着家里有个蒋媛攀上季遇臣，才能来这种大企业当经理，甚至出面谈事情，结果一张嘴就把自己所有的水平都暴露了，"你们公司是不是男人都不太行？怎么派你一个女人来跟我谈？未免太不够重视了！"

楚鸢凭良好的家教保持着礼貌的微笑，说道："我们还是把话题绕回来吧。"

"主要是，你看看你，高跟鞋、短裙……啧啧——"蒋辉继续用那种令人不舒服的眼神看着楚鸢，说道，"你丝毫不像是会接待客人谈生意的模样，你到底是干什么的？不会是你们老总的那个什么吧？"

楚鸢说："我是秘书。"

"秘书，哦……"蒋辉拖长了音调说，"那我懂了，毕竟有事秘书干，没事那个嘛。你叫你们能说话的人出来吧，我估计你也听不懂，不专业的人在边上当花瓶给老总看看就好了。"

楚鸢听他说完，脸上保持着微笑，漫不经心道："你有没有妈生呀？"

蒋辉愣住了。他眼里做秘书的女人只会趋炎附势，根本没想过楚鸢能面带微笑地说出这种话，男人的自尊心一下子被羞辱。他原本都坐下了，又一下子从椅子上站起来。会议室里就他们两个人，他便什么都顾不得地嚷道："你这个女人，知不知道我是谁？"

楚鸢双手一摊，坐姿性感又优雅，问道："你是谁？"

蒋辉自从进了季遇臣的公司，一路都是被人讨好着的，因为蒋媛是他的亲戚。他在公司随便揩油，那些女同事也不敢说什么，不承想来了这儿却不被人惯着。

蒋辉指着她道："知不知道季遇臣的老婆跟我什么关系？我是她的堂哥！"

"老婆？"楚鸢笑了，然后说道，"大婚当日不都被人送花圈了吗？太晦气，你堂妹克夫吧？"

哪壶不开提哪壶！

蒋辉拍着桌子喊："你简直不要脸，我好歹也是你们公司的贵客！叫你们老板出来，我没空跟你这种妇道人家谈事情，穿成这样简直不知检点，还不知尊卑，怎么当上这个秘书的自己心里清楚！"

一面看不起女性，一面又靠着家里的女性攀附豪门，这种男人肯定在别的地方也恶心过不少无辜女孩子。楚鸢双手抱胸，反问他："那你知道我是谁吗？"

蒋辉动作一僵，问道："你是谁？"

楚鸢笑眯眯地放下长腿起身，抄起桌上原本泡好的茶狠狠地泼在蒋辉的脸上，说道："我是你爹。"

四个字一出，蒋辉被楚鸢的气势彻底吓到。他这辈子目光短浅又只会窝里横，一直以为仗着蒋媛和季遇臣的关系，自己也算是半个豪门贵族，走到哪里都得有人捧着，根本没想过会被人这样泼一脸的水。

蒋辉怒气冲冲地上前，骂道："你这贱女人简直不知道天高地厚！"

楚鸢一脸嫌弃地往后挪，厌恶道："离我远一点！"

蒋辉摸了一把脸上的水渍，头发上的水滴到肩膀上。这西装可贵了，还是蒋媛刷季遇臣的卡给他添的行头，买回家的时候他逢人就炫耀，这下可好，彻底被弄脏了！

蒋辉恨不得将楚鸢狠狠地按在地上羞辱。他说："你泼我一脸的茶水，你哪儿来的胆子？把你们老板叫出来，我要让他炒了你！"

"茶水不够烫真是可惜。"楚鸢啧啧地感慨。比起蒋辉的狼狈不堪，她美艳性感得像个尤物，此刻还幽幽地说，"早知道就该整些硫酸泼你脸上，狗仗人势，忘了自己几斤几两，就你也配进季遇臣的公司，还被派来跟我们谈合作？我看两年之内，季氏必然倒闭！"

蒋辉气得眼睛险些喷火。他毫不顾忌地冲上去抓楚鸢的头发，可惜还没碰到，就被她绊了一跤摔在地上，直接摔了个狗吃屎。

楚鸢看了一眼自己的高跟鞋，捂着嘴说："怎么？是眼睛花了看不清路吗？小蒋！"

小蒋，小蒋？

这年头，谁都知道他是蒋媛的亲戚，见到他怎么也得喊一声"蒋哥"，这个女人竟敢这样毫无尊卑地喊他小蒋，就差没有骑在他的头上作威作福了。

蒋辉从地上爬起来，破口大骂："你给我等着，还不快给我拿毛巾来擦脸！"

楚鸢找了处比较远的座位坐下，反正会议室里椅子多。她跷着腿说："不干。"

和工作无关的事情她一律不干。

蒋辉一面甩着水，一面再次朝楚鸢走去。他路过会议室的门，直接反手锁上了，嘴里嚷嚷道："敬酒不吃吃罚酒，我不会让季遇臣放过你的，你这种女人肯定嫁不出去！"

楚鸢看着他反锁门的动作，只觉得他胆大包天，居然敢……这是想要她陷入无人帮助之境吗？

楚鸢破天荒地没有躲开蒋辉抓自己的动作，甚至皱着眉问："你要干什么？"

看她闪躲，眼睛里还有几分害怕，蒋辉登时淫笑道："怎么？怕了？你刚才那副嚣张的样子去哪儿了？果然说起季遇臣你就怕了，趋炎附势又没皮没脸！我告诉你，讨好你哥哥我，我能让你见到季遇臣。"

说话的同时，蒋辉的手摸了摸楚鸢的肩膀，虽然隔着衬衫布料，她还是感觉自己后背起了一层鸡皮疙瘩。他大概笃定她就是喜欢勾引老板，所以这会儿不敢动弹，于是更加肆无忌惮，以至于开始扯她的衣服纽扣。

楚鸢仰起纤细的脖子，仿佛猎物放弃了挣扎，将脆弱的部位暴露给猎手。

此时，门外传来一阵声音，紧跟着"砰"的一声巨响，原本被蒋辉锁住的门在这一刻被人从外面用巨大的力量狠狠踹开。

一阵烟尘在空气里飞舞，散去后，有人站在门外，穿着西装单手插袋，正不紧不慢地将高高抬起踹门的脚收回来，动作帅气。

他另一只手掸了掸灰，问道："在干吗？"

蒋辉浑身一哆嗦，这声音冰冷，带着不怒自威的压迫感。

他僵硬着肩膀转头，赫然看见有个男人走进来，身姿挺拔，一张脸又冷又白，眼神朝他看来的时候，带着审视和轻嘲。他道："我还是第一次知道在我的公司，还能反锁我的门？"

尉娈！

蒋辉吓得脸色大变，忙解释："不是的，尉少，您听我解释，是这个女人……"

尉娈说完去看被蒋辉挡住的楚鸢，只见她虚弱地倒在椅子上，胸前的衣服都是凌乱的，这会儿性感的胸脯还在微微颤着，露出大片白皙的肌肤。

尉娈挑眉，喉咙微微收紧，疑惑道："嗯？"

"这个女人对我出言不逊，我只想教训教训她，万一她以后也是用这个态度替您接待客户，那您可就损失好多生意呀！"

"是这样吗？"尉娈看了一眼楚鸢的脸色，随后道，"她是怎么对你出言不逊的？"

"她说我狗仗人势，不知道自己几斤几两……"

"她没说错啊。"尉娈面无表情地看着蒋辉，问，"你不会真的心里没数吧？"

蒋辉感觉自己的头发都要竖起来了，原本以为尉娈不会为一个女人跟合作伙伴起冲突，岂料他如此不给面子。

蒋辉咬牙道："可是这个女人还泼了我一脸的水，我要她一个道歉，不过分吧？"

"是你……是你对我动手动脚。"边上响起一阵脆弱的抽泣声，这阵躁动引得外面有人围观，大家纷纷站在会议室的门口探头探脑，看见里面的楚鸢瑟瑟发抖，又脸色苍白地捏着自己胸口的衣服，好像受了天大的委屈，听她继续说，"我好端端地提前备了茶在会议室等待客人的到来，谁知道他说我……说我和尉少是那种关系。我不想让尉少的名声被败坏，就和他起了争执，然后他对我动手动脚，我才忍不住用茶水泼他反击，如果……如果这也是错，那我到底要怎么做？难道解开衣服任他羞辱吗？"

最后一句话带着玉石俱焚的绝望，听得外面的围观者都跟着倒吸一口冷气。

"这季家派来的代表怎么这么没素质！"

"天哪，这个水准也能出来谈生意？季家不会是要破产了吧？我们还是别跟他们合作了。"

"这女秘书倒是挺有骨气的，听见别人败坏尉少还会想着维护尉少的名声。"

"看她那副样子有些心疼，季家派来的代表太油腻了吧！"

蒋辉一张嘴哪里说得过这么多张嘴？何况他就算要辩解也无从辩解，原本是这个女人故意挑衅他，如今倒成了她是受辱的那个。

"你太会演戏了！"蒋辉口不择言，"你以为你这样就可以骗过所有人吗？我不就说你两句，你便拿水泼我，才不是我先动手的，你还给我使绊子！"

"哪个女孩子不要名声？"楚鸢潸然泪下，"我难不成是故意陷害你吗？我图什么？你还说只要我从了你，就可以带我去见季遇臣。在你眼里，女人都是不要脸的，你明明就是对女性抱有偏见！"

这话一出，外面的围观者都看不下去了。

"你们季家是没人吗？要跑来我们公司挖墙脚。"

"就是！还带她去见季遇臣？我们公司比季家的待遇好多了，懂不懂？别以为自己多厉害，也别当女人都是虚荣的，几句话就跟着你走！"

蒋辉根本说不过他们，看着楚鸢楚楚可怜的模样，一口气险些喘不上来。他这会儿恨不得撕烂她的嘴，恶狠狠道："你这个贱人，满口胡言，联合起来打压我们季家！"

"自己不干这种事，谁会闲着没事找你们麻烦？"

"快滚！"

"就是，从我们公司滚出去！"

蒋辉已经引起众怒，有个保安冲进来一把抓住他，在他的号叫之下把他整个人拖了出去。

蒋辉被拖出去的时候，如同毛毛虫一般扭着身体挣扎，叫嚣："放开我！你这个贱女人，你叫什么名字？我不会放过你的，我可是蒋媛的堂哥，你知不知道我是谁？"

眼看着他被拖走，围观群众都觉得出了口恶气，随后大家默默地让出会议室，让楚鸢好好收拾自己的衣服。

楚鸢见蒋辉终于消失，这才轻吁一口气，扭了扭脖子，从椅子上站起来。她的表情一变，刚才还哭得梨花带雨的，现在立刻变得冷艳无情。

尉婪挺想给她鼓掌的。他道："真行啊，楚小姐。"

"也多谢尉少的配合。"

楚鸢走到窗边，掏出口红对着玻璃给自己补妆。这会儿她胸前的衣服还是凌乱的，甚至能够隐约看到傲人的曲线。涂完口红，她才低头整理自己的衣服，头发从耳边垂落。

她缓缓地将被扯开的扣子扣回去，动作优雅性感，明明是穿衣服的动作，却比脱衣服还要惹人遐想。

尉婪目光深邃，问道："门没关，不怕被看？"

"有您在，没人敢往里看。"

尉婪好心情地勾唇道："你倒是聪明，知道怎么收拾蒋辉。他根本不是你的对手。"

如今蒋辉在他们公司里大失人心，季遇臣又着急谈成这笔生意，肯定会亲自登门道歉并且表示诚意，这下等于狠狠踩了他们嚣张的气焰一头，还能替自己出口恶气。

楚鸢太聪明了。或者说，太会演戏的女人是很可怕的。

她笑得灿烂，随后道："尉少的夸赞我哪里受得起？这两年在你身边学了一些，也算是学以致用，为我们企业做些贡献。"

这话明着讲是为了公司，背地里却在说她这都是跟着尉婪学的心机手段呢！

漂亮的女人在这种名利场里倘若无脑，那只有被玩弄的份儿，所以尉婪并不讨厌心机和手段。他喜欢和自私、聪明的人相处，讨厌无能、善良和软弱。

"美貌和聪明是一把双刃剑。"尉婪上前，眼神锁住她胸前刚才凌乱的地方，随后俯下身来，在她的耳畔说，"你可要小心不要被反伤。"

"我相信倘若我出事，"楚鸢搂住了尉婪的脖子，眉毛上挑，带着说不尽的暧昧和缱绻，"尉少一定会来救我的吧？"

"如果那个时候你还有利用价值，"尉婪的瞳孔像是一个黑洞。他伸出手摸了摸楚鸢的耳垂，丝毫不怕外面路过的人看见——门锁被踹坏了，根本关不上。他没有抗拒楚鸢的勾引，反而受用地笑道，"我一定会拼死救你的。"

第三章

孽

楚鸢的脸发烫，眼神却是冰冷的。

果不其然，蒋辉回到公司把事情和季遇臣一说，他愣住了，不敢相信尉娄居然就这么不留情面地把他派去的人从公司里轰了出来。

"你平时怎么骚扰女人都没事，为什么要跑去尉少的地盘撒野？"季遇臣拍着桌子站起来，斥道，"知不知道这次的合作有多要紧？如果惹怒尉娄，我们的合作关系没了，你承担得起吗？"

这个无能的废物！一直以来，因为他是蒋媛的哥哥，加上他一直讨好自己，季遇臣从没在明面上说什么，骚扰公司里的人也睁一只眼闭一只眼，主要是怕回去了蒋媛和自己吵架。

季遇臣给足了这个哥哥面子，谁料这等大事上他还能出差错！

蒋辉头一次见季遇臣发这么大的火，吓得根本不敢说话。他原以为自己在季氏集团横行霸道是没关系的，没想到他只是在被放任，并不代表对他没意见，如今坏了大事，自然是难辞其咎。

蒋辉额头上全是汗，忙说："都怪那个女人，那个女人是故意的，故意让大家看见我对她动手。"

"你不动手，能被人抓住马脚？"季遇臣恨铁不成钢地说，"谈正事的时候就不能稍微收起你那些心思吗？简直给我们公司丢人！"

"季少，季少……"听到这个，蒋辉立刻慌了，连忙说道，"你再给我一次机会，你可是我的妹夫啊，我们是一家人。"

婚都没结成，妹夫倒先喊上了，生怕季遇臣跑了。

"我亲自去，你别再出现给我丢人现眼！回去在家好好待一个月，想通了再来上班吧！"

季遇臣狠狠地瞪了蒋辉一眼，随后给尉婪打电话。一接通，对面的女声甜美动人地说道："您好，这里是尉少的专线。"

"麻烦帮我转接尉总。"

"尉总正在忙。请问您是？"

"我是季氏集团的总裁季遇臣，之前我们公司派去的代表给你们造成了困扰和麻烦，想亲自转达一下歉意。"

"哦。"原本温柔的女声瞬间拉低音调，然后挂了电话。

留季遇臣在一串忙音里愣神。

为什么这个女声这么耳熟？

被挂了电话，季遇臣面上也有些挂不住，虽然他特别想要抓住和尉婪合作的机会，但是他也算名门子弟，尉婪就当真如此嚣张，一丝面子都不给？

他都低声下气打电话想要解释了，尉婪的助理竟然听都不听直接挂断，这不是在打他的脸吗？

季遇臣咬紧牙关，自从那个奇怪的女人出现，所有的事情都乱了套，就没一件让他顺心的，真晦气！

然而就算心里再不服气，季遇臣还是得去一趟尉氏，这样才能表明他的态度。何况如果不是蒋辉如此鬼迷心窍，也不至于落得这个结果。

季遇臣深吸一口气，让助理替自己安排行程，给尉氏那边的前台发了信息，然后准备下楼去见尉婪。

这天傍晚，季遇臣的商务车停在尉氏的楼下。

季遇臣走进一楼大厅的时候，听见有不少人在谈论自己。

"那不是季家大少吗？"

"好帅哦。"

"前阵子二婚了，你知道那个事情吗？"

一听见别人议论他结婚当日的事情，他登时脸色一变，奈何在陌生人面前不能表露出来，只能任由流言蜚语从耳边擦过。他走到前台，工作人员认出他，立刻给他带路："季少，您怎么来得这么快？"

"我们派出去的代表给你们造成了麻烦……"说话的时候，季遇臣刻意把强调放得温柔低沉，"所以我亲自过来一趟，以表诚意。"

这话是故意说给尉氏的员工听的，应该有效果。

果不其然，此话一出，边上窃窃私语的人纷纷点头。

"属下不行，老板亲自出面道歉，季家大少还是可以的。"

"别的事情不知真假就不点评了，不过至少他本人愿意出面，说明诚意还是很足的。"

"得亏有这种老板拉回民心，不然季家的风评都要跌落谷底了。"

听见大家这么说，季遇臣在心里冷笑。要不是那个不知死活的助理秘书挂他的电话，他也犯不着特意跑一趟，搞得像他们季家多巴结尉氏似的。

不过人都已经来了，就要做足场面，才能够让大家对他的印象分继续回升。

在众人无知又赞赏的目光里，季遇臣被引到先前的会议室，看着空荡荡的门框，他愣住了。

"那个，这里的门呢？"

一共两扇门，左右各一扇，现在只剩下半边的门在晃悠。看门框还有些歪了，尉氏不至于这么寒酸吧？

前台小姐看他一眼，见怪不怪地说："哦，我们尉总把一边的门踹飞了。"

踹飞了？尉婪到底是干了什么惊天地泣鬼神的事，能把门踹飞？

季遇臣深呼吸一口气，挤出一丝笑意，说："那我进去等吧，多谢领路。"

他那张好看的脸骗得前台小姐眼冒爱心，点点头便去通知尉婪。

结果五分钟后，出现在季遇臣面前的不是尉婪，而是楚鸢。

她踩着高跟鞋，手里拿着文件，就这么走进之前蒋辉闹过事的会议室，随后"啪"的一声将文件放在桌上。

丝毫没把季遇臣当作客人。

季遇臣惊呆了，看着出现在自己面前的女人，猛地站起来，问道："怎么是你？！"

楚鸢笑眯眯地看着他，反问："怎么不能是我？"

——是不是很吃惊啊？季遇臣，过去你最看不起的那个死胖子，如今就坐在你的面前。

不过楚鸢面上不显山不露水，只是将文件递过去，说道："之前你们公司派代表过来，事没谈成，没想到季少如此有诚意，竟然亲自来了。"

她说的话都是很专业很客气的，唯独动作上看不见一丝客气的态度。

季遇臣皱着眉，虽然感觉对方是在给自己下马威，但还是说："蒋辉确实有些不专业，我们已经对他做了处理，让他停职一个月再来公司上班。"

"我还以为会直接开除呢。"楚鸢站起来给自己倒了杯水，根本没管季遇臣这位客人渴不渴。她坐下来跷着性感的大长腿，喝一口水润润嗓子，说道，"没想到贵公司还挺舍不得这种'人才'的。"

听出她话里的嘲讽，季遇臣拿着文件的手猛地用力，纸张被他突然攥紧，生出些褶皱。他咬牙切齿，笑道："说开除就开除也不是一个大公司的态度。"

"这种'人才'还需要走流程开除，只能说明贵公司在危机应对方面并不是特别专业。"楚鸢勾着唇，越发阴阳怪气起来，"我们尉氏就不会出现这种情况。万一出现了，也是尉少直接拍板开除，不会再让这种害群之马影响到公司的未来。我想定是这蒋辉有过人之处，才让季氏集团如此护着吧。"

过人之处？这不就是在暗示蒋辉走后门进来，后台是蒋媛嘛！

季遇臣头一次被人这样明目张胆地嘲讽，奈何还没办法发火，这让他对眼前这个女人的厌恶和警惕一下子拉到了最高点。他道："既然已经被赶出你们公司，秘书小姐何必还抓着季氏如何处理员工一事不放，这是我们季氏集团的事。"

楚鸢点点头，恰到好处，说收就收，随后对着季遇臣说："那你先看文件吧，合同上我们改了几处，可以再讨论讨论。"

经过蒋辉这么一闹，季遇臣就算不同意合同修改的这几处，也只能忍痛同意了，毕竟是他们公司无理在先，只能在利益上做出让步。

只是这女人说变脸就变脸，刚才还一副嘲讽的模样，如今却一脸严肃，打了他一个措手不及，令他无法招架。

季遇臣心里不服气，但还是看了一眼合同。尉氏要求的东西都在他们可以让步的范围内，以前这种小事情随便一个助理都可以来谈，如今却要他这个总裁出马。他觉得特别丢人，为了挽回面子顺便向楚鸢打探，便问道："我们以前是不是见过？"

楚鸢脸色一变，而后笑得千娇百媚，应道："季少，这些话跟我的工作无关，我没有义务回答您。"

"我知道。"季遇臣听到楚鸢这么说，更加迫切道，"你知不知道，你出现的时间很巧，还有你为什么会在我结婚的时候说起当年绑架案的事情？告诉我，你到底是谁？"

——为什么说起当年的绑架案，当然是为了报复你啊，死"渣男"。

但楚鸢没说出口，只是端出虚伪的笑脸和季遇臣打太极："跟工作无关，我拒绝回答。"

季遇臣看了一眼会议室的门，另外半边就这么开着。他对比了一下角度，这剩下的半边正好可以遮挡住他们坐着交流的位置，于是他挪动椅子，上前道："你让我想起我的前妻。"

"前妻"这两个字就是楚鸢心里的一根刺。

她的眼眶在她没有察觉的情况下染了些许红，但还是摆出职业笑容来，说道："哦？季少为什么突然要跟我讲这个？"

"是不是她喊你来找我的？"季遇臣忽然伸手抓住楚鸢的手。

他过去从来没有这样和她密切接触过，她像是触电似的，一下子甩开了他的手，问道："你做什么？"

她难得情绪激动，季遇臣的内心更加着急了，问道："我前妻还没死对不对？你告诉我，是她让你来婚礼现场，目的就是警告我她没死，是不是？"

"你可真会想象。"楚鸢粲然一笑，问道，"难不成你前妻的死是你干的？"

"我！"季遇臣被楚鸢的话堵住，过了一会儿，他的声音低下来，"如果她没死，请你告诉我，告诉我，她在哪儿？楚鸢，我的前妻叫楚鸢，我和她好歹也做了几年的夫妻，我们还有过一个孩子。"

假如没有经历过之前的事情，或许季遇臣这副模样会令楚鸢感动到立刻和他相认，并且破镜重圆。

可是此刻，听完季遇臣这番话，楚鸢的心反而冷了下来。

"你不过是想从我嘴里确认你的前妻死了没有，以及在哪儿，方便去找她——"那一瞬间，楚鸢的眼神冰冷锐利，冷笑着说，"然后让她再也无法开口说话吧？"

季遇臣的脸色大变，眼前的女人为何会如此聪明？

把名声和权力看得比一切都重要的、无情自私的季遇臣，怎么可能悔过，想要弥补前妻？

他根本就是在试探前妻死了没有，如果死了，那最好；倘若没死，便假装深情，从她的嘴巴里问出对方的下落，再对其下手！

险些就被他骗过去了。那内疚的口吻，那情深义重的眼神，就好像他们之间真的存在过爱似的。

楚鸢猛地从椅子上站起来，说道："所以别想了。季少，第一，我不会告诉您和工作无关的事情，如果确认合同，那么不如我们两司尽快进入签约阶段；第二，您前妻的死活跟您没有关系，在您选择另一个女人的那一刻起，她就已经彻底灰飞烟灭了，您犯不着现在用这种仿佛多想念她的口吻假惺惺地说什么。"

倘若真的爱，又怎么可能会选择前妻的"忌日"二婚？

这可是要诛她的心啊！

听见楚鸢这么说，季遇臣的心猛地刺痛了一下。

就那么一下，虽然不重，但特别明显，明显到连他都无法忽略的地步。

为什么？

季遇臣看着眼前的女人，为什么他会在面对她的时候，有一种无法抵抗的悲伤感？

他也跟着站起来，说道："你听我说，当年不是那样的。如果你能联系上楚鸢，替我告诉她……"

"我并不想替你转告什么。"

楚鸢看着季遇臣，只觉得浑身上下彻骨地冷。当年她那么爱他，竟落得如此下场。他可真是太会演戏了，如今别想再骗到她！

季遇臣没想到自己软硬兼施都无法从这个女人的嘴里获得一丝楚鸢的消息，顿时来了火气，攥着手指说："那么你呢？既然楚鸢的信息没办法告诉我，不如告诉我你是谁！你几次三番地挑衅我。"

"我是谁？我是尉少的助理，别的身份跟你没有关系，季少应该比蒋辉要懂分寸吧？"

言下之意是警告季遇臣不要乱来，否则他也会和蒋辉一样被保安轰出去。

季遇臣死死地盯着楚鸢的脸，企图从她的脸上看出什么不一样的情绪来。然而没有，她的表情就像一张没有情绪的面具，他根本无法击溃她的防御。

季遇臣在心底怀疑，这个女人不可能是他的前妻，因为他的前妻根本无法反抗他，一向对他言听计从，怎么可能变成现在这副模样？

他顿时变了脸色，又端出一副人前温柔的模样来，说道："那看来是我误会了。"

季遇臣自然是比蒋辉有分寸的，不会做出那种自断后路的事情。他更圆滑、更阴险，这会儿的退让不过是为了方便日后再试探。

他从会议桌上扯了一张纸，随后拿出随身带着的钢笔，拧开笔盖，在纸上写下一串数字以及地址。

他将纸塞到楚鸢的手里，手指在她的掌心挠了挠，随后压低嗓音，用那种女生都会喜欢的声音说："这是我的联系方式，如果你改变主意，随时来找我。"

楚鸢被激得浑身起了一层鸡皮疙瘩。

随后，季遇臣在文件上签下名字，说道："这样一来，我们就可以正式进入流程。"

他原本是来见尉婪的，这会儿见到这个女人，也算不虚此行。

季遇臣人模狗样地说："先前蒋辉的事情，我代表公司来传达歉意，也麻烦你帮我传达给尉少，希望我们不会因此有隔阂。"

看看，他多会演啊。

楚鸢以前觉得尉婪虚伪，这会儿觉得他简直是真诚到了极点。不像季遇臣，为了达到目的能够面不改色地说出昧着良心的话。

楚鸢没说话，季遇臣便转身走了。直到他的脚步声消失，她才呼出一口气，结果刚喘完气，外面又传来一阵脚步声。

尉婪走进来，笑着说："和前夫单独相处的感觉怎么样啊，是不是很心动？"

楚鸢面无表情地问："你是来看我笑话的吗？"

"我看他好像悄悄塞了什么东西给你。"尉婪有一张精致漂亮的脸，哪怕是嘲讽别人的时候，五官也是无比好看的。他故意意味深长地说，"不会是……要重归于好吧？"

楚鸢皱眉道："犯不着用这种语气恶心我。"

她又不贱得慌，还能再和季遇臣重归于好不成？

"想看看你是不是还喜欢他。"尉婪双手抱胸，看着楚鸢，说，"是不是还愿意再回到过去，送上门再被他伤害一遍。"

听见尉婪这么说，楚鸢细细观察了一下他的表情，知道这是他故意讽刺自己以前对季遇臣的满腔爱意。

也对，当年她是个胖子，又笨又自作多情，原本以为相处几年可以让季遇臣爱上她，岂料他亲手将她送到了歹徒的刀下。

倘若这样还对他旧情难忘，那她只配得上"自作自受"四个字。

"没听说过那句话吗？连垃圾都丢不掉的人，在垃圾眼里也是垃圾。"

楚鸢将季遇臣塞给自己的字条展开，这熟悉的地址和手机号码她曾经烂熟于心。而现在，她只当作垃圾般，用涂着红色指甲油的手指轻轻一扯，将那张字条撕碎了丢进垃圾桶里。

尉婪看着她的动作，吹了一声口哨，根本不像个霸道总裁，倒像地痞流氓。他说："前夫给你的联系方式，这就不要了？"

这人阴阳怪气起来简直没完没了。

楚鸢呵呵冷笑道："你舍不得？给你啊，要不要？"

尉婪没说话，伸出手来。楚鸢知道他要什么，将合同递过去，说道："季遇臣那边松了口，毕竟派来的代表干了那种丢人的事情，他也没好意思不让出一些利益，签了字。"

尉婪将合同收过去，随后拍了拍楚鸢的脸说："真好，季遇臣是不是对你有兴趣啊？现在的你，简直让你的前夫神魂颠倒呢。"

楚鸢这张脸真的是大变样，瘦下来的她就是个人间尤物。不过也正常，毕竟她家的基因向来很好，她哥哥楚星河帅气逼人，还有个姐姐，听说是超模。

如今楚鸢还活着的消息并没有传到楚星河那里，若是他知道了，季遇臣就等着死吧。

尉婪心情大好，迈着极为潇洒的步子出了会议室。楚鸢紧随其后，一前一后的两个人像极了漫画里坏笑着的总裁和美艳性感的秘书。可惜他走进办公室以后，没管身后的她，自顾自地将门一关。

楚鸢被关在了门外。她也没想进去，正好她的位子在总裁办公室的外面，毕竟是专属秘书。她拐个弯就到自己的位子上坐下，看一眼电脑上的时间，已经临近下班，这会儿该收拾收拾准备回家了。

结果有脚步声传来，楚鸢抬头一看，竟然是杨若盈。

她脸上带着怒意，身后跟着部门主管，还有零零星星其他几位同事，看样子像是要和楚鸢算账。

他们就这么直直地走到了楚鸢的面前。她喝着水，处理桌面上的文件，并没有给杨若盈一个眼神。

被无视，杨若盈伸手敲了敲楚鸢的电脑，说道："喂，你几个意思？"

楚鸢放下水杯，问："找我有事？"

她居然还敢这样说话！

杨若盈看了一眼早上交给楚鸢的资料，这会儿还被整整齐齐地放在她的桌子上。

显然，楚鸢并没有听从她的吩咐，将资料录到库里去。

杨若盈指着楚鸢，语气十分不爽地道："我早上安排你做的事情你为什么不做？"

"就是，因为你一个人，害得我们整个部门的进度都慢了。"

"新来的会不会干事啊？知不知道职场规矩？"

这会儿他们一个个站在楚鸢面前，将她的工位团团围住。但她丝毫不慌张，坐在椅子上，还调整了一个特别舒服的姿势，纤细白皙的手指交叉在一起，闲适地把玩着，似乎根本没把他们的话听进去。

杨若盈看着这个女人对他们的态度，偷偷观察自己部门主管的表情。

果不其然，部门主管也是一脸怒意，显然是觉得威严受到了挑战。

太好了，就该让主管狠狠地仇视楚鸢，好让她以后在公司里混不下去！

为了挑起众人对她的仇恨，杨若盈又说道："你可别装哑巴，让你做些事情怎么了？大家都是这么过来的，怎么？就你娇滴滴的呀？这也不干那也不干，同事的忙都不帮，你心里还有没有同事情分啊？"

这下可好了，众人跟着七嘴八舌起来。

"就是，大家都是同事，帮一下怎么了？"

"进公司都是一家人，你是不是没有把我们当成一家人？"

楚鸢抬头，笑道："没有啊。"

同事情分，那是什么？

杨若盈倒吸一口冷气，根本没想过楚鸢会这样直言不讳，而且还当着这么多同事的面！

楚鸢看着自己的电脑，随后说道："我跟你们又不是一个部门的，谁跟你们是同事啊？"

"你这人也太没礼貌了吧？"围攻她的人里面有个性子更急的，直接站了出来，说道，"不就是多做些事情吗？你是谁啊？家里开公司吗？我当初也是这样过来的，怎么就你不行？"

"你当初被别人多派活儿是你没本事、没胆子，窝囊废。拒绝不了就活该干那些事。"楚鸢的话犀利又直白，"你不会拒绝不代表我不会拒绝。"

那个女人顿时被楚鸢堵得说不出一句话。她还想说些什么攻击楚鸢，可楚鸢脸上的笑容太嘲讽了，明摆着就是在讽刺她。

"你这是什么意思？"杨若盈指着楚鸢，也顾不得是在公司。她好歹也在公司这么多年了，如今一个新来的居然说话这样难听，还踩在他们头上，这是在给他们下马威啊！

要真的让这件事情就这样过去，那以后公司里不就没他们的位子和说话的份儿了？

于是杨若盈说："你是不是以为自己有老板撑腰很了不起？我早上就给了你资料要你录进去，这么简单的事情，你为什么不干？还有，我们部门主管的儿子要论文，你一个秘书，这么小的事情都不会干？"

"对呀。"楚鸢双手一摊，淡淡道，"不会。"

正好快下班了，路过的围观群众越来越多。大家都看着，他们这么多人，怎么能输给楚鸢？

部门主管这会儿站了出来，是个男的，说话的声音自然要比楚鸢的更粗，甚至带着些许威胁，道："新来的，上司给你任务要你做符合规矩吧？你是在挑衅我们吗？"

"拜托，我和你们又不是一个部门的。"楚鸢看都没看那个主管一眼，说道，"是你们没事找事。"

没事找事！

围观群众发出了抽气声。

天啊，楚鸢这简直是在造反。她一个新来的，居然敢指着别人部门的主管说他们没事找事！

部门主管从来没有遇到过这样的事情，他们以前是新人的时候被打压，等往高处爬了，也变成自己曾经最讨厌的样子，把过去吃过的苦头给下一届新人继续吃，从没有人跳出来打破这种根本就不该存在的职场潜规则。

而现在，他居然被一个新人当着所有人的面，说他没事找事，这让他的脸面往哪儿搁？

他企图击垮楚鸢的心理防御，嘲讽道："女人就是女人，稍微多干些事情就这样叽叽歪歪，其实什么都干不好，你这样的人不管去哪个公司都混不下去！"

楚鸢边笑边站起来，当着那么多人的面，她终于将早上杨若盈递给自己的那本资料拿起来。

杨若盈以为她这是服了软，打算加班录资料，便得逞般地勾起嘴角，说道："还算识相，现在学聪明了？可惜，你已经令我们失望了。"

来这里上班，就得遵守规矩。

"你在说什么？"楚鸢顺手一丢，将那份资料直接塞入了电脑边上的碎纸机里。

看着那些文件被碎成一条一条的，楚鸢盯着最后转出来的碎纸，仿佛被粉碎的不是纸屑，而是人的血肉。她歪头笑道："你们失望关我屁事。"

杨若盈后退一步，看着楚鸢如此目中无人的动作，指着她，手指都在颤抖，难以置信地问："你这是在干什么？"

楚鸢把她给的资料丢进了碎纸机！

"如你所见，下班时间快到了，我在处理一天工作下来的垃圾。"楚鸢冷艳的脸上没有别的表情。先前杨若盈以为她服软，事实上大错特错。

连部门主管都开始怒吼："新来的，你什么意思？"

"我把垃圾资料丢进碎纸机里，你有什么好对我大呼小叫的？"楚鸢犀利地反问部门主管，"给你们部门录资料，这是我该干的吗？"

她这一反问，所有人都惊了。

"我又不是你们部门的人，所以我把这些不属于我部门的资料当成垃圾丢进碎纸机里，怎么了？"楚鸢说完，笑得分外讽刺，跟巴掌似的打在这帮人的脸上。她又接着说，"你们不会那么没用吧？连自己分内的工作都要拉上别的部门下水？我处理自己的垃圾，跟你们有关系吗？"

楚鸢说完，冷酷的视线直直地落在杨若盈的脸上，手指在自己的下巴上戳了戳，用一种漫不经心的目光打量杨若盈，偏偏她的眼神那样锐利，丝毫不像她的行为一般懒散。她道："你不会真的以为，你早上过来一通安排，我就得乖乖答应吧？"

杨若盈哪里能猜到楚鸢是这种脾气性格的人。如今这个社会，职场里大大小小的潜规则到处是，谁敢违反？所有人都习惯了沉默，不去打破这个规则，也代表着永远要被这个规则奴役。

他们不打破，只能忍着，忍着妄想有朝一日自己爬到了更高处，能够用同样的手段奴役别人。

"另外，什么部门主管儿子的毕业论文也要我帮忙写？"

楚鸢直接走到部门主管的面前，在所有人的围观下，她红唇微张，说话清晰又直白，脸上还带着若有似无的笑意："敢问，您的儿子是废物吗？"

此话一出，全场惊叹，甚至有人倒抽冷气。

"我的天！"

"这个女人怎么敢啊？！"

"其实这话我也很想对欺负新人的老人说。"

"好爽啊，好爽啊！"

部门主管勃然大怒，众目睽睽之下竟然失控，伸手想要打她。

巴掌落下来的那一瞬间，楚鸢直直地捏住了他的手腕。

一个大男人对一个女人动手，居然还被女人反控制了？

楚鸢用力收拢手指，中年男人便感觉到一股剧痛，他叫了一声："你还想在公司里打人？"

"到底谁先打人，我想大家都看得清清楚楚吧？何况——"楚鸢另一只手指了指头顶，"那儿还有监控录像呢，这位……"

楚鸢看了一眼部门主管的牌子，嘲讽道："哦，这位主管。"

她故意停顿，可不就是在讽刺他当主管的身份吗？

这场变故让杨若盈吓得魂飞魄散，他们只是想孤立一下楚鸢，让她以后在公司里混不下去，这要真的动手打人，事情可就严重了。

杨若盈立刻上前拉开部门主管的手，说道："主管，您别生气。"又对楚鸢说："新来的，你给主管道个歉，怎么能那么攻击主管的家人呢？"

"他儿子是我生的吗？毕业论文要我来写？"楚鸢又指着外面围观的工作人员，声调猛地拔高，"还是说我们下面这群人是为了他儿子服务的？自己的工作都忙不过来，还要帮主管的儿子写毕业论文？！"

"就是，我们加班已经很累了。"

"自己儿子的论文为什么不自己写？"

"谁敢拒绝啊？拒绝的话，以后在公司里就要被针对，我们太惨了。"

听见周围响起的议论声，杨若盈脸色大变，这种职场打压如此常见，原以为大家都是默认且遵从的，没想到一个楚鸢出现了，大家的情绪就跟着被挑动起来。

杨若盈皱着眉，尖声道："你不写就不写，有必要这样说吗？不就是帮人家的儿子写个论文？"

"你那么热心肠，你怎么不写？"楚鸢直接反问，"你那么想帮部门主管儿子的忙，你怎么不去帮他写毕业论文啊？怎么反倒将这个任务丢给身为新人的我？他儿子是脑残吗？是智力障碍者吗？连毕业论文都要别人帮忙写。"

说完这话，楚鸢迅速地看向部门主管，道："来尉氏集团工作，当上部门主管，给你权力和责任，你却拿这个压迫下属，为你的儿子写毕业论文？"

楚鸢每问一句话就让杨若盈的脸色更加难看一分。杨若盈根本没想到她是这样一个不好惹的人，甚至因为她的话导致周围的普通员工都出现了情绪共鸣，这件事情如果捅出去，说大不大，说小也不小啊！传到尉婪的耳朵里，也可能影响部门主管以后的前途。

楚鸢还是一脸无所谓的样子。她早就不是那个好欺负的人了，甚至笑着扬起下巴，问道："还要我给你道歉吗？主管大人。"

她故意用"主管大人"四个字讽刺这个部门主管把自己当皇帝一样压迫下属。

部门主管的脸都黑了。他刚才真该一巴掌打下去，这个女人简直无法无天！

她以为她是谁，敢这样说话，一个靠出卖皮囊进公司的，居然也想出风头？

杨若盈最会察言观色，此事要是真的闹大可就很难收场了，于是赶紧上前打圆场："主管，下班时间快到了，我们不跟这个新人计较。"

"计较？"楚鸢像是听见笑话似的，美艳的脸上露出不屑的表情。人人都在争着往上爬，人人都在互相践踏，可她似乎对此熟视无睹，也不知道是跟谁学的。她的声音懒洋洋的，"你们不跟我计较？我可有件事情要和你们计较。"

原本找她麻烦的一群人表情登时一变。

随后听见楚鸢清冷又带着些性感的声音像是出枪的子弹一般，带着张力刺入他们的耳朵："我现在跟你们说清楚，你们爱怎么压迫别人，那是你们的事。别人乐意被你们压迫，但我不乐意。"

她伸手，轻轻敲打着身边的电脑，扶着自己的椅子，勾起红唇轻蔑地笑："不只是今天帮忙录资料、写论文，以后，跟我的工作无关的事情——"她面无表情地继续说，"我一件都不会做。"

杨若盈吓得直吸气，结结巴巴地说："你……你……你这是造反！"

从来没有人敢在职场里这样以下犯上！

楚鸢就像是一柄利刃，在别人都默默让出自己的利益的时候，轻而易举地将那张纸给捅破了！

"我只做我分内的事情。"楚鸢双手一摊，强调道，"听清楚了吗？"

说完，她弯下腰去看电脑上的时间。

下班的时间到了。

她看了一眼部门主管，笑着关掉电脑，随后拿起包，迈开步子，说道："让开。"

部门主管气得说话直哆嗦："你什么意思？"

楚鸢丝毫不客气。

开玩笑，又不是他给她发工资，以后部门也挨不着，何必跟这种人客气？

"下班时间到了，快滚。"说完她撞开挡路的部门主管，大步往外走。

部门主管被她撞得往边上趔趄了两下，险些没站稳。

他一口气没喘上来，恶狠狠地盯着楚鸢离去的身影，发现周围有员工悄悄地冲着她的背影竖起大拇指。

"真牛啊，敢这样说话。"

"看得我好爽。"

"还不是因为背后有老板，我们普通人，认命被压榨吧！"

杨若盈的计划落空。她原本想看楚鸢被狠狠教训一顿，如今却是他们被楚鸢打了个措手不及。这会儿大家看他们的眼神都奇奇怪怪的，毕竟不少人被前辈欺负过，一时间好像把所有怨气都投放到他们身上。

杨若盈感觉如芒在背，赶紧搜着想要闹事的同事一起离开，一群人走的时候还骂骂咧咧，眼里带着气愤，怒道："这个新人太不知道天高地厚了！"

"总能找到机会狠狠地修理她。"杨若盈对着部门主管说，"主管，您别气。那个……那个论文，我帮您儿子写！"

地下车库。

楚鸢早上跟着尉婪一起来上班，于是站在他的车边等了一会儿，没等来他，倒是有另一个男人冲她走来。

男人在她面前停住脚步，叼着烟，表情冷漠地问："你是谁？为什么站在阿尉的车子旁边？"

楚鸢看了一眼男人的脸，在脑海里搜索尉婪身边的"富二代"，终于对上号，喊了一声："宋存赫？"

被眼前这个女人叫出全名，宋存赫有些不爽地说："你是谁啊？尉婪的新欢吗？”

宋存赫自然想不到眼前这个女人是他们圈子里之前一直嘲笑的楚鸢。

她还活着的消息除了洛妧和尉婪，没人知道，他们自然都以为两年前她就死了。

宋存赫自然而然地将楚鸢当成尉婪身边那种漂亮又无脑的女人。

他一把将她从尉婪车子边上推开，并说道：“阿尉喊我晚上一起出门，叫你来陪的？”

他最烦这种光有好看的皮囊实则内心荒芜的女人了。

这种女人只会不择手段地往上爬。

于是宋存赫厌恶地看着楚鸢说：“离我远一些。”

“多稀罕。”楚鸢笑了，说，“谁乐意跟你站一起似的。”

她说完干脆绕到车子的副驾驶座外面，跟宋存赫隔着车身对视。

宋存赫就差没被楚鸢气得眼睛喷火。他道：“你知道我是谁，还故意这么说话，怎么？想引起我的注意？”

楚鸢面无表情地看着他，说道：“还不如我哥帅，你真别自我感觉良好。”

宋存赫一张俊脸气得险些扭曲，问道：“你哥是谁啊？”

“楚星河。”

“呵呵。”这回轮到宋存赫笑了，“接着吹，你哥是楚星河，我给你五千万元。”

“准备钱吧。”背后传来尉婪惯有的冷漠又带着戏谑的声音，“她哥真是楚星河。”

“骗鬼呢，楚星河就两个妹妹，一个大美女，一个胖子，美女那个我见过一次，胖子那个不是两年前死了吗？”宋存赫明显没把尉婪的提醒当回事，看见他走来，还不耐烦地说，“阿尉，你怎么才来？我都等你半天了。”

“刚回公司，要处理的事情很多。”尉婪走到车边，给车子解锁。

楚鸢第一个钻入车里，显然一分一秒都不想和宋存赫多相处。当着她的面说她的坏话，这个男人白长一张好看的脸，不仅坏，还蠢！

宋存赫察觉到她的态度，气得只差没戳着她的脊梁骨骂：“你这女人装什么装啊？都勾搭上阿尉了还在这儿装清高呢！”

楚鸢当作没听见，怡然自得地扣上安全带。这种男人家庭条件太好，导致自我感觉良好，只要她无视他，就能折磨他。

果不其然，宋存赫坐在后排不爽地说："尉婪，你管管她！"

尉婪边发动车子边笑道："你一个大男人，跟女人计较什么？"

"这种女人你也能忍？"宋存赫恨不得用自己所有的脏话来攻击楚鸢，"看她这个脾气，是不是真以为自己得宠，是个角色了？她除了长着一张好看的脸，还有什么？"

她除了长着一张好看的脸，还有什么？

然而对于尉婪来说，他从来不觉得女人，或者能力在他之下的这类人需要脑子。

尉婪的冷漠和自私是摆在明面上的，因为自身压倒性的实力带来的高高在上的优越感和不把别人当人的轻蔑也都写在脸上，装都懒得装。

他潜意识里看不起的，是所有不如他的人。

他开着车，笑着说："还需要别的吗？"

听听，尉婪说这话的时候，还带着笑呢。

他是打心眼儿里觉得女人只要脸好看就够了，聪不聪明不重要。

但他身边的这个女人，是个例外。

楚鸢坐在副驾驶座上，高高地扬起下巴，把尉婪的调笑当成耳边风。她只是攥了攥手指，扭头看向他，问道："今晚你要出去玩？怎么没跟我说？"

"我的行程需要跟你报备吗？"尉婪边开车边伸手在楚鸢的头发上揉了揉，动作如同在哄一条狗，而后笑着说，"不过你有空就跟我一起去吧。"

他自说自话决定了一切，从没问过楚鸢乐不乐意。

独裁、武断，是这类有权有势的男人的通病。

楚鸢好整以暇地用手托住下巴，鲜红的指甲像是染了血一样，说道："怎么会想到带我去？"

"都是你认识的熟人。"

尉婪眼里的情绪让楚鸢有些看不懂。她如今还活着的消息没多少人知道，除了组织里的，无关的知情人只有一个洛妩。

所以就算楚鸢去了，以往圈子里的那群好友也认不出来这是当初那个爱季遇臣爱得要死的胖女人。

他们过去也没多关注过楚鸢的事情，对她的印象只停留在"楚星河的宝贝妹妹，但是软弱无能"这样的印象上。

如今尉婪怎么想着带她去他们面前露脸了？

楚鸢轻吁一口气，没有反抗，只是"嗯"了一声。尉婪侧过脸，用余光瞟了她一眼，视线落在她秀挺的鼻梁上。

楚鸢如今的变化不亚于整容，她原本吃激素发胖，五官被挤在一起，两年后瘦了下来，狐狸眼、樱桃唇，肤白貌美，简直可以称得上顶级美人。

——季遇臣，你后悔过吗？

尉婪勾起唇，好心情地踩了一脚油门，载着楚鸢和宋存赫朝他们约定的地方而去。

二十分钟后，尉婪在一家娱乐场所前停下车子。相较于外面一列跑车，他这体型庞大的坦克车反而更引人注意，进进出出的男男女女都不由得侧目看向车子上下来的人。

结果先走下来的竟然是个穿着高跟鞋的美女，一头黑发被烫成不显老气又性感的大波浪。她低着头，穿着并不暴露，可因为过于傲人的身材，导致看起来自带美艳光环。

楚鸢从副驾驶座下车的时候，宋存赫正好拉开后排的车门。他注意到周围男人看楚鸢的视线，冷笑了一声。

看看这群男人黏在楚鸢身上的眼神，真是肤浅又无趣。

尉婪将车停好，而后领着他们走进。穿过嘈杂的人群，他们被带到一个独立的贵宾包厢，显然这里面不是什么人都可以进的。

楚鸢推门进去的时候，看见里面的人低头笑了一下。

相比起外面的鱼龙混杂，这里面坐着的一个个可都是声名在外的"富二代"。

"这不是尉婪吗？"

"迟到了？"

有人笑着冲尉婪招了招手，问道："回国怎么没喊我们？我不会是最后一个知道的吧？"

原来是给尉婪接风洗尘的。

楚鸢自觉地找了一个角落坐下，打算不吭声。宋存赫和尉婪倒是已经坐到了沙发中央，两个男人没去管被冷落的她，只跟着一群狐朋狗友瞎聊。

楚鸢看了一眼跟他们凑在一起的人，心想人以群分，果然"渣男"都玩到一起去了。他们看起来都英俊帅气，其实呢？

楚鸢给自己倒了杯酒，拿着酒杯，微微仰头将浅金色的液体缓缓吞入喉中。

恰在此时，门外进来一个男人，留着一头栗色的头发，脖子上戴着U盘造型的项链。他进来看见楚鸢的时候，一愣，随后拨开人群，笑着直冲她而来，喊道："小鸟！"

楚鸢抬头，也跟着笑道："栗子？"

栗荆是天才网络工程师，家庭背景不差，一直和尉婪在一起玩，估计也是被叫来的。他这样先声夺人地喊了一声"小鸟"，导致所有人都纷纷跟着注视角落里那个独自喝酒的美人。孤独，却高贵又性感。

栗荆走来的时候，边上有女人冲他伸手示好，他理都没理，直直地走到楚鸢身边坐下。他拿了一杯酒，和她的杯子相碰时，问道："是尉婪带你来的？"

"嗯。"楚鸢偏头看了尉婪一眼，发现他也正在看自己，眼睛微微眯起。

尉婪带来的女人居然认识栗荆？一群人立刻觉得有意思了，都学他的语气喊楚鸢："这位小鸟小姐，请问什么来头啊？"

"居然认识我们栗荆，不会是社交名媛吧？"

"你这话就是看不起人家小姑娘了啊，进门就坐那儿喝酒不说话，显然是低调的。"

宋存赫故意阴阳怪气地说："江殿归、陈聿，这女人跟我说她哥哥是楚星河。"

众人当时就笑成一团，边上还有陪酒小姐接话："连楚星河的名字都敢搬出来？"

江殿归站起来，走到楚鸢面前，仔细地看了她一眼，而后说："得了吧，你当我们不认识楚星河吗？"

楚鸢没说话，只是握着酒杯看着他。

有意思。

江殿归将她手里的酒杯抽出来，当着她的面把她酒杯里的酒喝完了，又将酒杯塞回去，讥讽道："想引起我们注意大可不必用这种方式。你说你是楚星河的妹妹，他会认你吗？"

栗荆在边上说："你们说什么呢？她真的是啊！"

这不是组织里的人都知道的吗？尉娄也知道啊。

栗荆一脸无辜的老实人模样，让宋存赫笑得直摇头，说道："喂，栗子，你不会被这个女人骗过感情吧？"

"神经病。"栗荆往楚鸢身边挪了挪，说道，"我这么聪明谁骗得了我的感情？你们怎么不信呢，小鸟就是楚星河的妹妹。"

陈聿坐在尉娄边上，观察着楚鸢的表情，徐徐道："我们见多了想要认识我们的女人，都打着和谁谁谁很熟的名号，以为这样就可以混进圈子里来。"

楚鸢无奈地扶额，尉娄帮她肯定过身份，现在栗荆也帮她，可惜这帮花花公子就是不听，怎么办？

"要不现在打个电话给楚星河，让他来和你当场相认？"

"那就不了吧，这妞儿就是装的，要是真给她拆穿了，多不给人家面子。"

听见这种话，楚鸢只想笑。她不让别人知道，包括自己的哥哥，是因为她想自己去复仇。

因为当年季遇臣的一句话刺痛了她，他说——要不是你那个有钱的哥哥，我会娶你这个胖子吗？

这句话如同当头一棒，直接把楚鸢打醒了，让她知道原来自己一直活在别人的保护之下。

可是现在，她想要靠自己复仇，同时也不想让可哥为自己担忧太多。如果楚星河知道她还活着，肯定会调查清楚事情的真相，然后不顾一切地要季遇臣的命。

她不想弄脏了楚星河的手。

可她就不一样了。

第四章

绊

楚鸢低头看了一眼自己的手，指甲被染成红色，像是沾着血一样，如同当初她捂着肚子却无法阻挡血液从被刀扎的地方汩汩流出。

她勾唇笑了一声，选择退让："实在不好意思，不该搬楚星河的名号出来，以后我不说了。"

尉斐的目光猛地一沉。

过去的楚鸢活在楚星河的保护之下，遇到紧急情况也会说"我哥哥是楚星河"这种话，可是现在，她竟然当着所有人的面撇开她和楚星河的关系。

这个女人可真是舍得对自己下狠手啊。

她一再把自己逼到绝路，然后强迫自己去成长。

这会儿楚鸢还低着头，仿佛真的说错话、做错事了。

扮猪吃老虎也好，咬牙退让也罢，能把自己贬得那么低的人，是很可怕的。因为那代表着，她没有任何底线，可以为了达到自己的目的，全然豁出去。

听见楚鸢这么说，陈聿高高在上地看着她，仿佛在确认她刚才撇清和楚星河的关系是否出自自愿。他说道："你们这种女人的小心思，最好还是别出来卖弄了。"

楚鸢赔笑道："陈少说得对。"

陈聿一愣。他和江殿归应该都是第一次见楚鸢，为什么她会知道他们的名字？

　　边上的江殿归也有些好奇，这个女人说话的语气好像他们很久之前就见过面，她刚才见到他们也并没有露出惊喜或者吃惊的模样。

　　毕竟一般这种场所里的女人，看见他们都像是看见猎物似的，会抛出各种若有似无的眼神暗示来吸引他们的注意力，她却一走进来就找了个角落坐下。

　　这算什么，反其道而行之？

　　"不得不说，你比那群女人聪明。"江殿归将楚鸢视为不走寻常路的女人，不过他们几个的注意力也确实投在了楚鸢身上，所以他才会夸她聪明。

　　楚鸢对江殿归翻了个相当漂亮的白眼，说："你自我感觉太良好，我听你说话想吐。"

　　此话一出，全场寂静！

　　唯一笑出声来的是尉娑。他是真的笑了，也就楚鸢敢这样跟江殿归他们这群人说话。

　　隔了一会儿，有个陪酒小姐带着怨气说："这位小姐姐到底什么来路呀，说话这样放肆，简直不把我们江少放在眼里呀。"

　　楚鸢当然知道，江殿归是这帮人里面脾气最火暴的。

　　她一惹就惹了个脾气最差的，现在还特别优雅地坐在那里，丝毫不觉得这火会烧到自己身上来。她说："不是，江殿归能自恋成这样，跟你们每个捧臭脚的女人都脱离不了干系，平时把他当爹惯着，他还真以为全天下的女人都对他有意思。"

　　"你什么意思呀？"那个女人拔高音调，给江殿归帮腔就是想让这个男人看上自己，结果被楚鸢拆穿了心思，只能气急败坏地说，"你有本事再说一遍！"

　　栗荆脸色煞白，劝道："小鸟，别说了，江殿归的脾气不好。"

　　话音刚落，江殿归就伸手将楚鸢狠狠地按在了沙发上。

　　尉娑直接站了起来，原本搂着他的女人被吓一跳，但他皱着眉，没说话，只是看着被江殿归按在沙发上的女人。

栗荆在边上说："等——等一下。小江，你放手！"

江殿归年龄最小、脾气最差，是江家最受宠的小少爷，什么时候被人这样蹬鼻子上脸说过话？

江殿归咬牙道："栗荆，你干什么？"

栗荆企图掰开江殿归的手，劝道："小鸟是个女孩子，你别这样！"

他是组织里的人，自然知道楚鸢的真实身份，这会儿帮着她说话，她还挺感激的。

"小鸟？"江殿归跟听见笑话一样，嘲讽道，"我看是野鸡吧！"

他这样羞辱楚鸢，一旁的宋存赫和陈丰从没想过帮她说一句话，好像他们都是一群没有人性的野兽，她是他们嘴里的猎物，随时会被撕碎。

尉娈盯着楚鸢的脸，凌乱的发丝黏在她的脸上，被这样羞辱，她都没开口求一声饶。那双本该是盯着男人释放魅力的狐媚的眼睛，脆弱中带着惊人的美丽。

栗荆被宋存赫往后掰，问道："你怎么了？"

"拦着干吗？"宋存赫恨不得江殿归给楚鸢吃些苦头，于是说，"你跟这个女人是老相好吗？这么帮着她说话？"

要不是因为签了合约身份保密，栗荆恨不得抓着话筒大喊这是他青出于蓝而胜于蓝的接班人，也是天才工程师！

奈何尉娈没反应，栗荆也只能干着急，在一边劝说："你们何必跟个女人过不去呢？我看她也没说错啊。"

宋存赫当场被气炸，说道："你还装呢，都已经直接帮她说话了！"

他可不想看见自己的好兄弟被坏女人骗。

栗荆疯狂摇着头，天知道他是真的在帮江殿归。他忙说："不是啊，不是啊。我是向着江殿归啊！小江，你放手，我和你说，你——"

"你帮我？你帮我会说这种话？"江殿归听见栗荆帮楚鸢说话，越发愤怒，一只手揞着楚鸢一只手举起酒杯，打算朝着她的头泼下去，再将她揍一顿。

眼看着酒要被倾倒出来，下一秒，一直被江殿归揞住的女人忽然用手肘出击，在他还没来得及说话的时候，借着力道欺身而上，大长腿一劈，紧跟着攻守逆转。

江殿归感觉手腕吃痛，女人的动作快如闪电，像一条蛇般敏捷，竟然在分秒间挣脱了他的桎梏，并且将他从背后控制住。

只见楚鸢整个人欺身骑在江殿归身上，将他的手干脆利落地剪到背后，而后夺下酒杯，狠狠地浇在他的头上。

这套动作一出，全场惊呼。

唯有栗荆张着嘴巴还没闭上，颤颤巍巍地把剩下的话说完："我说了，你打不过她的。"

这一变故等于平地一声雷，惊得包厢里的所有人都脸色大变。

江殿归还没反应过来的时候，酒水已经毫不留情地浇在了他的头上，顺着头发流进他的嘴里。

他被按住，有些愣怔，回过神来时，冰凉的液体激得他脸色发青。他反抗着，口无遮拦地说："你知不知道我是谁？你放开我，我打死你！"

竟然有人敢对他做这种事情！

连带着周围看戏的陪酒小姐都愣住了，原本以为楚鸢会吃个大亏而后乖乖认错，没想到居然是江殿归被楚鸢按在身下。

宋存赫他们平时都仗着自己"精英贵族"的身份，从来没有人敢这样踩着他们的尊严作威作福，更没有人敢对他们出手——开玩笑，动手打他们一下，哪里承担得起后果？

如今，楚鸢居然丝毫没有顾忌，就这样让江殿归颜面扫地。

"你是谁啊？"楚鸢嗤笑一声，从后面抓着江殿归的头发，像是女霸王提着刀下亡魂的头，道，"打死我？告诉我啊，江殿归，你是谁啊？什么身份？我以后看见你，是不是要三叩九拜啊？"

最后一个字说出来的瞬间，她狠狠地将江殿归的头按入沙发里，名贵的沙发布料一下子将他的鼻子堵得严严实实。他奋力挣扎，奈何呼吸受阻使不上劲儿。

如此狼狈不堪，谁还敢相信这是江家最受宠的小少爷啊！

边上的人尖叫着："天啊！打架了！真的打架了！"

"打人了！"

"报警啊！打人了！真出事了怎么办啊？"

谁能想到一个女人敢对男人动手？明明是江殿归想泼楚鸢一脸的酒，

如今变成他毫无还手之力，连性别上带来的巨大差异都能被她直接抹平。

"你放手！"

宋存赫在一边惊呆了，那一瞬间，楚鸢眼里的杀意是真实的，她根本没有跟江殿归开玩笑，她下了狠手。

"放手？"楚鸢咧嘴笑道，"来，道歉。"

江殿归被她拎起来，脸上早已没有往日的光彩。她啧了一声，嫌弃道："好丑啊。"

哪里还看得出这是帅气多金的富二代呢？

江殿归眼眶赤红，怎么都不敢相信自己居然打不过一个比他瘦、比他弱的女人，凭什么要他道歉？

"你该死！道歉？你给我等着。你放开我，贱女人，骂你两句怎么了？是不是戳中你的痛处了？"

"骂我两句怎么了？"楚鸢站起来，高跟鞋发出一声清脆的响声。她将江殿归狠狠地摔在沙发上，随后揉了揉被酒水打湿的手腕，说，"你的酒杯都已经举在我的头顶了，如果我弱一些，现在落得这个下场的就是我。"

其实大家心里都清楚，这就是江殿归仗势欺人又不知收敛。他说了难听的话还先动手，以为这次也会像过去一样践踏他人的尊严，却不料对方更狠，直接打了回去。

江殿归瘫在沙发上不停地抚着胸口喘气，这一刻居然没人敢上前来帮他一下。

许是女人那双本该妖媚的眼睛里一丝感情都没有，只剩下冰冷和麻木，让人看着发怵；也或许有人会想，一个女人为什么会有比男人还凶狠的眼神？她经历过什么？

但江殿归气愤上头，只知道指着楚鸢，叫嚣道："你会为今天的行为付出代价的！别以为我会善罢甘休！"

陈聿倒是觉得这个场面很新鲜，头一次看见江殿归在女人身上吃瘪。他吹了声口哨，压低声音对尉婪说："你带来的这个女人，练过？"

这个女人打起人来那么狠，根本不像是小打小闹，每一次发力都瞄准了江殿归的薄弱之处。

尉婪欣赏着楚鸢的身体，看着她手臂上因为发力而紧绷的肌肉线条，还有打起人来时随动作划过空中的发丝，带着张力，令人根本挪不开眼睛。

什么叫暴力美学？这就叫暴力美学。长得美、打架帅、下手准、发力狠。

怎么会有这种女人？

倒是栗荆在边上哀号一声，场面太僵持了，江殿归肯定是低不下来头道歉的。这样下去，原本给尉斐接风洗尘的局，可能会变成打架斗殴的场面。于是他劝慰道："你别欺负他了。小鸟，你大人有大量，放过他吧。你看看你，这么欺负个男孩子……不像话啊。"

楚鸢想笑，听听栗荆的话，她要是江殿归，这会儿肯定羞愧难当。

她稍稍弯下腰，拿着餐巾纸，拍了拍江殿归的脸。他皮肤极好，白嫩的脸上写满了愤怒。

他恶狠狠地盯着楚鸢，她咧嘴道："这么盯着我也没用，你太废物了，再来几次都是打不过我的。"

听得边上的陪酒小姐倒吸一口冷气。

天哪！敢对江少这么说话的人，还真没有几个！

楚鸢如同给狗擦口水似的，拿着餐巾纸在江殿归的脸上擦了擦。她的五官在别人眼中带着诱惑力，他却恨不得给她一拳。

"我不管你以前跟别人是怎么说话的，"楚鸢看了一眼周围人，继续道，"你是大少爷嘛，确实喜欢当人上人。我不是来教你做人的，你平时侮辱别人不关我事，我也没那个热心肠替人出气，就是来劝你一句，以后别这样跟我说话。'野鸡'这种词语真的太难听，我听不得。我这人没什么优点，就一个，不要命。再惹我，整个江家都保不住你，听明白了吗？"

两年前她就死过一次，刀子扎进身体里的那一瞬间，已经把她的人性捅碎了。

那个时候她终于清醒，明白了原来善良是无用的。

而两年后回来的她，更不会天真到还信奉善良。如今的她就是奔着复仇和扫清障碍而来的。

抛开人性的她，绝对不会再重蹈覆辙，对谁心软。

栗荆从后面拉了一下楚鸢的手，说道："小鸟，算了，你别吓着他，他年纪小。"

"十九岁也不小了。"楚鸢挨着栗荆，目光却放在江殿归那张白嫩的脸上，说，"只不过被江家养废了。"

"养废了"这种话都说得出口，楚鸢真可谓是杀人诛心的一把好手！

宋存赫使了个眼色，立刻有个陪酒小姐颤颤巍巍地站起来，将江殿归扶起来，说："我……我带您去洗手间整理一下，江少。"

江殿归脸色苍白，像是失了魂似的被陪酒小姐扶出去，剩下的一群人在包间里面面相觑。

楚鸢挽着栗荆坐下，往自己嘴里塞了块西瓜，说道："都看着我干什么？不是来给尉少接风洗尘的吗？"

尉婪笑得特别开心，道："我还以为今天你想当主角呢。"

楚鸢想也不想地说："江殿归犯贱，自己上来惹我。"

尉婪高深莫测地点头道："嗯，确实犯贱。"

楚鸢的确给了他很大一个教训，估计他会被打击很久。

宋存赫吃惊道："阿尉，你还帮着……"

尉婪笑着说："不搞笑吗？我觉得是该让小江反省反省了。你要是有意见，你再去跟她打一架，替小江出气。"

宋存赫硬生生憋住了。他怎么都想不到他们一群男人，居然对一个女人的武力望而却步。

楚鸢看了栗荆一眼，越看越觉得他又帅又有素质，在这群人里面简直鹤立鸡群。

栗荆察觉到楚鸢在看自己，立刻举起手说："你别这么看我，我主要是因为认识你早，打不过你。"

尉婪看楚鸢跟栗荆黏在一起，便冲她招招手，挑了挑眉，道："坐到我这儿来。"

楚鸢"哦"了一声，也没反抗，乖乖站起来坐过去，还特别乖巧地举起酒杯，说道："我也来给尉少接风。"

尉婪想笑。看看她现在巧笑倩兮的模样，哪里还看得出来刚才揍人的影子？留这个女人在身边简直太有意思了，丝毫不觉得枯燥无聊。

宋存赫没忍住，说道："你这女人，变脸怎么这么快？"

洗手间。

江殿归用水冲洗着自己的脸。楚鸢结结实实地浇了他一头，酒水顺着脖子流进了衣服里。

他死死地咬着牙，盯着镜子里的自己。抛开暴躁的性格不谈，他的脸真的又白又漂亮，如今湿漉漉的头发黏在脸上，配上带着痛恨的眼神，颇有凶狠少年的模样。他看了一眼站在外面的女人，喊道："喂。"

外面的陪酒小姐吓得立刻回应："江少，我在。"

"去帮我拿一下擦手巾，男厕这里的用完了。"江殿归毫不客气地使唤道。

陪酒小姐乖乖去了女厕所，结果她的脚步声刚消失，另一道女声就在外面响起："江少……"

江殿归皱眉，走到外面看了一眼，问："你是谁啊？"

来人穿得花枝招展，一看就不是什么好货色。

她上前贴着江殿归说："江少，我是蒋媛。"

蒋媛？

江殿归防备地说："什么事？"

毕竟是季遇臣的未婚妻，还是得给几分面子。

蒋媛将一包药塞到了江殿归的手里，道："江少，我刚才听说了包厢里发生的事情，这个给您。"

江殿归就知道她没安好心。他虽然讨厌楚鸢，但也不想被人利用，于是问道："给我一个理由。"

"那个女人拆散了我和我的未婚夫……"蒋媛果真是天生的演员。她其实一直在暗中观察楚鸢的一举一动，刚才包厢里有陪酒小姐是她买通的内应，知道江殿归和楚鸢如今水火不容，她便顺水推舟，借他现在对楚鸢的仇恨，好好报复一下楚鸢。

蒋媛添油加醋地描述完楚鸢大闹她婚礼现场的事情，江殿归误以为楚鸢是季遇臣养在外面的情人，是来拆散蒋媛和季遇臣的，顿时心里对她的厌恶更深一分。他道："我就知道她不是什么好货色！"

"所以，我才想着……江少，不如我们合作，让她吃些苦头。"蒋媛露出楚楚可怜的表情，将"利用"说成了"合作"，心机极深。她又说，"我想挽救一下自己的婚姻，还能帮你出口恶气，看她出丑。等她在酒店醒来，我会安排很多记者在外面等着，她注定身败名裂！"

江殿归的目光沉了下来。

十分钟后，江殿归回到了包厢。他回去后没说话，加上关系紧张，楚鸢自然没多看他一眼，也没发现他一直盯着她喝酒的动作。

楚鸢只顾着和栗荆聊天，神不知鬼不觉地把那杯不对劲的酒喝进了肚子里。

隔了二十分钟，楚鸢察觉自己状态不对。

她坐在尉婪身边，感到一阵眩晕，同时伴随着燥热。她想站起来去厕所用冷水洗把脸清醒一下，却在起身的时候没站稳，下意识地伸手扯了一把尉婪的领带。

尉婪凛冽的眉目沾染上些许意外，看着楚鸢有些凌乱的动作。这个女人向来冷静，这会儿是怎么了？

刚才打江殿归花了太多力气？

结果楚鸢直直地摔在了尉婪的怀里。一碰到她，他就发现她烫得不正常。她眯着眼睛，轻喘着气指了指那杯酒，说道："有东西。"

那不是尉婪的杯子吗？有人在尉婪的酒杯里下药？

宋存赫意识到有别的变故，忙问："什么情况？"

刚才还强大美丽的女人这会儿怎么变成这样了？

尉婪冷笑一声，将那酒杯直接拿起来观察了一会儿。他闻了闻味道，漆黑的瞳仁一缩，随后将酒杯摔碎在地上，冷冷道："还看不懂吗？这是冲着我来呢！"

尉婪摔酒杯这个动作太过突然，把边上的小姐吓了一跳。他丝毫没管杯子的碎片会不会飞出去扎伤旁人，只是将楚鸢放在沙发上，随后对宋存赫说："给我查监控录像。"

包间是陈聿订的，他自然也要站出来。看了一眼倒在沙发上喘着气的女人，他立刻拿出手机说："我问问经理。"

宋存赫傻了。楚鸢喝下那杯酒以后，模样嚣张又漂亮，本该惊艳又夺目的她，此时此刻，竟然如同一池春水般化开来。她好像看不清楚眼前的人，手指使劲抓着身下的沙发，试图让自己清醒。

宋存赫鬼使神差地蹲下来观察她的情况，却听见她无意识地喃喃道：

"季遇臣……"

季遇臣？那个前妻死了，二婚还被人送花圈的季家大少？

宋存赫登时心里"咯噔"一下，一股说不清的情绪涌上来。随后，他咬着牙对楚鸢说："我还以为你的眼光多好，结了婚的男人都值得你说胡话惦记？"

楚鸢分不清楚跟自己说话的是谁，还以为是尉斐，意识模糊地说："关你屁事。"

她怎么丝毫不像别的姑娘，美好、温柔、顺从、乖巧？

尉斐低头看了一眼楚鸢，知道她情况紧急，走过去对栗荆说："你得喊桃子来一趟。"然后又说："陈聿，你陪我解决一下这件事情。"

"小鸟呢？"栗荆有些着急，看着楚鸢躺在沙发上难受的样子，恨不得替她受罪。他说，"总不能把小鸟丢在这里不管吧？"

说完这话，他们又去关注楚鸢，发现她已经开始说一些乱七八糟的话了。

楚鸢被下了药的表情比清醒的时候更迷人，尉斐直勾勾地盯着她，沉默了好几秒。那一瞬间，连他都不敢相信，自己居然迟疑了。

可目前更重要的是找出这个下药的人。

在他眼里，什么事情都没有自己重要，现在有人在他的杯子里下药，他肯定得找出这个不长眼的，至于楚鸢……

尉斐看了一眼女人倒在沙发上的模样，又看着蹲在边上没好脸色的宋存赫，说："宋存赫，你帮我送她去酒店。"

宋存赫像是被踩了尾巴一样跳起来，道："你说什么？！"

要他带她去酒店？

"不然呢？"尉斐皱眉，原本还漫不经心的气场登时变得压迫，眸中隐隐带着阴沉，他最不喜被人挑衅和使绊子。

楚鸢如果发生意外情况，只会影响到他解决问题的速度，于是他对宋存赫抬了抬下巴，说道："十五分钟，把她安全送到酒店。"

宋存赫头一次被尉斐使唤，不满地说道："阿尉，我可不是你的小弟。"

"我可以把你打到不得不当我小弟为止。"尉斐似笑非笑地盯着宋存赫，说，"你猜我打人狠还是她打人狠？"

宋存赫当机立断直接抱起了浑身发烫的楚鸢，说道："就这一次，记得报销路费和房费！"

说完，他抱着楚鸢夺门而出，走的时候还冲尉斐竖了一根中指，颇有怨言："赶紧解决了来我这里把人带走，我可不想跟这个女人待着！"

尉斐看着他带楚鸢离开，而后陈聿将包厢里的门一关，再也不放出去第三个人。

陈聿上前，看一眼被吓得抱在一起的陪酒小姐，扯了扯自己衬衫的领结，冷笑道："你们今天一个个主意都挺大的。"

知道一帮"富二代"要来，看来这群女人都不着调，整天想这种下三烂的招数入豪门。

如果真嫁入豪门，就她们这水平，站得稳吗？

"陈少，不是我，不是我！"有女人瑟瑟发抖地说，"我哪里敢做这种事情？我……"

"肯定是你！"另一个女人看见她忙着撇清自己，赶紧拖她下水，"之前就听说你想攀上尉少，出了事情第一个撇清关系，肯定是心中有鬼！"

"你还说你想当陈少的情妇呢！你要不要脸？"几个女人闹作一团，互相说着对方的坏话，以前上班的时候还一口一个姐妹，现在恨不得把对方的老底都掀出来。

"她以前还为某个富少打过胎呢！没能拆散别人的婚姻还被原配拉去打了胎，这会儿肯定想换个对象，我看就是想找尉少！"

"你胡说什么！你这个贱女人，明明是你说江殿归年纪最小、最好骗！"

陈聿冷眼看着她们互相攀咬，冷峻的脸上只剩下嘲讽。世界上总有这么一类人，不管男的女的，为了往上爬连尊严都不要了。

尉斐没说一句话，等着相关人员把监控录像拿出来。见江殿归一直保持沉默，他警觉地挑了挑眉，道："平时这种事情你都冲在最前面。"

破天荒地，江殿归没有顶嘴，也不知道是被楚鸢收拾了一顿脾气有所收敛，还是藏着什么怕让人知道。他躲着尉斐的视线，下意识地将手伸到口袋里，随便编了个借口："我喝得有些多了，刚才头晕，休息了一会儿。"

尉斐眼神里的阴沉逐渐弥漫开来。

宋存赫没想过，尉斐会将送楚鸢回酒店这个任务交给自己，都怪自己，好死不死非那个时候蹲下来观察这个女人做什么？

宋存赫抱着楚鸢上楼，身后的前台小姐还在说："那个人是不是宋少爷啊？"

"又换了个女伴，唉，有钱的男人换女人如同换衣服。"

宋存赫在心里狂骂。他就算换女人如同换衣服，也绝对不会换自己怀里这种女人好吗？

白长一张漂亮的脸，结果是那种闷声不响就能从口袋里掏出枪来一枪把人打死的那种！

进到房间里，宋存赫将楚鸢放在床上。看着她微微发红的脸，他转身想走，结果视线落在她身上就挪不开了。

楚鸢陷在柔软的大床中央，发丝凌乱地铺散开来，闭着眼睛喘气。

宋存赫感觉大脑一下子死机了。

他是不是酒喝多了？竟感觉眼前的女人现在还挺……顺眼的。

客观来说，楚鸢是好看的，是放在人群都没办法不去注意的那种好看。此时此刻，她毫无防备，卸下了平时冷艳不近人情的假面，像一只脆弱的小狐狸。

宋存赫下意识地伸手撩开她脸上的头发，怕阻挡她呼吸。

他喊道："喂。"

他还不知道这个女人叫什么。

宋存赫问："你是谁？"

"帮我……好热……"楚鸢意识不清，气息都是滚烫的，听见她又细又柔软的声音，宋存赫瞬间心跳加快。

"我在问你是谁！"宋存赫说话时嗓音有些颤抖，"别用这招勾引我！"

这个女人就是个狐狸精，平日里估计也这样勾引尉婪吧？

饶是心里这么想，宋存赫还是靠近楚鸢，等待她自报家门。

"我是……"楚鸢咬着牙，忍着呻吟说出两个字，"你爹——"

宋存赫根本没想到楚鸢就算是被人下了药，还是不肯服软。这种叛逆的性子让他血压都上来了。他原本还是凑在她脸颊边上的，下一秒，他就伸手——

原本想干些别的，却在触及她的脸时，咬着牙，在她的额头上弹了弹。

——算了，你被下了药，原谅你口无遮拦，这就算惩罚了。

宋存赫说："别嘴硬。"

楚鸢意识模糊，耳边的声音都快要听不出来是谁了。她微微睁开眼睛，看着半跪在床边的男人，思绪乱成一团。

她说："你怎么会在这里？"

宋存赫刚要说"你是不是醒了，认出了我？还不快对本大少说句谢谢"，就听见楚鸢嘀咕："长得还挺嫩的。谁派你来……伺候我的？"

宋存赫气得双目快要喷火，恨不得掐死楚鸢。他横跨上床，晃着她的肩膀，怒道："你是不是脑子不正常？！"

楚鸢感觉自己出现幻觉了，所有感官都仿佛被吞没了，被宋存赫一碰，她嘤咛一声，用脸去蹭他的手，像是小狐狸贴着主人的掌心撒娇似的，边蹭边说："我好热……"

宋存赫感觉一股热气直冲天灵盖，面对这个本该厌恶的女人，不知道为什么，手上的动作却猛地轻了下来。

他在干什么？在心疼她吗？

宋存赫难以置信地睁大了眼睛，映入眼帘的是楚鸢在药物作用下微微发红的脸，此时此刻的他根本挪不开眼睛，更别说拒绝这个女人了。

宋存赫咽了咽口水，说道："我告诉你，少用这招招惹我。"

楚鸢身体里似乎有两股意识在冲撞，理性和野性在互相搏斗，她企图用力分清楚眼前的人是谁，不停涌上来的灼热感却几乎将她烧空。她无意识地喊着："季遇臣，你别碰我。"

季遇臣？又变成季遇臣了？

宋存赫很好奇，她到底跟季遇臣是什么关系，居然会在这种时候喊他的名字。

他不爽道："我不是季遇臣！"

季遇臣年纪轻轻死了老婆，如今又二婚，谁跟他似的，视婚姻如儿戏。何况这种时候，在床上被女人当作另一个男人，换谁来说都是耻辱！

可是楚鸢仿佛听不清楚，只是自顾自地说着："不要碰我，我恨你，季遇臣，我恨你一辈子。"

就算是被下了药，这些话说出口的瞬间也带着浓烈的绝望，令人心碎的颤音好似拉出了楚鸢破碎的灵魂。她红着眼睛，分不清楚现实和虚幻，将宋存赫认作季遇臣之后，她伸手去抓他。

宋存赫根本没想过楚鸢会主动伸手，被她柔软的手指一碰，他感觉自己的汗毛都要竖起来了。

他见她神志不清的模样，自己的意识仿佛也要被一把火烧光了。她的动作已经不像清醒时那么精准，反而像是一种欲拒还迎的小打小闹。

正常男人如何忍得住？

宋存赫的目光沉下来，嗓音嘶哑道："是你逼我的。"

她还未说话，宋存赫直接啃上了她的脖颈。

楚鸢感觉自己像是一只折了翅膀的鸟，怎么挣扎都无法反抗身上男人的重量。她叫了一声，激得宋存赫的眼睛都发红了，喘着气从她身上抬起头来，说："虽然我没问出你的名字，也对你很有意见。"他不停地深呼吸，抖着手去解开楚鸢的衣服纽扣，继续说道，"但是做我的女人，我不会亏待你的。"

另一边，包厢里。

尉娈看着负责人送来的视频，表情不是很好。

栗荆说："我觉得你该去看看小鸟，这边交给我处理就好了。"

尉娈的喉结上下动了动，随后侧头看栗荆，只见他一脸担忧地说道："我觉得这种时候，虽然给你下阴招的人很可恶，可是中招的小鸟才最要紧，不是吗？"

尉娈怎么能选择把楚鸢送走，自己留下来呢？

这摆明了是觉得楚鸢碍事，想先忙完再去安抚她。

栗荆显然说中了。但尉娈也没否认，只是道："是啊。"

"在你眼里小鸟不重要吗？"栗荆追问，"我看宋存赫也不像什么好人，你让他送小鸟，指不定他半路把小鸟丢在哪儿不管了呢。"

毕竟宋存赫先前对楚鸢的态度就和大厅里的人初见她一样，尉娈怎么放心让他去送？

听见这个，尉娈嗤笑一声，道："放心，他答应了，就肯定会安全地送她回去。他虽然顽劣，但这方面还是比一般男人靠得住的。"

"你就不怕……"栗荆忍不住说道，"尉婪，你是猪脑子吗？小鸟被下了药，万一和宋存赫发生些事情怎么办？"

尉婪心里"咯噔"一下，脑海里响起了警铃，垂在身侧的手指攥紧，嘴巴上却说："关我什么事？"

"你再说！"栗荆指着尉婪道，"你再说关你什么事，小鸟的清白不要紧吗？"

"她又不在乎清白。"尉婪不知道为什么，就是要嘴硬，"她什么都不在乎。"

"好！"栗荆气得不行，只说，"反正你别后悔！"

十分钟后，尉婪脸色铁青，直直地冲出包厢，喊了司机开车，飞快地从娱乐会所离开。

栗荆站在门口吃了一嘴汽车尾气，吐槽："不是，那你装什么无所谓……"

尉婪坐在副驾驶座，表情难看，因为最后他听见栗荆凑到自己耳边说："楚家人要是知道了一切，晓得是你让宋存赫带着楚鸢走的，没保护好她，肯定扒你一层皮。"

尉婪当时就决定先去看楚鸢。栗荆说得对，她毕竟还是楚家千金。

到达酒店的时候，他和前台说明了缘由，前台带着他去开了门。

"嘀"的一声，酒店的房门被打开了。

尉婪的脚步一顿，看见床上纠缠在一起的男女的那一瞬间，他的身子狠狠一僵。

床上的画面太过刺激，以至于前台直接捂住眼睛，后退了一步，替尉婪将门关上。

走时前台心里还在想：阿弥陀佛，不会是遇到了捉奸的场景吧？这种时候还是当没看见赶紧抽身的好，省得惹火上身。

前台一走，就剩下尉婪一个人看着床上的一男一女。

等一等，虽然衣服没脱完，但是这个姿势不对啊！

为什么是楚鸢跨在宋存赫的腰上啊？他是在被当马骑吗？！

楚鸢意识不清，尉婪问她也问不出什么来，只好用冰冷的眼神看向她身下的男人。

宋存赫的脸色更差。他被开门的动静吓到，发现来人是尉婪以后，他两只手拦着楚鸢，大叫着："不是，阿尉，你听我解释！"

尉婪站在那里，黑色碎发落下来遮住了眼睛。宋存赫似乎都能看见他身边冒出来的一团黑气，仿佛在说："我让你送她回酒店照顾，你照顾到了床上？"

"不是，不是你想的那样。"

"我来得不巧？"尉婪笑了。他一笑，宋存赫汗毛倒立，听见他又阴沉沉地说，"打扰到你们了？"

"来得太巧了！"宋存赫喊着，"救我啊，我清白不保啊！"

他发誓，最开始他确实是被楚鸢磨得受不了，想着她的脸和身材都不错，他横竖不吃亏，大不了让她做他的女人。

结果就在他伸手解开楚鸢的衣服时，她一把抓住了他，还喊着："季遇臣，我杀了你！"

她被下了药，声音娇媚，偏偏口齿不清地喊着"杀了你"，边喊边掉眼泪："我那么爱你，我那么爱你，你却要我的命啊！"

宋存赫被这一变故吓住，随后楚鸢便搂着他的脖子和他姿势扭转，他一下子就被她按在了床上。

宋存赫长这么大就没被女人强迫过。他身边的女人个个都是讨好谄媚的，他才是强势有主动权的那个。

谁料，如今竟栽在了楚鸢手里。她浑身滚烫地贴上来，还按着他的脖子，娇喘着控诉："你……你……你为什么要这么对我？"

宋存赫心里有一股怪异的感觉，莫非这个女人还是个痴情种，深爱季遇臣很多年？

不知道为什么，他闪过一个念头：季遇臣？凭什么是他？

他咬着牙，直接举双手投降，说道："我什么也没做，我真的什么也没做，你认错人了！"

认错人了？

楚鸢的动作一僵，哪里还转得动脑子。她喃喃道："认错了？"

宋存赫看着楚鸢隔着衣服跨坐在自己腹肌上的样子，只觉得一股冲动直逼天灵盖。

他的喉咙虽然被楚鸢掐着，但她的力道事实上也不大。

只要他想，下一秒楚鸢就能被他掀翻在地。

然而宋存赫没有这么做。他也不知道为什么，反正就是手软了，脚也软了，他感觉自己才是被下药的那个。

这个时候，只见楚鸢突然抬起头来，像是突然清醒了似的，又像是人格分裂。她一只手掐着宋存赫的喉咙，一只手挑起他的下巴问道："是谁把你送到我床上来的？"

宋存赫登时气得脸通红，说道："你调戏我？"

"我？我调戏你，是你的福气！"楚鸢拍拍宋存赫的脸。

"别急，姐姐一会儿就……等一等，你是不是……处男啊？"

宋存赫的喉咙一紧，想也不想地说："处男？你看不起谁？我的女人都排长队——"

"啪"的一声，楚鸢一个巴掌甩在了宋存赫的脸上。力道不重，甚至像是抚摸，但这个动作容易让人火大。

宋存赫蒙了，回过神来后怒吼道："你几个意思？！"

"不自爱！"楚鸢说着胡话，"年……年纪轻轻，就不是处男？你……你太没教养了，你妈妈要是知道你……你这么花心，在村里是要被人……戳着脊梁骨骂的！"

宋存赫活了大半辈子，就没被女人这么蹬鼻子上脸过。他吼道："现在都二十一世纪了，拜托，你这是哪儿来的封建思想啊？"

楚鸢一面脱宋存赫的衣服，一面颤抖着声音说："我要……狠狠教训你这个不干净的男人！"

宋存赫还想说话，楚鸢又一巴掌打下来，力道还是那个力道，但是她来劲了，喝道："闭嘴！"

宋存赫都傻了，这什么情况？他居然被一个女人压在身上，还被连扇了两巴掌？

这说出去他的脸面往哪儿搁？！

宋存赫伸手抓着楚鸢，企图将她控制住。

此时，推门而入的尉娄，看见的就是楚鸢压在宋存赫身上脱他衣服的画面。

宋存赫的发型都乱了，对着尉娄伸手，喊："救我！阿尉，她喝多了，耍酒疯要强迫我！"

老天爷，他为什么会遇到这样的女人啊？

尉婪发誓，自己真的是第一次看见宋存赫被一个女人压在身下喊救命。

他冷笑一声，走上前，从后面捏住楚鸢的衣领子，像是提着小鸡崽似的，将她从宋存赫的身上直接拎了起来。

楚鸢往后仰着脖子，看见尉婪那张白皙冷峻的脸，愣了愣。

他冰冷的眼神好像能让她瞬间从炽热、失控里冷静下来。

尉婪一个横抱，抱着楚鸢，甚至还为了调整姿势而颠了颠。她的手从身侧落下来，整个人都没力气，瘫软地靠在他的胸口，声音里带着呻吟："老公，你怎么才来救我？"

尉婪的身子一僵，床上的宋存赫也一僵。

她……她刚才喊阿尉什么？！

老……老公？！

宋存赫的眼神跟剑似的刺过来，像是质问——你和这个女人是不是发生过什么事情？

然而尉婪对此讳莫如深，精致的眉眼没有一丝动容。

楚鸢醉了，也不知道自己究竟在干什么，脑海里各种场面来回切换，不停地喘着气说："老公，我知道，其实你是想让我死的，是不是？"

她胖，她笨，她给他丢人，她死了才好，是不是？

尉婪知道她这声"老公"在喊谁——季遇臣，那个毁了她的男人。

宋存赫听不明白楚鸢的话，吓得脸色煞白，惊疑道："你们当初，结……结婚了？"

尉婪被"结婚了"三个字弄得烦躁，并没解释太多，而是抱着楚鸢一个转身，说道："我带她去放水洗澡，你可以走了。"

宋存赫从床上爬起来，喊道："你这是利用完了就丢啊！"

尉婪给楚鸢放了水，再出来的时候宋存赫还没走，他登时脸一拉，问道："你怎么还在这里？"

宋存赫也不好意思说自己不放心楚鸢的情况，说出来就好像他多在乎这个女人似的，然而没办法，他只能硬着头皮说："人是我送来的，我多待会儿怎么了？"

尉婪面无表情地说："你现在可以滚了。"

宋存赫觉得尉婪这人委实不要脸，需要他的时候下一个命令，不需要了就一脚踹开。

他骂骂咧咧地说："阿尉，你真是太畜生了。"

"留着干吗？"尉婪冷笑着问，"看我们上床？围观是要钱的，宋存赫。"

听听，他说的这是人话吗？

宋存赫气得鼻孔快要冒烟，愤愤道："谁乐意看似的！我这就走，你在我跟前我还觉得碍眼呢！"

说完这话，宋存赫直接站起来，朝门口走去。他一拉开门，一个人险些扑到他怀中。他一看，原来是前台。

宋存赫："……"

前台："……"

胆小又八卦还被人当场抓包怎么办？急，在线等。

第五章

撩

　　宋存赫一走，房间里瞬间安静下来。尉婪拉开浴室的门，一眼便看见楚鸢泡在浴缸里，没穿衣服，水面恰好遮住胸口，白皙如玉的肩膀正闪烁着诱人的光泽。

　　尉婪站在门口一动不动，楚鸢靠着浴缸壁也没动。在热气的氤氲下，她的脸越发红润，似乎在忍受着什么痛苦。

　　良久后，楚鸢先开口道："热……"

　　她该泡冷水澡的，估计是尉婪怕她着凉，放了温水。

　　尉婪上前，手伸进水里试了试温度，而后看了楚鸢一眼，将水泼到她的脸上，道："喂！"

　　楚鸢摇头甩着脸上的水，用力睁开眼睛看尉婪，虚弱地说："你离我远一些。"

　　"搂着宋存赫又亲又啃的时候怎么不让他离你远一些？"

　　尉婪倏地眯起眼睛，大抵是好奇心上来了，笑容带着嘲讽，问道："喜欢他？"

　　楚鸢说："谁都行，你不行。"

　　哦，原来是针对他啊。

　　尉婪起身，笑了，然后伸手扯掉自己衣领下面的一颗纽扣。

　　楚鸢听见纽扣落进浴缸里的声音，水面溅起一点水花。

她来不及阻止，尉斐便已经脱了衣服走进来。

楚鸢那句"离我远一些"还没说出口，嘴就被什么堵上了。她感觉身体像是化开了似的，和浴缸里的水融为一体。

楚鸢再次醒来的时候，发现自己躺在大床上。她摸了一下自己。

好家伙，没穿衣服。

楚鸢扭头看见尉斐熟睡的脸，确实帅，但这张脸的主人太不是东西了！

但她好歹是个成年人了，也离过婚，自然比较成熟，一觉睡醒发现自己和尉斐躺在一起还不至于像柔弱的小女生一样，自欺欺人地当作什么都没发生过。她就知道，尉斐这个男人像花孔雀似的，成天跟他腻在一起早晚得出事。

楚鸢坐起来，发现尉斐也醒了，随后将她拽回床上。

他的语气比她还差，用低音炮似的声音问："醒了？"

怎么听起来他的怨气更重？

楚鸢拽了拽被子，问："干吗？"

尉斐皮笑肉不笑道："忘光了？"

楚鸢眨眨眼道："没有。"

虽然她的身体没有酸痛的感觉，但都这样躺着了，她也没办法给自己找别的理由啊。

尉斐呵呵笑了一声，说道："你真骚。"

楚鸢登时脸色一白，问道："你什么意思？"

"你昨天喊我老公。"尉斐睁开眼，冷漠的视线落在她的身上，"把我当作季遇臣了。"

原来只是因为男人的尊严让他不想做替身？

楚鸢摆摆手说："拜托，你又不吃亏，这些细节就别在乎了。"

她说话怎么不知道矜持一些？

尉斐刚要说话，忽然有人敲门。

楚鸢还没开门，门口的锁发出"嘀"的一声响，紧接着便被人打开了。

她看着走进来的衣着暴露的女人，皱眉道："桃子，都说了，别做贼。"

被称作桃子的女人化着浓浓的烟熏妆，说道："尉斐说你被下药了，喊我来帮你检查，我就立刻赶了过来。"

尉斐拆穿她："你放屁，我昨天晚上喊栗子找你，你今天早上才到，这叫立刻？"

白桃无所谓道："喝多了，睡了一觉才来的。"

尉斐扯着嘴角笑道："你干脆等楚鸢死了再来。"

"死了好！"白桃双眼发光道，"我最想解剖的就是楚鸢的尸体！"

楚鸢佯装惊恐道："你简直没有人性啊！"

白桃是组织里出了名的鬼才法医，最喜欢解剖。她又暴露又变态，平时穿得少，奈何一张脸长得很好看。她乖张的性格和甜美的脸根本对不上，爱好是化着浓妆听着重金属摇滚做手术。

她游荡在世俗道德外，最喜欢和死人打交道。

楚鸢跟着白桃走到外面的客厅，和她说明情况以后，她让楚鸢张开腿做一下检查。

楚鸢还有些不好意思，结果白桃说："什么事都没有啊。"

楚鸢愣住了，疑惑道："啊？"

白桃站起来，略带鄙视地看了尉斐一眼，说："你是不是男人？小鸟怎么什么事都没有？"

尉斐忍无可忍，有些气急败坏："让你检查她身体有没有毛病，没让你检查这个！"

白桃从口袋里掏出一副眼镜戴上，说："我觉得有必要给你检查检查那方面的功能。"

尉斐闻言，冷笑着抄起床头的烟灰缸扔过来，白桃闪得快，险些砸在楚鸢的脸上。

带着风的烟灰缸就这么从她脑袋边擦过去，摔在地上。

楚鸢的脸色黑了几秒。

白桃也露出了尴尬的神色。她闪得太急，几乎让楚鸢背锅，只能干笑："哈哈哈。"

楚鸢眼也不眨地捡起烟灰缸。

下一秒，尉斐看见一个黑色的物体带着杀意，狠狠冲自己而来，力道之猛，恨不得把他砸个头破血流似的。

"哐当"一声，烟灰缸砸在床头。

尉婪："……"

脾气还挺大。

普天之下被尉婪丢了东西，又扔回来的，可能只有楚鸢。

白桃给楚鸢配了些解酒药，随后让她多喝热水，好快些把残留的药物排出去。

如今药效已经过了，楚鸢看起来确实比昨天晚上清醒许多，就是发型凌乱，加上裹着睡衣，躺在外面的榻上，慵懒又性感。她伸了伸懒腰，说："多谢你跑一趟。"

白桃两只手在空中抓了抓，一副痴女流口水的样子，说道："你让我摸摸你的胸，就当医药费了。"

楚鸢笑了，风情万种道："摸一下要钱的。"

白桃直接打开手机转账，并说道："今晚陪我。"

尉婪坐在床上脸色铁青，正好这个时候，他们的手机一起响了一声。

是频道里有人发消息。

栗子："下药的人找到了。"

裴："都什么年代了，还有人下药，我服了。"

栗子："我们尉婪魅力太大了吧，是个陪酒小姐给他下的。"

好酱："那为什么喝那杯酒的人是小鸟？"

HS："尉婪的杯子，小鸟喝了。"

桃子："懂的都懂。"

好酱："懂了，以后得喊鸟姐了。"

看着组织里面的人在群里八卦的样子，楚鸢无奈地抓了一把头发，从沙发上坐起来。

她去卧室换衣服的时候，尉婪就躺在床上看着她背对着他脱睡袍，光滑的背部没有一丝赘肉，紧绷结实，带着生命的活力。

尉婪看了一眼栗荆发来的照片，上面是监控录像的截图，正好拍到了那个女人手里拿着药偷偷往他酒杯里倒的小动作。

他的笑意极冷。这种女人真是无趣，用下三滥的手段往上爬。

殊不知他们和他们手上的资源并不会带她们上天堂，只会令她们下地狱。

等到楚鸢和尉婪收拾完一切，站在外边等他们的白桃看他们走出来，问道："对你下手的那个人打算怎么处理？"

尉婪面不改色，证据都在手了，还怕拿她没办法？

"以滥用药物的罪名丢进局里去。"

白桃露出了失望的眼神。

楚鸢扯着嘴角，问："那你想怎么办？"

白桃从随身携带的箱子里转出两把手术刀，露出了痴痴的笑容，说道："拉到我的地下室来……你懂的。"

"……"这家伙更可怕，她才是该去局里的那个吧？

二十分钟后，三个人终于和栗荆、陈聿碰头。毕竟这局一开始也是他撺掇起来的，于情于理都该负责。这会儿他们在他的别墅里碰头，豪华的瓷砖折射出光芒，"寸土寸金"这个词用来形容他家相当贴切。

楚鸢想起来，陈聿家里是开银行的。她抬头看去，他正坐在沙发最中央。看见她的时候，他站起来，随后仰了仰下巴，算是打招呼。

楚鸢在心里冷笑，这群富家子弟就算打招呼也是看人下菜碟，面对高位者就笑，面对她这样的人便随意给个动作，表示"我看见过你"。

尉婪和楚鸢坐下，他问："人呢？"

"来的路上。"陈聿的人端上来一盒雪茄。他看了一眼，没拿，反而一挥手，让端到尉婪面前，让尉婪先选。

尉婪说："刚起来，没吃饭不想抽。"

雪茄这才回到了陈聿的手里。

陈聿将雪茄夹在手里，才说："江殿归去抓的人，现在估计带过来了。我刚才联系了警察，等你这边结束，估计就直接带走。"

"嗯。"

尉婪听到是江殿归去抓人，眼里掠过一丝深意，几个人坐在客厅里等待。没过多久，门口传来一阵声音，是男人的脚步声混合着女人的哭喊声。

"江少，你放过我好不好？

"江少，对不起。我错了，是有人给我钱让我这么做的。江少……

"江少，您别把这件事情告诉尉少，对不起，你要我做什么都可以！"

江殿归带着人来到客厅，有种古代时将犯人提上大堂审讯的意味。客厅正中央是眉目细长、冷漠的陈聿，边上是一脸漠不关心的尉婪，而楚鸢和白桃则在他对面坐着。

看见这个架势，被拖来的女人惨叫了一声："不要啊！"

陈聿忍不住皱眉。这尖叫声太难听，和他家奢华的装修格格不入。

江殿归冷声道："袁冰若，你认不认？"

袁冰若抬起头来，这个女人倒是长了一张姣好的脸，不过估计经济条件不是很好，才会选择当陪酒小姐。

这会儿她正瑟瑟发抖，不敢抬头看尉婪，听见江殿归的声音，更是吓得一哆嗦。

尉婪观察着她的脸，确实是视频里的那个女人。他问道："有人给你一笔钱？"

袁冰若知道尉婪这话是问她的，立刻点头应道："我……我手机里收到一封邮件，然后……然后真的有笔钱打了进来。"她双眼发红，又说，"我是真的……我当时也喝了些酒，看见尉少，我……我心动了，我该死。我觉得如果我这么做了，万一有机会我……我就攀上枝头了……"

她说出这话的时候，陈聿笑着摇摇头。

可笑啊，真可笑，这群女人。

陈聿见惯了这种企图分一杯羹而不择手段的人。他轻轻放下手里的雪茄，和江殿归一起看向尉婪，道："阿尉，你来处置。"

楚鸢发现，这群人好像都挺给尉婪面子的。所以他的背景到底有多强大？

尉婪没说话，只是直直地看着女人。有的人不用说话，那上位者的压迫感便已经席卷而来。

果不其然，女人被他冰冷的眼神吓得"扑通"一声摔在地上，哆哆嗦嗦地从兜里掏出手机，祈求道："我……我说的都是真的，尉少，您别喊警察抓我，我们私了好不好？我把这个人转给我的钱都给你……我……"

所有人都忘了这件事情的受害者是楚鸢，都向尉婪求饶。

楚鸢看了一眼尉婪线条流畅的侧脸，干脆利落的下颌线就好像断头台上毫不犹豫落下去的刀。

江殿归在一旁说道："你都没搞清楚那个人的身份，就敢做这种勾当？"

"当天晚上我在出租屋就收到了快递。"袁冰若颤抖着将手机交上去，"打开快递，里面就是这个药，我发现一切都是真的……"

神秘人通过邮件联系她给尉婪下药，并附带一大笔转账，当天晚上她还在左右摇摆的心思就被拿捏了。

尉婪的表情难看。这说明什么？说明有人提前知道陈聿订了包厢，并且在当天就找到了能够替对方干这件坏事的人，还能百分之百确定袁冰若一定会这么做——因为她缺钱，抵挡不住这一大笔转账的诱惑。而这件事情又是在娱乐会所里发生的，灯红酒绿之下，风险极小。

"背后的人不但知道尉婪的行踪，甚至还知道袁冰若的家底。"一直没有说话的楚鸢，露出了然于心的表情，说道，"看来他有强大的消息网和高效的执行力。"才能够不暴露身份，且精准地驱使一个陌生的女人来帮他下药。

袁冰若听到楚鸢的分析，立刻扭头看她。

她当时在场，自然知道这杯酒最后是被楚鸢喝下去的。如今她终于想起什么似的，对楚鸢说："这位小姐，你能不能大人有大量，放我一马……我真的是因为很缺钱，很缺很缺钱……我……"她边哭边说，"我真没想到你会喝下去……我不是有意害你的。"

楚鸢"哦"了一声，反问道："那你是有意害尉婪？"

袁冰若吓得一哆嗦，忙解释："不是的，小姐，我只是一时被迷惑，突然间有了钱，突然间又可以接近尉少，我……就开始飘了。"

楚鸢嗤笑一声，转过头去。

接受了来路不明的钱，还下药妄想嫁入豪门，如今梦醒倒是哭得楚楚可怜，仿佛受害者才是有错的一方。

袁冰若听见楚鸢的嗤笑，大喊道："你凭什么嘲笑我，你和我有什么区别？你喝了那杯酒，还得谢谢我，是我把你送到尉少的床上的！"

楚鸢当场给她鼓掌，嘲讽道："不要脸到家了，给别人下药歪打正着害了我，还要让我谢谢你。"

袁冰若被戳中了心思，顿时咬紧牙齿。

楚鸢没说错，是她贪图钱财，可她不能被抓，家里只有她能赚钱了。

一旁的栗荆拿着袁冰若的手机将所有可以进行追踪的东西都发送给自己,包括转账的详细信息,剩下的就看尉婪如何处理了。

但栗荆觉得,这件事情也得问问小鸟的感受,凭什么全让几个大男人做主呢?

他刚要开口帮楚鸢说几句的时候,江殿归已经先开口:"我查到你之前欠了几十万贷款,有人给你打了一百万元,只要你把那个人的信息说出来,我们可以考虑放过你。"

楚鸢当场打断他:"你也配说放过?下药的不是你,被下药的也不是你,你有什么资格替我说放过别人?"

江殿归脸色一变,不知道是心虚还是什么。他这个行为显然是想赶快让事情过去,但楚鸢偏不。

"她欠了不少钱,听说是要养弟弟的。穷人家没见过一百万元,于是动了坏心眼,你差不多得了呗。"江殿归皱着眉,想也不想地说,"再说,又没对你造成实质性的伤害,主要是揪出后面的人,这个女人就是被利用的。"

"怎么着?她哭两下哭到你心里了?"楚鸢笑道,"这么大方,我这个当事人还没说话,你就打算帮我原谅呀?"

江殿归说不过她,只道:"你……你会不会说话?我就是发表一下我的看法,觉得她挺可怜的。"

"她可怜,是不是还要我这个被她害的人帮帮她?我昨天晚上要是被别人带走了,江少巴不得我被人随便糟蹋吧?"楚鸢的语气骤然变得冰冷,仿佛带着警告,"不会讲话就闭嘴。"

比起恶毒的人,她更烦无脑的人。江殿归不坏,可惜没脑子。

白桃也跟着说:"哎哟,江少好善良的心肠,男菩萨转世,头一次见。聿少还不把烟掐了?我怕火星跳到江少身上溅出来几颗舍利子。"

江殿归的脸色青红交错,被楚鸢和白桃堵得说不出话来。他知道自己确实是自以为是了,和他没关系的事情,他居然就习惯性做主。

他只好闭嘴,不再发表意见。

袁冰若哭喊道:"我……我根本不知道怎么联系他。他跟我说只要我成功了,以后会再给我转钱。还有门口的记者,我不知道为什么记者没有来拍你们。他说安排了记者等在酒店门口拍你们苟且的画面……"她脸色苍白，只能全说了，"我弟要读书，全靠我供着，我只能出来陪酒……一时糊涂，才会被这么大数额的钱所迷惑。求求你，小姐、尉少，放过我吧，放过我吧……"

还安排了记者？这是想要置被下药的人于死地啊。

如果不是尉娑及时发现，导致事情败露，他们这才不敢妄动，否则现在楚鸢早就身败名裂了。

楚鸢神色冰冷，完全想不到自己竟然被卷进了这么可怕的风波里。

警车鸣笛声已经到了外面，看来是来抓人的。将袁冰若手机里的相关信息收集完毕，栗荆便把手机还回去，而后给尉娑使了个眼色，此事他们肯定得暗中查。

袁冰若悔不当初，看着警察走进来，她一下子抱住楚鸢的大腿，求饶道："小姐，不要见死不救啊！我真的错了，我不该滥用违法药物，不该害你，也不该骂你……小姐，我家里只有我能赚钱，我弟弟还靠我养着，你放我一马吧，放我一马吧！"

尉娑脸上带着漠然，甚至还有些轻嘲，好像局外人一般置身事外，等着楚鸢被道德绑架。

"别见死不救，求求你。小姐，我们都是女人，你也知道养家的苦，我们私了好不好？"

楚鸢笑道："关我什么事？别死在我家门口就行。"

听见楚鸢这么说，连坐在沙发中央的陈聿都不禁挑眉。

他们向来以为女人柔弱，殊不知还有比男人更冷漠和置身事外的女人。

楚鸢都这么说了，袁冰若只能去求尉娑，如果他改变主意，也许她不会被警察抓走。于是她扭头冲他卖惨："尉少，尉少，你可怜可怜我吧，我真的是无奈之举。我是动了歪心思，但我知道错了！尉少，你给我一个机会……"

尉娑看着她冲过来的样子，皱了皱眉，随后江殿归挡在他的面前："还是交给法律定夺吧。"

"都怪你！"袁冰若歇斯底里地对楚鸢吼道，"都怪你！你有什么了不起？不过就是被下了药！我告诉你，你跟我一样，今天我被抓走，明天你也没有好日子过！你为什么不原谅我？你这个人没有人性！我家里只有我一个能赚钱，我爸妈要我供弟弟读书，要我给他买房，没了我，我弟弟会死，到时候你就是杀人凶手！"

楚鸢就这么看着她被警察抓走，被抓的时候还大喊着——都怪这个社会，都怪人心冷漠。她沦落至此，不过就是不够心狠手辣。

尉婪没去看袁冰若脸上绝望又带着恨意的表情，反而看向楚鸢。她什么都没做，只是没原谅下药的人而已，却因此被人记恨。

但是此时此刻，她白嫩的脸上没有一丝表情，就像看戏一般，等袁冰若被送进警车以后，才双手一摊，说道："烦都烦死了。结束没？结束了我想去吃早饭。"

——人家哭天抢地，你搁这儿烦都烦死了，满脑子就知道吃早餐！你知不知道刚把人送局子里去了啊？

陈聿真觉得新鲜，尉婪身边的女人大都无趣，光有一张好看的脸，只会迎合和讨好。

而眼前这个女人，看起来像是会眼睛不眨地把刀子刺进自己讨厌之人的胸口的那种。

陈聿凑近了些，问尉婪："你从哪儿认识的这个女人？"

尉婪的笑容令人猜不透，回道："某个雨夜从路边捡来的。"

他到现在还记得当时楚鸢的脸。外面电闪雷鸣下着大雨，她浑身是血被送入医院。

白桃穿着白大褂混入手术室，那是她穿得最正常的一次。她戴着口罩，对楚鸢说："活下来，带你去见一个人。"

再睁眼的时候，还是胖子的楚鸢看见了尉婪。

她身上的伤口已经缝合完毕，缝线看起来特别细致，足以见得给她做手术的人技术之高超。白桃在一边掀开她的衣服检查伤口，尉婪安静地坐着，眸子如同星辰一般闪烁，遥远到仿佛和她不在一个世界。

他说："救了你，拿什么感谢我？"

"我家里人知道吗？"楚鸢忍着痛坐起来，胖乎乎的手攥住身下的床单。

"不知道，我对外放出了两个消息混淆视线，有的说你死了，有的说你连尸体都没找到。"

尉婪是玩弄人心的一把好手，放出另一个谣言来攻击原本的谣言，那么大家的注意力就会集中在谣言里。

楚鸢吸气，原来他要她消失在大众的视野里。她问："为什么救我？"

当时的尉婪笑得放肆，眉眼却是惊人的漂亮。他说："因为你有利用价值。"

怎么样，要交换命运吗？

同意尉婪的计划的那一刻起，楚鸢就知道，自己已经把灵魂献祭给了魔鬼。

尉婪回神，看着眼前美艳的女人，勾着唇，笑道："你和白桃自行解决一下吧，我还有事和他们谈谈。"

楚鸢点点头，看起来特别听话，站起来打算走人。

江殿归感觉事情结束得太快，自己甚至没回过神来。

楚鸢根本不给一丝后路，以至于袁冰若不管是求情还是破口大骂，她都没有要私了的意思。

这下，袁冰若被警察带走，江殿归反而开始心虚了。

因为昨天夜里，他原本也是要对楚鸢下药的，只不过被袁冰若早一步下手。

这到底是她早一步，还是说他也被人当枪使了？

江殿归的表情很复杂，楚鸢经过他的时候若有所思地看了他一眼。尉婪和栗荆没动，一直到楚鸢消失在众人的视线中，尉婪忽然开口。

"江殿归。"尉婪冷笑道，"该说实话了吧？"

江殿归冷汗都冒了出来，以往他们都喊他"小江"，因为他年纪最小，可是现在被连名带姓地叫，只能说明尉婪生气了。

江殿归咬牙，将兜里的那包药掏出来。

"我没下，这个是有人给我的。"江殿归上前，解释道，"袁冰若那件事跟我没关系，我都不认识她。"

尉婪看着江殿归递上来的药，笑了笑，缓缓道："用谣言来攻击谣言吗？好让场面更混乱，到时候便无人知晓真相。"

想要给楚鸢下药，并且让另一个女人先给尉婪下药，到时候大家就分不出来到底是谁给谁下药了。看来计划这一切的人，相当有心机。

陈聿"啧"了一声，说道："你真是……还好你没下药，否则滥用药物的罪名你担当得起吗？"

江殿归说："我只是想给那个女人一些教训。"

陈聿乐道："你又打不过她。小江，你真的该补补脑子。"

江殿归的脸色一会儿青一会儿白，恼怒道："哎呀，别说了！我都坦白了，反正我没下药。"

陈聿他们都是自己人，应该不会把这件事情告诉那个女人吧？

尉娈将药没收，冷声道："你下次再敢打这种主意，"江殿归的身子一僵，就听见他继续说，"我会让你知道她打你都算是温柔的。"

尉娈动手那才叫一个可怕。

栗荆体验过，闻言不由得在边上缩了缩脖子。

这天正好是周末，楚鸢和白桃闲着没事便想去商场转转。

楚鸢穿的还是昨日的衣服，带着些许酒味。

她皱眉道："我想去买套衣服。"

"那我带你去咯。"

白桃挽着楚鸢的胳膊，两个风格迥异的大美女走在一起，引得无数路人频频侧目。

楚鸢想着先吃东西再去买衣服，结果歪打正着到了蒋媛的亲戚开的网红奶茶店门口。

这会儿正排着长队，看起来生意特别好的样子。

看来搭上季遇臣，蒋媛一家都靠着他发了财。

楚鸢冷笑了一声，刚要走，就听见奶茶店里传来一声叫喊："你给我站住！"

排队的所有人都跟着一愣，回过神来纷纷围观八卦。

楚鸢回头，只见蒋媛正从店里面走出来。她看见楚鸢的时候愣了愣，问道："你为什么会在这里？"

她怎么跟个没事人一样？

蒋媛心中大乱。她昨日找了江殿归给楚鸢下药，不会没得手吧？

不应该啊,听说昨日楚鸢被下药,整个包厢都被查了,怎么可能没事?

她原本等着从记者手里拿到照片,然后在网上曝光,笑着等了一整晚,结果楚鸢居然完好无损地出现在这里。

蒋媛根本猜不到当时会出现两个人都准备下药的情况,而她安排的记者也因为收到风声而提前溜了,她还不知道整个计划已经泡汤。

蒋媛满心疑惑又不能表现得太明显,只能拉住楚鸢,问道:"你昨天晚上去干吗了?"

楚鸢觉得好笑,说道:"你神经病啊,我去干吗要你管?"

蒋媛被楚鸢堵得一时之间说不出话来,所有人都看着呢,她总不能让自己丢人吧。于是,她攥了攥手,眼神阴狠地说道:"你不是去喝酒了吗?"

来套话的?

楚鸢和白桃站定,但都没拿正眼看她,只是说道:"你挺有意思的,还知道我去喝酒了,怎么着?暗恋我啊?"

蒋媛登时气急败坏,要不是有外人在场,她肯定会毫不犹豫地一巴掌打在楚鸢的脸上。她道:"我猜都能猜到你去喝酒了,毕竟像你这种女人,去那种地方勾搭男人很奇怪吗?"

楚鸢当场笑了出来,边上的白桃想也不想地说:"你一个做小三的,能不能要些脸啊?这几年跟着季遇臣不会忘了你家是夜色吧?"

蒋媛被这话刺得脸色一白。

夜色,是她过去陪酒的地方,她也是在那里认识的季遇臣,这才带着全家鸡犬升天。原本以为这段黑历史已经藏得很好了,没想到她们居然都知道。

"夜色是什么地方啊?"

"不知道,不过你不觉得这个人很眼熟吗?"

"是幕后老板娘吗?老板娘原来在夜色?"

大家都在围观,蒋媛只得忍住想要动手的想法,反驳道:"听不懂你在说什么,少给我泼脏水!自己昨天晚上跟男人过夜,不会以为我不知道吧?"

她想打听昨天晚上到底是什么情况,为什么她的计划会失败,于是企图从楚鸢的嘴里套些细节。

结果楚鸢扯出一个假笑，阴阳怪气地说："是呢，是呢，我昨天晚上陪的是尉总。尉总好厉害，折腾一宿没睡，早上起来还给我转账一个亿呢！"

一个亿！

蒋媛当场酸得牙疼。她跟在季遇臣身边这么久，都没见过这么多钱，结果眼前这个女人居然还自豪地把这种话直接说出来。

白桃直接笑歪了嘴。

而尉斐则在很远的地方接连打了几个喷嚏。

"你啊，也别当季遇臣的小三了。你看，婚没结成，只能在这儿帮亲戚开开奶茶店。啧啧，太小气了。还不如陪陪尉总，能给自己卖个好价钱呢。"楚鸢漫不经心道。

蒋媛听出楚鸢是在故意恶心自己，忍无可忍，伸手就去抓她的头发，并说道："破坏我婚礼的账还没跟你算，你还出现在我面前惹人嫌，我要撕烂你这张嘴！"

蒋媛简直咽不下这口气。天知道楚鸢这张嘴有多气人，上回婚礼现场也是，不知道这次出了什么差错导致没拍到她被下药后和男人进出酒店的照片。

蒋媛被楚鸢激怒，直接扑了上去。白桃看见她的动作，一闪身，护在楚鸢面前。

蒋媛还没碰到楚鸢，手就被人狠狠攥住。紧跟着，楚鸢眼里划过一丝锐利，将她的手高抬起来狠狠一扭，只听一声惨叫。

"啊！"蒋媛满头冷汗，痛呼道，"你放开我！"

"我放开你？"楚鸢笑了，"你求我啊，贱人。"

围观群众惊了，居然从如此美艳的女人嘴里听见"贱人"这种话！

边上有个男生道："为什么只是听她骂人我都感觉好爽啊？"

"你是变态吧！"

"想被她用高跟鞋踩着骂。"

蒋媛气得眼睛发红，这个女人怎么处处和自己过不去？莫非真的是楚鸢的好闺密，来帮死去的楚鸢出气吗？

当初真该连着她一起捅死，楚鸢身边的人都该死！

蒋媛眼里带着恨意，像是恨不得将眼前的女人千刀万剐。她吼道："你不要装神弄鬼，放开我，我要叫季遇臣过来，你竟敢对我动手！"

到底谁先动手的啊？

楚鸢抓着她的头发，不费吹灰之力便将她控制住，按在一旁的墙上，吐槽道："打又打不过我，骂又骂不过我，你这小三当得真的太差劲了，一丝战斗力都没有，不行就算了吧，给你的下一代积些德。"

"我不是小三！"蒋媛被人戳中痛处，尖叫着，"楚鸢那个胖子才是小三！阿季爱的一直是我，要不是为了家族，他早就娶我了。死胖子才是小三，仗着有个有钱的哥哥就联姻，害得阿季不得不娶她！"

蒋媛的声音凄惨，仿佛罪无可恕的那个人是楚鸢。

"她毁了我的爱情，她该死！死得好，死胖子还想抢我的人！她都死了，你还想着对付我？就算你再怎么帮她出气，她也已经死了！"

像是有一把刀狠狠地刺进了楚鸢的心里，那一瞬间，她眼里的光冷得如同杀人的刀折射出的寒芒，连白桃都为之一振。

楚鸢的声音冰冷无比，好像死神举起收割人头的镰刀，毫不留情地抵在蒋媛的脖颈："午夜梦回，你就不怕她来找你报复吗？"

蒋媛听见楚鸢的话，浑身一颤，好像想到了什么，咬着牙说："装神弄鬼！别以为我不知道，你就是想恐吓我，想让我心生惧意，然后拆散我和季遇臣，好给那个死去的胖子复仇，是不是？"

楚鸢的手越发用力，她真的恨透了蒋媛。

那一瞬间，白桃从她的眼里看见了杀意。

倘若杀人复仇可以不用背负法律责任——不，哪怕杀人复仇势必要背负责任和惩罚，她都可以眼皮不眨地，如同两年前那把刀似的，将自己的手刺入蒋媛的身体，破开血肉，一直到那血溅在她的眼皮上，溅在她鲜红的指甲上。

可打破她这些疯狂念头的，是从远处传来的一声怒斥："你干什么？"

楚鸢深陷于情绪的暴风中，还未回过神来，就被人狠狠一推。她未抬头，那熟悉的声音已然传入耳中。

"你怎么能对媛媛下手？你这歹毒的女人！"不知道什么时候来的季遇臣，将蒋媛一把拉入怀中。推楚鸢的力道之大，让她整个人往一旁趔趄。

楚鸢难以置信地睁大眼睛，看着季遇臣毅然决然地搂住蒋媛，仿佛护着什么珍宝似的，毫不犹豫地将她推开的动作如同在她摇摇欲坠的心理防线上用力撞了一下。

两年前，在穷凶极恶的歹徒面前，季遇臣便是这样头也不回地选择了蒋媛，将她亲手推向冰冷的刀锋。

这一幕似乎又浮现在眼前，楚鸢深呼吸，感觉自己快要看不清眼前的东西了。

季遇臣搂着蒋媛，她便伏在他的胸口哭道："你怎么才来啊？她……她对我动手！阿季，为什么会有这样可怕的人？我明明不认识她，她应该是为了楚鸢来找我复仇的吧？"

听听，这梨花带雨的哭声，围观群众虽然听不清具体说了些什么，但是又有一个男人加入这个场面之后，大家纷纷跟着猜测起来。

"不会是打小三的剧情吧？"

"那穿红衣服的女人是被男的抛弃了？"

"她下手好狠啊，看起来像是混黑社会的，肯定是那种不良少女。"

"啧啧，不会吧，招惹谁不好，招惹这种女人。"

听见围观群众不明真相的议论，白桃脸色都变了，想要冲上去跟他们好好理论，可是被楚鸢拉住了手。

楚鸢的声音细细听来似乎在颤抖："不用管。"

"怎么能这么说你！"白桃气得眼睛发红，大声说道，"那个男人才是最恶心人的！季遇臣要是真的爱蒋媛，当初怎么会娶了别人？他分明是看上楚家有权有势，而蒋媛的家庭什么都不能给他！"

被人道破心机的季遇臣表情一变，按着怀里蒋媛的头，轻轻拍着她的肩膀，问道："你什么意思？"

"小三？你利用楚鸢，想靠她背后的楚家，却又舍不得外面的情人，如今蒋媛居然能说出楚鸢才是小三这种不要脸的话！"白桃大喊了一声，"跟你领结婚证的是谁？你法律上的妻子是谁？到底是谁在婚姻关系里受法律保护？！蒋媛能够这样堂而皇之地说楚鸢才是小三，说明当年你从来没把楚鸢当过自己的妻子。你要是真的爱蒋媛，为什么当初要跟楚鸢结婚？我看你对蒋媛的爱还抵不过一个家大业大的楚家吧！"

蒋媛整个人都抖了抖，抬起头来，带着哭腔道："我不许你这样侮辱阿季！"

"好一对狗男女！"白桃攥着手指，又道，"季遇臣，你就是个狼心狗肺的东西！"

"那也是死去的楚鸢来指责我，你有什么资格？"季遇臣被人这样公开指责，面子上哪里过得去？

他指着刚才被自己推开的女人，咬牙切齿道："还有你！你简直阴魂不散，能不能不要再来打扰我和媛媛的生活？"

阴魂不散？

楚鸢一直低着头，头发散下来遮住了眼睛，在听见"阴魂不散"四个字时，忍不住发出一声冰冷的笑声。

是啊，她是阴魂不散，才会没有死。如今她的灵魂早就已经变了。

楚鸢抬头，走上前。她每走一步，就逼得蒋媛后退一步，甚至还问道："你干什么？你还想对我动手？"

眼前的女人气势汹汹，身后似乎跟着不要命的千军万马，一团火在她眼里燃烧。

蒋媛感觉一股杀意扑面而来，忙说："你也有自己的生活吧？何必为了一个楚鸢跟我们纠缠不休？她都已经走了，你也别揪着不放……"

楚鸢喊了一声："桃子。"

"啊？"白桃听见楚鸢的呼唤，愣了一下。

楚鸢向她伸出手。

那一瞬间，白桃立刻明白。她从随身携带的口袋里，拿出一把锋利的手术刀，轻轻一抛，就落在了楚鸢的手里。

刀尖弹出，楚鸢拿着刀在手指间转了转，转头的那一秒，锐利的眼神扎在蒋媛的脸上。

蒋媛往季遇臣怀里缩，不停地喊："你要干什么？你手里那个是什么？"

"光天化日之下，你还想要谋财害命啊！"蒋媛尖叫着，"疯子，疯子！阿季，快保护我，快把她赶走！"

季遇臣听见蒋媛的声音，心里难受，迅速拦在她面前，吼道："你这个疯女人，闹够了没有？"

疯女人？

也对，她早就没有理智了，这具身体不过是行尸走肉。

——季遇臣，能让我看见你比我更惨，叫我立刻去死都无所谓。

"只要把当年那一下还给我。"楚鸢眼睛通红，手里的手术刀折射着寒光，不管是切割死人还是救助活人，它都冰冷无比，"我们就算扯平了，如何？反正当年，我也是这样受过来的。"

季遇臣听见这话狠狠一震，还没回味过来话里的意思，楚鸢便已经逼至面前，动作快如闪电，让他脸色发白。他本能地攥住她的脖子，最脆弱的地方总是最能控制人的，而后他先声夺人，一巴掌打在了她的脸上。

刺痛占据了楚鸢的所有理智。

白桃震惊，冲过来将季遇臣撞开。楚鸢晃了晃，被她扶住。

她摸着楚鸢的脸，问道："你没事吧？"

楚鸢瞪着双眼，一片茫然。

季遇臣打她？

楚鸢捂着脸，用力地笑了两声，声音都在发抖："季遇臣，你打我。"

不知道为什么，她感觉呼吸有些困难，窒息感涌上来，手脚开始发麻，几乎站不稳。

为什么？她应该可以撑住才对，为什么？

腹部留下的刀疤隐隐发痒，楚鸢感觉身体麻木到开始出现刺痛感。

蒋媛看见楚鸢终于被收拾了，顿时解气些许，指着她说："别以为你装出一副凶狠的样子，所有人就都会被你吓住！以后离我远一些！"

明明是蒋媛主动叫住了楚鸢，也是她先对楚鸢出手，却倒打一耙，居然让楚鸢离她远一些。

季遇臣听见楚鸢的话，心里又慌又怕，行为才会这样不受控制。如今这一打，此事怕是没那么容易结束了。

他为了逃避责任，拉着蒋媛打算转身就走，想要趁乱混入人群中。这要是报了警，就会演变成打架斗殴。

季遇臣不想声张，要是被人扒出楚鸢的事情，他们的名声和人设都会崩塌。

他用眼神示意蒋媛赶紧闭嘴，生怕她再说一句话，围观群众又会联想到别的事情。他最后心虚地瞪了楚鸢一眼，发现她站在原地一动不动，便赶紧抓着蒋媛就走。

发现当事人离开，围观群众也都渐渐散去。楚鸢像是被人潮吞没了似的，就快要消失不见。

白桃还想叫季遇臣别走，但发现楚鸢情绪不对，碰她的时候，才惊觉她的肢体僵硬得可怕，好像没办法控制自己的身体。

白桃蹲下来，去摸楚鸢的脸，摸到了一手眼泪。

"不要哭啊，小鸟。"白桃从来不会安慰人。她的性格大大咧咧的，看见楚鸢掉眼泪，竟然连声音都跟着软了下来。她问，"疼吗？为什么不还手啊？这样，我帮你打回去，我帮你把蒋媛分成几百块，好不好？"

这是来自变态的最温柔的关心。

楚鸢没说话，肩膀不停地颤抖，季遇臣一巴掌打碎了她伪装起来的风平浪静。她用力咬着牙，将这股劲儿熬过去，再抬起头来的时候，眼睛一片通红。

楚鸢看着白桃。

楚鸢的脸庞是极美的，缓缓抬头的一瞬间，白桃感觉周遭如同置身冰天雪地。她好像是一个随便就能把命丢出去的女人。

满身是血，只为复仇而来。美丽的皮囊下，是她不顾一切的魔鬼的灵魂。

隔了好久，楚鸢才抬起脚，喘着气说："我真怕我刚才会杀了他。"

在那个巴掌的刺激下，她全身发麻，手脚僵硬，肌肉组织收缩缺氧，交感神经兴奋，那一刻什么都被抛之脑后。

白桃将手术刀放回口袋里，对楚鸢说："我理解你想复仇的心情，但至少不是在大街上。小鸟，你跟我回去，我给你检查一下身体。你昨天喝了酒又被下了药，身体没恢复，加上刚才出现的应激反应，我很怕你的身体吃不消。"

精神上的刺激太大，她真的怕背负着仇恨的楚鸢哪一天会疯掉。

白桃轻轻遮住楚鸢的眼睛，随后轻声说道："放轻松，放轻松，跟着我深呼吸，好吗？你慢慢把肌肉放松下来……"

尉斐坐在基地里看着电脑，基地的门被人从外面打开，紧跟着他看见栗荆抱着一个女人冲了进来。

这女人的脸怎么这么眼熟？

尉娈的眼皮一跳，喊道："站住！"

栗荆脚步一顿，问："怎么了？"

尉娈指着他怀里的楚鸢问："她怎么了？"

楚鸢好像昏过去了。

白桃跟在后面叹一口气，回道："给她打了镇静剂。"

"镇静剂？"尉娈眉头紧蹙，问，"什么情况？"

"她在大街上突然情绪失控，然后有些呼吸困难，肌肉收缩太厉害，神经太兴奋。"白桃双手一摊，随后冷笑一声道，"你知不知道小鸟被人打了？"

闻言，尉娈周遭的气压猛地低下来，冷冷地问："是谁打的？"

白桃观察着尉娈的表情，说出三个字："季遇臣。"

尉娈的瞳孔一缩，季遇臣敢打她？

"我带楚鸢去检查下身体。"白桃拎着自己的工具箱，只丢下一句话，"剩下的看你怎么办。"

尉娈坐在那里沉默几秒，看着栗荆放下楚鸢走出来，和他对视，问道："现场什么情况？"

"蒋媛找她麻烦，还动手，结果被她控制了。后来季遇臣赶过来，用语言刺激她，然后趁她情绪不稳定打了她，又趁乱离开。"

栗荆的复述很简短，但是憋着一股气。

尉娈的眼神沉下来，将手里的笔记本电脑一合，随后从沙发上站起来。

他歪了歪脖子，关节发出"咔咔"的声音。

栗荆说："干吗？"

尉娈走上前，看了栗荆一眼，道："发消息，摇人。"

这是要干吗？

尉娈单手插兜，另一只手拿着手机，面无表情地问："在哪儿打的？"

季遇臣搂着蒋媛回到了亲戚开的网红奶茶店里。

这天是周末，人多，她是过来帮忙的，季遇臣顺带来看看，没想到会遇见这一幕。

他哄道："媛媛，别哭了。"

"我只是路上拉住她问了几句昨晚的事情，"蒋媛擦着眼泪说道，"不知道她为什么会那样嘲讽我，后面还动手……她为什么对我们有这么大的恶意呢？"

若是楚鸢在场，听见这话怕是会笑出声来。

她对他们有恶意？那当年她怎么会险些死在他们的眼皮子底下？

曾经对别人那么狠的人，是怎么以一副受害者的姿态自居的？

蒋媛哭了十多分钟，季遇臣一直搂着她安慰，边安慰边回想起当时楚鸢说的话，总觉得哪里很奇怪。

——只要把当年那一下还给我，我们就算扯平了，如何？

当年……莫非她是……

第六章

偿

季遇臣还没来得及多想，门外的围观群众发出一声惊呼，奶茶店的大门被人狠狠踹开，连招牌都被人踹了下来。

"哐当"一声响，飞尘在空气里飘荡。

有人出现在店门口，嫌弃地用手挥了挥空气里的灰尘，连皱眉厌恶的样子都很帅气。他"啧"了一声，冷静道："有人举报这家奶茶店违规占地，后厨卫生不合格。"

尉娄看见季遇臣，笑着说："好巧，路过，来看看。"

看见尉娄的那一刻，季遇臣脸色大变。

什么情况，尉娄为什么突然出现了？他想起上次去尉娄的公司，前台小姐一脸见怪不怪地说门被尉总踹飞了，原来是真的……

尉娄就是个破坏王，走到哪里，哪里都会一塌糊涂，这回遭殃的是蒋媛亲戚家的网红奶茶店大门。

他就这样嚣张地站在门口，旁边跟着满头大汗的栗荆。

栗荆怎么都想不明白，如今科技发展如此迅速，居然还有人用这样原始的暴力来解决问题。

都说暴力是不能解决问题的，但在尉娄这里，暴力是可以解决问题的，只要能够承受暴力之后的代价。

尉婪走上前，站在点单的地方，望着后厨，淡淡道："这块地批下来的时候，你们的装修并没通过审核。"

听见尉婪的声音，蒋媛感觉背后都跟着出了冷汗。

奶茶店的位置太好了，是她帮蒋辉从别人手里抢来的。

没错，这家奶茶店正是她那烂泥扶不上墙的哥哥蒋辉开的。

蒋媛立刻从季遇臣的怀里撤出来，走到外面，看见尉婪站在那里，眼神冷漠，偏偏脸上挂着笑："这不是巧了，季夫人？"

"季夫人"三个字，可谓是阴阳怪气到了极点。

蒋媛一口气险些没喘上来，上回婚礼被闹，尉婪可是站在一边眼睁睁地看着的，现在圈子里都知道她婚没结成，他这一句"季夫人"可不就是在讽刺她嫁入豪门的算盘打失败了吗？

饶是如此，她也得扯出一副笑脸来应付，笑道："这家店是我哥哥开的。尉少今天怎么这么有空过来？"

这就是尉婪，踹了别人的店门，店里的人还得笑着问他怎么有空过来。

尉婪就喜欢别人看不惯他又干不掉他的样子，故意放缓了语速，说："收到通知，说你们的店面违规，还有，抽查一下后厨的食品卫生状况。"

蒋媛没缓过来，愣愣道："我哥哥的店违规？我之前一直没有收到通知啊，我……"

一旁的栗荆跟着举起手机道："其实先前是有这家店违规的报道的，还有人举报说从你们家的奶茶里喝出过蟑螂，不过这些好像都被公关撤下去了。今天我们代表商场过来抽查一下店铺的情况。"

蒋媛不可思议地瞪大了眼睛，奶茶里喝出过蟑螂？！

她本能地说："这肯定是同行泼脏水，谁知道蟑螂是不是他们故意放进去的！"

"所以，为了证明你们的清白，更要检查，不是吗？"

栗荆眯着眼笑，不管别人怎么样，他的态度永远是客气温和的，好像怎么样都不会被激怒。说罢，他打算往里走，却被季遇臣拦住。

季遇臣算是看明白了，尉婪这是打着检查的幌子，实则是为了给那个女人出气，也不知道那个女人要了什么手段能够让他这样帮她。

外面还有一堆围观群众，此事如果传出去，岂不是要牵连季家？

季遇臣其实是不怀疑奶茶里有蟑螂这件事情的真实性的，毕竟蒋辉找公关压下去的时候，是给他的助理打的求助电话，所以奶茶店肯定存在食品安全以及环境卫生方面的问题。

但是，为了季家，这件事情绝对不能传出去。

季遇臣好歹也是季家大少，栗荆不得不给几分面子，皱眉说："季家大少怎么在这儿？"

这不是明知故问吗？圈子里都知道季遇臣和蒋媛的关系。

季遇臣也不是吃素的，见此说道："今天看见尉少带人过来，比较意外。奶茶店是我未婚妻蒋媛的哥哥蒋辉开的，既然媛媛以后要进我家门，我于情于理也该来这里帮忙打点，没想到尉少也过来了。"

尉娄没说话，周身带着压迫感。

季遇臣见人说人话，鬼说鬼话的本领可谓是登峰造极。

"尉少关心小店是我们的荣幸，但也要有上面的通知吧？不清不楚地就要突击检查，我想谁都不能信服吧？"说检查就检查，他的面子往哪儿搁？

听见季遇臣这么说，栗荆的表情一变。

确实，要是这么做，必然是商场那边或者有关部门有所通知，尉娄这样自说自话地来了，季遇臣倘若拦着，他们也没有什么好的借口发难。

岂料尉娄眉梢一挑，笑得桀骜难驯，然后道："商场都是我的，我来检查一下店铺的环境卫生问题，对商场和客人负责，怎么了？"

季遇臣心里"咯噔"一下！

什么情况？商场都是他的？

不可能，他前阵子还在关注商场背后集团的股票，和尉娄没有任何关系！

尉娄这人撒谎成性，栗荆都吓了一跳，刚想说牛别吹太大，结果他丝毫不慌，脸色都不带变的。

季遇臣的声音带上几分怀疑："你说是你的就是你的？尉少，我知道你家大业大，但也不必开这种玩笑。"

"就是，上来就说他是老板，装吧！"

"还把人家店面拆了，好暴力！"

"我看那个女人一直在哭，指不定是这种有权势的人欺男霸女惯了，找他们奶茶店的麻烦呢！"

听见围观群众这么说，蒋媛也跟着挺直腰板。这商场可是出了名的奢侈品商场，他们就是看中了这地方好才想着过来开一家网红奶茶店。虽然是租的商场的商铺，但她不信尉婪真有那么大本事，一个商场说买就买了下来。

"尉少肯定是哪里搞错了，不如来我们奶茶店坐会儿，我们聊一聊，其中是不是有误会。"季遇臣想化干戈为玉帛。

"谁稀罕喝你们的奶茶啊？"尉婪翻白眼翻得明目张胆，话也说得毫无素质，"给你们机会再往我的奶茶里放一只蟑螂？不了吧，你们爱喝就多喝些。"

围观群众登时纷纷吸气。

闻言，季遇臣神色都变了，被尉婪一而再、再而三地蹬鼻子上脸，他开始跟尉婪对着干，不客气地说："尉少，您别一直咄咄逼人，我们可没对不起您，莫非您是为了刚才那个女人过来找我们麻烦的？"

尉婪好笑地指了指脚下的地板，说道："我来这儿的前五分钟刚收购了这个集团，没人通知你吗？"

围观群众瞬间发出惊呼。

季遇臣瞪大眼睛，不敢相信自己听见了什么，尉婪就已经逼到了面前，声音冰冷道："所以身为整个商场的老板，想来抽查一下商铺，过分吗？"

栗荆几乎抓不稳手机，惊疑道："真的假的？怎么连我也没通知？"

尉婪回头看了自己的好兄弟一眼，用随意的语气说："真的，刚才在停车场里的时候顺手收购的。"

顺手……收购？！

蒋媛感觉太不真实了，凭什么尉婪拥有这样强大的实力？这么高端的商场说收购就收购。他收购一个集团的语气就好像是在评价今天天气真好似的。

凭什么他能为了那个女人做到这种地步？

蒋媛心里的恨意直线上升，夹杂着嫉妒和不甘心。她在心里暗暗发誓，一定要让那个女人身败名裂，出口恶气！

栗荆清了清嗓子，不满道："阿尉，你的手脚也太快了吧，连我都没收到消息！"

尉婪说："是你自己的消息网太慢了。"

"……"怎么会有这样得寸进尺的人！

别人都这样说了，季遇臣就算再硬气，也得向他们低头。这个时候，商场的负责人走进来，身后跟着各种监管局的人，来给新老板打招呼和示好："尉少好！听说您今天要抽查自家商场，简直是太负责任了，日理万机还不忘关心这些……"

尉婪一脸受用地听别人拍马屁，对负责人说："免得别人说我找麻烦，你们今天好好查，看看那些实名举报奶茶店的事情是不是栽赃陷害，我们不能冤枉这么好的一家奶茶店，对不对？"

话虽这么说，言下之意不就是不要放过蒋辉的奶茶店吗？

蒋媛根本来不及好好收拾后厨，就已经有人冲进去了，还带着媒体记者。她脸色发白地喊："等一下，你们是谁家的记者？你们——"

季遇臣目瞪口呆。

居然是真的。尉婪买下了商场，就为了替那个女人出气！

他们的店铺是租的商场的店面，他还能怎么拦？

事情已经到了这个地步，他不得不断臂膀来保护名声。他用力拽了蒋媛一把，说道："倘若蒋辉这家店真的有卫生问题，那我们必须自保。"

蒋媛不敢相信季遇臣说放弃就放弃。她以为只要他在，总能保下蒋辉和奶茶店。如果真的出事了，奶茶店肯定要停业……

为了得到这个店铺，为了造势，他们可是砸了不少钱进去！

蒋媛慌了神，忙说："阿季，你帮帮我哥哥，帮帮他，好不好？"

"帮？"季遇臣的眼神变得锐利，不留情道，"再帮下去连我都要被拖下水。"

他迅速变脸，再和尉婪说话的时候，已经不见了刚才打算和他硬碰硬的口吻，而是说道："尉少说得对，毕竟是蒋辉的店，我和媛媛两个外人在这里干站着也不是事，不如你们检查，我让蒋辉来亲自接待你们？"

外人？这就开始撇清关系了，是生怕抽查出问题吗？

尉婪一边笑，一边伸脚拦住季遇臣和蒋媛。他笑的时候慵懒又不屑，仿佛从头到尾都在看戏。

"等一等，这店是你哥哥蒋辉的，如果出事了责任自然算在他头上，不过刚才打人的账……"下一秒，他看向季遇臣，眼神猝然变冷，问道，"该算在谁身上？"

季遇臣完全没想到尉棼会突然提起这件事情，这表明他就是来帮那个女人的。

他内心开始动摇。那个女人到底是什么来头？怎么连尉棼都这样帮她，莫非她背后的势力很强大？

尉棼挡住了他们的去路，季遇臣再怎么样也是季家大少，是这个圈子里有头有脸的人物，尉棼肯定不会贸然对他出手。但正是因为不会直接出手，他才更加阴阳怪气地说："听说你当街打了人？"

季遇臣怎么可能承认，于是避重就轻地说："是因为我的未婚妻受到刺激，我为了保护她。"

听见这个，蒋媛也站出来，想趁着人多看热闹的时候证明自己："都怪我。尉少，都怪我，什么都冲我来吧，阿季是怕我受到伤害。"

尉棼有些不耐烦地眯了眯眼睛，对他们这样的把戏感到厌烦。

看看他们这副模样，鹣鲽情深，好像楚鸢活该一样。

尉棼问道："你们发生了什么冲突，才会发展到打人？嗯？"他的声音里隐隐带着一种威胁。

蒋媛本身长得不差，一着急便梨花带雨，路人看了都我见犹怜。她瑟瑟发抖，尝试去搂尉棼的衣袖，声音柔弱道："尉少，因为我，都怪我，您要针对直接针对我就好，不要为难阿季。"

她一边这么说着，一边摆出更加委屈和可怜的表情。

怎么？是想卖惨勾引他吗？

尉棼最讨厌的就是卖惨，看着蒋媛楚楚可怜的脸，他的脑海里浮现出另外一个身影。

那个女人从来就不会低头为自己多辩解一句，她的不爽直接写在脸上，不考虑对方是什么身份，哪怕明知斗不过，也能把背挺得笔直。

他没见过她真的认错，在和他交手的时候，她的眼里总带着狡黠和戏谑，仿佛她比他还能更快地在这场惊心动魄的暧昧里抽身而出。

尉婪收回思绪，看着面前低着头的蒋媛，烦躁地说："一边待着去，我为难你老公？你老公有什么值得我去为难的？好笑。"

蒋媛的脸色一白，这话就是在贬低季遇臣了。他再怎么样也是权势滔天，要不然楚星河怎么会选择与季家联姻？豪门联姻里，只有强强联合，没有扶贫。

于是，蒋媛不由得为季遇臣说话："我知道，尉少跟那位小姐一定关系匪浅，所以我和她起了冲突，阿季帮我，尉少帮她，很合理。"

她此话一出，围观的八卦群众顿时明了。哦，原来是一怒为红颜啊。

不过这个蒋媛看起来好像还挺讲道理。

围观群众看得兴致勃勃，但是当事人都挺焦灼的。

尉婪没想到蒋媛这会儿还要话里话外暗示楚鸢跟自己不清不楚的关系。他挺想笑的，不想跟这个女人多费口舌，多说一句白的都能让她描成黑的。他只说："五分钟，栗荆，帮我查一下大街上的监控，我要看看是谁先动手的。"

栗荆特别善解人意地将平板电脑直接递过去，说道："你看。"

尉婪愣了，问道："这么快？"

他还想装腔作势地说五分钟呢。

栗荆装腔作势地说："是你的关系网太慢了。"

"……"

尉婪点开视频，果不其然看见楚鸢和白桃从商场外的马路边走过，要走进去的时候，被蒋媛拦住了。

随后楚鸢那副谁都不放在眼里的态度估计激怒了蒋媛，尉婪可以想象她的嘴有多气人，蒋媛被激怒，气急先动手实在是太正常了。结果先动手的蒋媛反倒被她控制，而后季遇臣出场，便出现了她被打的那一幕。

看着监控录像，季遇臣清楚自己是动手的那个，再怎么样他一个大男人也不该对女人动手。

蒋媛则猜测这次尉婪就是想逼迫他们承认打人，帮那个女人出气，如果暂时低个头，说不准还能保住哥哥的奶茶店。

想到这里，蒋媛便先声夺人道："尉少，这没什么可看的，我……我给你道歉。"

"你有病吧？"尉婪都没拿正眼看她，狠狠甩开蒋媛又想抓上来的手，说道，"你给我道歉干吗？要是打的是我，你还能站在这里？"

蒋媛吓得一哆嗦，忙问："尉少是什么意思？"

"你既然喜欢揽责任，那么我也佩服你的勇气。这样，一会儿我把她领回来，你站着让她扇一个耳光，然后道歉。"尉婪笑得特别开心，"就在这家店里。"

围观群众纷纷倒吸冷气，这不是要让她当众丢人嘛！

蒋媛攥着手机，眼睛都恨红了。她要在店里挨那个女人一巴掌，而尉婪为了这个，买下整个商场来找他们的麻烦。

蒋媛如何能咽得下这口气。她忍了这么多年，总算忍到楚鸢死，原以为能和季遇臣双宿双飞，岂料半路杀出来一个来路不明的人，背后还跟着一个他们惹不起的尉婪！

蒋媛不敢相信自己的耳朵，惊疑道："尉少，这店里……"

"另外，如果店里查出什么——"尉婪笑着说，"你哥哥砸在这家店里的钱可都要打水漂了。听说装修费加上公关费，快一百万元了呢。"

这话的意思是，如果蒋媛能够忍下这个屈辱，让楚鸢扇一巴掌解解气，尉婪还能睁一只眼闭一只眼给他们留条活路，要不然这里的钱就都白费了。

这钱还是蒋媛借给蒋辉的呢！她这种女人怎么会舍得这笔钱？

栗荆觉得尉婪真的太狠了，打蛇打七寸，他怎么这么会拿捏别人？

蒋媛颤着声音道："尉少既然这么说了，我……"

不，她不能认输，她不能输给那个女人。如果她真的尊严扫地，也一定要让那人生不如死！

尉婪发现，这会儿季遇臣又试图置身事外。他冷笑一声，刚要说什么，栗荆接到一个电话，随后表情大变道："不好了！阿尉，小鸟住院了！"

尉婪有些意外，追问："什么情况？"

"不知道啊。"栗荆抓着手机，说，"我先去看看情况，这两个人……"

尉婪带着寒意的眼神掠过季遇臣和蒋媛。

楚鸢如果住院了，事情可就大了。

季遇臣当机立断，圆滑地推了蒋媛一把，说道："不是说好要给小姐道歉吗？我们跟着一起去，也算是表达歉意。"

当初蒋辉在尉娄公司闹事的时候，他也是装模作样地上门给自己立君子人设的。

这招很有效，尉娄的公司里到现在还有人夸季少明事理、格局高呢！

如今这个局面，他为了自保，直接把蒋媛推了出去。

蒋媛难以置信地看着季遇臣，说道："阿季，你真的要我去？"

"你道个歉就完了。啧！"季遇臣压低声音说，"事情闹大了，我们的名声怎么办？忍一忍啊，乖，你受些苦，去给她道个歉，回头我重新给你办婚礼。我们月底领证，如何？"

男人的嘴，骗人的鬼。为了让蒋媛背锅，他连领证的事情都拿出来当筹码。

可惜蒋媛偏偏信了，原本她还有些委屈，听见季遇臣说会补偿她，顿时觉得自己特别高大，心甘情愿地牺牲自己来保护他不受伤害。她陷入一种自我感动的情绪里，冲着他点点头。

呵，愚蠢的女人。

季遇臣在心里笑，这一次的"背锅侠"总算找到了，就算是他打的楚鸢，蒋媛也会拼命把责任揽在自己身上，尉娄无论如何也刁难不到他头上来。

于是他主动说："媛媛，你打一辆车跟着尉少，一起去医院，好好请求人家原谅。"

只听这话，围观群众被蒙在鼓里，还觉得这个男人好帅，不护短又讲道理，简直人间清醒。

尉娄懒得去看他们油腻的表演，冷笑一声，扭头就走。他将车开得飞快，甚至比先离开的栗荆还早一步到达医院。

推开病房门，他愣住了。

楚鸢什么事也没有地坐在病床上跷着二郎腿吃薯片。

尉娄站在原地，脸色发青地问："你不是住院了，情况危急？"

听见有人进来，楚鸢吓了一跳，一看是尉娄，立刻抹一把冷汗，说："来也不说一声，我都还没开始。"

还没开始？这小狐狸脑子里又在计划着什么？

此时白桃拿着一堆纱布走进来，看见尉娄，用屁股将他拱远了，嘴里还说道："让开，让开，让开。"

尉娄站在一边,感觉自己听见楚鸢住院了就火急火燎赶来挺傻的,这不什么事也没有,还精神得很!

他看见白桃开始往楚鸢的脑袋上一圈一圈地缠纱布。

尉娄有些无语,然后问:"你在干吗?"

楚鸢摸着脑袋上的纱布,空着的手冲尉娄挥挥,满脸都是笑意,根本不像被打之后痛不欲生的模样,反而像是捡了什么大便宜。她招呼道:"过来,过来,帮我看看哪里的二手房价格好。"

"脑袋也没开瓢啊……"尉娄终于意识到什么情况,"你想讹他们?"

楚鸢恶狠狠地瞪了尉娄一眼,说道:"什么叫讹?这叫收些利息,我要蒋媛亲自到我面前来道歉,顺带好好收拾季遇臣一顿。账要一点点地算!"

她还想着把婚内给季遇臣的财产都拿回来,这不正好,他的巴掌跑到自己脸上来了,得好好抓住这个机会。

白桃凑上去看了一眼楚鸢的手机,建议道:"算账的时候记得帮我要一些,我正好有辆想买的跑车。"

楚鸢一脸认真地说:"行,那把你的车钱也算在里面。"

"早知道当时就直接当街躺下了,唉。"楚鸢回想起来,脸上写满了"恨自己不争气",仿佛挨那一巴掌后的刺激真没给她带来什么影响。

尉娄不知道她是装的,还是真的无所谓。

毕竟楚鸢从来不说。

"我要是当街这么一躺,现在是不是一套房就来了?都怪我当时身体和大脑各干各的。"

"……"

——你现在不也在兴致勃勃地看二手房?

楚鸢又"啧"了一声,对着白桃说:"是不是还不够明显?你要不再抽我一耳光,我再问他们多要些。"

白桃说:"行,你说吧,抽多少钱的耳光?五十万元的行不行?"

尉娄:"……"

这女人怎么从来不按套路出牌?

说完这话,栗荆和蒋媛已经赶到了。季遇臣是最后一个走进来的,看

— 111 —

见病房里的楚鸢，他一愣。

她怎么躺在病床上有气无力的？那一巴掌下去，莫不是把她打得轻度脑震荡了吧？

季遇臣心里一紧，倘若真的出了什么事，那事情就难以解决，而且看着楚鸢痛苦难受的样子，他心里不是很舒服。

他是不是太用力了？她到底是个女人。

只有尉婪站在一边面无表情地看着楚鸢演戏。

她一边故作疼痛，一边抓住白桃的手说："医生，医生，我不会……失忆吧？"

尉婪："……"

白桃被楚鸢一抓，顺势跟她十指紧握，挤出一个难过的表情来，说道："你放心，我一定治好你！"

栗荆："……"

——你化着烟熏妆能不能不要故意挤出眼泪吓人啊？

然而季遇臣和蒋媛看见这一幕，彻底慌了神，忙问："到底什么情况啊？这……"

栗荆道："要不赔些钱吧，此事我们就私了。"

赔钱？赔钱还不如要她的命呢！

蒋媛怎么可能同意赔钱？她这辈子视钱如命，要不是为了嫁进豪门，她能忍受这么多年？现在一个巴掌就想要她拔毛？怎么可能！

于是蒋媛说："你们这是讹钱啊！"

话音未落，楚鸢躺在床上惨叫起来："我的头好痛，我的头好痛……"

白桃在一边跟着急道："多喝热水，多喝热水。"

哄完楚鸢，白桃又故意叹一口气，说道："唉，那算了，我们也知道，你们是上流社会的人，自然不会把我们放在眼里。那到时候公开吧，季大少打她耳光的视频，还有你们店内喝出蟑螂的事情，一起告诉大众就好了。"

季遇臣当场抬手道："不是，等一等，有话好好说。"

楚鸢刚还在喊疼，躺在床上也跟着做出动作，五根手指一伸："这个数。"

"五百万元？"

"五千万元。"楚鸢笑了。

这个数字熟悉吗,季遇臣?

当初的绑架案里,区区五千万元,就要了她的命。

"不可理喻!"季遇臣对楚鸢的最后一丝怜悯也消失了。不就是一个巴掌?居然要五千万元。

"你狮子大开口啊!"蒋媛伸出手,指着她破口大骂,"要不要脸?碰你一下脸而已,张嘴就是五千万元,你这女人心肠太狠毒了!"

楚鸢捂着头上的纱布说:"是你打的我,怎么像是我害你似的?"

季遇臣懂了,什么都懂了!

"你就是故意的!"蒋媛尖叫一声,说道,"你故意激怒我,又激怒阿季,让阿季动手打你,然后录像拍下来。你这是要封口费啊,你怎么这么无耻?"

楚鸢无所谓道:"不好意思,就是这么无耻。"

蒋媛对眼前的女人顿时恨之入骨,这个女人肯定当时就想到这一出,故意惹怒他们,算好了季遇臣有钱,是专门来讹钱的!

其实白桃事后想起楚鸢问她要手术刀的时候就明白了,楚鸢真的要对蒋媛动手的话,根本不需要什么工具,而当着他们的面问她要手术刀这个动作,不过就是恐吓季遇臣和蒋媛,让他们以为楚鸢真的不要命,以达到刺激他们情绪的目的。

受了刺激的人,肯定会对楚鸢起反击之心。

楚鸢的动作那么快,又怎么会真的躲不开季遇臣的一巴掌?

还不如说是她自己把脸送上去的。

季遇臣知道自己被楚鸢激怒和设计了,如今夹在中间进退两难,这五千万元岂止是补偿那一巴掌啊,说是封口费还差不多。有关他们当街打人的,还有关他们奶茶店出事的,这些人就是奔着这些来的!

看见楚鸢这副模样,季遇臣忍不住咬牙——五千万元!

五千万元是楚鸢被绑架的时候绑匪要的钱款数,那可是性命攸关的大事。如今这个人好端端地坐在病床上,也敢问他们要五千万元,她配吗?

此时,季遇臣心里掠过一个阴暗的想法,如果他假装答应,然后先转五十万元给他们,再报案说他们敲诈勒索,不就能反手把这个女人送进监狱了？

想到这里，季遇臣阴险地笑了，一口答应："都好说，只要你们能消气，这一切都好说。"

蒋媛还想着不能让楚鸢如意，不料季遇臣就这么答应了，顿时显得她孤立无援。她立刻扭头看自己心爱的人，问道："阿季，你怎么能同意？"

季遇臣想的是如何利用这件事情告对方敲诈勒索，把人送进监狱，当然要装出一副顺从的样子，还要把蒋媛推出去。他说："我让媛媛给你道歉，顺便我们拟份协议吧。"

拟协议是直接挑明了要转账啊。

楚鸢眯起眼睛，对于季遇臣忽然间转变态度表示警觉，随后蒋媛便一副咽不下这口气的模样道："阿季，万万不能顺着他们来啊，这五千万元也不是小数目！"

"当初绑架案，季少就能拿出五千万元来。"楚鸢在病床上，眼神锐利、笑容嘲讽地说，"如今五千万元肯定更是不在话下了吧？"

季遇臣浑身一僵，没想到眼前的女人居然又提起当年的事情。她到底想做什么？他警惕地看了楚鸢一眼，装模作样道："当年毕竟是人命关天，五千万元我肯定得拿。"

"是啊。"楚鸢笑道，"蒋媛一条命值五千万元，楚鸢的命在你眼里分文不值。"

季遇臣拿着手机的手一僵，看向楚鸢，惊疑道："你什么意思？"

楚鸢的声音幽幽的，好听却带着令蒋媛后怕的语调，说道："这五千万元，我要得迟了一些。"

为了自己的名声能给五千万元，当时却对自己的妻子见死不救，甚至选择先救情人。季遇臣简直禽兽不如！

这话让季遇臣的思绪回到了当时的那场绑架案。他死死盯着眼前女人的脸，分明看不出那个胖女人的一丝痕迹，可是为什么，她会给他陌生又熟悉的感觉？

——楚鸢，到底是不是你？

蒋媛还红着眼睛让自己的爱人不要为这一切买单，季遇臣却喊了助理过来直接起草封口费的协议。

尉婪皱眉，一下子看懂了季遇臣想做什么，能让他这么快松口，肯定另有所图。

没想到啊。尉婪在心底冷笑，季遇臣真是狠，都到了这步田地，还能想着用勒索的名义把楚鸢送到监狱里去。他知不知道，他想设计的这个人，曾经也是他的枕边人？

不知道为什么，尉婪没有出声拦着。他想看看如今的楚鸢如果察觉到季遇臣如此心狠手辣，会不会痛彻心扉。

蒋媛没猜透季遇臣的想法，以为他爽快答应是对楚鸢有所图。

"阿季该不会是看上了这个不知道从哪冒出来的贱女人吧？所以阿季为此买单，其实是对那个女人示好！"

蒋媛心里又气又急，恨不得现在就让对方暴毙，这样就没人可以拦着她和季遇臣了。

没想到死了一个楚鸢，如今又跳出来一个和楚鸢关系神秘的女人。她抓着季遇臣的手，说道："阿季，千万不能顺着他们啊，我们不能被牵着鼻子走。"

季遇臣这会儿倒铁面无私大义灭亲地说道："都怪你那个不争气的哥哥，他的奶茶店怎么会出这种事情？害得我们要为此买单！"

蒋媛听见季遇臣不留情面地呵斥自己，一边委屈，一边更恨楚鸢了。她还是不死心地说："可他们这是明摆着讹钱啊！"

季遇臣还讲起道理来了："我们行得正坐得直，怎么会让人家抓住马脚？媛媛，以后千万不能干亏心事。"

楚鸢当场给季遇臣鼓掌，听听他这不要脸的话，简直是登峰造极！明明什么坏事都干了，这会儿还教育别人不要做亏心事。

——季遇臣，你真不怕报应啊！

看见楚鸢脸上嘲弄的神色，季遇臣镇定自若，只等助理带着合同过来，翘首以盼楚鸢签下名字。

不过因为路上堵车，助理暂时还到不了，他和蒋媛站在这里怪尴尬的，还是栗荆提醒他们来的目的："不是说道歉吗？季少和季夫人怎么也没个表示？"

白桃在边上说："有钱人嘛，拉不下脸。"

钱都打算拿了，还要道歉？

蒋媛感觉自己的心理防线受到了冲击，她从未经历过这么侮辱人的事情，忍不住冲楚鸢道："你别蹬鼻子上脸！"

楚鸢按住太阳穴，说道："你一说话我就头疼，阿弥陀佛。"

蒋媛气得脸色涨红，偏偏现在还没办法动手打她，打一下五千万元，她哪里还敢贸然动手？

白桃说："也不是我们逼你们打人，现在打了人又拒绝承担责任，这有钱人怎么都这样啊？算了，不签合同了，我们直接找媒体来吧。"

季遇臣一下子上前拉住白桃，说道："我们还能谈谈。媛媛，你快过来！"

蒋媛一愣，被季遇臣叫到病床前。

楚鸢一边玩着自己的手指，一边笑着看被季遇臣叫过来的一脸不情不愿的蒋媛。

真是风水轮流转，蒋媛居然要给她道歉。

两年前，楚鸢还住着院，蒋媛狗仗人势地来到她面前，嘲讽地说"你就要变成二手货了"，还将离婚协议甩在她的脸上。

如今境况一转，变成楚鸢笑得灿烂，仗势欺人地说："呀，季夫人，你不会不情愿吧？"

蒋媛咬牙切齿道："这位小姐，当时在街上和你起冲突，是我们欠考虑。"

"'对不起'三个字呢？"楚鸢面无表情地说，"直接说对不起就行了，别整那套虚的。不然磕个头也行。"

蒋媛气得浑身颤抖，怎么都张不开嘴说"对不起"。她看了一眼季遇臣，却看到他用眼神示意她忍一忍。

蒋媛受不得这种委屈，当下掩面哭着跑了出去。

季遇臣登时愣在原地，倒是尉婪说道："哦，尊夫人似乎情绪有些不稳定呢。"

季遇臣立刻说道："我出去劝劝，那个道歉的事情……"

"不急，不如先去劝劝她。"尉婪说话的同时观察着楚鸢的表情。

听见他这么说，季遇臣便转身追了出去，病房里一下子变得安静。

楚鸢低着头，碎发落下来，让人看不清她的脸。

尉婪冷笑道："很开心吗？"

楚鸢的肩膀一颤一颤的。

还以为她正为季遇臣追出去而难受呢，结果她颤着肩膀抬起头来，狠狠抓了一把自己额头的碎发，另一只手拽着领口的衣服，笑得恣意张扬，说道："哈哈哈，从来没有这么爽过，这对狗男女！"

对不起？蒋媛欠楚鸢的，岂止是"对不起"三个字可以还清的。她以后还要蒋媛付出更惨烈的代价。

见楚鸢笑红了眼，尉婪的表情有些冷漠，或许他能够看出来她无所谓的面具下的刺痛。

他说："你是真的故意让季遇臣打的吗？"

是真的，也是假的。

"被打的那一下……"楚鸢咧嘴笑了，眉眼漂亮得惊人。她伸手了按自己的胸口，似乎在确认心还在不在跳，那才是真正痛过的地方。

"我原以为故意接他一巴掌是不会疼的。"楚鸢抬头，看着尉婪说，"没想到，快痛死了。"

以至于后来她肌肉痉挛无法行动。真的、假的，爱、恨……所有情感都交杂到一起，伴随着一巴掌，过去的一切重回她眼前，深爱过的人如今竟成了她恨之入骨的仇敌。

如今尉婪问她，到底是不是故意的。或许是故意的，她撞上去就是想验证一下，这颗心还会不会痛。

"废物。"一旁的尉婪忽然扯起嘴角笑了笑，"真没意思，你不会还对季遇臣心存留恋吧？那你下次想自讨苦吃就自己去，别上赶着让我看见。"

楚鸢的心一痛。她确实爱过季遇臣，爱是真实存在过的，没办法欺骗自己。虽然是下套惹季遇臣他们先动手，但被打的一瞬间，她确实恍惚了。

可这不代表她现在会手下留情啊。

"不说话了？默认？"尉婪上前，和楚鸢凑得极近，甚至险些吻在她的唇上。

男人眯着漂亮的眼睛，玩世不恭道："你要是舍不得，干脆我让蒋媛死了，你再回去季遇臣身边，如何？反正你也不要脸，指不定旧情复燃，三年抱俩。复仇这种东西，说到底也就是你自作多情，根本目的还是想让他回心转意吧。"

白桃说："阿尉，你别说了！"

尉婪最知道如何说话能刺痛楚鸢。

楚鸢深吸一口气。她低估了尉婪的狠心，他比季遇臣和蒋媛不近人情多了，说翻脸就翻脸，喜怒无常、阴晴不定，谁敢违逆他？

楚鸢侧过头去，在尉婪耳边吐着气。她知道自己不够资格与他斗，也没他狠，却还是说："尉婪，我告诉你，你的救命之恩我是得报，但我想跟哪个男人好，跟你没有关系。"

犯不着用这种恶心的语气来讽刺她！

尉婪的瞳孔缩了缩，下一秒咧嘴笑了，带着极强的攻击性，揭穿她的伪装。他捏着她的肩膀，一字一板道："很喜欢看你这样强装没事的样子。没有我，你还是那个爱而不得的可怜虫。"

终有一天，他会亲手一层一层地剥开她带着血的铠甲。她痛哭求饶的样子，一定相当漂亮。

他喜欢看楚鸢几乎被毁掉时绝望又美丽的样子。

他看惯了无趣的女人，想看看张牙舞爪又支离破碎的楚鸢。

听见尉婪这么说，楚鸢攥紧手指。他放开她，将她丢回床上，随后看向栗荆，问道："季遇臣和蒋媛呢？"

出去那么久怎么还不回来？

此时，季遇臣和蒋媛正在医院前台。

服务台的护士看见季遇臣时吓了一跳，这可是季家大少，怎么突然问她要刚才住院的那个女人的名字？

不过季家大少肯定也不会害人，他说探望病情，应该不会有事吧？

于是她答道："是贵宾病房的那位小姐吧？我看看，她办入院手续时登记的名字是楚鸢。"

季遇臣如遭雷劈，愣在原地。

什么情况，楚鸢？！

蒋媛在一旁吓得脸色煞白，趴在服务台上问："哪个楚？哪个鸢？"

一定是名字恰巧相同，一定是……

护士回答："楚河汉界的'楚'，纸鸢的'鸢'。"

季遇臣摇摇晃晃地后退半步。他的心跳特别快，像是下一秒就要爆炸似的。

楚鸢？竟然是她！

为什么登记的时候会是楚鸢的名字？难道那个女人真的是楚鸢？

楚鸢不是个胖子吗？她不是死了吗？

季遇臣所有的疑惑一股脑儿地冲了上来，终于想通了那个女人嘴里那些神神道道令他疑惑的话。

原来都是真的！她那么熟知当时的情况，因为她就是楚鸢。

他复杂的情绪一下子涌了上来，当年楚鸢流着血倒在他怀里的样子还历历在目，瞬间又转身变成如今高挑美艳、说话带刺的女人。

季遇臣感觉自己的身体好像被分成了两半，一半在害怕楚鸢根本没死，另一半竟在庆幸她没死。

蒋媛吓得去抓季遇臣的手，说道："阿季，这是怎么回事？这是不是灵异事件啊？为什么楚鸢死了又复活？她是来报复我们的吗？"

"她可能根本就没死，当年瞒天过海了。"

季遇臣的眼眶发红，转身就往回走，将蒋媛一个人丢在原地。他边走边发出怒吼："楚鸢，你原来没死！"

被这样一个惊天事实震得没回过神的蒋媛看着季遇臣大步冲向楚鸢的病房，赶紧跟上去。她看见他用力推开病房的门，将正在看手机的楚鸢和白桃吓了一跳。

季遇臣冲上前，甚至不顾尉婪在旁边，直接抓住楚鸢的手，将她狠狠地从病床上拽了起来，喊道："楚鸢，你骗我骗得好苦！"

楚鸢浑身一颤。

一旁的尉婪皱起了眉头。

站在门外的蒋媛正在观察事情的发展，担心楚鸢真的没死，那么当年的事情她肯定会公之于众。

蒋媛的手死死撑住门框。她万万不能让楚鸢活着，因为当年的绑架案……她拿出手机，给一个号码发了一条短信。

隔了一会儿，那边给出了回复，让她去找一位妇科医生，或许那位医生可以告诉她真相。

里面的季遇臣和楚鸢僵持着，没人发现门口的蒋媛不见了。

白桃拦着季遇臣："非亲非故的，动手动脚做什么？放开！"

楚鸢的手被季遇臣死死攥在手掌心里。她抬头冲季遇臣笑道："有事吗？"

"是你，是你对不对？"

季遇臣的呼吸紊乱，迫切需要一个答案，不然他可能会被搞疯。他说："我去医院的前台问了，住院登记的是楚鸢的名字，为什么你会用她的名字？"

尉婪看好戏似的挑了挑眉，观察楚鸢脸上的表情。

楚鸢听见季遇臣的质问，并未慌乱，只是盯着他的脸。这张脸的主人曾经是她的至爱，而如今，她开口说话，声音已然是冰冷的："跟你没关系吧？放开！"

季遇臣没有放开，反而将楚鸢的手紧紧捏住，好似怕她跑了，浑然不见先前对她剑拔弩张的模样。他说话的声音有些颤抖："你活着为什么不告诉我？为什么？"

看看他现在这副模样，好像失去了爱人似的。

楚鸢只觉得心头冰冷。她道："你问我这个？不如换我来问问你，当年为何眼睁睁地看着我去死？"

他是怎么做到摆出一副受害者的姿态来质问她的欺瞒的？

他当年可是想要了她的命啊！

楚鸢的声音铿锵有力，丝毫没有失去冷静，反倒是季遇臣的表情复杂又凌乱，太多情绪从他心中闪过，一时半会儿没办法收拾出一个得体的样子来面对她。

"真的是你，真的是你……"

季遇臣疯了一样摸着楚鸢的手，上下摩挲着她手指头的每一个关节，好像在确认她是不是活着。

这个动作让楚鸢浑身恶寒。她用力地想把手抽出来，岂料季遇臣不肯放，反而捏得更紧了。

"为什么？所以你是来复仇的吗？"季遇臣红了眼睛，质问道，"当

— 120 —

年没死，瞒天过海，两年后来找我复仇，是不是？"

难怪她一出场就那么针对他，甚至毁了他的婚礼，她要的就是让他身败名裂！

季遇臣控诉："我们曾经也是夫妻，你怎么能做出这么狠心的事情？瞒着我不说，还想毁了我！"

尉梦都听笑了。

季遇臣这语气，好像楚鸢才是当年置人于死地的那个人。

自己的身份猝不及防地被季遇臣揭开，楚鸢确实无从辩解，毕竟用这个名字登记住院已经表明了一切。她再也懒得伪装，看着他痛心疾首的神色，狠狠地甩开他的手。

季遇臣从未想过楚鸢有朝一日会拒绝自己。

不可能，这个女人以前是他的跟屁虫，她的眼里只有他。

为什么一转眼就变成这副冷漠的模样，眼里再没有一丝对他的爱意？

季遇臣摇着头，不甘心道："鸢鸢，为什么？为什么要骗我？"

"我骗你？"楚鸢放声大笑道，"你冷眼看着我去死，到头来控诉我骗你。季遇臣，你可真是颠倒黑白的高手！"

季遇臣心口一紧，解释道："不是的。鸢鸢，你听我说，当年……"

听见季遇臣叫楚鸢叫得如此亲密，尉梦的表情变了变。

第七章

劫

鸟鸟？这是什么无聊又幼稚的叫法。

栗荆感觉到身边的低气压，看了尉婪一眼，不看还好，一看吓一跳。这人正笑着呢。

尉婪此人，越是生气，越是笑。如今这一脸讽刺的笑容，不就代表着他这个旁观者看戏都看得来气了吗？

楚鸢指着季遇臣说："从我的病房里滚出去，钱记得打到我的账户里。"

闻言，季遇臣脸色一变。

"别以为我猜不到，你这种蛇蝎心肠的人，肯定给我设了套。是想要回头先给我转一笔钱，然后用敲诈勒索的名义把我送进监狱里吧？"

此话一出，季遇臣顿时汗毛直立。

为什么？为什么楚鸢能够猜出来？

她再也不是以前那个愚蠢又可怜的胖子了！

"不过没关系，你把我送进监狱，就等于要公开我的身份，到时候所有人都会知道楚鸢还活着。你猜猜当年的绑架案会不会重新被牵扯出来？"

这话就如同平地一声雷，炸得季遇臣的耳朵嗡嗡作响。

他不敢相信地张开嘴巴，半天发不出声音来，最后才挤出一句："鸟鸟，你威胁我？"

"别用过去的称呼来喊我，我嫌恶心！"楚鸢看着季遇臣又要抓过来的手，将他的手狠狠打开，说道，"你不是最怕自己的人设崩塌吗？你不是最要面子好稳定季家的股票吗？到时候绑架案重新浮出水面，我倒要看看你能不能干净利落地抽身。来呀，还有什么损招想要对付我？"

不可能，眼前这个人怎么可能是楚鸢？

季遇臣的心狂跳着，感觉自己眼前的一切都太不真实了。

过去的楚鸢又胖又笨，五官挤成一团，也看不出什么优点来，唯一一个优点就是人好，可是这也成了她的致命伤。

因为她人好，好说话、热心肠，所以太容易被骗、被欺负。

季遇臣知道楚鸢深爱自己，也知道楚家和自己家不相上下，娶了她能够实现强强联合。所以他哄着外面的蒋媛做情人，转身娶了自己根本不爱的楚鸢。

可是季遇臣低估了自己的忍耐力，日复一日地与一个胖子共同生活，简直让他恶心得想吐。

出门在外的时候，圈子里的兄弟都笑话他，别家媳妇个个都是漂亮名媛，只有他娶了一个胖子，实在丢人。

所以季遇臣恨楚鸢，恨她为什么那么蠢、那么丑。不过好在楚家够给面子，加上楚星河是个十足的"妹控"，他一边被楚家给的利益安抚，一边又忌惮楚星河发怒不好收场，便一直没有离婚。

蒋媛等啊等，终于等来一场绑架。季遇臣想着，如果楚鸢死了，那自己不正好可以解脱了，如此楚星河也没办法来责怪他。

可是他没想到……楚鸢没死。

她回来了。变瘦了，变好看了，也不爱他了。

季遇臣深呼吸，想着如何稳定局势。片刻后，他做出深情款款的模样说道："鸢鸢，你在怪我，是不是？怪我当时选择了别人。"他过去确实对楚鸢很差，甚至带着别的女人在她面前耀武扬威，如今她没死，又回来了，他自然是心慌的，只想着赶紧安抚她，"鸢鸢，你听我解释，我和蒋媛并不是真的。"

"你跟她不是情比金坚吗？"楚鸢看着季遇臣，冷艳的脸上满是不屑，仿佛这个人不是自己曾经深爱过的，而是路边不起眼的垃圾。她说，"怎么？这会儿又说和她什么都没有？你们当初可是险些就结婚了，那婚礼现场送的花圈，还不够刺痛你吗？"

季遇臣生怕楚鸢把当年的事情捅出去，忙说："不管你要什么，一切都好说。鸢鸢，我这就叫蒋媛滚，我们重归于好。"

"你可真是恶心它妈给恶心开门，恶心到家了。"

楚鸢惊叹季遇臣刷新了自己对不要脸的认知。她厌恶道："从我眼前滚！季遇臣，我不想听你这些无聊的解释。既然你已经知道我是谁了，那我也懒得再装。我呢，现在就通知你——季遇臣，当年我没有死，两年后的今天我回来了，以后的每一天，都会轮到你痛不欲生！"

季遇臣如同受了当头一棒，根本不敢相信这话是从楚鸢的嘴里说出来的。她怎么舍得对他说这种话？

"我知道你恨我，可我当时也有苦衷。"季遇臣大喊着，还想要挽回一些好感度。他是圆滑到了骨子里的人，可以瞬间变脸，左右逢源，"鸢鸢，你就不能为我多想想吗？你没死，我觉得庆幸！你没死，太好了！"

"你赶紧给我滚。"楚鸢指着门，季遇臣讲这些话，简直就是在侮辱她当年的爱。她完全没想到自己爱的人真面目是如此肮脏不堪。她说，"我没死真是太好了，因为该死的人是你。"

季遇臣惊诧，一旁的栗荆拿出手机发消息，隔了一会儿有保安从外面进来，问道："谁在里面闹事？"

季遇臣难以置信地看着楚鸢，问道："你赶我走？你是我老婆，你赶我走？！"

"老婆"这两个字刺中了楚鸢最痛的地方。她死死攥着手指，咬牙道，"你最爱的人蒋媛正在等你呢，何必来我这里演戏？我不会心软的。季遇臣，婚内出轨还冷眼看着我去死，选择在我的忌日另娶娇妻，你连畜生都不如！"

"当年我以为你死了，才会解除婚姻关系。如今你没死，那么你就还是我的妻子！"季遇臣被保安拖着，声嘶力竭道，"楚鸢，你只要没死，那么丧偶这个事实就不存在，你一天不死，一天就是我季遇臣的妻子！"

"给我滚出去！"一直没说话的尉斐忽然发声，带着杀意的口吻如同出鞘的一柄利刃，迅速刺穿季遇臣的胸腔。

他被尉斐吼得愣住，傻了一样。

尉斐这声怒吼把白桃和栗荆都吓了一跳。平日里他就算生气也是阴阳怪气、笑嘻嘻的，习惯性看戏，做个笑面虎，这样动怒实在少见。

季遇臣被保安拖了出去，病房的门一关，只剩下四个人在里面。

楚鸢喘着气，按着自己的胸口，没想到自己的身份这么快就被季遇臣知道了。她的脸色苍白，眼神飘忽不定。

季遇臣说得没错，当初不知道尉斐用了什么手段帮她逃过检查，导致他们都以为她死了，所以办理了丧偶手续。如今她没死，丧偶的程序肯定会重新被审理。

她还是季遇臣的妻子。

一想到这个，楚鸢就心烦，特别烦。她一定要挣脱这段令人作呕的婚姻关系。

楚鸢发愁如何再去办理一次离婚手续。

尉斐的脸色也不是很好。

白桃和栗荆对视一眼，先开口道："要不，我也跟着滚？"

栗荆说："我们一起滚。"

尉斐没说话，白桃和栗荆自觉地屏住呼吸缩着脖子从房间里出去了。他们正好也要帮楚鸢查一些事情，这会儿不如给他们独处的时间和空间。

于是病房里的人数再一次减少，只剩下尉斐和楚鸢。

两个人都保持着沉默，没人想要先打破这死寂的氛围。

隔了许久，是尉斐先走上前。他伸手，捏住了楚鸢的下巴，将她的脸抬起来。

楚鸢这张脸是极美的，一双狐狸眼，鼻梁秀挺，笑起来还有两个小酒窝。季遇臣难以把她和当年的胖女人联系在一起也不怪他，因为她的变化可谓是脱胎换骨。

她那样美丽，又那样冷酷，遭受了背叛以后性情大变，似乎不再信任这世界上任何一个人。

尉斐笑着，学季遇臣的口吻喊道："鸢鸢。"

这两个字激起楚鸢一身的鸡皮疙瘩。她说："你别用这个刺激我。"

"他这样叫你能叫得——"尉斐挑眉道，"我就叫不得？嗯？"

楚鸢的眼底浮上些许猩红，尉斐舔了舔唇，凑近她，问道："还是说要换个称呼喊你，季夫人？"

这三个字让楚鸢的脸色瞬间变得煞白。她用力咬住牙齿，问道："尉斐，你到底想怎么样？"

"身份公开了，你不就得回去当季家没死的季夫人吗？"尉斐的眼神晦暗不明，像黑洞，楚鸢和他对视的时候，感觉自己的灵魂都快被吸进去了。他继续说，"你还要继续报复你的丈夫吗？"

楚鸢盯着尉斐看了几秒，而后笑起来。

她像一朵盛开的罂粟花，明知尉斐凑近自己，却还要将脸送上去："喂，你是不是对我有感觉，现在看我要回季家，不甘心？"

尉斐的眼里闪过野兽般的掠夺欲望。楚鸢是故意的，故意勾引他。

他们这不是在调情，而是在互相攻击。

他咬着楚鸢的耳朵将她压在床上，说道："替季遇臣照顾了他老婆这么久，他是不是得谢谢我？"

楚鸢没想到尉斐会突然这样。她和他原本就是在刺激和意乱情迷里搭伙过日子。

尉斐长得帅，楚鸢长得美，人本来就是视觉动物，所以他们之间一直带着暧昧，暧昧中又带着危险的意味。越是危险的东西，越让人情不自禁。

楚鸢的呼吸渐乱，被尉斐吻了一下耳朵，浑身汗毛顿时竖了起来。

尉斐不是没碰过她，他们偶尔也会有亲密的肢体接触，对于他们来说，那些隐藏在肢体摩擦里蠢蠢欲动的情绪，或许也曾经在一瞬间掠过他们的理智。

平日里她也能感觉到尉斐落在她身上如同猛兽狩猎一般的目光，那眼神炽热又冷漠，只属于男人对女人，却没有任何感情。

楚鸢知道，如果只是从视觉和欲望的需求来说，他们都太符合对方的所需了。

可倘若纯粹跟着本能走，他们和动物又有什么区别？

如今尉斐的这个动作，等于直接捅破了二人之间的那一层窗户纸。

楚鸢深呼吸，尉斐低沉的嗓音在她耳畔响起。他幽幽地问："季遇臣碰过你吗？"

她努力回想自己和季遇臣的那个孩子，来的时候不知不觉，走的时候也无人知晓。很难想象，当年这具残破的身体里，也曾经孕育过一条生命。

　　"喝多了，不记得。"楚鸢闭上眼睛，用力地想要抗拒尉婪的入侵，可越是这样，似乎和他缠得越紧。

　　这个男人太懂了，太懂怎么去蛊惑一个女人。他本来就桀骜难驯，又怎么会在乎楚鸢到底是不是有夫之妇。

　　尉婪没对楚鸢下手只是因为他不想，但不代表他不会，或是不敢。

　　他伸手解开楚鸢的衣服，问她："什么时候把你送回季家？"

　　楚鸢身体一震，感觉心都跟着凉了一下。她问："你什么意思？"

　　"季遇臣都说了，你现在还是他的妻子。"

　　尉婪顺着她的脖子从上往下，像是吸血鬼一样，只要一用力，他的牙齿就可以刺破她的皮肤，破开她的血肉。

　　但尉婪没有再继续其他动作，只是观察着楚鸢的表情，更像一种试探。

　　"我是不会再回去的。"楚鸢在混乱中抓住了理智，冷静道，"你不用试探我，我是不会心软的。"

　　此时，楚鸢的脑海里突然响起一段歌词——

　　若此时还仍后退，后怕，后悔。

　　被人擒住软肋，还当作自己可悲。

　　就别怪未来低位，低微，低跪。

　　做消遣时称谓，颠倒舆论的装伪。

　　…………

　　那一刻，楚鸢眼里的光亮得刺眼，似乎可以劈开眼前的一切黑暗。她说："我这辈子都不会再屈服的，我要季遇臣生不如死，再也没人可以拿捏我！"

　　尉婪心满意足地从楚鸢身上起来，起来之前还落了一个吻在她的脖子上。他说："看来你还是有脑子的。"

　　被他吻过的皮肤如同被火烧一般灼热、疼痛起来。

　　他是故意这样的。楚鸢终于明白，他在试探她对季遇臣的感情。

　　她下意识地伸手捂住自己的脖子，随后看着尉婪，问道："你刚才想干什么？"

尉婪笑起来，眉眼俊朗得惊人，漫不经心道："想要你。"

楚鸢的呼吸一顿，心跳漏掉半拍，隔了一会儿咬牙切齿道："尉少这么多女人，不至于为了我这么个有夫之妇而破坏自己的名声吧？"

尉婪伸出舌头舔了一下自己尖锐的虎牙，玩世不恭地说："名声？我有名声吗？"

跟不要脸的人真是没办法讲道理。

楚鸢只能扯出一抹娇笑来面对尉婪："早说嘛，尉少要是寂寞了，我晚上帮你安排。"

尉婪冷笑一声，道："现在没兴趣了。"

他只想拥有她的身体，并不想融入她的生活。所以他才没下手，倘若要负责任，就会很麻烦。

而他是一个讨厌负责任的人，只会凭借自己的喜好做事，不喜欢被捆绑。

他宁可楚鸢是个玩具，不会说话，没有思想，没有大脑，只有这张脸和这具身体属于他就够了。

"把你这种看玩具的眼神收回去。"

楚鸢察觉到尉婪内心肮脏的想法。他只对她有生理上的想法，可能因为她正好符合他对女人的要求。

尉婪笑道："别呀，就算是玩具，我也会很宠你的。毕竟你的利用价值很高。"

能赤裸裸地把"利用"两个字摊开说的，也就只有尉婪了吧。

这如同明晃晃地亮着刀子靠近楚鸢，抵在她的胸口，诱惑又危险。

他是真的喜欢玩暧昧，也真的谁都不爱。

游走在这种边缘就这么刺激吗？

"你是不是只想要我没事的时候乖乖地顺从你，在你需要的时候帮你排解无聊。"楚鸢眯着眼睛，随后吐出两个字，"做梦。"

"有骨气。"尉婪伸手去摸楚鸢的脸，用新学来的称呼叫她，"你好懂我。鸟鸟，我更爱你了。"

楚鸢听见"鸟鸟"就想吐，嫌弃道："没事快走，这里是我的病房。"

"你再装，屁事没有真把自己当病患了？"

楚鸢面无表情地说："我得病了，得了爱情的病。害我的人是季遇臣。"

尉婪皮笑肉不笑道："你赶紧病死吧。"

当天夜里，蒋媛收到了一份报告，是当年楚鸢做 B 超检查时的报告。她算了一下时间，大概是楚鸢和季遇臣参加一场酒局的日子，那一天，尉婪竟然恰好在场。

蒋媛猛地想到什么，从书房走出来，走到季遇臣的身边，喊道："阿季。"

季遇臣被楚鸢从病房里赶出来之后，大受打击，坐在客厅沙发上，低着头，原本精致帅气的脸上写满了落寞和不甘心。他抬头看见蒋媛从二楼走下来，张嘴说话时声音是嘶哑的："媛媛？"

蒋媛因为溜得早，不知道后面发生的冲突，还以为季遇臣在害怕楚鸢翻出当年的旧账，安慰道："阿季，我发现一件事情。尉婪两年后出现在楚鸢的身边，很可能是有预谋的。因为当初她跟你出去喝酒的那一天，尉婪也在。现在她死里逃生，也是他在帮忙，你说……"

季遇臣的表情一变，隐隐觉得心里有什么猛地碎掉了。

"你说，当年楚鸢会不会和尉婪已经做了对不起你的事情？"

蒋媛这话代表着什么再清楚不过了。她的意思是，楚鸢老早就给季遇臣戴了一顶又大又绿的帽子。

季遇臣摇头道："不可能，当年的楚鸢又胖又丑，怎么会有男人看得上她？何况那个人还是尉婪，他的脑子只要没毛病，肯定不可能对她下手。"

毕竟当年还流传着这样一句话——整个上流圈子里的女人，楚鸢最丑。

楚鸢最丑。

季遇臣本能地否定，不知道是真的在否定尉婪和楚鸢没有奸情，还是在维护自己的尊严。

他说："说实话，其实我现在还不是特别确定她是不是楚鸢，只有 DNA 可以说真话，然而我没有任何可以做 DNA 的东西。"

楚鸢走得干干净净，什么都没给季遇臣留下。

看着季遇臣为楚鸢辩解的样子，蒋媛心里一凉，难以置信地说："阿季，你是不是在为那个女人开脱？"

季遇臣想也不想地说："怎么可能！"

"那个女人就是楚鸢！"蒋媛抓住季遇臣的手，说，"她是来复仇的啊！阿季，你怎么能够心软呢？她对付我们的时候可丝毫没有手下留情！"

只有楚鸢死了，才可以停止这一切。

蒋媛满脑子都是如何除掉楚鸢，所以这个人是不是她不要紧，只要让她闭嘴就行了。

季遇臣的大脑还是一片混乱，或许是楚鸢还活着的事实对他冲击太大，他一时半会儿无法做出决策。

看见自己的爱人居然为了一个原本已经死掉的女人如此慌张不安，蒋媛心里对楚鸢的恨更甚一分。

她都爬到这个地位了，还有什么豁不出去的？只要是和她抢夺幸福的人，都该死！

为了让季遇臣安心，蒋媛说："我找到路子联系上了当年给楚鸢做B超检查的妇科医生，或许她可以给你答案。"

蒋媛将手机递过来，屏幕上是一段语音信息，点开传来女人的声音："嗯，我记得当初那个患者的大腿内侧是有胎记的，所以我印象很深刻……"

"听见没有？"蒋媛面上出现了些许狰狞之意，说道，"既然DNA比对已经没有办法获取，只要派人去看看楚鸢身上有没有胎记就可以了。"

确实，如果直接认定这个女人是楚鸢，也有太多不合理之处，指不定是尉婪为了达到什么目的而放出来的烟幕弹。

季遇臣皱眉道："这意思不就是……"

"要这个装神弄鬼的贱女人身败名裂的法子多了去了！"蒋媛看向季遇臣，说，"你还记得江殿归吗？当初我有找他帮忙给她下药，不过看来计划好像落空了，不如我再联系他一次。这个人年纪小，被楚鸢打了脸，肯定想着怎么报复她。"

"可如果这一切也都是尉婪的手段，如果那个女人真的不是楚鸢……"季遇臣思忖半响，说道，"这不就等于拖了无辜的人下水？"

蒋媛拔高了音调说："无辜？阿季，你在说什么呀？我才是最无辜的那个！你也是！你的婚礼被毁了，一切都是因为楚鸢。如果那个女人真的是她，我们肯定得先下手为强！"

季遇臣不会被那个女人迷惑了吧？

那个该死的狐狸精。

为达目的，蒋媛得把自己说得更惨，令季遇臣动容。

季遇臣心神一动，又听蒋媛道："幸福只有握在自己手里才是最靠谱的。阿季，如果楚鸢没死，我们以后就得活在她的阴影里，她一定会千方百计地要挟我们，用各种手段欺辱我们，不然就放出当年的消息……所以她必须消失！"

蒋媛将自己放在了受害者的位子上，好像夺走她幸福的人是楚鸢。

似乎所有恶行都可以被"追求幸福"这一借口掩盖，这个理由用起来也确实是顺手。

蒋媛言辞激烈，季遇臣都有些被感染了，想起自己最开始娶楚鸢，那段日子里被人嘲笑的经历，她的话也是戳他心的。

蒋媛拍了拍季遇臣的肩膀，说道："这一切交给我，今晚我就叫人去探查一下楚鸢身上到底有没有胎记，然后再让她悄无声息地消失。宁可错杀，不可放过！"

蒋媛说完就给江殿归打电话，和对方说着说着，她的眼神逐渐变得凶狠。

因为楚鸢确实受了刺激，需要静养，这几天白桃便让她乖乖待在医院里输液。她也没多矫情，正好还不用上班。

她最烦的就是上班遇到杨若盈和她那帮蹬鼻子上脸的同事，当个打工人太惨了，到处要被打压。

一听到可以住院，楚鸢霎时嘴都笑歪了，抓着白桃的手连连道谢："谢谢医生，谢谢医生，住几年啊？"

白桃第一次看见只差把"不想上班"四个字写在脸上的楚鸢，其实她想出院随时可以，但还是给面子地说："两三天就行。"

才两三天？！

楚鸢一脸悲痛地看向窗外，幽幽道："从这里跳下去能不能多住几天？"

"坟头躺得更久，你怎么不去？"

在楚鸢的软磨硬泡之下，白桃给她开了一个星期的病假证明，不过这还得让顶头上司尉斐批准才行，于是楚鸢只能嬉皮笑脸地去讨好他，恩准她可以休息一个星期。

尉婪坐在别墅里，撑着下巴邪魅地笑。他说："你帮我把衣服都洗了，我就给你准假。"

士可杀，不可辱！

楚鸢险些跳起来，说道："我就是想休养几天，你竟要我做奴隶？"

尉婪说："那算了，不批，无故缺勤一个星期我看看会扣多少钱。"

钱，钱，钱！

骗她的感情可以，骗她的钱不行！

楚鸢当场表态，妥协道："我这就洗。"

尉婪简直不是人，居然连内裤和袜子都要她洗。这是为了报复她在医院里不听话吗？

楚鸢恨得牙痒痒，却也只能留在别墅里用手搓着所有的衣服，而尉婪在边上看着她穿着围裙洗衣服的样子心情特别好。

他由衷又变态地夸奖："你穿这身衣服真好看。"

楚鸢感觉自己的头发都要竖起来了，这人渣一天到晚就对她的身体蠢蠢欲动。她毫不客气道："把你这种恶心的眼神收回去。"

尉婪看了一眼被楚鸢挂起来的衣服，头一次无语凝噎。他问："你是用什么洗的？"

楚鸢笑道："钢丝球。"

尉婪昂贵的衣服被擦成布条，在晒衣架上迎风飘荡。

楚鸢拿着签了字的请假条，坐在二楼的阳台上，笑着挥了挥手，得意道："想踩在我的头顶，想得美！"

她笑着骂人的时候无比漂亮。

然后她朝下一跳，根本不怕这是在二楼，练过职业跑酷的身手令她轻而易举地翻身落地走远了。

尉婪盯着她离开的背影，缓缓地眯起眼睛。

养了一条小狼狗是不错，不过露出獠牙的时候，也挺凶悍。

楚鸢这么着急从家里走，自然是因为得把请假条拿回去。她其实也没受多大的伤害，当时吃过白桃开的药，输了一个小时的液，就好得差不多了，剩下的都是装给季遇臣和蒋媛看的。

季遇臣当街那一巴掌打碎了她所有的愚蠢和心软，如今的她哪里还会

— 132 —

再一次自讨苦吃？

　　只是她还得回医院一趟，办一下出院手续。

　　一想到可以一个星期不用上班，楚鸢就满面春风，哪里还看得出被前夫抛弃的怨妇模样。她一边开车一边哼着歌，恰在此时，接到了尉婪打来的电话。

　　一接通，对面尉婪的声音好听却没好气地说："开了哪辆车走？"

　　"你上次说了随我挑。"楚鸢看了一眼方向盘，回答了他的问题。

　　尉婪顿时被气笑了，真会挑啊。

　　汽车里顶尖中的顶尖，就这么让楚鸢开走了。

　　尉婪笑道："有胆子挑，也得有这个本事开啊。"

　　这天夜里，马路边，大排档里的人都看见路上掠过一抹耀眼的红色，那鲜红和发动机的咆哮声刺破了静谧的黑夜。有人好奇，去看一闪而过的车，却只看见女人模糊的侧脸。

　　楚鸢开着车飞驰而过，红色的指甲搭在黑色的方向盘上。她一只手抓了抓头发，任凭发丝在空气里飘扬。

　　在停车场里停好车，楚鸢去了医院的住院部。她回到自己的病房，正打算收拾一下行李办出院手续，结果在拿衣服的时候，门外传来了脚步声。

　　楚鸢皱眉，下意识地转身，发现门口站着一个高大的身影。

　　看见这张年轻白皙的脸，楚鸢意外地说："江殿归？"

　　江殿归站在门口，进来的时候顺便把病房的门给反锁了，而后道："开着跑车来办出院手续，真有你的。"

　　这女人行事太自我，太不知收敛了！

　　"关你屁事。"结果楚鸢毫无素质地说，"我乐意的话，开挖掘机来都行。"

　　江殿归被楚鸢反驳得一时之间不知道说什么，只能换一个话题："你真打算出院了？"

　　"你这人挺奇怪的。"楚鸢总算收拾好东西。她将东西放在病床上，随后走上前，上下看了江殿归几眼，说道，"跟你有关系吗？大晚上来找我，想干什么亏心事啊？"

　　他的确是要干亏心事。

江殿归面上过不去。他年轻，根本藏不住情绪，什么秘密都写在脸上。

看着楚鸢要走的动作，他伸手将她拦住，并说："不是说头上还缠着纱布吗？纱布呢？"

"有病。"楚鸢撞了江殿归一下，说道，"纱布？纱布在垃圾桶里，你自己去捡。"

"你！"江殿归吃了个闷亏，咬咬牙说，"你这女人，对我的态度能不能好一些？"

"你给我钱吗？要我对你态度好。"

楚鸢觉得江殿归不算本质上的坏，就是脑子不太好，被家里养得太娇纵了，加上刚成年，实在太自以为是，没人管教一下早晚要吃大亏。

不过她也没义务去管教别人，于是说道："一边去，我看你更有病，有钱人大晚上不去开房，来我的病房做什么？"

江殿归白嫩的脸上一阵发红，说道："我找你有事。"

楚鸢乐了，总算停住动作，睨着他，反问："怎么了？找我告白啊？"

"你这女人要不要脸？"

"不要。"

"……"

江殿归顿时觉得自己拿楚鸢没辙了。他见过各种各样的女人，就是没见过她这种"不要脸"的。

江殿归憋了很久，才一把按住楚鸢的肩膀，深呼吸一口气，好像是强忍着什么情绪似的，终于说出口："我来找你是有件事情要问你，那个你……你……"

"我……我？"

楚鸢和江殿归贴得那么近，可她根本不紧张，他反而开始结巴了。

他决定豁出去，问道："那个，你身上是不是有个胎记啊？在……在你大腿那里。"

楚鸢一愣："啊？"

江殿归接着说："给我看看，我拍个照！"

啪——

静谧的氛围被一声巴掌声打破。

楚鸢吹着手掌说：“你这小兔崽子是不是欠打？你听听，你说的是人话吗？”

江殿归捂着脸，秀气的俊脸被打得通红。他像是委屈极了，含着眼泪，但不服输地说：“有人说你是楚鸢，让我想办法弄晕你，然后偷拍你的照片对比一下！我不屑干那种缺德的事，所以跑来当面问你。”

“那我还得谢谢你呗！”楚鸢被江殿归气笑了。这孩子才十九岁，确实有些缺乏社会经验，不然怎么会对一个异性问出那种问题。她说，“你缺德的事干得少了吗？这会儿跑来我这里装清高。”

“你知不知道我还是处男！”江殿归被楚鸢气到，话都说不顺畅，还要狡辩说，“别看我跟尉婪哥他们一起玩，但你们这种女人我见多了，烦死了，我才没跟你们这种女人混在一起。碰你们，我还嫌脏！”

“呵呵，是，我给你颁一张奖状。”楚鸢做出给他戴皇冠的动作，说，“我祝福你一辈子都是处男。”

这是祝福还是诅咒啊？

江殿归的面子挂不住，按着楚鸢的肩膀，说：“反正你得告诉我你是谁。”

楚鸢嬉皮笑脸，一双狐狸眼媚得很。她说：“我是你爹。”

江殿归险些被楚鸢气死。他把脸凑上去，想仔细看看她的五官。

这个女人如此粗俗，怎么可能是胖子楚鸢？

他记得楚星河的那个妹妹是出了名的懦弱。大家不过看在她是楚家的千金才给几分面子，其实都觉得她爱多管闲事，是个笑话。

然而现在……

江殿归如此严肃地直视楚鸢的脸，让她有些不舒服，没好气道：“看什么？”

江殿归伸手捏住了楚鸢的鼻子。

楚鸢用力拍开他的手，骂道：“有病呀。”

“我看看你整容没。”江殿归捏了一下，发现鼻子是真的，才说，“你这个脾气根本不像楚星河的那个妹妹。”

楚鸢面无表情地说：“你太烦了，能不能让路？”

“告诉我，你大腿上是不是有胎记？”

江殿归急了。他晚上瞒着所有人偷偷来找楚鸢就是为了确认这个，结果她这态度让他根本无从下手，只好说："我都让你扇了一巴掌了，不告诉我说不过去吧？"

"扇你一巴掌是你活该。"楚鸢冷笑道，"家里的长辈没教你怎么尊重人吗？"

"你这女人不识好歹！"江殿归怒道，"早知如此就该把你弄晕了拍照片，我是觉得那些法子下作才没有对你用！"

"可是你当初不也险些给我下药吗？"

楚鸢的眼里闪过一丝不快，看着江殿归猛地变了脸色，笑道："不会真以为我不知道吧？"

江殿归感觉自己的手掌心都冒汗了，吞吞吐吐地问："为什么你会……"

"在监控录像里查到的。"楚鸢耸耸肩，说道，"没人会特意去查你的行踪，不过我查到了。"

其实，她一早就知道江殿归有害她的打算，所以才站在这里跟他说了这么久的话，看看他又想要什么花招。

江殿归进退两难，干脆承认道："是！是我又怎么样？当时我确实也有这个想法，但你别搞错了，虽然我有这个打算，但我最后没干这件事情，袁冰若到底是谁主使的跟我没关系！"

楚鸢双手抱胸，戳破他："你不是没干，你只是没找到机会。主观上你就是想陷害我，何必把自己摘干净？所以这一次，也是蒋媛派你来试探我的吗？"

江殿归没想到楚鸢这么聪明，猝不及防被人揭穿了所有真相，连同自己当时的小心思一起。他有些无路可退，抿了抿唇，最终攥着的拳头松开，承认道："是，没错。"

"你的脑子不太好。"楚鸢调笑道，"别人喊你干坏事，利用你，你反手就在我这里把她出卖了。你这是猪队友啊，蒋媛知道会气吐血的。"

"我只是讨厌被人利用。"

江殿归不可思议地瞪大眼睛。楚鸢这人委实心宽，他都跟她说了有人要暗算她，她居然还在教他怎么干坏事？

"别以为我愿意跟你说实话就是对你没意见。"江殿归只能这么说，

"反正我不喜欢你，但蒋媛那女人也给我心机很深的感觉。"

"扑哧……"楚鸢乐了，笑道，"搞得好像我很在意你对我有没有意见似的。"

江殿归真的拿楚鸢没办法。她软硬不吃，油盐不进，他这会儿只能堵着她，让她说实话："那你告诉我，你是不是楚鸢？"

"正是在下。"楚鸢眼睛都不眨地说，"听明白了吗？听明白就滚，别拦着我出院度假。"

真得谢谢季遇臣送来的五千万元和一个星期的假。

江殿归倒吸一口冷气，再度将楚鸢拉住，说道："所以你……你……你就是楚星河的妹妹？"

不知道为什么，江殿归相信她的话。毕竟她没必要撒谎。

"老早就跟你说过。"楚鸢扯扯嘴角，觉得很无聊。江殿归这样吃惊，只能说明他见识少。

也是，他才十九岁，还是有钱人家娇生惯养的少爷，能懂多少是非？

江殿归却对楚鸢来了兴趣，接着问："那你当初怎么没死？我听说你的好闺密在你的葬礼上打了季遇臣一耳光，那个场面你看见了吗？"

"看见了，就是太善良！"楚鸢竖起一根大拇指，补充道，"真该开车撞死他。"

"……"

江殿归将楚鸢拉到病房的一角，借着月光仔仔细细地看她的脸。此时此刻，女人的面庞在月光下清冷妖媚，一双眼睛带着狡黠，好像不管遇到什么事情都能找到退路。

这样美丽又这样洒脱，完全没办法和两年前的她联系到一起。

江殿归深呼吸，说道："知道你这个身份的……"

楚鸢俯下身子，将手竖在唇前，从下往上看着江殿归，轻声道："知道的人不多哦。江少爷，你是其中之一。"

她贴那么近，江殿归本能地咽了一下口水。

"你……你这个女人……"江殿归真不知道该如何称呼楚鸢，隔了一会儿他选择喊她的名字，"楚鸢，那你这次回来是要拆散蒋媛和季遇臣吗？"

"嗯？"听见江殿归忽然喊自己的名字，楚鸢笑起来，随便抓了一把头发，斜着嘴角吹一口气，将剩下的刘海吹起来。

她冷冷道："拆散？血债血偿罢了。"

她说这话时面上是轻松的，因为她习惯将一切都说得毫不在乎，可江殿归感受到了她的恨意。

蒋媛说楚鸢是第三者，可为什么她才是带着恨意的那个？

"两年前你拆散了蒋媛和季遇臣，是个第三者。"江殿归皱眉，对于楚鸢的态度很不理解，但他还是说出缘由，"所以蒋媛才找我，让我帮她对付你。"

"乖呢，把这些都告诉我。"楚鸢伸手勾了勾江殿归的下巴，说道，"你不说话还挺可爱的，只可惜没长脑子。"

江殿归气急败坏道："说谁没脑子？"

"要是季遇臣娶了蒋媛却惦记着我，那我才算第三者。可当时我是季遇臣的老婆，婚姻外的那个人才是第三者。"楚鸢犀利地反问，"你怎么会认为我才是第三者？"

"我……"江殿归结巴了。

是啊，两年前楚鸢才是季遇臣的老婆，因为她胖得出奇，所以圈子里的人都知道，还笑话他呢。

"你的意思是，你是好人？"

江殿归强撑着，好让自己看上去不那么丢人。他想起来自己先前一口一个"贱女人"地称呼楚鸢，又说她不是什么好女人，这下好了，人家是货真价实的楚星河的妹妹，还是季遇臣的妻子。

他先前帮蒋媛骂楚鸢，如今竟然反转了。

江殿归心虚道："意思是我……我误会你了？都怪你不早说！"

"男人啊，承认自己错了真是太难了。"楚鸢拍拍江殿归的脸，说道，"是你自己听信谣言来攻击我，现在怎么怪起我来了？是我求着你骂我的吗？不过也是，你们这种围观群众只图个乐呵，怎么可能会承认自己错了呢？"

她的语气带着嘲讽，让江殿归脸色发白。他是错了，大错特错。

楚鸢将衣服叠好放进包里，背起包，冲着江殿归挥挥手，说道："走了。"

"等一下！"

江殿归意识到自己有些过分了，但也就意识到了那么一丝丝。他说：

"既然你这么说，那你有没有话想要我传递给蒋媛？省得你又对我阴阳怪气的，算我帮你一把。"

他都这样拉下脸来了，楚鸢要是懂事，就该给他个台阶下。何况他都松口肯帮她了，这什么意思还不懂吗？他可是江少爷啊，愿意主动帮一个女人，可是她捡了大便宜。

结果楚鸢呵呵一笑，回头看了江殿归一眼，嫌弃道："不用，你太蠢了，靠边站吧。"

江殿归怎么都想不到，自己已经主动示好了，结果楚鸢根本不在乎，还让他靠边站。

他冲着楚鸢的背影吼道："你这个女人，真以为没人可以收拾得了你吗？"

"有没有人能收拾我，我不知道。"楚鸢头也不回地说，"反正你肯定收拾不了我，消停些吧。"

她打算去地下停车场，结果在电梯门要关上的一瞬间，江殿归冲了过来。

他行事太鲁莽，性格总是这样毛躁易怒，楚鸢正琢磨着要不要一脚把他从电梯里踹出去，他却说："你跟我来！"

楚鸢不解道："做什么？"

江殿归没有发觉自己已经死死地拽住了楚鸢的手。他说："办完手续，我带你去个地方。"

楚鸢忽然感觉自己多了一个小弟。她先是去办理手续，这个点本该没人在才对，奈何医院是高级医院，二十四小时任何岗位都有人值班，当然费用也不是一般人可以出得起的，全国甚至国外的顶尖专家都会定期来这里坐诊。

楚鸢办理出院手续的时候，工作人员还捂着嘴笑道："大半夜的，男朋友还来接你呀？小男朋友好年轻。"

"谁是她男朋友？"

"哦，那是弟弟吧，看着挺小的。"

江殿归不说话了。

办好了手续，楚鸢乘坐电梯前往停车场。她终于挣脱开江殿归的桎梏，眼看着电梯已经开始缓缓下降，她只得叹了口气，无奈道："你为什么说话、做事总是这样不动脑子？"

老跟在她身后，烦不烦啊？

"他们之前不是看不起你吗？"江殿归意有所指，丝毫没顾忌楚鸢的抵触情绪，接着说，"上次的局被破坏，陈聿他们又攒了一次，就在今晚，我带你过去，告诉他们你就是楚星河的妹妹楚鸢。"

上回一个两个都嘲笑楚鸢装，没想到是真的。

江殿归自己被打脸了，想着替楚鸢澄清一下。

"费那劲干吗？"楚鸢看着站在自己身侧的江殿归，反问，"有必要让他们知道吗？"

"你这个女人怎么回事？这可关乎自己的名声啊。"江殿归不理解楚鸢，正好这个时候电梯门开了，她径自走向自己停车的位置。她刚打开车门，他就自觉地坐上了副驾驶座。

楚鸢站在驾驶座的车门旁，看着江殿归，有些茫然地问："你干吗？"

江殿归调整了一下椅子，啧啧道："拉法？挺有品位啊。楚家给你很多钱吧？"

"从尉斐那边偷的。"楚鸢眼睛都不眨地说，"没花钱。"

"……"

这个女人做事情怎么总是出人意料啊？

江殿归实在是烦人，楚鸢一路上都在想着如何甩掉他。最后二人达成协议，他说，只要她进去和他们打个招呼，他就立刻放她走，不然他就跟在她屁股后头烦死她。

楚鸢觉得他们的性别互换了，她像大老爷儿们，江殿归像一个娘儿们。

她怒气冲冲地把车开到了娱乐会所门口。这地方，她前几天刚来过一次，没想到又要来。她不爽地停了车，走下去的时候听见有人在议论。

"嗬，那个是法拉利恩佐吗？富婆啊。"

"土鳖，这不是恩佐，这是拉法。"

"那个小白脸长得挺帅的。"

"年纪轻轻就……现在的男人也挺不要脸啊。"

江殿归脸色铁青，被骂了一路小白脸，楚鸢却在一旁笑得满面春风。

第八章

愿

江殿归推开了贵宾包间的门，里面的音乐一停。

宋存赫举着话筒说："小江？你不是说今天有事要忙——"

话音未落，他就看见了江殿归身后的楚鸢。

"你怎么跟着小江过来了？"宋存赫微微皱起眉头，然后转头看向江殿归："小江，你怎么会领着这个女人过来？她不是跟着尉娄的吗？"

这么快就换男人了？江殿归还是太年轻，容易被骗。要知道，越是好看的女人，越不可信。

宋存赫已经将楚鸢想成那种为了往上爬，不停辗转于不同男人之间的狐狸精，结果江殿归说出来的话令他大跌眼镜："存赫哥，她是楚鸢。"

宋存赫握着话筒还在笑："哈哈哈，楚鸢是谁？哈哈哈……"说到后面他直接愣住了，瞪大眼睛喊道，"楚鸢？！"

楚鸢点头道："叫我？"

宋存赫冷笑。今天尉娄和栗荆都不在场，他自然不用给她面子，只是一想到自己曾和这个女人在床上纠缠，如今却变成了她跟在江殿归身后，不知怎么就特别不爽。

宋存赫指着楚鸢道："我说过，你若真是楚星河的妹妹，我直接给你五千万元。"

楚鸢面无表情地鼓掌道："谢谢宋少送上门的五千万元。"

"少装，你要是楚星河的妹妹，就拿出证据来！"

宋存赫气不打一处来，看见楚鸢一天换一个男人就来气。这个女人真是不知廉耻，到处勾引人，兄弟们早晚都被她给祸害了！

倒是陈聿在一旁拿出手机给尉婪发了一条信息。尉婪原本正在开会，手机一响，点开发现是一张偷拍的照片。

楚鸢那张冷艳的脸经得起角度刁钻的偷拍。她站在那里就像是一幅色调浓郁的油画，包间里昏暗的灯光衬得她如同蛊惑人心的妖女。

尉婪感觉不对劲，这小狐狸不是去医院办出院手续了吗？怎么去了他们那儿？

陈聿又发了一条消息："人是小江带来的。"

哦？

尉婪霎时之间冷笑出声，眉目一下子沉下来。他发过去短短两个字，却让陈聿这个看戏的当场咧嘴笑起来。

尉婪回他："等着。"

宋存赫怎么都不肯相信楚鸢的身份，还觉得江殿归被她骗了，甚至觉得自己也被这个女人蛊惑了，一时半会儿场面僵持着。

宋存赫说："我不信，有证据吗？"

"有的！"江殿归忍无可忍地说，"大腿，她大腿内侧有胎记算不算？"

听见这个，宋存赫手里的酒杯没抓稳，"啪"的一声摔在了地上。

边上的陪酒小姐立刻弯下腰去收拾玻璃碎片，宋存赫脸色惨白道："你……你是怎么知道的？"

江殿归总不能说这个信息是蒋媛透露的吧，那不就等于把自己被人利用的事情给说出去了？于是他脖子一梗，说道："你管我是怎么知道的！"

宋存赫猛地站起来，逼近楚鸢，问道："你们发生关系了？"

大腿内侧如此隐秘的地方，江殿归是怎么看见的？

江殿归的脸一红，连忙解释："不是的，存赫哥，你误会了。"

"没问你！"

在宋存赫眼里，江殿归已经被楚鸢这只狐狸精骗得鬼迷心窍了，他必须得敲打一下她。他严肃道："问你呢，是不是你？你连江殿归都不放过？"

"神经病。"楚鸢干脆利落地说，"懒得回答你这种低级问题。"

宋存赫以为楚鸢这是默认了。他根本不敢想，之前还因为被下了药而跟他你侬我侬的女人，转身就可以爬到江殿归的床上去。他们可都是兄弟，这个女人怎么做得出来啊？

楚鸢觉得宋存赫实在太无聊，转身想走。她真是脑子被门夹了才会答应跟江殿归一起来，果然跟没脑子的人待久了自己也会跟着没脑子。

她要走的时候江殿归拉住她："不是说好了……"

"有些事我说了一次、两次，就不会再重复第三次。"楚鸢冷漠地甩手道，"放手，爱信不信。"

结果楚鸢一拉开门，门口有人经过，看见里面的人影，猛地冲了进来，喊着："就是你！找到了，在这间呢！"

楚鸢还没来得及看清楚是谁，就被人直接抓住了头发。

"打小三！打小三啊！"

被这一变故惊呆了众人，他们还没回过神来，就看见楚鸢被一帮人团团围住。各个年龄层的人都有，为首的是一个年纪较大的大婶，拽着楚鸢的头发说道："你这个贱女人，欺负我们媛媛是不是？以为蒋家人不敢动你吗？还敢在公司里泼我儿子一脸水，真以为自己多了不起？！"

楚鸢一时半会儿抽不开身，甚至还被人扯断了几根头发，手臂也被那人的指甲划出一道道细长的伤痕。她吃痛，想也不想地一掌将那人推到了墙上。

没想到被她推开的人顺势直接倒在了地上，大喊着："哎哟，打人了，打人了！"

"怎么会有人动手打老人啊！"

"拍下来，拍下来！"

人群中，楚鸢分辨出了一个声音，那是……蒋辉？

他正躲在最后，冲楚鸢露出一个特别恶心的笑容，好像在说："楚鸢，我就是特意来报复你的！"

他还记着当初在尉氏集团楚鸢让他颜面尽失的仇呢！

江殿归上前，本能地将楚鸢挡在身后。他吓了一跳，看见她披头散发的模样，怒道："你笨吗？都不会还手？"

"打老人了！"蒋辉为了煽动情绪，大喊一声，"看见没？打人了！年纪轻轻的，动手打老人！"

"哎哟，哎哟——"躺在地上的大婶故作疼痛地叫唤着。

看到这一景象，宋存赫和江殿归都愣住了。没想到一下子涌进来那么多人，口号喊得无比响亮。

"我们是来打小三的！"

"就是！搅乱别人的婚礼，这个女人要下地狱！"

"竟然欺负我们蒋家人，真以为我们老实好欺负是不是？"举着手机的人指着人群中一脸冷漠的楚鸢，"装什么装啊？婚礼现场送花圈，拆散我们蒋媛和季家大少，就是你！"

宋存赫完全没想到楚鸢还能做出如此让人震惊的事情，惊讶之余，看了一眼楚鸢，问道："你为什么去闹季遇臣的婚礼？"

楚鸢没说话，被人推搡着顶到了墙上。

江殿归来气，喊道："你们一群人闹什么闹？"

"我们打小三，你拦着就是帮小三！"

蒋辉不认识江殿归，毕竟他没彻底混入上流圈子，能认识季遇臣就是他人生的最高光时刻了，这会儿根本猜不到楚鸢身边的这帮人都是谁。他胆大包天地指着江殿归说："你算什么东西？还帮着小三！是不是跟她有说不清的关系，被她骗了？"

蒋辉查到了楚鸢的行踪，他就是打算拍摄这些视频来让她身败名裂。

这会儿他一边拍，一边将所有的视频传给提前买通的媒体，通通发到网上，尤其是楚鸢打人的那一段，还附上"小三反抗，攻击原配亲属"这种看起来能刺激观众情绪的标题。

网络传播无比迅速，加上蒋辉买的"水军"推波助澜，一下子就爆了。

宋存赫和陈聿选择袖手旁观，他们的身份不适合出现在这种画面里，只有江殿归跟傻子一样，伸手挡在楚鸢面前，喊道："你们一群人打一个女人，要不要脸？"

"她当小三才不要脸！"

"她怎么可能是小三？蒋媛才是小三！"江殿归想起之前楚鸢说的话，反驳道，"别以为你们人多，大家就都会信你们！"

楚鸢本不在乎别人如何看自己，但看见江殿归势单力薄还替自己拦人的举动，忽然间理了理头发，笑出声来。

江殿归愣住了，扭头看见楚鸢在笑，无语道："你是不是被刺激傻了，楚鸢？"

听见江殿归喊楚鸢，宋存赫气得不行，认为他被骗得太深，于是喊道："小江，你回来，别把事情闹大，回头你爸妈还要教训你！"

要是跟"小三""打人"这些词语绑定在一起，江殿归一定会被取笑。

江殿归却没想那么多。他本来就缺心眼儿加脾气直，自顾自道："存赫哥、聿哥，你们为什么不出来解围，这么多人……"

蒋家人还蠢蠢欲动地包围着楚鸢。

宋存赫和陈聿却站在包间里没有往门口走的意思。

江殿归懂了，但还是说："可楚鸢她……"

"不用，你也明哲保身就行。"

大众如果知道富二代参与小三打人事件，怕是会激起民愤。

楚鸢推了江殿归一把，说道："到我身后去。"

他从来没见过这样的女人，被人团团围住的时候，竟对他一个大男人说"到我身后去"。

江殿归咬牙道："不行，他们这帮愚民——"

"愚民？人人生来平等，你是什么阶层？"抓住了把柄，蒋辉便开始发作，"怎么张口闭口愚民？"

"有钱人看不起普通老百姓哦！"

"没有我们给你打工，你算什么？"

"你闭嘴吧！"

大家还没意识到发生了什么，只见楚鸢身形一动，抓起茶几上一瓶名贵的酒，随后狠狠地朝蒋辉的脑袋砸过去。

"啪"的一声，砸得蒋辉满脑袋的血。

这回是真的见血了。

蒋家人原本只是想逼迫一下楚鸢，却不料她竟然真的敢下手。蒋辉摇摇晃晃差点儿没站稳，说话时身体开始发抖，血一滴一滴地滴下来，模样着实吓人："你这个贱女人……"

"快送去医院啊！"

"打人啦，有没有王法啊！"

远处传来一道声音："过来闹事还想跑？"

走廊尽头，一个穿着西装的男人出现。

江殿归感觉一下子心安了，喃喃道："尉斐哥。"

尉斐冷眼看着蒋辉满脸的血，目光掠过他看向后面拎着半截酒瓶的楚鸢。

她死死攥着酒瓶，发力的手臂纤细又紧绷，眼里带着杀气。

男人倏地笑了。他说："今天一个都别想跑。蒋辉，你有本事就死在这儿，我给你买墓地。"

蒋辉原本以为只要他们闹得够大，光脚的不怕穿鞋的，何况法不责众，怎么着都能让楚鸢这个贱女人狠狠栽个跟头，没想到半路杀出个尉斐，他走过来的时候眼里都没装下蒋家的七大姑八大姨。

蒋辉认得尉斐，旁人不认得，指手画脚起来："你谁啊？"

"怎么还带人来？有钱人欺负人！"

在房间里的宋存赫等人也没想到尉斐会来，都颇为意外地看着他登场，他甚至还带着一群人直接将闹事的蒋家人包围起来。

陈聿双手抱胸，意味深长地说："有戏看了。"

宋存赫心里有些不爽，说道："阿尉来干吗？"

这女人都跟着江殿归了，怎么还能引来尉斐？

陈聿的视线放低，盯着楚鸢的背影缓缓勾唇笑道："也许这个女人真的不简单。"

人群里，楚鸢正将江殿归挡在身后，手里的酒瓶还在往下淌着血。她拿酒瓶指着蒋辉说："你还有什么要做的？"

"你这个小三！"

蒋辉的母亲看见楚鸢竟敢出手伤人，吓得脸色大变，抱着自己的儿子不停地叫屈，然而不敢上前，因为楚鸢的脸色太瘆人了，如同魔鬼。

她根本不像是失去理智后的歇斯底里，反而更像是冷静到了极点，这比情绪失控更加可怕。因为这个时候，谁都没有办法再令她动摇。

"叫蒋辉和蒋媛滚出来。"

楚鸢举起酒瓶对着瓶身上的血吹了一口气，如同手里拿着的是一把剑，在手腕翻转间利落地舞一个剑花，那血便统统溅在了地上。

楚鸢笑了，这才哪儿到哪儿，还没当年她身上流出来的血的十分之一呢。

她上前，对着蒋母说道："让开。"

蒋母吓傻了，周围一群人也吓傻了，哪里还顾得上继续拍视频。他们只想着让这个女人被舆论围攻至身败名裂，毕竟语言可以作为杀人的利器，却没想过，这个女人根本就不怕身败名裂。

蒋辉捂着额头上的伤口，喘着粗气说道："你……你这个贱人！你知不知道，如果我死了——"

"你死了，我就让你妹妹给你陪葬。"楚鸢竟然笑起来，那张美艳的脸妖冶得像个女魔头，带着致命的诱惑和危险。她轻轻"啧"了两声，继续说道，"让你们兄妹在地下团聚，如何？"

蒋辉倒吸一口冷气，都说光脚的不怕穿鞋的，原来楚鸢才是那个光脚的。

"你这个疯子！"

楚鸢咯咯地笑着，而后说道："是呀，我是疯子，是你的好妹妹把我逼到这个地步的，如今反咬一口我是小三？她美梦做太久了，该清醒了！"

"疯女人，离蒋辉远一些！"

蒋家人再度围上来，却见尉娄走到了楚鸢的面前。

一堆人警惕地看着尉娄。

这个男人身上的气场亦正亦邪，看起来邪魅又冷漠，谁知道会干出什么事情。

江殿归看着尉娄，轻声说："尉娄哥……帮帮楚鸢吧，她都在发抖了。"

尉娄上前，握住了楚鸢的手，感觉到她的手指有些发抖。

这具并不强壮的身躯里，到底承载了多少恨？

尉娄贴在楚鸢的耳畔说："有那么恨吗？"

楚鸢感觉嘴里尝到了血腥味。她冷冷道："如果那一日换作是你，你会比我更狠。"

尉娄笑了。

— 147 —

——楚鸢，你知道吗？平时你顶着这张耀眼的脸巧笑倩兮的样子，不及你现在女武神般眼带杀意万分之一诱人。

"你是来阻拦的吗？"楚鸢有些气血上涌，"是他们，是他们说我拆散了季遇臣和蒋媛，是他们一逼再逼，是他们激怒我，还拍视频企图要挟我。"

所有的心思都被楚鸢说穿了，蒋辉的母亲哪里拉得下脸？为了让楚鸢闭嘴，她竟然从尉婪的身后扑了上去，嘴里还叫嚣道："你这个贱女人，不要在这里妖言惑众。你就是小三，季少怎么可能爱过你！"

蒋辉惊呼一声："妈！"

要是伤到尉婪的话，可就大事不好了。

然而蒋母已经狠狠地撞向尉婪。

见他站在楚鸢面前，蒋母觉得他和楚鸢肯定是一伙的，于是不管不顾地撞向他。她想，自己都五六十岁了，谁敢碰她一下？

再不济，她就地倒下，倚老卖老，让他赔个倾家荡产。

蒋母万万想不到，尉婪听见背后有动静，手后肘下意识地一抬，砸向了她的脸。

一瞬间，蒋母被打出来的鼻血飙上了半空。

尉婪转身，周遭像缠着一股黑气似的，看着蒋母双眼翻白，被他打得往后一倒，他咧嘴笑道："不好意思，正当防卫了一下。"

"天哪，一个大男人打一个五六十岁的老母亲，你要不要脸啊？！"

"好男不跟女斗啊。"

"好男不跟女斗？"尉婪听见蒋家人的声音，嘴角一扬。为了回应这句话，他单手插兜走上前，看向倒在地上的蒋母。

为老不尊的蒋母还想卖惨，如今却鼻血和眼泪齐飞。她惨叫着，指着尉婪骂道："你这个畜生，居然敢动手打我！"

"骂得好啊。"尉婪哈哈大笑一声。一瞬间，他的眼神如同魔鬼一般，无情地盯着蒋母的脸，"你高看我了。这位大婶，我可是畜生不如呢。

"小江，打个电话给蓝七七，看来得让她家老爷子来一趟了。

"宋存赫，你现在就联系栗荆，让他过来。

"阿聿，报完警顺便联系医院。

"你们几个，把蒋家人控制住，没脑子的东西活着干吗？"

尉婪几句话下来，周围的保镖立刻将蒋家人统统抓住按在墙上，剩下蒋辉没人扶。他捂着额头的伤口倒退两步，跌坐在地上靠着墙直喘粗气。

"你！尉总，你……你怎么可以对我的母亲动手？"

尉婪将脚收回来，动作干脆利落又优雅，仿佛不是打人而是在赏赐众生，根本没理会蒋辉。

他扭头看着楚鸢说："我没那个闲情逸致阻止你，不过你一个人打不过这么多人，太丢人了。"

楚鸢的脸色僵了一下。

"手上的酒瓶收一下。"尉婪冲楚鸢扯了扯嘴角，"一会儿有人要来，你这副样子恐怕会破坏他心里你乖巧的形象。"

楚鸢的脸色一下子变了。

旁边的宋存赫和陈聿也有些疑惑。

"还有谁来？"

被吓破了胆的蒋家人这会儿直接豁出去了，说道："你们怎么可以如此目无王法！有钱人就是这样的吗？"

"大鼻涕流到嘴里知道甩了？"尉婪嗤笑一声，翻白眼说，"你们家的蒋媛和季遇臣更加目无王法吧？蒋辉，你的奶茶店被你搞得一塌糊涂，不先收拾一下？就这么坐不住想要报复楚鸢？是不是脑子被门挤了？"

尉婪说话毫无素养，完全看不出来社会地位如此高，然而就是这样一个男人，让蒋家人面露惧色。

"奶茶店被查，不会也是因为这个女人吧？"

"为了给你们一些教训。"尉婪说完，掸了掸身上并不存在的灰尘，而后笑着拿出手机拨了一个号码，当着所有人的面说："喂，楚星河？你要不要过来一下？你妹被人打了。"

宋存赫和陈聿的呼吸一室。

什么情况？等一下，他刚才在电话里称呼的是谁？楚星河？

所以这个女人真的是楚鸢，楚星河的妹妹？

蒋家人无知、愚蠢，有几个钱便跟着飘了，哪里晓得他们围攻的人就是当年的楚鸢。他们一直以为她死了，真实情况也只有季遇臣和蒋媛知道，现在听说要叫楚星河过来，蒋辉整个人都控制不住地哆嗦："等一下，等一下……"

视频他们已经发到上网了，可以再协商一下，毕竟他们的靠山是季遇臣，怎么也得给季家大少几分面子。

但如果楚星河知道了，此事牵连到季遇臣，到时候他肯定不会保他们。

愚蠢如蒋辉也终于发现自己惹错了人，楚鸢根本不是他惹得起的！

他越怕，心里越恨。如果不是这个女人，他在季家的公司好端端地当领导吃白饭，还能开个网红奶茶店，小日子根本不愁，而如今，这一切全被这个女人毁掉了。

都是她，都是她阴魂不散！

尉婪上前，将楚鸢手里的酒瓶拿过来，轻笑一声。这女人还真是豁得出去，真的将蒋辉砸了个头破血流。

换作常人，这种时候怕是已经吓得发抖了。

想到被蒋辉放到网络上的那段视频，尉婪皱着眉，不知道要用什么手段把这些压下去，但如今得先解决这群纠缠不休的蒋家人。

他们就是一群癞皮狗，为了不让出自己的利益，抱团围殴，仗着人多势众，什么都干得出来！

楚鸢被尉婪这么一碰，眼神终于软下来些许，扭过头问道："你来干吗？"

尉婪将酒瓶上下掂着，笑着说："有人偷拍你的照片发给我。"

楚鸢猛地扭头看向背后的宋存赫和陈聿。

陈聿举手，无奈地笑道："是我。"

楚鸢冷笑一声，说："多管闲事。"

陈聿被楚鸢骂得一愣，没想到这个女人真的不给任何人面子。

尉婪将楚鸢的脸轻轻掰过来，丝毫不顾忌外人在场。对于她这个态度，他毫不意外，毕竟这才是她的性格。

死过一次的人，哪里还会顾忌那么多？

他说："怎么，不希望我来？"

"没求着你来。"

楚鸢嫌尉婪碍事，将他拉到一边，随后在蒋辉面前蹲下来，如同看流浪狗似的，拍了拍蒋辉的脸。看蒋辉疼得龇牙咧嘴站不起来的模样，她倏地笑了，说：“人与人之间，真是隔阶层如同隔物种啊。”

蒋辉的眼神变了，骂道：“你这个贱女人！”

“骂吧，事到如今也只能骂了。”

楚鸢当着他的面活动着左右手，漫不经心道：“先是对受害人进行羞辱，以为这样可以让她社会性死亡，再拍摄视频，用舆论绑架和逼迫她，令她心理上产生压力，最后围攻她，笃定她不敢动手，最后要她痛苦、流泪、道歉，以此来出口恶气，证明蒋家大获全胜。”她伸手攥住他的头发，拽着他的头凑近自己，“你怎么想得这么美啊？这一长串吃人的流程，你怎么能干得这么熟练啊？”

楚鸢将他的脑袋狠狠抵在墙上。他伸手去抓她的衣领，指甲划破了她的脸，她眼皮都没眨一下，说道：“蒋媛当小三不意外，你们全家的家教都不是人教的，我甚至想不出用什么词语来证明你们的恶毒。”

尉婪在她背后笑。

这才是楚鸢啊。她一个人就是千军万马。这些痛苦哪里抵得上当初她内心煎熬的一分一毫？

见蒋辉吓得不敢说话，楚鸢松开他，冷笑着从地上站起来。

此时楼下响起了警笛声，还有纷杂的脚步声，紧跟着，栗荆和白桃出现在楚鸢的视野里。

“小鸟！”栗荆是第一个冲上前的。他甚至没看尉婪一眼，目光掠过所有人，直直地找到了人群中的楚鸢，将她一把抱在怀里。

江殿归感觉尉婪似乎有些愣怔。

栗荆紧紧地抱着楚鸢，生怕她情绪暴走。温柔惯了的大哥哥露出少见的凶狠眼神扫视着周围被控制住的蒋家人，这会儿店经理和高管已经在控制场面。他喘了一口气，抱着她的手松了松，埋怨道：“你是不是要吓死我们？”

“啊？”楚鸢有些茫然地问，“怎么了？”

“尉婪说见血了！”白桃在一旁喊着，“我和栗荆来的路上都在想，该帮你把他们分成几块！你哪里受伤了？”

地上确实有不少血。

楚鸢挠头道："呃……不是我的血。"她指着蒋辉说，"是他的。"

白桃和栗荆瞬间感觉整个娱乐会所大厅里吹过一阵阴冷的穿堂风。

白桃看了蒋辉一眼，弯下腰，说道："有些眼熟。啊，是那个蒋媛的哥哥吧？指不定这件事情就是蒋媛做的，我觉得有必要请季遇臣和她过来，他们定然脱离不了干系！"

一听见要牵扯这么多人，蒋辉的脸色煞白，无处可逃，只能垂死挣扎道："你们少血口喷人！仗着人多……"

栗荆走过去一把捏住蒋辉的脸，压低声音说："你们人多还是我们人多？"

蒋辉闭嘴了。

此时，走廊不远处再次传来脚步声，紧跟着，一道熟悉的声音让楚鸢鼻子一酸。

有人高喊道："尉婪，我妹妹呢？我告诉你，你要是敢开玩笑，我扒你一层皮！楚鸢！"

"鸢"字落地，男人出现在众人面前。

那个高高在上又惊艳众人的楚星河。

楚星河快速冲到楚鸢面前。他傻眼了，然后兄妹俩的眼睛都红了。

宋存赫和陈聿露出了震惊的表情，居然是真的！兄弟俩对视一眼，都从对方脸上看见了难以置信。

当初他们那样嘲笑她，而如今……她是楚鸢，她的哥哥是楚星河！

楚星河伸手去摸楚鸢的脸，不敢相信自己的妹妹真的模样大变，还回来了。

尉婪的那通电话让他的心脏仿佛被人攥紧，他的妹妹两年前就死了，这是圈子里公开的秘密。

谁也不敢在楚家大少面前提起此事，生怕提了伤心事，他会勃然大怒。

尉婪的电话打来时，他本来想劈头盖脸地骂一顿的，亏他还把尉婪当好兄弟，大半夜这样揭他伤疤。可转念一想，尉婪此人虽然平日里不正经，但在大事上从来不乱开玩笑。于是动摇了一下之后，他还是决定过来看看情况。

两年不见，楚鸢觉得哥哥应该认不出自己才对。可是对视的一瞬间，他便直奔自己而来。

一个眼神，什么都不需要怀疑，就可以认定是她。

楚星河的动作幅度太大，险些把栗荆撞飞，这回轮到他将楚鸢狠狠搂在怀里，说道："啊，你是楚鸢吧？楚鸢！"

楚鸢的鼻子发酸，声音有些颤抖地喊了一声："哥。"

楚星河咬着牙，努力控制自己的情绪。死去两年的妹妹居然回来了，还变得这么好看，他激动得不能自已。他对楚鸢说："乖，乖啊，我在呢，我在呢！"

也不知道妹妹受了什么委屈，两年前他就觉得季遇臣不安分，当时如果不是妹妹喜欢季遇臣，他怎么会舍得把她嫁过去？

绑架案一出，楚星河日日夜夜内疚自责，现在终于老天垂怜，把他的妹妹又送还到他身边。

"有哥在，你有什么委屈，直接告诉哥。"楚星河松开楚鸢，握着她的手说，"是不是他们欺负你？"

蒋辉心想：大哥，你看看我满脸的血，到底是谁欺负谁啊？

结果下一秒令他瞠目结舌，楚鸢哭倒在楚星河怀里，哭得上气不接下气。她平时意气风发的时候就是一朵带刺的玫瑰，如今哭起来感觉玫瑰花瓣都在一片一片地往下掉，就差直接枯萎了。她被楚星河搂着，满脸脆弱地说："哥哥，他们欺负我。他们人多，拍我的视频，还要打我。你看我，你看我……"

尉婪笑眯眯地看着她。

小狐狸，真有意思。

楚鸢身上实在找不到什么特别严重的伤口，哭得一愣一愣的，随后接着哭喊："你看我头发都断了好几根！"

蒋辉怒吼："你这女人要不要脸？明明我和我妈才是被打的那个！"

头发断了几根也好意思讲出来？

结果楚星河这个终极"妹控"一听，登时火气爆发，怒不可遏地带着楚鸢转身，看向被控制住的蒋家众人，吼道："刚才谁碰过她的头发，都给我站出来！"

这要怎么站出来？他们都被尉婪的人控制得死死的，动弹不得。一群普通人怎么可能和职业保镖相提并论？

蒋辉气得直发抖，按着额头，原本血都快止住了，这会儿又被气得直冒出来。他指着楚鸢说："你妹妹是小三，破坏蒋媛的婚姻，我们……我们只是给她一些教训。毕竟，小三人人喊打，不是吗？"

楚星河说："第一，你们为你们的亲戚出气、罔顾法律、聚众斗殴反被打，是你们活该，小看了对方。第二，我也一样护短，哪怕我妹妹是小三，我也不会允许你伤害她一下。第三，最重要的一点，我妹妹根本不是小三，她是季遇臣当年明媒正娶的妻子，受法律保护，和他有婚姻事实。蒋媛才是那个该被万人唾骂的小三！"

楚星河不愧是大哥级别的人物，此话一出，吓得蒋家人脸色发白。他们哪里知道当年楚鸢死了的事情，他们只是这两年跟着蒋媛过上了好日子，唯她马首是瞻，她说什么他们就信什么。

蒋媛说这次婚礼被闹是因为突然出现了一个来路不明的女人，要家里人帮忙给些教训，于是一帮无脑无知的亲戚便仗着人多来围堵楚鸢，给她下套。

他们哪里敢想，眼前的人竟是季遇臣的原配！

蒋家人吓得大气都不敢出，只有蒋辉还在说："你是来报复的，是不是？你肯定是来报复的！你不来惹我，我怎么会找你算账？"

楚鸢原本还把头埋在楚星河的胸口哭，这会儿直接抬起头来，一双眼睛锐利得出奇，像个战士，仿佛背后便是纷飞的炮火。她直视蒋辉因为欲望作祟而变得丑陋的脸，忽然间笑了一下，说道："当初不是不报，只是时候未到。现在就轮到你们了！"

楚鸢的话令蒋辉狠狠打了一个冷战，忙问："你要干什么？当初那起绑架案又不是故意不救你，季少只不过是选择了我们媛媛而已。你要算账就找季少！"

他将所有的责任都推到了季遇臣的头上。

他们可真是一群白眼狼，跟着季遇臣吃上了肉，如今又说一切都怪他。

芸芸众生大多善良热心，但总有几条蛀虫，丑陋得令人作呕。

楚鸢指着蒋辉说："哥，当初在尉婪的公司，他还对我动手动脚。这一切都有监控录像作证。"

楚星河当场发飙，要冲过去的瞬间被栗荆拦住。他说："哥哥大人，息怒啊！警察都到楼下了，息怒啊！"

楚星河发起飙来估计会直接提刀去砍季遇臣，他在外头找女人，还带来了这么一帮穷凶极恶的亲戚，千方百计要陷害自己好不容易活下来的妹妹！

楚星河指着蒋辉，气得一张脸险些扭曲。他愤怒至极："你癞蛤蟆想吃天鹅肉！我保护了那么久的妹妹，一来没伤天害理，二来善良老实，你看看你们都把我的妹妹逼成什么样了？你们这帮混账！今天谁求情都没用，让警察把你们抓进去关起来！"

善良老实？尉婪带着戏谑的表情看了楚鸢一眼，她回以一个帅气的挑眉。

小狐狸。

正好这个时候蓝七七领着老人家蓝鸣出现了。他可是这座城市的保护者，"正道之光"这四个字就是为他量身定做的。他年轻时候和歹徒搏斗甚至牵连到了自己的家人，引来报复害得爱妻身亡，只身抚养一个女儿。开案情发布会时，他说从不后悔投身正义，后来听说他的女儿也去当了兵，群众听了谁不夸一句满门英烈？

看见蓝鸣，蒋辉就知道完了。哪怕季遇臣在，也保不住他。

蓝鸣皱着眉，看着混乱的现场，以及领他上来时大气都不敢喘的会所经理，问道："什么情况？"

"监控录像已经给您准备好了。"会所经理不敢惹事，哪怕被打的是季遇臣的亲戚，他也不敢包庇，只能说，"好像是……好像是这群人围殴一个女人，然后被反打了。现在那女人的朋友带了人过来，替她控制住了场面。"

一群人围殴一个女人被反打了？开什么国际玩笑？

尉婪上前，单手将楚鸢的肩膀揽了过来，徐徐道："楚星河，不如我们先去解决网络上视频的问题，这边交给警察。这么多人围殴一个弱女子结果反而被揍了，虽然结果令人意外，但正当防卫不过分。"

正当防卫？

宋存赫和陈聿也帮着说："蓝鸣叔叔都来了，一定会帮受害者的。"

"就是，刚才那么多人要打楚鸢，我都看在眼里，我还帮着拦了。"

江殿归对楚星河说，"楚大哥，你消消气，要相信邪不压正！"

人人都喊"楚大哥"，尉娄却连名带姓地喊他楚星河。

蓝鸣看着眼前的场景，又看了一眼楚鸢，问道："你没受伤吧？"

楚鸢楚楚可怜地说："我好害怕，他们十多个人把我围住，要打我，我为了自保只能下这种狠手。"

别的包间跑出来看戏的群众也跟着说："是啊，换谁谁不怕啊？一上来就举着手机，挥着拳头，还把视频发到网上，这不是要人家姑娘活不下去吗？被惹急了当然会下狠手啊！"

"一群人欺负一个弱女子，真有意思哦，还好后面有人救场，要不然这个女孩子怕是要被毁了。

"没错，太可恨了！"

七嘴八舌的议论声让蓝鸣把事情听了个大概。

闻此，蒋辉气得直哆嗦，喊道："你把我脑袋都砸破了，你这叫自保？"

楚鸢也跟着颤抖身体，幅度比蒋辉还大，看起来很惨，好像他再说一句话，她就会晕过去。她说："你们的人打我也是下了狠手的，我被惹急了，太害怕了……不然被打的就是我啊。"

"你在演戏！"蒋辉说，"你上次对付我用的就是这种手段！"

这女人明明就是杀人不眨眼！

楚鸢哭得梨花带雨，又是一阵哆嗦。尉娄和楚星河赶紧一左一右地扶住她，冲着蒋辉吼道："你说话那么大声干吗？吓着她了！"

蒋辉："……"

楚鸢第一次见蒋辉，他离场的时候是被尉娄公司的保安拖出去的，第二次也是。

这一次拖他出去的人物更加重量级，是警察。

警车和救护车的灯光交相辉映，楚鸢孤身站在楼下看着蒋辉被按进了警车，剩下的蒋家人也统统被带走，就跟全家桶似的，一个个鬼哭狼嚎的，一会儿喊着"不会放过你"，一会儿又喊着"季大少怎么还不来救我们"。

他们来的时候有多嚣张，走的时候就有多狼狈。

一旁的楚星河握着蓝鸣的手不停地说谢谢，倒是让他有些过意不去。

看着这群意气风发的后辈，蓝鸣想起了年轻时的自己。他拍拍楚星河的肩膀，说道："小楚，有我呢。"

"有叔叔这句话我就安心了，我只有这么一个妹妹，却被这么多人欺负，还好我妹妹坚强。"楚星河的脸上带着痛心疾首的表情，愤然道，"太可恨了！"

楚鸢站在那里面不改色地吹了一声口哨，看来哥哥还不知道她现在性格大变，总把她看得如同过去那般善良柔弱。

楚鸢低着头，不知道在想什么，背后有人走上来，幽幽道："我猜蒋辉敢这么做，肯定是蒋媛撺掇的。"

这声音，楚鸢听出来了。

她头也没回地说道："收拾完蒋辉就该收拾蒋媛了，不过要跟她算的账太多，得一件件来。"

尉斐察觉到楚鸢的语气冷漠，从背后搭上了她的肩膀，问道："怪我惊动你哥哥？"

楚鸢挣脱开尉斐的手，说道："我不想我哥被这些事情纠缠。"

那些痛苦和仇恨让她来承担就好了。

尉斐隔了一会儿，阴阳怪气地笑道："看不出来你这么善解人意。"

"那是我亲哥。"楚鸢回以冷笑，反问，"我不替他着想，难不成替你想？"

尉斐还犯得着别人替他想？他那些阴谋诡计，不去打别人的主意已经是天大的恩赐了，哪里轮得到别人替他考虑。

"既然你和你哥已经相认——"尉斐压低声音，问道，"你是不是就得回楚家了？"

一想到以后早上醒来可能看不见楚鸢这张脸，尉斐就觉得有些无聊。

结果楚鸢摇摇头说："我哥哥有他的人生，我哪有天天跟他住一起的道理。他该找个嫂子结婚，我也早就独立了，还是不搬回去了吧。"

这么说，还是跟他同居？

尉斐咧嘴笑，故意说道："我就知道你舍不得我。"

楚鸢皮笑肉不笑地说："刚收拾完一群蟑螂，您别搁这儿恶心我啊。"

尉斐说这些情话的时候，眼神冷得像是覆着一层霜，脸上却笑得张扬，普通姑娘还真容易被他的甜言蜜语骗去。

楚鸢却从来不上当。在暧昧的尽头，她永远竭力留着一分理智。

他们之间或许早已没有"隐私"这一说，甜言蜜语也已经成了最不屑、最低级的过招，而楚鸢依旧麻木地防备着。

他们在互相博弈，像是一场征服与被征服的游戏，尉婪那张脸当真惊艳，要不楚鸢怎么总会盯着他失神呢？

这样好看的脸，就该做王者，或者是最桀骜的反派。尉婪显然是后者。他全身上下没有半分气息和"正派"这两个字有关。

这时，她背后传来声音："楚鸢！楚鸢！"

她扭头一看，竟然是江殿归领着宋存赫他们下来了。

楚鸢不客气道："干吗？"

如果不是江殿归执意要她来，也不至于闹这么一出。不过反正都是要收拾蒋家人的，也算他们自己倒霉撞枪口上。

听着楚鸢不耐烦的口气，江殿归多少也有些不乐意，问道："你就不能对我态度好一些？"

宋存赫也指着楚鸢说："你其实就是等着看我们的笑话吧？最开始我嘲笑你身份的时候，你怎么不明说？"

她还没明说？她都说好几次了好不好？！

楚鸢看了一眼远处和蓝鸣聊天的楚星河，收回视线，对宋存赫说："看见你比看见尉婪还晦气。"

宋存赫被人指着鼻子嫌晦气，哪里会高兴。他不爽道："就算你是楚星河的妹妹又怎么样？"

"不怎么样。"楚鸢双手一摊，懒洋洋道，"找我有什么事？我记得你刚才一直是在旁边看着的，怎么结束了反倒站出来？"

宋存赫面色一白。他和陈聿确实选择了袖手旁观，不像尉婪，直接把人家母亲打得鼻血飞溅。

宋存赫心里挺不是滋味的，觉得自己好歹也是跟楚鸢有过"肌肤之亲"的人，怎么这会儿她就如此冷酷无情，倒像是他缠着她不放似的。于是他嗤笑一声，道："我也没那个义务要帮你吧。"

"谁求着你帮了？结束也别来烦我啊。"

楚鸢好笑地看了宋存赫一眼，丝毫不像曾经和他在床上亲热的样子。

她往前走了一步，想去和楚星河打招呼，将他丢在身后冷落个彻底。

宋存赫碰了一鼻子灰，对尉婪说道："阿尉，你看看这个女人，根本没把我放在眼里！"

尉婪肩膀一耸，笑得特别灿烂，说道："关我屁事。"

宋存赫："……"

一旁的楚星河处理完事情便朝楚鸢走来，想也不想地握住了她的手，说道："正好，把你介绍给我的几个朋友……"

哦？楚鸢挑了挑眉，回头看了一眼宋存赫等人，说："认识一下？"

听听这嘲讽的语气！

宋存赫的表情不是很好看。他们早就认识了，不仅认识，他之前还当着楚鸢的面骂她过去是个死胖子……

楚星河还没察觉出来，笑着说："其实你之前也见过，这个是宋存赫，后面那位是陈聿，这是……"

"小江。"楚鸢喊了一声江殿归的名字，冲他挥挥手，说道，"过来。"

江殿归一脸蒙地走过去，看见楚星河乖乖地喊了一声："楚大哥。"

楚星河见状有些吃惊，随后扭头去看自己的妹妹。不知道从什么时候起，这个只会躲在他身后的小哭包好像已经变成一个坚强的大人，再也不会向他寻求帮助了。

楚星河有些感慨。他无从问起，只是问道："你们早就认识？"

江殿归一脸尴尬，刚想提醒楚鸢给他留面子，结果她像是拉着小弟似的将他拉到了楚星河的面前，答道："没有，刚认识没多久。"

江殿归可是圈子里出了名的脾气差，从小就是混世魔王，听说读书成绩不好，他母亲给他找家教，气跑了十多个辅导老师，从此再也没人敢给他辅导功课。

江殿归生怕楚鸢把他们欺负她的事情说出去，心虚得就像一个任她拿捏的软柿子。楚星河从没见他有这么听话的时候，只听他结结巴巴地说："是……是刚认识没多久。"

楚星河狐疑道："你怎么这么听话？"

江殿归："……"

"让我打了一顿，现在老实了。"楚鸢一丝面子没给江殿归留，笑着说，

"他之前太嚣张，所以被我打了。"

楚星河："……"

楚星河惊得下巴险些掉在地上，看向尉棼寻问真假，结果他说："真的，特别惨，江殿归就是欠揍，楚鸢把他收拾了一顿。"

想都不用想就知道，江殿归肯定又嘴贱了。

楚星河用力地拍了拍楚鸢，说道："太好了，妹妹，终于有人能收拾这个笨蛋了。"

江殿归指了指自己，委屈地说："楚大哥，我可是挨了揍啊！"

楚星河脸色一变，压低声音，一张精致的脸登时凶神恶煞起来，眼神比杀人凶手还要恐怖。他说："被我妹妹打是你的荣幸，有什么不满吗？"

江殿归不自觉地摇头："不……不敢。"

"她打你舒服吗？"楚星河又问。

"舒服。"

第九章

归

　　楚星河的脸色当场阴转多云，又变回那个乐呵呵的大哥哥模样。他对江殿归说："哎呀，你年轻，还小，是该收敛收敛。"

　　收敛收敛也不是被打啊！

　　边上的宋存赫被他们冷落得彻底。

　　楚星河接着介绍："来，宝贝，这两个帅哥是宋存赫和陈聿。"

　　楚鸢扯了扯嘴角，扭头就走，走的时候还喊上江殿归："小江，我送你回去。"

　　宋存赫的脸色发青，楚鸢实在是不给面子，先前说到江殿归的时候，她好歹还眼神戏谑地跟江殿归打招呼呢！这回楚星河向她介绍他们，她居然直接扭头就走了？

　　凭什么江殿归就可以……

　　"喂，楚鸢！"宋存赫喊楚鸢名字的时候声音大了些，感觉楚星河又要变脸，他只能把声音压低了说，"我惹你了吗？这么不给面子？"

　　楚鸢牵着江殿归的手像牵着个儿子似的。她脚步一顿，回头笑得花枝乱颤，反问道："我为什么不待见你，你心里没数吗？"

　　宋存赫被楚鸢反驳得牙关都咬紧了，忍不住又问："那为什么江殿归可以？"

夜风里，江殿归一米八几的个子被楚鸢一拽，用胳膊卡住了他的脖子，将他拽到自己的臂弯里，像兄弟似的勾肩搭背。他俯身，听见她清脆冷漠的声音伴随着风卷过他的耳畔："因为这个傻瓜在别人打我的时候冲了出来。"

一瞬间，在场所有人的心跳都跟着暂停了一下。

宋存赫不知道自己该做什么表情，羞愧还是愤怒，只能说道："所以呢？"

"所以我自私，谁对我好，我就对谁好。"楚鸢冲着宋存赫轻蔑地一笑，总结道，"所以我不待见你。"

宋存赫往后退了一步。确实，他和江殿归的起点是一样的，甚至江殿归对楚鸢更过分一些，他和陈聿一直喜欢隔岸观火。他期待她颜面扫地，却不料江殿归这个缺心眼儿的，也会有被人接纳的一天。

就凭江殿归当时义无反顾地冲了上去？

他们这类人说好听些，都是精致的利己主义者。直白一些说就是自私，能不插手的事情绝对不插手，不想被拖下水，不想被连累，所以蒋家人围攻楚鸢的时候，江殿归叫他们来帮忙时，他们都选择了视而不见，甚至还企图让江殿归别出头。

而如今，江殿归虽然是被楚鸢狠狠教训过的人，却好像也因为这场闹剧而走近了她。

宋存赫心里酸酸的。他一直觉得自己和楚鸢是可以有别的发展的，因为那日，她在他身下带着恨意喊出季遇臣的名字时，他突然对她有了念想。

楚鸢看着宋存赫，勾唇问道："不甘心？"

宋存赫攥紧手指。

看他们这样，楚星河也不傻，明白肯定发生过什么，自己的妹妹才会对他这么抵触。

一想到自己不在楚鸢身边的日子，不知道她经历了什么，才变成现在如此雷厉风行的模样，楚星河就备感心疼。他对她说："有委屈就告诉我。"

他一直以来都知道自己这个妹妹心思最细腻，本该是被人好好疼爱的，如今她眼里的疏离和陌生根本不像是装出来的。

果然，楚鸢轻轻推开他的手，说道："哥，你照顾好你自己。"

楚星河当场落下泪来，问道："你是不是不要哥了？"

"哪有！"楚鸢替楚星河整理了一下衣领，哥哥一直是她的骄傲。她微笑着说，"只是，我也长大啦，哥哥。"

意思是她不会再像过去那样依赖他了，有些路她想一个人走，也只能一个人走。

复仇这种事情，怎么可以拖别人下水呢。

只是话落到楚星河的耳朵里，只觉得心酸。两年前，他亲自送她出嫁的时候，她还依依不舍地抓着他的手。现在，她却将他的手推开了……

楚星河扭头看向宋存赫，问楚鸢："是不是他们欺负你了？"

宋存赫刚想说些什么把这段抹过去，结果楚鸢笑眯眯地承认了："他们嘲笑我，说如果我是楚星河的妹妹，就给我五千万元。"

说完这个，她扭头看了宋存赫一眼，眼里隐隐带着警告和嘲讽，似乎是在嘲笑他没见过世面。

宋存赫彻底败下阵来。这话确实是他说的，总不能说出口就不认了吧。他咬着牙说："那个时候我以为你是尉婪身边的那些女人。"

现实就是，他被打脸了。

楚星河的出现，如同一个巴掌，狠狠地打在宋存赫的脸上。楚鸢扮猪吃老虎，任凭那些冷言冷语掠过耳畔，只因为她已经强大到不在乎了。

他以往不留余地地辱骂楚鸢，那个时候她只是笑着看他，因为她早就知道会有这一天，他会被她震惊得无话可说。

宋存赫感觉胸口有些刺痛，甚至无法直视楚鸢的脸，也为过去的行为而感到心情复杂。可他又怎么可能认错，在抬头不见低头见的圈子里，他习惯当被人捧着的那个，于是他说："行，不待见就不待见。"

楚鸢拉着江殿归走到车边，好像宋存赫是她手上的灰尘，一拍就掉了，毫无留恋。

"不过说好的五千万元还是得打给我，是不是呀？宋大少爷。"

宋存赫的脸色极差，边上的陈聿一直没说话，楚鸢好像没有针对过他，不知道为什么。

江殿归的脸涨得通红，对着楚鸢说："你也别这样咄咄逼人，存赫哥现在知道你是谁了，以后就不会再说你。"

楚鸢眼睛眨也不眨地拉开副驾驶座的车门，把江殿归塞进去，并说："不关你的事就少说话，省得我一会儿揍你。"

江殿归乖乖闭嘴，但还是不放心地看了宋存赫一眼。

——唉，现在闹得这么僵，在楚鸢心里，是不是已经把存赫哥拉入黑名单了啊？存赫哥的眼神好复杂。

看见楚鸢发动车子要走，楚星河走到车窗边上敲了敲，担忧地问："宝贝，为什么不回楚家呀？"

"有些事情我想自己去做，何况还有尉斐陪着呢！"楚鸢笑着对自己的兄长说，"哥，我已经不是两年前那个软弱的可怜鬼了。"

究竟受过多少伤，才会说出自己是个可怜鬼这种话呢？

楚星河心疼得不行，又说："我不放心你在外面。"

"你不放心我，还不放心尉斐吗？"楚鸢伸手指着外面，暧昧道，"我跟他住一起。"

尉斐原本还云淡风轻地隔岸观火，现在这火已经烧到自己身上来了。他还没说话，楚星河已经来到他的面前。

"尉斐——"楚星河眼里像是带着杀意，狠狠地说，"千防万防家贼难防，你竟然对我妹妹下手？！"

尉斐看了楚鸢一眼，后者坐在大红色的跑车里，用细长的手指敲着方向盘，副驾驶座坐着年轻的江殿归，正看向他。

过去是尉斐看戏，此时此刻换她在观众席。

这小狐狸摆明了不想让他好过，故意说得令人遐想，让她哥哥来压他一头。

那不如……

尉斐咧嘴笑了一声，高深莫测地说："楚星河，我什么人品你还信不过我？放心把鸟鸟交给我吧。"

刚拧开一瓶水喝了一口的楚鸢险些把嘴里的水喷到方向盘上去。

楚星河张大嘴巴，宋存赫和陈聿也都傻眼了。最激动的还是江殿归，他问楚鸢："你和尉斐哥是什么关系啊？"

楚鸢说："哥，你别听他瞎说！"她又喝了一口水压压惊。

尉斐幽幽道："我们同居两年了。"

楚星河整个人僵硬得像一座雕像，只能挤出几个字："尉娈，你！"

尉娈走上前，当着楚鸢的面，将江殿归一把从车里拽出来，随后自己坐上去，关了车门，皮笑肉不笑地看着她，问道："是不是呀，鸟鸟？"

鸟鸟……

楚鸢没喷出来的水直接喷在了尉娈的脸上。

楚星河痛心疾首道："宝贝，你和尉娈谈恋爱为什么瞒着我？为什么？是我这个做哥哥的不好吗？你怎么可以和别的男人同居呢？外面的男人都是骗子，他们都想骗你，世界上没一个男人是好东西，除了哥哥我。他也不行！他还没我帅呢。哦，比我帅一些……可是帅能当饭吃吗？再帅他的心肠也是黑的！我们家不缺钱，你不许跟季遇臣再联系，但也不准和别的男人同居。我和你说，这门亲事哥不允许，哥不允许，哥不允许！"

楚星河一边说，一边朝楚鸢走过来，生怕她要逃跑，那速度比警察逮捕犯人的动作还要快。他说："现在就跟哥回家！你还小，哥能养你到六十岁，那个时候你再结婚！"

楚鸢吓得直接踩了一脚油门，说道："哥，你太吓人了。我先回去，过几天联系。对了，替我保密啊！"

别墅里，楚鸢停好车，坐在车里叹了一口气。

尉娈伸手触摸她的脖子，上面有蒋辉抓她时留下的细微痕迹，这会儿红肿着。他的指腹缓缓摩挲而过，带出些许刺痛。

楚鸢叫了一声，看向身旁的尉娈。

她说："下周得去一趟季家。"

尉娈勾唇笑起来，像只妖孽。他道："想通了？带着我去向季遇臣炫耀一下？"

楚鸢恨不得脱下高跟鞋用鞋跟在尉娈的脑袋上砸个窟窿，但也只能说："敲定一下离婚手续啊，我跟他已经分居两年，可以离婚了。"

"别离。"尉娈看着她说，"你现在的身份让我觉得刺激。"

楚鸢咬牙切齿地看着尉娈道："你是不是欠揍？少拿那套对我。"

"你什么不是跟我学的？命都是我给你的。"尉娈压低了声音，瞳仁如同冰冷的枪口。

刚才在会所门口看见她拉着江殿归的手跟拉着儿子似的，就让他挺不爽的，江殿归好歹也成年了，跟在她后面屁都不吭一声，顶着一张白皙帅气的脸装哑巴。

尉婪就没见过江殿归这么安分的时候，看样子楚鸢把他驯服了。

这让尉婪有些不爽，说："你对男人也挺有一套的。"

"这不都是跟你学的。"楚鸢凑过去，与他直视，电光石火间似乎有刀光剑影。他们谁都不服谁，都在等着对方臣服。

楚鸢伸手捏了一把尉婪笔挺的鼻梁，世上敢这样对他的人不多。她笑得千娇百媚，说道："你乖我就乖，你坏我更坏。你要跟我玩，跟我斗，我还想教你两招。"

尉婪笑了。他身处这个地位，见识过不少女人，各种各样的都有。

唯独楚鸢这样的，空前绝后。她有着一颗谁都不会信任的冰冷心脏，流的却是滚烫的血。

尉婪捏住了楚鸢的手腕，幽幽道："真想对你下手，我也不会顾忌你哥的存在。"

"尉少想对我下手尽管来。"楚鸢凑到尉婪的耳边，压低了声音说话，眼里的暧昧呼之欲出，"我们看看鹿死谁手，好怕你先爱上我。"

尉婪低笑，这个女人太会了。他伸手指了指自己的唇，漫不经心道："要不要吻我试试？"

楚鸢的身体一僵。她和尉婪什么擦边的暧昧行为没做过？什么离谱的情话没说过？如今他却这样直白地问她要不要接吻。

楚鸢仰着下巴，拒绝道："不。"

尉婪拉着她的衣领，将她拽向自己。两个人在车厢里贴得极近，男人的气息如同野兽一般凶猛地压上来。他说："要和季遇臣离婚的话，不如送他一顶绿帽子，不是更能报复他？"

季遇臣最要脸面了，所以才会害怕楚鸢将当年的绑架案真相公开，有损他在公众眼里的形象。

楚鸢笑道："我要出轨也不找你。"

找尉婪搞暧昧的后果太严重了，她可不想招惹。

尉婪的目光闪了闪，反问："那你找谁？宋存赫？江殿归？"

楚鸢用手摩挲着尉嫠的背，故意刺激他："陈聿也挺帅的，话不多，是个禁欲系的帅哥。"

尉嫠笑得放肆，玩味道："陈聿是搞金融的，你要知道，搞金融的没一个好对付的。"

"哪里抵得过我们尉少坏得别具一格呢？"

楚鸢摸完尉嫠的背，又去摸他的脸。这个人渣凭什么长这样一副好皮囊？隔着衣服都能摸出他的背强壮紧实，脸又白又滑，什么优势都被他占了。

隔了一会儿，楚鸢心想：也是，好的外表给了他，没给他好心肠，倒也正常。

听见楚鸢说自己坏，尉嫠权当夸奖，反正他本来就坏。他问："你要摸到什么时候？"

敢这样在他身上摸来摸去，楚鸢的胆子真的大，换作别的女人想都不敢想。

楚鸢愣了一会儿，回过神来，将手收回来，无所谓道："哎呀，给我占些便宜你又不吃亏。"说完她直起身子，拉开车门，"尉少不会这么小气吧？"

尉嫠看着楚鸢就想起她旁若无人又熟练地牵着江殿归的手，没好气地冷哼了一声，随后上前，一把抓住她。

楚鸢吓了一跳，忙说道："我就摸你两下，你不会真的要对我动手吧？"

她打架都是跟着他学的，怎么可能打得过他？

尉嫠皮笑肉不笑地说："我想动手还用等到现在？两年前就能揍你。"

楚鸢不吭声了，真动起手来她也只有躺在地上挨打的份儿。因为她肯定打不过他，不如随他打，打完坐着轮椅去要钱。

尉嫠拉着楚鸢进了家门，告诉她："离婚也得整理整理证据，还有离婚冷静期，你可能没办法迅速办理离婚。"

"我特别冷静。"楚鸢一边收拾着客厅，一边说，"不会对季遇臣心慈手软的，这个婚我离定了。我们分居两年，法律上来说判离婚不难。"

"哦？"尉嫠高深莫测地勾唇笑了笑，眼里总有楚鸢捉摸不透的意味，"你想离，他还不一定想离呢。"

毕竟季遇臣现在看楚鸢的眼神可是跟以往截然不同。

"我之前有收集他婚内出轨的证据，到时候打起官司来也对我有利。"

楚鸢说话的时候特别镇定，好像把所有的对策都想好了，旁人离婚的时候总是伤心欲绝的，而她似乎脱离愤怒，将自己的后路统统铺平，不给季遇臣留一丝余地。

能从失败的婚姻里清醒挣脱的女人，是能成大事的。

尉娑拍拍手，揶揄道："那我期待你和季遇臣闹上法庭，到时候所有的证据都在众人面前公开，季遇臣的人设能再崩一次。"

"只是——"楚鸢低下头去，略显不平道，"当年的绑架案，我没有确切的证据。"

尉娑的身体一顿。

"被绑架了是事实，季遇臣没有救我也是事实。"楚鸢攥着手机，仿佛恨到了极点，咬牙切齿地说，"绑架犯都被抓进监狱了，我一时半会儿联系不上。还有，我只能从我主观上来控诉他不救我，但没有任何证据表明他当时不救我。"

季遇臣太聪明了，没说一句"随她去死"的话，只是无声地忽视她的存在，传递给绑匪抛弃她的信息，但他如果想狡辩可以有很多的借口。

楚鸢甚至可以想到季遇臣不要脸地说出他是发扬风格，宁可放着老婆不救先去救蒋媛这个"陌生人"。好一出舍己为人，到时候还能引起不知情群众的夸赞。

所以为了防止季遇臣替自己开脱，楚鸢必须找到证据，才能将他彻底钉死。

"你要知道，见死不救是不犯法的。"尉娑看着楚鸢脸上复杂的表情，说道，"人本来就冷漠，绑架你的是绑匪，所以犯法的是绑匪。季遇臣没有选择救你，可以为自己解释说是没来得及救，没有哪条法律可以制裁他。"

他当时故意默不作声不去看楚鸢，就是为了忽略她的存在，好让绑匪将她杀害，这样一来他可以高枕无忧。可这些都是她的主观想法，没办法说服其他人。

不知情的和事佬还会劝说："不要用这样带着恶意的想法去揣度你的老公，他可是你的枕边人，有机会救你肯定不会放弃你。"

诸如此类的言论，让楚鸢觉得心烦。

绑架案事出意外，所有人都觉得季遇臣救不了楚鸢也不能强求，两个人质能活下来一个已经是万幸。

可越是这样，楚鸢越是恨。

为什么没有办法制裁季遇臣的凉薄呢？

为什么他放弃她的生命，却可以不用接受任何惩罚？

为什么？

楚鸢死死咬着嘴唇，以至于尝到了血腥味。她抬起头来的时候，眼眶泛红，看着尉婪说："正是因为没有办法，我才要报复。"

她要他家破人亡，要他妻离子散，要他季家的美梦破碎，夜不能寐！

先从离婚开始，她要撕下季遇臣那张善于伪装的面具！

周末很快便过完了，但楚鸢有请假条，所以没去上班。她睡了个懒觉起来，发现尉婪居然也没去。

她疑惑道："你怎么没去上班？"

"我是老板。"尉婪好笑地看了她一眼，道，"谁敢催我上班？"

"……"

楚鸢还想着趁他上班这几天好好出去放纵放纵呢。

这下可好，大白天的还要在家里看见尉婪这张帅气但惹人烦的脸。

楚鸢没好气地说："你不得起带头作用？不然的话，杨若盈那帮人肯定要说我跟你一起不上班，背后编派我呢。"

"编派就编派。"尉婪一边喝咖啡，一边翻了一页书，"说的难道不是实话吗？我们本来就关系不清不楚。"擦枪走火是早晚的事情。

看着楚鸢妖娆的身段，尉婪好心情地眯起眼睛。

彻头彻尾的反派总要配上美艳到不可方物的女人才算混世魔王，不是吗？

当初可真是捡对人了。

"现在好了，全公司都知道我是靠关系进来的。"楚鸢察觉到尉婪深邃的目光，恶狠狠地瞪他一眼，又说，"指不定在他们眼里我是什么祸国殃民，害得你从此君王不早朝的狐狸精呢！"

尉斐好像特别乐意听见关于楚鸢的这种消息。他觉得她是一个很神奇的女人，漂亮又嚣张，败坏自己的名声也毫不在乎。

　　尉斐放下书，并没有回答楚鸢，反而提醒她："这几天可以查查蒋家人的账户。他们一家老小就没一个好东西，靠着蒋媛抱住了季遇臣的大腿，估计没少干坏事。"

　　"嗯。"楚鸢臂弯里还夹着一台笔记本电脑，这会儿将笔记本电脑放在尉斐面前，说，"我要去一趟季家，那五千万元怎么也得到我账户里。然后将离婚协议和律师函一起送过去，顺便再去派出所找一趟蒋家人。"

　　"一锅端？"尉斐看她在身边坐下，顺手将她的腰揽过来，动作无比熟练，仿佛他们是亲密无间的爱人。他的手指在她的腰部摩挲了一下，问，"要我陪你去吗？"

　　指不定季遇臣有什么阴招等着楚鸢呢。

　　楚鸢笑着说："尉少要是在场的话就太好了。"

　　这是不是利用他的身份仗势欺人？

　　尉斐盯住楚鸢半晌，又道："没好处，不去。"

　　楚鸢说："给你出场费。"

　　尉斐的视线放在楚鸢的腿上，说："我不缺钱，就一个要求，你下星期一穿黑丝来上班。"

　　"……"

　　季遇臣没想过两年后楚鸢会找上门，不但上门，还带着一个男人上门。

　　本该死了的妻子，此时此刻站在他家门口。

　　楚鸢那一身红衣在风中飘扬，黑色的长发如瀑布般倾泻。她脚上踩着马丁靴，勾勒得腿越发笔直修长。她抬起戴着耀眼钻戒的手，敲了敲季遇臣的家门。

　　楚鸢手上的戒指一看就价值连城。

　　尉斐遮住眼睛，不知道是钻石的光刺眼，还是楚鸢的脸更加夺目。他说："把你的'鸽子蛋'离远一些。"

　　"上门装备必须要好。"楚鸢勾唇笑道，"让他知道，离开他，我戴上了更贵的钻戒。"

当年结婚的时候，季遇臣不情不愿的，连婚纱和钻戒都是随便买的，明明有钱，却舍不得在楚鸢身上花一分，戒指上的钻石小得可怜。

倒是楚鸢，领证那天傻呵呵地给他买了他最爱的限量款超跑。那时，车子的轰鸣声掩盖了他内心无耻的低语，所以她没听见他的心声。

遇人不淑就会万劫不复。

果不其然，季遇臣注意到了楚鸢手上的钻戒。他一边拉开门，一边盯着她手上的戒指，心里一紧。这个女人好像脱胎换骨一般，黑发红唇，眼神坚毅。

"楚鸢？"他下意识地问道，"你来干什么？"

楚鸢双手一摊，幽幽道："上门讨债。"

——季遇臣，你欠我的可太多了。

季遇臣的脸色不是很好，看了一眼楚鸢背后的尉娈。

尉娈每次都在场，他根本没办法好好和她谈谈，也不知道这个男人什么心思。他不要的女人，他就这么想要吗？

"你来得正好，我们好好聊聊。"

季遇臣给楚鸢让了路，就这么看着她进门，结果尉娈也像是到自己家似的，跟在后头怡然自得地走进来。

季遇臣对着尉娈的背影咬牙，说道："尉少，您？"

尉娈指指自己，笑着问："皇宫啊？不让进？"

季遇臣怎么可能轰他出去，于是扯着嘴角笑道："没想到尉少会跟楚鸢一起过来，怎么会不让进呢？随便坐吧，我给你们泡个茶。"

楚鸢坐在沙发上打量着四周。

这是她和季遇臣一起生活过的房子，装修精致，花了不少钱，如今却被别的女人鸠占鹊巢。虽然房子还是原来的模样，却让她觉得满目疮痍和陌生。

——季遇臣啊，我假死这两年，你和蒋媛在我们曾经的爱巢里睡得香甜吗？

看着季遇臣端了水过来，楚鸢问："蒋媛呢？"

季遇臣没想到她会问起关于蒋媛的事情，皱着眉说道："媛媛去处理蒋辉的……"

话说到一半，他停住了。蒋辉好像就是因为和楚鸢闹事起了冲突才被抓进去的，听说是聚众斗殴，一家人围攻她一个。

季遇臣的心情很复杂，看着楚鸢坐在沙发上淡定的模样，恍惚间好像他们没离婚，还是两年前的新婚夫妻，她是他的妻子，不存在什么蒋媛。

为什么他开始幻想和楚鸢一起生活？明明当年对此嗤之以鼻。

"哦。"楚鸢清冷的声音打破了季遇臣的幻想，"叫她别费力气，蒋辉是我送进派出所的，她走多少关系都没用！"

楚鸢拖长了音调，勾勾手，示意季遇臣过来。后者低下头凑到她边上，像是下属等待命令。

楚鸢在他耳旁笑着说出一句话："除非你现在打电话叫她过来给我磕头。"

话落，季遇臣的脸色骤然大变。

楚鸢说话如此嚣张，根本不像过去唯唯诺诺的模样，这令季遇臣大受刺激。他本能地帮着蒋媛说话："楚鸢，蒋媛也没有想害你，为什么你要如此咄咄逼人呢？"

楚鸢听了只想笑，红色的指甲抵着自己的下巴，装作思考了一会儿，才说道："嗯，你挺会颠倒黑白的，怎么就成了我逼她？但凡我运气差一些，可就没办法活生生地坐在你面前和你这样说话。"

季遇臣自知有愧，但他绝对不会承认自己做错了事情，如今楚鸢健健康康地坐在他面前，已经超出了他的意料。

季遇臣深呼吸，将话说完："楚鸢，我知道你怨我，蒋媛那边的事情你交给我好不好？等我处理完，我们好好过日子。"

楚鸢给季遇臣鼓掌，讥讽道："可真是小刀刺屁股——开眼了。我从没见过你这样不要脸的人。"

正在喝茶的尉婪险些一口茶喷出来。

他眯着眼睛忍住笑，目光移到楚鸢身上。女人正交叠着两条大长腿，看向季遇臣，从随身携带的包里掏出一份合同，冷漠道："离婚协议可以签字了。"

季遇臣怎么都想不到，两年前是他将离婚协议甩在胖女人的脸上。而两年后，她华丽转身，竟然做了和他一模一样的事情。

只是这一次，赢家是她。

楚鸢勾唇说："签完这个，我还会给你一份律师函，当年结婚的时候给你买了跑车，还有楚家给季家投资的钱，我都会拿回来。"

季遇臣气得发抖，怒道："楚鸢，你又不缺钱，何必要这样撕破脸皮？大家好聚好散不好吗？"

又是离婚协议又是律师函，季遇臣怎么都想不到这个女人会步步紧逼。人家离婚都生怕被指指点点，毕竟离了婚就要背负更多，可楚鸢不仅要离婚，还要把婚姻里的每一分钱都算得清清楚楚。

季遇臣不敢说过分的话，换作平时他肯定拍案而起了，但不巧的是，今天楚鸢边上还坐着一尊大佛——尉斐。

被季遇臣用带着怨气的眼神盯着，尉斐指了指自己，懒洋洋道："看我干吗？没见过帅哥？"

季遇臣忍无可忍。他再怎么样也是季家大少，处处被一个女人这样要挟像什么样子！

他的声音逐渐冷了下来："楚鸢，好歹一夜夫妻百日恩，我们也曾经是彼此的枕边人，你这样上门算账让我签离婚协议，甚至带了别的男人来我面前，没有这个理。"

"以前没有这个理——"楚鸢勾唇道，"现在我这么做了，就有了。"

季遇臣握紧了拳头，不甘道："离婚协议我不会签的！"

说完当着楚鸢的面将那份协议撕得粉碎，就仿佛撕碎的是她的身体。

楚鸢波澜不惊道："这个场面熟悉吗？两年前，你搂着蒋媛转身离开，背后是我含着泪撕碎的离婚协议。"

那份被撕碎的离婚协议代表着的不只是她被践踏的爱情，还有她的心。

季遇臣一顿，就听见楚鸢继续说："没关系，你撕碎了，我这里还有，复印了很多份呢。现在我带着男人上门，也不过是为了让你体验体验当初我受的煎熬。"她站起来，将备份的离婚协议和那份律师函掏出来，继续说，"另外，我会起诉你婚内出轨，用我们的共同财产去养别的女人。倘若你说这两年是我假死导致我们离婚失败，那么我们现在算是夫妻，你给蒋媛的每一分钱，都在侵犯我的权益。我完全有理由拿起法律的武器来保护自己。"

楚鸢就好像一个完美的女性离婚模板。第一，剥离感情来判断自己的婚姻是否还有挽回的余地；第二，发现没有挽回余地的时候，立刻拿起法律武器来维护自己的权益。

感情一丝不剩了，总不能钱也要不回来吧？

在世人眼里，女人这种生物，永远感性多于理性。所以当一个女人开始像男人一样清算属于自己的利益时，大家就会纷纷责怪这个女人如此蛇蝎心肠，为了要钱昧了良心。

楚鸢的眼里半分感性都没有，好像被一把火肆无忌惮地烧光了。她就像是来下最后通牒的，告诉季遇臣，两年后的她不会留一丝情面，更遑论好聚好散。

她要的是鱼死网破！

"楚鸢，你真的觉得这样好吗？你一个女人，怎么可以这样？丝毫没有女人的样子。离婚闹得这样难看，不怕别人背后说你吗？"

季遇臣感觉站在自己面前的不是楚鸢，而是某个大企业雷厉风行的谈判对手。

尉婪在边上将茶喝出了喝汤的声音，还要漫不经心地搭话："我觉得挺好。"

季遇臣一口气几乎要喘不上来。

尉婪原本以为楚鸢会要死要活，会跟季遇臣抱在一起哭着互相控诉，岂料她冷白的脸上没有别的感情，只是用玩味的眼神看着季遇臣，期待着对方还能说出什么为自己狡辩的话来。

"当年的绑架案，你控诉不了我。"季遇臣察觉到楚鸢是真的毫不留情以后，也换了一张面孔，恶心她，"我救人已经用尽全力。楚鸢，法律没有规定我一定要救你！"

听听，如此诛心的话语，任凭楚鸢已经失望透顶、铁石心肠，也还是被季遇臣这样直白且无情的话刺得心头剧痛。

"当初，你是我的丈夫，可你救了别的女人！"

楚鸢控制不住情绪，猛地从沙发上站起来。她双眼通红，怎么都想不通，事到如今，季遇臣怎么就没有一丝要反省的意思，他为什么还能这样坦然地面对他那么卑劣的过去？

"因为你被歹徒的刀控制着，为了我自己的人身安全，只能救另一个更容易得救的人。在那样的情况下，你有资格来指责我吗？"季遇臣面不改色地说，"救人也要量力而行吧？如果我贸然行动，三个人都出事怎么办？能救出一个已经是很好的结果了！"

能救出一个已经是很好的结果了？！

这句话跟子弹似的穿透了楚鸢的胸腔。她不敢相信，季遇臣能说出这么无耻的话，明明是他故意放弃她，却颠倒黑白成了他尽力救人。明明是他冷眼看她去死，她却怪他什么办法都没有！

楚鸢感觉一口血涌上了喉头，瞪大眼睛，企图从季遇臣的脸上看见一丝后悔。可他除了有些慌乱，根本没有别的表情。此时此刻，他甚至还要补一句："何况，你这不是没死吗？不是活得好好的吗？"

"是啊，还好我没死。"楚鸢摇着头，像是在感慨自己当年的无知和愚蠢，"否则我还看不清楚你如此人面兽心。"

季遇臣和楚鸢一起长大，双方都家境优渥，她从很小的时候就开始喜欢他。他长得帅又聪明，接手季家以后事业蒸蒸日上，不管从哪个方面来看，都是个完美的男人。

可就是别人眼里的完美男人，将她推入了深渊。

季遇臣察觉到楚鸢眼里的失望，那双眼里曾经对他满是爱意，可现在……

他紧张地说："你把这些律师函和离婚协议收回去，我们还能回到过去。不然的话，你和尉婪的奸情，我一样要捅出去！"他硬气了一回，说道，"给大家看看你这个勾三搭四的女人，两年没有联系自己的丈夫，却和别的男人同居，我倒要看看舆论会站在谁的那边！"

"做梦！"楚鸢一个耳光甩在季遇臣的脸上，那鲜红的指甲就好像她心头最热的一滴血，"我告诉你，我不会心软和害怕的。坏事做尽的是你，费尽心机要楚家钱财的还是你！奶茶店的事情我是不会松口的，蒋辉聚众斗殴的事我也绝不会手软！烦请把离婚协议签好字送来楚家，看仔细律师函的每一个字，做好准备打官司吧。季遇臣，这是宣战！"

季遇臣捂着脸，怒不可遏道："这是我家，你上我家打我？"

"打你就打你，还要挑日子吗？"烂熟于心的台词脱口而出，楚鸢指着季遇臣说，"另外，这也是我家，房子在我们的名下。今天来，还想再

— 175 —

告诉你一件事情，我要蒋媛收拾东西从这里滚出去！你要是不肯，就和她一起滚！"

季遇臣难以置信，从沙发上跳起来，吼道："楚鸢，你什么意思？"

来他家里反客为主，居然还要他滚出去？

"当初房子是我和你一起花钱买的，我出了大头你出了零头。对于跟我结婚这件事情，你真的是精打细算，不肯多花一分钱，因为你讨厌我。但你没想到吧，就是因为我太愚蠢付出得多，如今我才有足够的权利把你赶出去！"楚鸢从尉婪手里夺过茶杯，"这套瓷杯，我记得清清楚楚，是我买的，两年了。"

一旁的尉婪还维持着端茶杯的姿势，手里已然空了。他道："我水还没喝完。"

她将茶杯直接砸向地板，说："砸就砸了，这是我当年花钱买的东西，轮不到你来指手画脚！"

茶杯"哐当"一声碎在季遇臣的脚边，惹得他暴怒道："楚鸢，你什么意思？！"

"就是这个意思。你不是有权有势吗？你不是家大业大吗？"楚鸢通红的双眼里带着恨意，说，"不会还舍不得这套房子吧？给你三天时间收拾行李打包，带上蒋媛从这里滚出去，顺便准备回应我的起诉。我拒绝私了哦。对了，之前你因为打我而赔偿我五千万元的协议我签好给你带来了，我还顺便修改了协议上的条款。想给我下套，你还太嫩。另外，当年的绑架案是刑事案件，说不定我们的官司还会公开呢，到时候请大家来观赏一下你的表演吧，季遇臣。"

说完这些话，楚鸢不给季遇臣一些反应的时间，将尉婪拉起来，说道："走。"

尉婪说："等一下，他拿出来的巧克力还没吃完。"

"……"

他真是来做客的。

楚鸢走的时候将门摔得震天响，恨不得把整个家都掀翻似的。季遇臣脸色发白，脸上写满不可思议，根本没回过神来发生了什么。

她特意来家里一趟，送来律师函，送来离婚协议，还送来了逐客令，令他颜面扫地，简直岂有此理！

季遇臣的手指一根一根地攥紧，眼里已经有了杀意。

必须除掉这个女人，否则他以后都没有安生日子过了！

季遇臣给蒋媛打了一个电话，开口问道："媛媛，当年参与绑架案的那几个歹徒，现在在哪个监狱里？"

车上，尉婪扯了扯领子，对着楚鸢吹一口气，啧啧道："你还真是丝毫不念旧情。"

"旧情？"楚鸢笑了，目光冰冷，眼睛仿佛在发光，"我早就忘了情是什么东西。"

尉婪开着车，目不斜视，却空出一只手来，挠了挠楚鸢的下巴，调笑道："那我教你。"

楚鸢冷笑，一把拍掉尉婪的手，随后对他说："我把我们的公共账户给了季遇臣，他那五千万元会打到这个账户里。"

组织的公共账户？

尉婪的脸拉下来，问道："你是觉得出了事还能有组织给你顶着吧？"

毕竟私人账户容易出问题。

楚鸢像小狐狸一样，柔声道："哎呀，哪有？我也是组织里的人，就当给组织做贡献了嘛。"

听听她这个嗲声说话的油腻语气！

尉婪被刺激得踩了一脚油门，提议："你下次开会讲话的时候记得也用这种声音，不能让我一个人恶心，给大伙也听听。"

"……"

当天晚上办完事情，尉婪领着楚鸢去和白桃等人碰头。一群人来到基地，出乎意料地，这天基地比平时热闹。

"你们执行任务回来了？"楚鸢放下包，走到一台电脑面前，将电脑屏幕转过来，看着原本盯着屏幕发呆的女人，说，"这次任务够久啊，你们出去一个月，我们几个在基地里无聊死了。"

"谁知道老大给我们安排了这么艰巨的任务。"女生留着齐肩短发，美丽可爱。她叹了口气，说道，"唉，在人家公司里做卧底收集偷税漏税的证据，太惨了，我真的当了整整一个月的打工人啊！"

楚鸢揉了揉她的短发，心疼道："辛苦你了，尚好。"

尚好眨眨眼睛，问："小鸟，你怎么样了？有没有狠狠地给那对狗男女一些苦头吃？"

"有哦。"楚鸢学着她的表情，说道，"我今天从他那儿回来，你是没看见他那咬牙切齿的表情，太解气了。"

边上传来了嘈杂声——

"万箭齐发！"

"闪！"

"无懈可击！"

"我无懈可击你的无懈可击！"

"裴却怀，你个不要脸的东西！"栗荆抓着牌，显然是三国杀打到了最要紧的关头，"你撤回，我不准你出！"

裴却怀一张脸笑得跟电视上一模一样，自带明星范儿走到哪儿都闪闪发光。他的嘴角高扬起，得意道："小样儿，没有无懈可击了吧？"

边上有个冰山帅哥默默地丢出去了第三张"无懈可击"。

"我无懈可击你无懈可击的无懈可击。"

裴却怀得意的表情登时垮了，横眉冷对冰山帅哥："贺守！"

贺守看着自己丢出去的第三张"无懈可击"的锦囊牌，冷峻的眉眼没有一丝变化，只是对裴却怀道："道高一尺。"

裴却怀将手里的牌一丢，说道："我投降了！你们二打一，不公平！"

栗荆的嘴都快咧到天上去了，得意扬扬道："技不如人。"

裴却怀被粉丝宠爱着，脾气向来不是很好。此刻将手里的牌抛到空中，魔术师似的撒了一桌子，随后他伸着大长腿，将桌子蹬远了，对楚鸢说："哟，女明星回来了？"

楚鸢正在和尚好谈论发型，听见裴却怀的声音，扭头去看他，说道："被影帝这么称呼，我可真是受之有愧啊。"

"你知不知道你的视频已经在网络上传疯了？"

裴却怀打开手机，丢到楚鸢的怀里，示意道："看看，已经快有百万的热度了。"

楚鸢的表情一变，裴却怀是娱乐圈里的人，对这些自然是很熟悉的。她没想到视频会发酵得这么快。

栗荆叫了一声："这不是你打蒋辉的视频吗？"

"怎么还有人叫着打小三啊？"尚好疑惑地问，"鸢鸢，你什么时候遇到了这种事情？为什么不跟我们说？"

虽然蒋辉一行人被抓进了派出所，但这些视频还是被发了出去。蒋家人通过媒体把这些"打小三"的视频曝光，这是要给楚鸢施压呢！

他们一开始就想让网络舆论毁掉楚鸢，流言蜚语是传播最迅速的，何况还是"打小三"这类最能引起关注的事情。毕竟八卦之心人人皆有，看见小三挨打也是大众喜闻乐见的。任何女人只要被贴上"小三"的标签，就等于被钉在了耻辱柱上。

无数人会恨不得吃她的肉，喝她的血，她会如同过街老鼠一般，人人喊打。好名声树立起来不容易，坏名声却能轻而易举地远扬，届时连澄清都会变得软弱无力。

蒋媛这样背后捅一刀，等于是在告诉楚鸢——你要对我的家人下手，我也要把你的名声搞臭，大不了鱼死网破。

栗荆看着视频画面，内心的愤怒无法掩盖："蒋家人简直无耻到了极点，就没见过这样穷凶极恶的！"

"他们打你了？"裴却怀去看楚鸢的表情，以前听到的都是她揍了别人喊他们去收拾烂摊子，倒是第一次看见她被这么多人围住。

他们几乎都要忘了她只是一个女人，只因她每次都带着千军万马的气势。

看见这个场面，栗荆对坐在沙发上半眯着眼睛休息的尉婪说："尉婪，我们要出手吗？媒体那边的关系我可以打点一下。"

"我也可以帮忙压一压。"尚好举手道，"这分明就是侵犯了别人的隐私权啊！人身攻击、聚众斗殴，为什么下面的评论会说你活该呢？他们这么多人打一个，难道喊着'打小三'的口号就可以为所欲为吗？"

裴却怀没再说别的。他是最晚加入的，对于楚鸢也不是特别了解，只知道这个女人对别人比对自己狠。说实话，他还真挺好奇，她的心脏到底是由什么构成的。

能被所有人攻击却面不改色的女人，真是太有意思了。

视频上有弹幕不停地闪过去——

"长得这么好看居然去做第三者！"

"唉，估计就是那种女人吧，你懂的。"

"真不要脸，这女的肯定嫁不出去了。活该！当小三就该人人得而诛之！"

裴却怀双手抱胸，意味深长地看着楚鸢。此时此刻，视频正好放到了她被众人围殴时举起酒瓶子砸向蒋辉的画面。边上的尚好拍了一下自己的大腿，叫道："打得好啊，小鸟！"

白桃咬牙切齿地说："我和栗荆如果再早些到，肯定能帮上小鸟，不至于让她如此孤立无援。"

尉娄全程没说话，反倒是栗荆沉不住气了，问道："尉娄，你怎么不发表意见？好歹小鸟也是我们的人。"

尉娄挑眉反问道："我发表什么意见？"

"要不要把这些视频压下去啊！"

尚好看得来气，双手都握紧了，气愤地说："怎么能让人这样泼脏水呢？小鸟根本不是小三！一群乌合之众，轻而易举被营销号误导，然后群起而攻之，根本不知道他们看到的完全不是真相。"

她说完拍拍楚鸢的肩膀，说："小鸟，你别生气，我们肯定护着你，回头我去媒体那边找人，让这些视频消失！"

结果楚鸢看着视频，勾唇笑道："啊？不用啊。"

尚好和栗荆愣住，二人对视一眼，栗荆茫然地说："什么不用了？他们明明在造谣……"

"啊，不是。"楚鸢举着手机说，"你看，这个视频拍得我好帅、好漂亮哦。你看我这个侧脸，哇，这个甩头，像个女侠客！我手臂上的肌肉线条怎么这么好看呢？唉，我要是个男人肯定爱上我自己了。这要是下架了，谁来欣赏我用酒瓶给蒋辉的脑门儿开瓢？"

栗荆感觉自己像是被人狠狠地打了一拳，不可思议地说："你的关注点为什么会这么奇怪？"

楚鸢一只手举着裴却怀的手机，另一只手竖起大拇指，沾沾自喜道：

"哎，视频里的我好帅，我好爱。"

"……"

得，是他们多虑了，楚鸢的心脏已经强大到对这些事情不痛不痒的地步。

蒋家人咬着牙齿放狠招来陷害楚鸢，结果她根本不在乎。不在乎就算了，她居然还欣赏起别人偷拍的视频来。

天底下有多少人能这样淡定？

倒是尉婪，好像早就猜到楚鸢会是这个态度，难怪从头到尾都没说过一句话。他估计已经预料到这些事情根本撼动不了她，才没把这段小插曲放在眼里。

贺守冷漠地扭头看了一眼尉婪，开口时嗓音低沉："猜到了？"

尉婪漫不经心地笑着，玩世不恭的态度如同年少就成为绝世大魔王的反派，世人视如蛇蝎避之不及，他却放荡不羁又无所畏惧。

他的视线锁住楚鸢的背，赞同道："是啊，这女人的心态根本没办法用常理来解释。"

贺守走到尉婪边上坐下，压低声音说："这次卧底把那些偷税漏税的证据交出去了。"

"看来你们完成得很好。"尉婪看了一眼贺守，问道，"没暴露吧？"

"没有。"贺守顺便将一个 U 盘塞到尉婪的手里，"顺藤摸瓜还查到了和季家有交易。"

"靠山是季家？"尉婪掂了掂手心里的 U 盘，笑道，"没想到这破事还能关系到季家，简直是往我们手里送人头啊。"

他们上个月接到一个秘密任务，委托人要求查出某个大企业的偷税漏税证据，因为他们的根基太强大，所以基地里的人卧底了好久才找到证据，没想到居然和季家还有关系。

尉婪他们在一个神秘的事务所里挂名，大家各司其职，都是各个行业里的"天花板"，名字报出去皆是响当当的存在。

看起来是挂名，其实他们什么活儿都接，只要给钱。

小到帮主妇通下水道，扶老奶奶过马路，替大爷找猫……

至于大事，自然是不能公开的。

因此，在这个事务所里，他们掌握了太多大多数人所不知道的秘密，消息网遍布地下，几乎没有可以瞒过他们的事情。

想到他们是如何开始的……贺守看了看尉娈的表情。他们相遇的时候，贺守还是那个沉默寡言的贺守，尉娈也不像现在这样张狂，缄默地跟在人后，如同一个无声的黑影。

因为两家是世交，贺守被长辈拉去和尉娈打招呼，只简短地说了两个字——你好。

那是贺守和尉娈第一次相见，从未想过有朝一日会并肩作战。

再见到尉娈的时候，他们都在国外。贺守心情不好，在无人的漆黑巷子里救了一名喝了酒被人猥亵的小姑娘。当小姑娘发现他是个帅哥，红着脸说感谢的时候，他没说别的，转身就走。

他一扭头，发现尉娈站在巷子另一端。

尉娈说："好久不见啊，世界第一泰拳王。"

第十章

魇

　　贺守的眼眸一眯，在脑子里搜索了好久，也没想起尉斐是谁。

　　尉斐率先进行自我介绍，说完还轻轻地拍了拍贺守的肩膀，隔着衣服都能察觉出他那些强壮到夸张的肌肉紧绷着，好像用力压制着自己的怒意。

　　尉斐笑道："心情不好？"

　　贺守知道自己刚才出手纯粹只是想打人，并不是真的想帮那个被骚扰的女孩子。

　　他克制不住自己的冲动，平时一直冷着脸也不是因为装酷、耍帅，是因为他一直在克制自己想要打人的冲动。

　　结果他听见尉斐说："这样，跟我打一架吧。地点我挑，打完你得答应我一个要求。"

　　贺守发誓，跟尉斐打的这一架是他人生里打得最痛快的。到后来，两个人靠在墙上喘着粗气，他竟然笑了，用力将毛巾甩在尉斐的脸上，问道："当时的拳王赛你怎么不去？"

　　尉斐将脸上的毛巾扯下来，挂在脖子上，扯着嘴角笑，说道："看不上那些奖金，太少了，不乐意去。"

　　"……"

　　不打不相识，这一打，贺守和尉斐就成了好兄弟。两家长辈也认识，所以他们忽然走近，大家也没有多怀疑。

只有贺守知道，尉斐的内心隐藏着多少黑暗。在他玩世不恭的面具下，是那些不可能被世人接受的冷漠无情的杀意。

就如同现在，贺守发现尉斐一直注视着楚鸢，他下意识地提醒道："你好像对小鸟很在意。"

尉斐并没有否认，而是问："她漂亮吗？"

贺守面不改色地夸奖："漂亮。"

是站在人群里能被第一眼看见的无法掩盖的漂亮。

尉斐不爽地哼气："那不就得了，她漂亮，我多看几眼，怎么了？"

贺守冷笑道："我看你是有念想吧。"

"有，有得很。"尉斐说这话的时候，楚鸢感觉到背后有一道令她毛骨悚然的视线。她扭头去找，又找不到到底是谁的目光这么可怕。

目光的主人此时此刻正压着声音对贺守说："你是不知道，我每天都在想怎么看她的腿。"

贺守盯着尉斐的脸，他们认识这么久，说话也放肆："死变态。"

正好这个时候裴却怀将自己的手机从楚鸢手里抽出来,冷冷地说："亏我这么关注你的消息，结果你自己根本就不在乎。"

倒显得他自作多情了。

裴却怀还有些不爽，冷哼一声，拿回手机以后，看了一眼自己的微博，上面铺天盖地的都是粉丝的私信，疯狂诉说着他们对他有多狂热。

"无聊。"裴却怀冷眼点开一个粉丝的私信，长篇表达爱意的内容让他皱了皱眉头，随后关掉手机。

"这可是你的粉丝。"尚好忍不住道，"这么说粉丝，真的没事吗？"

"是我求着他们喜欢我的呗？"裴却怀双手一摊，无所谓道，"自作多情、自我感动。"

他在娱乐圈太久，早就厌烦了这一切。他感觉自己就像一台机器，到台上就没有后路可言，被放在聚光灯下，不能有别的情绪，哭笑皆要让所有人满意。

裴却怀看起来是一个温柔的大明星，但背地里，他要多凶狠就有多凶狠。他恨透了这虚伪的光环。

楚鸢啧啧地感慨："唉，被人爱着多好，身在福中不知福。"

裴却怀反驳："他们喜欢的是作为明星的我，并不是真的我。"

楚鸢"哦"了一声，不和他多辩论。她撸着袖子说："为了欢迎你们回来，我晚上给大家做一顿大餐吧。"

"女侠请留步。"栗荆伸手，一脸严肃地说，"放过厨房吧，经不住你折腾。"

楚鸢柳眉倒竖，问道："不相信我？"

"谁敢相信你？"尉娈站起来，说道，"我来吧，你这水平就安分些。过几天季遇臣的五千万元打进来了，我们可以去季家公司对面的那个广场摆宴吃席，用大喇叭循环播放'谢谢季少的五千万元'。"

杀人诛心啊！

当天夜里，蒋媛含着恨意回到家中，将一份资料甩给季遇臣："阿季，当年的绑架案罪犯，我联系上了。"

季遇臣神色一喜："你是怎么联系上的？"他托关系都没打听到。

蒋媛目光躲闪，似乎不想回答这个问题："就……花了些钱。这是他们现在所在的监狱，楚鸢很可能会从他们嘴里寻找证词来证明你当初选择了我，我们得先她一步下手。"

事关重大，季遇臣和蒋媛是一条绳上的蚂蚱。两个人沆瀣一气，对视一眼之后，点点头。

季遇臣恨恨道："我知道，楚鸢一逼再逼，也别怪我手下不留情！她又上门了，居然要你搬出去！"

蒋媛一天都在外面忙着给蒋辉跑关系，听到这话，当场大发雷霆："她凭什么叫我出去？！"

"她说房子是我和她名下的，她有权赶人，三日之后会过来……"

"这个贱女人！"蒋媛气得狠狠捶了一下沙发上的枕头，"她是不是觉得自己高枕无忧了？既然如此，我也不会放过她的。想跟我抢老公，她没这个命！"

蒋媛拿出手机翻起了手机通讯录。她现在得把自己能利用的一切都利用起来，到时候可以一口气扳倒楚鸢。

翻看过后，蒋媛用力握住季遇臣的手，深情道："三天就要我搬出去？阿季，我这辈子只和你在一起，你去哪儿我去哪儿，我是不会和你分开的。"

季遇臣看着蒋媛深爱自己的模样，一时之间也有些心动，然而心动之余又有顾虑。他脑海里竟然出现了另一个女人的面容——楚鸢。

察觉到季遇臣的失神，蒋媛仓皇地说："你不会对楚鸢又有感觉了吧？"

怎么可能？

季遇臣矢口否认："不会的。媛媛，我不是说好了马上和你领证吗？你相信我。"

蒋媛攥着手指，眼里的怨恨越发强烈。她靠着季遇臣的胸膛，敛去了脸上的阴狠之色。

——楚鸢，从现在起，不只是你的老公，你的一切，我都要抢走！

楚鸢在基地里跟另外几个朋友聚在一起，进行一场黑客攻防大赛。当栗荆敲下最后一个字母的时候，所有的一切都落幕了。

楚鸢不服输地抓着头发说："怎么还是赢不了？"

"这个月栗荆的积分已经超越我们，排在第一位了。"尚好指着基地墙上的一个电子屏幕说，"你看，我们每个月的积分都会在上面，现在又是他最高。"

栗荆潇洒地抓了一把头发，得意道："没办法，长得帅又聪明。"

楚鸢排名第二位，倒也不低。她噘着嘴，脸上写满了不乐意，说道："我还以为栗荆的能力已经被我吃透了呢！"

"我能被你吃透？"栗荆指着自己，随后一把揽住楚鸢的肩，说道，"记住，我教你的是我能教你的，剩下那些不能被你吃透的，那是给我自己留的后路。永远不要试图吃透一个男人。"

栗荆说这话的时候，五官依旧柔和，说话有条不紊，根本想象不出来他在虚拟世界里极具攻击性的样子。

尉婪说栗荆就是太聪明，作为计算机天才，年少出名，才会觉得别的一切都无聊。

当初抓栗荆来组织的时候，他正在网吧里挂着黑眼圈和别人打团战。他是背着家长出来的，在一群成年人的包间里显得格外惹眼。

他被熏得一身烟味，头发油得不像样，没有及时修剪的刘海散在脸颊上。

少年嘴里叼着一根牙签，边上是一桶吃了一半的泡面。

尉婪问他在干吗，他说吃泡面吃到一半被公会拉来打团战。

栗荆打游戏也很厉害，打完一局以后在公屏上说"下了"，而后端着剩下的泡面接着吃，那面还没凉，足以见得他打团战有多高效。

楚鸢还笑他："高手怎么藏在一个黑网吧里？"

栗荆说起来就气得两个鼻孔都能喷火："正经网吧不给未成年人开机啊！在家里我妈不让我打游戏。"

当年没成年的计算机高手现在就坐在楚鸢面前，一头栗色的头发在灯光的照射下透着光泽，好像不管什么时候他都如同电脑系统一样有条不紊。

栗荆的大脑可以承载和运转许多东西，到目前为止还没出现过崩溃的情况。尉婪一直觉得他这脑子做什么都能赚大钱，但偏偏他好像有个不能说的秘密，所以才会在这里陪着大家，寻找自己的答案。

楚鸢伸手敲了敲栗荆的额头，说："季遇臣打我一耳光，我问他要了五千万元，这要是打你的脑袋一下，怕是得赔几个亿吧？"

栗荆笑得特别开心："知道就好，天才和凡人是有差距的。"

尉婪冷笑道："死了都是装在盒子里。"

栗荆登时就拉下脸来："小鸟夸我一下你能急死是不是？"

尉婪说："急？我急什么？急她能夸你？呵呵，多稀罕。"

栗荆："……"

"你们拌嘴吧，我出门一趟。"一直没说话的裴却怀站了起来。

他是加入没多久的新成员，独来独往惯了，楚鸢总觉得他虽然是受人追捧的大明星，但比任何人都要孤独。

出于对成员的关怀，楚鸢多嘴问道："去哪儿？"

"临时有一组广告要拍。"

裴却怀的手机响了一声，他不耐烦地接起来，是助理打来的语音通话："我的大明星啊，快来吧！你要大牌迟到，惹怒了品牌方怎么办？"

"哪里要大牌？"裴却怀扯着嘴角说，"五分钟前你们临时通知我，又不是提前约好的，这也存在迟到一说？"

"哎呀，你知不知道拍广告的另一个女艺人 Vera（维拉）是季家投资的呀？她临时说要拍广告，我这才迫不得已地通知你快来嘛。"助理的语气也有些无奈，"大半夜的，确实折腾人，Vera 向来想一出是一出，何况季家家大业大，我们可得罪不起啊。"

得罪不起？

原本还在和栗荆玩剪刀石头布的楚鸢登时眼睛一亮。她举着手上前说："得罪得起，得罪得起！"

裴却怀看了楚鸢一眼，她一听见"季家"两个字就起劲，肯定没想干好事。他关掉手机，勾唇问道："怎么，你有主意了？"

楚鸢笑眯眯地走过去，哥们儿般地拍了拍裴却怀的肩膀说："一个人过去，万一司机开得慢呢？我送你去吧！"

这明显是想找季家的麻烦嘛。

尉娄的目光一闪，没有说话。楚鸢抓着裴却怀的手就往基地外面走，坐在里面的尚好和白桃对视一眼，摇了摇头。

以楚鸢的性子，怎么会放过和季家有关的一丝一毫呢？

果然，本该是半个小时的路程，楚鸢上了高速十几分钟就开到了。嚣张的跑车停在摄影棚外面，她从驾驶座上走下来，不知情的还以为她才是明星。

跟在后面的裴却怀头一次被人抢了风头，冷漠地说："到我后面去。"

"哦，对，今晚你是主角。"楚鸢立刻放慢了步子，跟在裴却怀身后，说，"谢谢裴影帝带我来摄影棚见世面。"

裴却怀冷笑。因为长得好看，他冷笑起来像极了那些邪魅狷狂的主角，一出现就有人从影棚里跑出来迎接他——

"哎呀，裴少！裴少真是太体贴了，大半夜来这么远的影棚配合我们工作。"

"是啊，得亏裴少来了，不然我们都不知道该怎么办。"

"谢谢裴少愿意过来，我们都准备好了，您过来和 Vera 小姐磨合一下，我们就可以开始拍摄了。"

这群工作人员也很无奈，毕竟他们只是打工的，被女明星大半夜喊起来也没办法，估计裴少现在的表情不好也是因为这个点被人叫出门。他们只能先把好话都说了哄着他，毕竟伸手不打笑脸人嘛。

工作人员的态度实在太好了，裴却怀再任性也不会直接发脾气。他冷哼一声领着楚鸢往里走，却被人拦住了："这位小姐姐是？"

"司机。"裴却怀想也不想地说。

楚鸢在心里怒骂裴却怀，不过还是带着笑意说："是的，是的，叫我小楚就行了。"

裴却怀看她还被拦着，说道："带她进来吧，有个助理正好来不了。"

"啊，这……"工作人员不放心地看了楚鸢一眼，毕竟今天参与拍摄的另外一个艺人是 Vera，不好糊弄。

结果楚鸢笑得乖巧，看着就让人觉得省心，再加上裴却怀亲口说了，他们也不好驳人面子。

工作人员让了路，压低声音提醒道："今天的艺人不好惹，你自己要小心。"

不好惹？世界上还能有比她还不好惹的？楚鸢如是想着。

她还没走进去，就迎面飞过来一个纸杯，里面还盛着一些茶水。伴随着茶水飞溅，里头传来一声尖锐的女声："凭什么要我等这么久？不拍了！"

不拍了？

楚鸢听见这道声音，磨了磨牙。她是开快车过来的，一路上那么危险，说不拍就不拍？

她灵活地闪身，纸杯落在脚边，些许茶水沾染上鞋子。她眉头一挑，往里看去。

只见裴却怀正面无表情地坐在一张椅子上，另一张椅子上坐着一个身材窈窕的女人，容貌明艳。难怪可以当女明星，这张脸的确比电视上的还要漂亮。

可惜一张嘴破坏了美感，女人指着裴却怀说："我等了你那么久！"

裴却怀说："我求你等我了？"

楚鸢只想给裴却怀鼓掌，说得好！

Vera 一愣。她向来横着走，没想过裴却怀也是个不好惹的，突然被反驳，面子上哪里过得去。她登时就拔高了嗓音："裴却怀，你什么意思？"

"你说话的声音小一些。"裴却怀一脸不耐烦地说，"大半夜把别人喊出来，自己一时兴起就要所有人陪你玩，你真没有自知之明。"

楚鸢直接给裴却怀竖大拇指，说得太一针见血了。

Vera这次是踢到铁板了，别的艺人咖位没她大，背景没她强硬，自然不敢跟她硬碰硬。

但裴却怀的知名度和热度都是顶尖的，她就算骂得起，也得考虑后果。

裴却怀有脾气、不好惹，他身边的手下还不好惹？Vera调转枪头直接指着楚鸢："你呢？你又是什么乱七八糟的人？大半夜跟裴却怀一起来，是哪个公司塞进来的？"

楚鸢指指自己道："司机。"

Vera一听是司机，笑得越发不屑。她被裴却怀驳了面子，不从别人那里找回场子就不舒服，何况楚鸢这张脸令她有了危机感。

习惯争奇斗艳的人，哪里能容得下另一个美艳性感的女人来吸引大家的注意力？

Vera早就发现了，从楚鸢进来的那一刻，许多工作人员都在偷偷地看她。

她怎么能忍得下这口气？她才是最耀眼的那个！

于是，她对楚鸢说："你一个司机打扮得这么花枝招展，是不是想着借这种机会混进娱乐圈来？你以为这圈子是什么人都能进来的吗？"

楚鸢的白眼快翻上天去了，不客气地说："对不起，看不上。"

Vera一愣，没想到连裴却怀的司机都能这样蹬鼻子上脸，顿时气极，朝楚鸢扔过去一杯水，喊道："把她给我赶出去！还有，今天不拍了，以后也不拍了！这个合作我不会再继续！"

工作人员一脸天塌了的表情，纷纷去看裴却怀，希望他打圆场，然而他双手一摊，乐得自在："好，不拍了好，省得我应付。"

一丝面子都不给Vera。

Vera看着裴却怀那张英俊的脸，气不打一处来。自己长得难道就比那狐媚样的女司机丑？分明就是这个女司机心怀不轨，结果他还不帮着她说话。习惯被男人无条件站队的女明星登时就气得满脸通红，说道："我不拍了，除非你的司机给我道歉。"

楚鸢捡起地上的纸杯甩回去，直接砸在 Vera 的额头上。她说："什么不拍？由不得你不拍。"

全场倒吸一口冷气。

Vera 被楚鸢这一呵斥吓得原本气红的脸煞白，回过神来后更加怒不可遏。她怎么能允许一个小小司机踩到自己头上来？她喊着助理上去拉楚鸢，尖叫道："把她给我拖出去！你们是怎么回事？怎么能把这种人带进来？裴却怀，你就任由你的司机这样对我吗？"

楚鸢飞快地闪到了裴却怀的身边，这样一来，Vera 的助理根本不敢过来，生怕惊动了他。她冲 Vera 挑衅道："你可以用纸杯丢别人，就不允许别人丢回来？"

尉婪摔她烟灰缸还得被她摔回去呢，一个小小的女明星也敢兴风作浪？

被楚鸢这么一说，Vera 干脆直接站起来。她最能闹了，没有人敢不给她面子，毕竟她背靠季家，最后都得听她的。

于是她气急败坏地说："我不干了，不拍了！都给我滚出去！明天我要开发布会曝光你们。"

边上的工作人员已经开始害怕了，忙说道："Vera 姐，您别生气啊，大晚上的大家都爬起来陪您了，何况我们签了合约的。"

"谁允许你不拍的？"一道声音插入，众人看去，发现楚鸢站在裴却怀的身后，指挥道，"你们几个，过去把器材拿过来！"

裴却怀诧异地睁大了眼睛。

楚鸢最讨厌上班被打压了，大家辛辛苦苦半夜起来还要伺候脾气差的女明星，想想就不能忍。于是她说："裴却怀大半夜出门，工作人员也不敢有怨言，合同都签了，你说不拍就不拍了？不拍也得拍！别浪费大家的时间陪你玩过家家！"

铿锵有力的声音让所有人震惊。他们不敢说的话，全让一个女司机说完了。

Vera 双眸通红。她混娱乐圈这么久，还没有这样被人不留情面地呵斥过。她怒道："我说不拍就不拍，违约金怎么了？我身后可是季家，出得起！"

出得起？看看她这副有恃无恐的模样，仗着有季家这座靠山，就这样践踏别人的劳动付出。

楚鸢当场冷笑出声："我再问一句，真不拍了是不是？"

Vera双手叉腰，身后的几名助理随时都能为她冲锋陷阵，她有什么可怕的？

"对，明天发布会见吧！别以为得罪我就能好过，你这个不知道天高地厚的贱女人。"

"好。"裴却怀拍拍手，嘲笑道，"大家都听见她决定违约不拍了，那就先谢谢姐姐的违约金。化妆师在吗？"

这是哪出？

化妆师弱弱地举手："在的。"

裴却怀伸手指着楚鸢，说道："给她化妆，Vera不拍了，这个广告我和她拍。"

全场皆惊！

所有人都没想到会有这样一个变故，Vera原本以为自己不干了大家会惊慌无措，不料裴却怀当场抓了一个替补的。

这让Vera根本下不来台，更没想到的是工作人员也都被裴却怀调动了起来。她耍大牌违约已经是板上钉钉的事情，不如现在立刻找人补救，还能把风险降到最低。这一点大家心知肚明。

于是化妆师一听有人可以替补，立刻凑了上来，看见楚鸢的时候，双目发光，惊艳道："美人啊！"

楚鸢站在裴却怀身后，身材高挑，明艳动人。她对化妆师伸出手，说道："你好，叫我小楚就行，我是裴却怀的司机。"

人家都喊裴少，她倒是胆子大，直呼其名。

不过看裴却怀也没有别的意见，众人暗暗惊奇，没说出来。

倒是化妆师被感动坏了，只说："同样是女人，为什么差别那么大？"

她一直被Vera刁难，不说挑剔这个妆面不好，就是嫌弃那个配饰难看。眼前这个女人倒是性格低调，还很有正义感的样子，刚才还帮着工作人员出气。

化妆师握着楚鸢的手，动容道："我们这次是给一款香水拍广告。香水的设计师已经去世了，但她留下许多经典的香水。今年是品牌成立的周年纪念，想给香水拍一组致敬经典的广告。"

"既然是经典，就得明艳大气，是不是？"楚鸢像是在跟自己说话似的，直接在化妆台前坐下。毕竟大家时间都紧，大晚上工作多累啊！她冲着化妆师笑道，"拜托你了。你专业，你来就好。"

听听，看看！这态度，这素质！人比人气死人啊！

化妆师登时就对楚鸢有了好感，一旁的助理擦去一头的汗，问："这……这没事吧？"

这要是来路不明的女人……

看见楚鸢这么快被接纳，Vera 哪里咽得下这口气，指着楚鸢说："你这个女人到底是来干什么的？砸场子的吗？"

说完，她看向裴却怀问："这就是你的司机吗？"

"你半夜叫人出来，谁闲着没事能准备好了来砸场子？"楚鸢的头发被化妆师盘起来，露出脖颈的她多了一股干脆利落的潇洒感。

她继续说："自己耍大牌，让所有人陪着你闹，结果想不到吧？你要违约，还不允许找别人救场？"

Vera 看着化妆师动手给楚鸢赶妆面的样子，气不打一处来。她原本是想在裴却怀面前引起他的注意的，让他知道她有多高冷多不好追，毕竟还有一个音乐短片要和他一起拍。她想让他知道自己漂亮又神秘，然后变成她的裙下之臣。

这下好了，裴却怀带了一个女司机来。一个女司机居然挤掉了她的位置，还言辞凿凿地指责她。

看见 Vera 这么生气，她的助理也跟着说道："你们太欺负人了，我们Vera 姐这么期待这次的合作，你们就这么随便拉个人代替了她的位置？"

楚鸢一边看着化妆师给自己涂眼影，一边说："神经病，自己耍脾气害得大家白忙活，工作人员还不够卑微吗？你当你家姐姐是皇帝，人人都要顺着？爱干不干，不是赔得起违约金吗？现在废话那么多，有空不如赶紧去打钱。"

Vera 倒吸一口冷气，冲上去试图揪住楚鸢的头发："你这个女人！你以为这样就可以让所有人都站在你这一边吗？"

"急了？"楚鸢躲开了 Vera 的攻击，从化妆师手里拿过口红，当着她的面，给自己描了个唇，鲜红的唇色如同女王一般，清脆道，"以前一直被所有人哄着捧着，这下自尊心受不了了吧？哈哈。"

她轻描淡写的一句话，直接突破了 Vera 的心理防线。

Vera 扬手一个巴掌要打下来，却被裴却怀大声呵斥："你敢动手试试！"

女人的动作一僵。她意识不到自己的错。她在娱乐圈红了太久，习惯性地认为所有人都该顺着她，如今出现一个顶撞的，就恨不得让对方消失。

"你以为这份工作是你想抢就抢的吗？"

楚鸢站起来，踩着高跟鞋，用妖娆得不行的姿态走到镜头前，婀娜多姿，仪态性感，摆了个姿势对着 Vera 说："气不气？我就拍，你违约了，管得到我？气不气？我就拍，我拍个一百张，一天发一张，还要到网上告诉全天下这是我从 Vera 手里抢来的，她不想拍，落我头上了。哈哈哈！"

化妆师在一边憋笑憋得几乎要内伤。

楚鸢边说边问摄影师："这个角度可以吗？"

摄影师看着她傲人的胸脯，脸色涨红，小声道："你……你怎么拍都很好看。"

楚鸢冲着场外的裴却怀招手道："来嘛，裴却怀。"

当着摄影棚所有人的面卖弄风情，照理说应该让很多人生理性厌恶，可是楚鸢的风情万种居然能让他们所有人买账。甚至连摄影师都着了迷，对着自己的摄像机喃喃："早知道不如直接找你呢。"

裴却怀站起来，走到楚鸢边上，棚子里的架子上摆着一瓶香水，是经典款。她将香水放在手里展示，和他搭配得浑然一体。

随便一张照片都拍得高级又好看。

没有人可以把性感玩弄得如此浑然天成。毕竟"性感"这两个字，玩好了是艺术，玩不好就是低俗。

可楚鸢站在那里，艳丽又清冷，进一步是妖媚惑主，退一步是冰清玉洁。她在这两者之间完美地拿捏了尺度，在镜头下，如同一只俏皮的狐狸。

连品牌方的助理都忍不住夸奖："不是巨星却有巨星的气场，居然能拿捏得住。"

Vera 的助理一听，咬牙切齿地问："你什么意思？"

品牌方助理忍了 Vera 很久，说道："意思就是这个司机小姐姐太厉害了，台风和硬照都很过人。不像有的人，拍东西目光呆滞。"

Vera 当场红了眼睛，哭着伸手指着周围的人，哆嗦道："我记住你们了，也记住这个牌子了。"

随后，她踩着高跟鞋哭着跑出去，剩下楚鸢和裴却怀用极快的速度拍完了照片。边上有人目瞪口呆地说："太专业了，你是不是以前学过啊？"

楚鸢笑着说："只是看过别人这样拍照。"

她的姐姐是超模呢，她也就遗传了老姐的万分之一吧！

裴却怀一脸冷漠，对楚鸢说："明天照片一宣发，你就直接火了。"

化妆师还有些担忧地说："可这样等于我们和 Vera 结下了梁子。解气是解气，日后这位小姐姐怕会被针对。"

裴却怀心想：那你是真的多虑了，这里估计没人敢针对她，楚星河客厅里放着的那把开过光的蒙古砍刀，可不只是用来镇宅的。

他知道楚鸢的真正实力，但是摄影棚里的其他人还不了解她的背景。

看她性格泼辣、直接，还以为是初生牛犊不怕虎呢，一个个都用担忧得不行的眼神盯着她，其中一人说："楚小姐，您以后可能有苦头吃了。"

楚鸢一撩头发。她的黑色长发保养得极好，在灯光下熠熠生辉。她不甚在意地说："生活过得太一帆风顺也没意思，吃些苦头也是需要的。"

"……"

不仅如此，楚鸢拍完照片就去注册了一个新的社交账号，还堂而皇之地将名字改成了"影帝的女司机"。

她注册完账号，不客气道："裴却怀，关注我一下。"

此时此刻，裴却怀正迎着夜风和她往影棚外面走，跟工作人员说再见，好心的摄影师还给她披了一件外套。

楚鸢看了一眼裴却怀。这不是还有个男人？拿陌生人的外套多不好意思。

裴却怀却把自己的外套攥得更紧了，还说："想得美。"

楚鸢："……"

不绅士！

楚鸢道谢，拿过摄影师的外套，顺便留了一个手机号码。

和裴却怀结束拍摄工作，她骂骂咧咧地上了车，掏出手机看了一眼，道："什么情况？！"

距离她让裴却怀关注她的账号也就过去了几分钟而已，她的账号竟然就炸了。

无数的私信疯狂涌进来，很多账号顶着裴却怀的精修照片，一眼看过去五彩斑斓，令楚鸢咋舌。

她一边发动车子，一边将手机丢给裴却怀，让他自己看看："怎么回事？"

前一秒刚被裴却怀关注，后脚紧跟着被粉丝轰炸。

裴却怀将楚鸢的手机拿过来。车子已经发动，在发动机的轰鸣声中，她冷艳的脸有一种惊人的美感。

她开跑车的时候根本不像是司机，更像在驾驭着这头猛兽，是跑车臣服于她。

不过这个昵称倒是挺好笑的。

裴却怀发现粉丝的私信都是在追问她和他的关系，毕竟她的账号是崭新的，没有一张自拍，只写了性别——女。

不过，这已经足够引起所有人的好奇了。

"你是什么人？为什么我们裴崽崽会关注你？"

"新女友，还是新司机？"

"怎么找了个女司机啊？女人开车不行。"

"大姐，你是谁啊？让裴却怀连夜关注你，不会是那种逼宫上位的嫂子吧？"

…………

裴却怀看了一眼粉丝的私信，一种逆反心理让他冷笑出声。

这群粉丝为什么总在他面前表现得千依百顺，一转眼就对跟他有关的人张牙舞爪，恶语相向。

裹挟之下，他竟像个傀儡，供他们发泄情绪，出了事情还让他承担。

"骂你的比较多。"裴却怀看了一眼正在开车的楚鸢，老实地说，"态度好的不多，屎里淘金。"

"你的粉丝有这么恐怖吗？"楚鸢唏嘘了一下，"我看他们帮你在各大电影节发好评都挺客气的呀，超话里也都是一片爱慕之心。"

"想不到吧？"裴却怀笑得特别开心，说道，"这就是粉丝的神奇之处了。我开始也觉得有爱我的粉丝是种荣幸，后来我发现他们在我的账号下面岁月静好、平安喜乐，转头在别人的账号下面恶毒到令人发指，这种割裂感令我觉得从来没认识过这帮粉丝。"

无师自通，为他出征，草木皆兵，将别人都划入敌对阵营。

爱一个人会生出这样强大的恶意吗？

"后来我想通了，其实明星和粉丝何尝不是这种关系呢。"裴却怀拿起手机，随便摆了个姿势，继续说，"大家通过资本运作'造神'，很少有人保持理智地去看待一个人。要知道，是个人就有正反面，可在他们的眼里，我只能是完美的。"

说实话，裴却怀也喜欢美女，喜欢性感的、不羁的、奔放的，也喜欢单纯的、善良的、柔弱的。这些不过是欲望给世人的色彩，并没有触犯任何东西，却不允许被如此表现。

变得有血有肉的那一刻起，他就不再是"神"。

他们都自认为最了解对方，自认为是对方的一切，却不料，彼此面具后的真实面目统统令人作呕。

"是你自己选的。"楚鸢冷冷地看了裴却怀一眼，说道，"不想干可以退圈。你既然讨厌造神的无脑教徒，就不要利用教徒吃饭。"

裴却怀听到楚鸢冷漠的话，先是一惊，随后笑道："有些事情不是想撂挑子就可以撂下的。"

这声音听着令人觉得绝望。

这下轮到楚鸢吃惊了，问道："你经历过什么？"

裴却怀抬头看着楚鸢，用她手机的前置镜头拍了张自己坐在副驾驶座上的照片，她的半张侧脸也入了镜，然后用她的账号直接上传了这张合照。

"在成为'神'之前……"点击确认的那一刻，裴却怀的声音猝然压低，英俊的脸上带着阴沉沉的恨意，"我们都是蝼蚁。"

凌晨四点，社交账号"影帝的女司机"发布了一张照片，是和巨星影帝裴却怀的合照，他本人还点了赞。

一瞬间，整个娱乐圈和粉圈都爆炸了。

楚鸢的账号刚注册就险些被击垮，短短半个小时的时间评论已经破

— 197 —

万，无数粉丝在下面捶地痛哭，质问这个女人到底是谁。

还有眼尖的人发现楚鸢开的是拉法，大家猜测是裴却怀买来送给她的。

而楚鸢的网名像是对粉丝的一种挑衅，自嘲又带着炫耀，激起了粉丝的敌意。

尉婪很快收到风声，连着楚星河都打爆了他的电话："你不是跟我妹妹同居吗？怎么一转眼她就去别的男人的车上了？"

尉婪抽着烟，险些被呛到。他说："那是我的车。"

"哦，你的车。"楚星河一听，感觉更不对劲了，又问，"那为什么车上有别的男人啊？这个男人是哪家的明星？牛吗？"

"挺牛的，影帝。"

楚星河仔仔细细地看了一眼裴却怀的照片，气得不行，对尉婪说："这不男不女的，不行！"

天底下敢说裴却怀不男不女的，可能也就楚大少了。他可比裴却怀的粉丝还要狂热，想要打楚鸢主意的，一律被他当作仇敌。

尉婪咧嘴笑了，故意阴阳怪气地说："没办法，我可能是你妹妹的旧爱了。唉，不受宠了。"

"你怎么这么没本事呢？"楚星河的嘴巴长了溃疡，一张开说话就扯着疼。他捂着半边下巴一边"哎哟，哎哟"疼得叫唤，一边说，"傻婪子，我妹要是看上这个，还不如跟你呢，你快把她骗回来啊。"

"傻篮子"，这是什么称呼？

正好这个时候，别墅外面传来了车子熄火的声音。尉婪眯起眼睛，声音有些低沉地说："你妹好像回来了。"

"你给她狠狠洗洗脑。"楚星河寻思敌人的敌人就是朋友，于是对尉婪说，"你要是能把我妹拉回来，我就不阻止你们了。"

与其妹妹被外面的人骗，还不如自己眼皮底下的兄弟靠谱。

这电话一挂，楚鸢正好打开大门。她一走进去，客厅的灯就亮了。

看见客厅里的人，楚鸢吓得一缩脖子。

坐在沙发中央的男人，眉目深邃，饶是一路送裴却怀回去，到家看见尉婪这张脸，楚鸢还是被惊艳到了。

怎么会有人长得这么帅？

楚鸢嫉妒得牙疼，酸溜溜地问道："怎么还没睡呀，尉少？"

尉斐呵呵一笑，淡淡道："捉奸。"

楚鸢脸色一白，解释道："我就是把裴却怀送回家了。你是什么时候回来的？"

尉斐说："想不到吧？你去送裴却怀，我却用脚走回家。"

毕竟平时她开车送的是尉斐。

楚鸢心里"咯噔"了一下，立刻扯着一张笑脸，直接走到尉斐面前，坐上他的大腿，扭着腰说："怪我，对不起嘛。"

她的话没有任何诚意，只想着快些解决问题，心里丝毫对不起的意思都没有。

尉斐掐住楚鸢的腰，力道大得令她吃痛。

楚鸢说："想干吗？"

"再让别的男人坐我的车——"尉斐怒极反笑，"信不信我把你撕碎？"

楚鸢心口凉飕飕的，惊疑不定道："碎……碎成什么样？"

"骨灰那种程度。"尉斐伸出手，"手机给我。"

楚鸢不情不愿地交出手机："干吗？"

"看看评论。"尉斐冷笑一声，说道，"真有你的啊，让裴却怀公开给你点赞，知不知道明星一般不公开私事？"

"今天帮他一个大忙，他该这样给我面子。"楚鸢把事情说了一遍，坐在尉斐身上没觉得有什么，凑过去跟他一起看评论，还念了出来。

"裴崽崽，永远的神，真帅！就是这个女人是谁？"

"崽？"尉斐嗤笑一声，问道，"哪个崽？小兔崽子的崽吗？"

"……"

感觉到尉斐周身的空气都是凉飕飕的，楚鸢笑得勉强："哎呀，裴却怀的粉丝嘛，肯定是护短的。"

"他们这么骂你，你还挺开心？"

尉斐觉得没意思，将手机还给了楚鸢。

大多数粉丝都在为裴却怀冲锋陷阵，在她们眼里，二十多岁的他还是个孩子，会被社会上的各种坏女人骗，反正不可能是他自己愿意的。只有少部分粉丝评论："这位姐姐的侧脸好美，绝配。"

尉婪皮笑肉不笑地说："不过有粉丝夸你们绝配呢。"

楚鸢得意道："没办法，有钱长得还美，怪我？"

尉婪真觉得楚鸢有时候没心没肺过头了。他这是在讽刺她和裴却怀呢，结果她还顺杆爬。

他的语调一转，又说："不过你和他不合适。"

楚鸢笑眯眯地搂着尉婪的脖子，和他贴得极近，好像另有所图似的问道："那我和尉少呢？"

察觉到尉婪按着自己的手一紧，楚鸢凑得更近了。两个人的呼吸纠缠在一起，她的唇险些就贴上他的嘴角。

听见楚鸢这么说，尉婪也跟着笑，好像在过招似的。他承认楚鸢是个能够拿捏男人的高段位选手，偶尔也会给他造成冲击，可惜——

"你是有夫之妇，这会儿不该问我吧？"尉婪直接将楚鸢最不想被人看见的伤口挖了出来，还要轻描淡写地踩上一脚，来证明自己对她的伤口毫不在意，"不如去问问你曾经最爱的季遇臣，你们合适吗？"

楚鸢咬紧牙齿，像是从暧昧里猝然清醒，捂着胸口低低地叫了一声："尉婪，你可真会伤人心啊。"

尉婪捧住她的脸，落了个吻在她的额头上。不顾她颤抖的睫毛，他吹了吹，说道："疼你还来不及呢。"

危情总是让人上瘾。

第十一章

瘾

　　楚鸢伏在尉娈的肩头很久，好像终于卸下她平日里在外不可一世的模样。此时此刻，她闭着眼睛，下巴放在他的肩上，呼吸似乎隐隐带着颤抖。

　　这段往事确实是最能触及楚鸢痛处的，尉娈这么一说，她安分了，甚至连嬉皮笑脸的力气都没有，就这么安静地靠着他。不知道过去多久，一直到他的身体都僵了，伸手碰了一下她，才发现她好像在不知不觉间睡着了。

　　楚鸢一直没多少安全感，睡着的模样特别防备。尉娈将她打横抱起来，朝卧室走去。放下之后，他垂眸，伸手碰了碰她的脸。他的手指拂过她的嘴角，落在她的唇峰上。

　　楚鸢是个胖子的时候，谁都看不出她和楚家人有什么地方长得相像，如今瘦下来，却不得不说，太像了。

　　"也难怪他会把你们搞错。"

　　尉娈笑着松开手，眼里不见一丝对楚鸢的感情。他看了一眼窗外的夜色，陷入一阵沉默。

　　楚鸢醒来的时候，发现手机上有十多个未接来电，全是楚星河打来的。她一看，手机静音了。

再一转头，发现身边躺着的是尉娈。

第一次的时候她有些受到惊吓，现在只有些意外。

她从床上坐起来，仔细感受了一下，身体好像仍旧没什么痛觉。嗯，昨天什么事也没有发生。

她将尉娈摇醒，问他："为什么把我的手机调成静音了？"

尉娈茫然地转醒，懒洋洋道："楚星河的电话太烦人了。"

楚鸢一边回拨，一边将食指竖在了尉娈的唇上，示意他不要发出声音。电话接通，她问道："喂？哥，你有事找我吗？"

"你上网看一下啊！"楚星河的声音急切又带着担忧，"你之前跟蒋辉的事情被人发出来以后，大家发现视频里的女人就是和裴却怀关系神秘的女司机，现在都说要你们分手呢！"

分……分手？

楚鸢愣了愣，随后快速地说："我上账号看一下，一会儿打给你。"

她挂了电话，点开账号，各种消息铺天盖地压过来，连热搜榜上都赫然写着"影帝新女友疑似小三视频流出"。她点进去一看，那不就是自己又帅又嚣张地握着酒瓶打人的画面吗？

蒋媛真是下了狠手啊，为了拉她下水，硬是将这个视频和她的社交账号联系在一起，推上热搜。

楚鸢看了一眼私信，里面是各种恶毒的攻击，还有人跑到她的评论区破口大骂："你个小三，赶紧滚，别败坏我哥哥的名声！"

楚鸢冷笑一声。

尉娈凑过来，将头放在她的大腿上，从她怀里往上看着她的下巴，问道："被网暴了，什么感觉？"

"不痛不痒。"楚鸢根本没把这些放在眼里，挣脱开，起身，赤着脚踩在光滑的地板上。婀娜的背影本该是柔软又娇媚的，却偏偏带着一股韧性。她说，"都经历过死亡了，这种事情我怎么会害怕？"

当天下午，某个著名香水品牌发布了周年纪念的官方拍摄物料，照片里站在一起拍香水广告的，赫然是楚鸢和裴却怀。

她一出现，再度引起轰动。裴却怀自身流量就很高，直接导致软件瘫痪，评论区都出现了好几次问题，以至于她刷评论卡得要命。

楚鸢在基地里吃着饭就差摔筷子了，说道："怎么这么卡？"

尚好幽幽地说："你得反省啊，这怪你。"

"怪我吗？"楚鸢手机里的照片总算加载出来，声音轻快，"多好看啊。"

尚好觉得楚鸢心真大，这种节骨眼儿了，所有人都在关注这个女人到底是什么来头，结果她呢？

她在基地里嗦着筷子，啃着蟹肉，吃得不亦乐乎，好像还因为这件事情而食欲变得更好了。

尉婪在边上说："你以为楚鸢傻吗？能够把声势造大，她自然是愿意的。"

尚好的大脑有些转不过弯来，倒是栗荆一拍脑袋，说道："莫非楚鸢就是想出名？以后打算当网红赚外快？"

"你这思路也挺奇特的。"尉婪一边看着热搜，一边看着专心啃蟹的女人，好气又好笑地摇了摇头，"蒋媛想利用舆论令她翻不了身，那不如将计就计。"

"事情闹大了，等她身份被扒出来的那一天，你猜，到底是楚鸢坐得安稳，还是季遇臣高枕无忧？"

栗荆猛地倒吸一口冷气，恍然大悟道："楚鸢这是要借势让所有人都知道季遇臣和当年的绑架案啊！"

小三肯定会被扒得皮都不剩，那么如果有人扒出来这个人是当年季遇臣的妻子楚鸢，剧情可不就反转了？

这女人可真厉害，又狠又理智，能在自己处于劣势的情况下还能够冷静思考并且扭转攻势。难怪她会这样怡然自得，她巴不得声浪更大一些呢。

蒋媛以为自己可以让楚鸢变成过街老鼠，岂料她利用舆论反而能公开当年的内幕。到时候，那些骂她小三的声音，就会变成打在蒋媛脸上的巴掌。

先抑后扬，扮猪吃虎，好聪明、好可怕的女人。

裴却怀和贺守又在玩三国杀，他冷漠地打出一张锦囊牌——借刀杀人。

尉婪眯起眼睛，这可不就是一招借刀杀人吗？季遇臣如果能预料到后续的发展，肯定会恨死蒋媛，为什么要把事情闹大，还让蒋家人上传视频，不然的话这只是他们小圈子里的事。

"贺守，你最近有空吗？"楚鸢总算吃完了整只螃蟹，放下筷子，透过被她挖空的蟹钳看贺守，"我得去找蒋媛和季遇臣要些利息。"

贺守一顿，声音依然冷漠："有什么需要帮忙的？"

楚鸢按了两下指关节，娓娓道来："是这样的，虽然很感谢蒋媛在网络上替我造势，但我终究还是有些不爽。我原本说了让季遇臣和她在三天之后滚出去，不过因为不开心，决定现在就去收房子。"她一笑，咧嘴露出洁白的牙齿，"要不要跟我上门呀？"

有世界第一泰拳王保驾护航，蒋媛和季遇臣肯定拿她没办法。

楚鸢向来喜欢仗势欺人，省时又省力，于是她上前搂着贺守健硕的胳膊，说道："走，上门赶人去喽！"

贺守："……"

什么都好说，挖过螃蟹的手能不能洗一洗再碰他？

蒋媛正在别墅里笑着。看着网络上对楚鸢的一片痛骂，她和季遇臣心情大好，仿佛替他们将前阵子丢掉的颜面又挽了回来。她总算出了一口恶气，将手机举到他面前，娇柔道："阿季，你看看这个女人被围攻的模样，真是太丢人了。"

季遇臣看了一眼视频，虽然觉得很解气，但又不知为何隐隐有些不安。他问："媛媛，你这么做真的没问题吗？"

"没问题，三年前被抓进监狱的那几个绑架犯，我都打点过了。"

不知道蒋媛哪里来这么大的本事，季遇臣多看了她几眼，问道，"谁在帮你啊？"

蒋媛结巴了一下，随后道："我就是给些钱，这笔账肯定算在楚鸢头上。她回来装神弄鬼，我肯定要见招拆招。"

季遇臣稍微放宽心，喘了口气，说道："媛媛，我们搬出去吧，我也有别的别墅。"

岂料蒋媛像是受了刺激似的跳起来，叫道："凭什么？我就要住在这里！"

"这里是我和楚鸢一起住过的房子，你不觉得恶心吗？"

"我不觉得恶心！"蒋媛的声音尖锐，"我就要恶心她！"

她要抢走楚鸢的一切，房子、钱，还有老公！

季遇臣皱着眉看蒋媛。

蒋媛愤愤道："她这样陷害我们，你难道不痛恨她吗？我就要住在这里，能刺激她也是好的，反正她别想好过！"

话音刚落，客厅就传来一声玻璃碎裂的巨响，漫天的碎玻璃在空气里飞舞，光线折射，形成了一幅璀璨的画面。在这一片刺目中，楚鸢身穿红裙，笑着从玻璃碎裂的落地窗走进来，像舞台剧的主人公闪亮登场。

蒋媛一惊，尖叫起来："你是怎么进来的？！"

玻璃是被谁打碎的？

她扭头看过去，只见楚鸢身后跟着一个高大威猛又剑眉星目的男人，一看就不好惹，眼神像极了正在狩猎的凶猛野兽。

"我进我家，你有意见？"楚鸢笑了笑，踩着脚下的碎玻璃。她道，"想让我不好过？那真是不好意思，我改主意了，我要你现在就从我的房子里滚出去。"

"滚出去"这三个字没给人留一丝情面。

蒋媛怎么都想不到，楚鸢居然敢这样堂而皇之地出现，还把她家的玻璃弄碎！

她从正门进不来，就从落地窗走进来。

蒋媛伸手指着楚鸢，正好蒋辉被关进派出所的事情还没找她，不如新仇旧账一起算！

她立刻拨打电话想叫季家的保安过来，事实上她也叫了，省得到时候楚鸢又对着她张牙舞爪，上次的接触她已经深刻地认识到自己不是楚鸢的对手。这个疯婆娘失控起来，打人根本就是不惜一切代价的，她可得小心。

倒是季遇臣居然先蒋媛一步，直接迎上去。他好像无视家里碎掉的玻璃，说："你来为什么不说一声？我可以开门。"

"上次我来过之后，我敢肯定你会把门和锁都换一遍。"楚鸢咧嘴笑了笑，"所以这次走落地窗。"

季遇臣僵住，隔了好久才说："我换门锁不是提防你。"

还真换了。楚鸢觉得自己对季遇臣太了解。他虚伪谨慎，处处维持人设，一天天这样不累吗？

楚鸢说："废话少说，行李收拾了没？没有的话我叫人过来打包。"

这话是冲着蒋媛说的，毕竟房子在她和季遇臣名下，她没权利把他也赶出去。倒是蒋媛，是货真价实的外人，她有的是办法对付蒋媛。

楚鸢敲了敲贺守的肌肉，说："正好，给你叫了个猛男，帮你提行李。蒋小姐这两年鸠占鹊巢放进来不少东西吧？回头我还要在家里消一下毒呢。"

消毒！

蒋媛被楚鸢说得脸色发白，看向季遇臣，说道："阿季，你就不帮帮我吗？当初进来也是你带我进来的。"

可房子确实是他和楚鸢的房子。

明眼人都看得出来蒋媛想恶心楚鸢，如今被人扫地出门了，可不得拍手称快！

但是蒋媛不依。她知道季遇臣爱着自己，只要她表现出委屈的样子，他什么都会答应她。于是她又说："阿季，你可别被这个女人蒙骗了，她分明就是来欺负人的！"

"翻了天也不过是个当小三的，我欺负你？"楚鸢指了指自己，怒极反笑道，"你抢我老公，破坏我家庭，谁欺负谁啊？蒋媛，你不会真把自己当原配了吧？"

楚鸢说这话是为了羞辱蒋媛的无耻，岂料听在季遇臣的耳朵里，还以为她对自己旧情难忘。她的话就好像是在责怪蒋媛令他出轨似的，这是不是代表着他们的关系还有转圜的余地？更何况离婚协议他还没签字呢。

"对了，季少，您也别闲着。"楚鸢说完蒋媛，将手放到季遇臣面前一摊，问道，"五千万元呢？"

季遇臣咬牙切齿地说："钱已经吩咐我的助理分批转给你了，因为数额较大……"

楚鸢眯了眯眼睛打断他："助理？哦，你助理的联系方式我有，回头我找他对接。"

这语气女主人味儿太浓了，让蒋媛和季遇臣都吃惊不已。

他们欺负楚鸢那么久，都忘了她不仅是季遇臣的原配，还是堂堂楚家的千金。

季遇臣说话有些委婉："我们好歹夫妻一场，楚鸢，你怎么能赶人走呢？没这个理。"

"天王老子来了也得按着我的理走。"楚鸢指着脚下的地板，说，"这套房子谁出钱多谁说了算。蒋媛一分钱没花，住着我楚家花大价钱买的房子，你觉得我会同意吗？"

蒋媛哪里来的勇气搬进来啊？这两年住着别人的房子就不心虚吗？

"可你这样也太不好了，都住两年了就要搬走……"看着蒋媛委屈的神色，季遇臣又心痛又头疼，只好打感情牌，"楚鸢，你真的变化太大，我都感觉我不认识你了，你怎么能如此狠心？"

楚鸢当场笑出声来。

"去寺庙拜佛还图一乐呢，真拜佛还得看季家大少您这尊菩萨，慷他人之慨的一把好手，善良到令我都咂舌。"她阴阳怪气的话语让季遇臣的脸色一白。

楚鸢这不就是在讽刺他道德绑架嘛！

"不出去也行，我带了保镖来。"楚鸢笑眯眯地拍拍手，说，"贺守，把这个房子里的东西全砸了！"

砸了？！

季遇臣顿时勃然大怒，问："你什么意思？"

"装修钱是我出的。"楚鸢丝毫不顾他风雨欲来的脸色，气定神闲道，"所以我砸了，怎么了？我花的钱！"

"这是我们的夫妻共同财产！"

"好啊。"楚鸢笑得灿烂无比，指着蒋媛道，"那这两年里她花的每一分钱也都是我们的共同财产，怎么样？要不要打官司算算账，看看我能追回多少钱？"

蒋媛的脸色都变了，只能说："你怎么能这样无耻？"

"我无耻还是你无耻？你一个当小三的来说我无耻？"

楚鸢一声令下："贺守，砸！"

贺守想也不想拎起一个昂贵的青花瓷就砸在了地上。

一声巨响让蒋媛都跟着尖叫一声，喊道："真的砸了！阿季，她砸我们的房子！"

楚鸢站在一片狼藉里一动不动，这个时候外面传来车声，想来是保镖到了。蒋媛冲着门外大喊："你们快给我进来！这个女人疯了，跑进我们家砸东西！"

张口闭口"我们"，这房子明明跟蒋媛没有半毛钱关系。

保镖冲进来的动作特别快，毕竟他们是听从季遇臣指挥的，一下子将楚鸢和贺守团团围住。

楚鸢看见周围的人，脸色不是很好，站在外面的蒋媛便双手抱胸，笑道："怎么，怕了？刚才那么嚣张，原来是狐假虎威。带一个人就敢上门闹事，楚鸢，你真是连'死'字怎么写都不知道！"

楚鸢唏嘘一声，嗤笑道："我是觉得你人带的人太少了，不够挨揍。"

蒋媛笑容一僵，回过神来怒吼："你说什么？"

下一秒，她都没看清发生了什么事情，就感觉眼前卷过去一阵风，随后一片惨叫声响起，物件被砸得稀里哗啦，整个大别墅就像是经历了地震似的，连里面的人都东倒西歪地摔在地上。

贺守一脚踢开倒在自己脚边拦着他去路的黑衣保镖，从人堆里走出来，歪了歪脖子，讥讽道："还不够我热身。"

蒋媛吓得脸色煞白，颤颤巍巍地问："你是……你是什么怪物？"

看着贺守微微发红的眼睛，楚鸢就知道他只是吃了道"开胃小菜"，如今不满足了，肌肉正紧绷到了极点。

蒋媛尖叫着，为什么她叫这么多人过来，却被一个人轻轻松松地打败了？

怎么回事？他们不是专业保镖吗？

连季遇臣都不敢相信地问："楚鸢，你身边都是什么乱七八糟的人？你上哪里找的？"

楚鸢说："哪里比得上你带小三上位来得乱七八糟呢？"

季遇臣被她的话一堵，往后一退，踩到了地上瓷砖的碎片。

贺守真是把这里毁得彻彻底底，大屏幕的电视机被砸得稀巴烂，沙发被人从中间砸断了，一半正直冲天花板，地板碎得一塌糊涂不说，墙壁都被破坏得七零八落，一楼的所有角落都没被放过，全遭了殃。

楚鸢垂眸看着这一切。她曾经的爱巢，如今变得这样面目全非，真是造化弄人。

她对贺守说："你很开心吧？"

贺守"嗯"了一声，声音冷漠："很久没动手了，有些没控制住力道。"

她笑了一声，对季遇臣说："哎呀，房子都这样了，我不要了，送你吧。离婚协议给我，我就把房子过户给你。"

把家里毁成这样，她说不要就不要了？！

蒋媛气得头发都快竖起来了，对楚鸢说："你做梦，你就是来恶心我的！"

楚鸢往贺守身后一闪，直言不讳："我就是来恶心你的，被你发现了。气不气呀？恶心死你这个贱女人。还有季遇臣，当初你恶心我，要我签离婚协议，想不到今天会被我追着离婚吧？"

季遇臣攥紧手指——他确实还没签字。

"我知道你不会签，又带了一份过来，笔给你带了，印泥也给你带了。"楚鸢忽然收起笑嘻嘻的挑衅表情，对着他面无表情地说，"来吧，季遇臣，在我们破烂不堪的婚房里，签下离婚协议吧。"

楚鸢的心口莫名痛了一下。她用力将这股情绪忽略掉，随后眼睛眨也不眨地看着季遇臣，冷冷道："别犹豫了，快！"

做个了断。

季遇臣想签字，也许签了字就可以彻底摆脱楚鸢的纠缠。她到底还是恨着他的，恨他当年毁了她的一切，带着别的女人侮辱她身为妻子的尊严。

可是为什么他签不下去？

如果签下去，是不是代表着他和楚鸢就彻底没关系了？在那之后她还要对他实施什么报复呢？

还是说就此结束，老死不相往来？

可是他居然不想……半分都不想放楚鸢走。

季遇臣收起笔，当着蒋媛的面说："我如果不想签字呢？"

他一直觉得，楚鸢和他之间肯定还存有旧情。

不然的话，为什么她总是这样来到自己面前吸引注意力呢？回来以后的她那么漂亮，难道不是为了让他后悔吗？

季遇臣捏着笔，说："楚鸢，你没必要跟我这样你死我活，我们之间……"

"旧账都没算完就不要谈那些根本没存在过的旧情。"岂料楚鸢像是料到季遇臣想说什么，直接打断他的话。

季遇臣的脸色发白，不知为何，有一种快要窒息的错觉。

眼前的女人当真不爱自己了吗？

他不敢相信，那么浓烈的爱是说没有就没有的吗？

楚鸢知道季遇臣的想法，或许那些感情还残存在她的心里。当年她确实一腔孤勇、肝脑涂地地爱过，然而如果在面对这种人渣的时候心慈手软，便活该成为感情里的那个受害者。

楚鸢笑了笑，对着季遇臣说："我也不是第一天认识你了。季遇臣，这些没用的话留着搂着你的小三去说吧，现在不签字就要等着法院判离婚，到时候你为蒋媛花的每一分钱，可都要被我追回来了，下场指不定比现在更惨。"

此话一出，如同炸弹在蒋媛的耳边炸开。她指着楚鸢止不住地倒抽气，说道："你这个女人简直毒如蛇蝎！"

"世人都可以说我毒如蛇蝎，唯独你不可以。"

她在一片狼藉里重重地踩了一脚，看见季遇臣脸色发白地在一式两份的协议书上签字。她一把将纸抽过来，掸一掸，随后拿起来看了一眼，笑道："识相啊，季遇臣。"

两年前，这对狗男女害得她生不如死，如今这一切都是报应！

楚鸢收了协议书，冷笑一声，说道："这只是个开始。季遇臣，这房子我明日便过户给你，你和蒋媛便在这里长长久久地住下去吧！"

她转身要走，蒋媛尖叫了一声，咬牙切齿道："你以为你每次都能全身而退吗？"

楚鸢上前，一把捏住蒋媛的脸颊。她收拢手指，蒋媛感觉到自己嘴角两边传来剧痛。楚鸢那么单薄的人，竟然可以爆发出如此惊人的力量！

"还有什么花招最好一次性给我使出来。"楚鸢钳住蒋媛的脸，将她拽向自己，冷冷道，"别让我又查出些什么东西，你家那么多人，还不够你利用的。"

蒋媛内心的恐惧和恨意一时之间达到了顶峰。

在说完这话之后，楚鸢狠狠地甩开蒋媛，跟着贺守一起离开了这栋早已面目全非的别墅。

——季遇臣，这里，终于不是我的家了。

楚鸢拿着离婚协议回到基地，所有人都惊了一下，没想到她居然可以这么顺利地拿到。

尉婪冷冷地说："我还以为你会说什么'我才不会让出原配之位成全你们'这种话。"

楚鸢跟听见笑话一样，讥讽道："这种没脑子的话能不能别在我面前说？听着怪可笑的。"

季遇臣都把情人带到她面前了，她还攥着原配之位有什么用？这位子险些变成她的墓碑。

"哦？看来你对这种事情不屑一顾啊。"尉婪替楚鸢看了看协议书，笑着说，"不是两年前那个舍不得签字的人了？"

"废物才会在配偶出轨之后觉得'原配之位'这种东西有用。还说什么离婚就是成全这种话，不过是自己太没用，没这个魄力离婚罢了。"楚鸢麻木不仁地扯了扯嘴角，不知道是在嘲笑谁，"这种女人没什么好同情的，因为她离不开会出轨的老公。"

两年前的她也是如此，没什么好同情的，一个废物罢了。

听见楚鸢这么说，尉婪吹了一声口哨，将协议书还给她，随后说："对了，我们的账户确实收到了季遇臣那边分批打来的款，看来他想私了的态度还是很明确的。"

"打人的事情可以私了，出轨的事情不可能。"楚鸢笑得天真烂漫，乍一看似乎是一个不谙世事的少女，"这五千万元是他当街扇我耳光的赔偿费，至于婚内出轨一事还得另算，他休想一笔带过去。"

尉婪听了无比感慨，这个女人一笔笔账算得也太清了。他调侃道："你可真是心狠手辣啊。"

"刚才蒋媛也这么说我。"楚鸢坐到一旁的位子上，开始调查蒋媛的账户，满不在乎地说，"我就当你们是夸我了。"

只有钱才不会背叛她，是她的就是她的。

楚鸢坐在转椅上转了几圈，笑着戳着自己的下巴说："既然季遇臣把钱打来了，不如我们整个事务所度个假如何？我这个星期的假期还没用完呢。"

"网上全是骂你的，你居然还有心情度假。"裴却怀头一转，说道，"我不去。"

"哦。"他是明星，行程自然是每个月都固定好的，指不定明天就要出去，所以去不了也正常。楚鸢看了一眼剩下的人，声音清脆地问，"你们几个应该没事吧？我们去海边如何？"

楚鸢一觉睡醒，已经在天空蔚蓝的海边了。空中有飞机飞过留下的淡淡痕迹，海天相接，似乎看不到尽头。

海景大别墅的落地窗开着，吹来令人心旷神怡的海风，让她这阵子一直紧绷着的神经得到了放松。

回国以后她一直在找季遇臣的麻烦，现在来到这个远离他的地方，突然间感觉耳根子清净不少，连呼吸都跟着舒缓了。

有人从背后抱上来，楚鸢低头看着锁住自己腰的手，毫不犹豫地一脚踩在男人的脚背上，说道："松手！"

尉婪没放手："很久没抱了，让我抱一抱。"

楚鸢磨着牙，说道："我邀请了事务所的成员，可没邀请你！"

"我是事务所的经理，负责对接神秘人物并且安排任务给你们，凭什么不算事务所的成员？"尉婪笑着收拢手臂，反而抱得更紧了。

迎着海风，微微咸湿的空气让他心情大好，这会儿特别想在沙滩边跟她缠绵一下。

只可惜，楚鸢不可能乖乖束手就擒。

楚鸢反手跟尉婪过招，一招挣脱术玩得炉火纯青，险些打到他。

男人只能笑着松开手，挡住她劈过来的掌风。

"你离了婚很是春风得意啊！"

"那不然呢？"楚鸢自嘲地说道，"尉少不会还想着从我这里占便宜吧？"

"嗯，我喜欢。"尉婪舔了舔嘴角，漫不经心道，"你嫁过几个男人都跟我没有关系。"

"不好意思，打断你们了。"有人敲了敲门，探头朝里面看了一眼，说道，"醒了就快出来吃午餐哦，我们早起去海钓，钓上来好多海鲜，生的、熟的，怎么做都行。"

楚鸢闻言，登时双眼发光："尚好，我要吃螃蟹！"

尚好笑眯眯地说："这片海好像没有你喜欢吃的大闸蟹哦。"

楚鸢闻言，眉毛耷拉了下来，但还是跟在尚好身后走出房间。

尉娑盯着她的背影，微微眯起眼睛。

他没记错的话，那个人也住在附近吧？

旅游地点是尉娑选的，包括所有行程开销都是他负责的。他看了一眼手机上的地图，眼里闪过一丝深沉。

也许他们踏上这片领域的那一刻，那人就已经收到了消息。

他的视线挪到别墅大厅里，楚鸢正赤着脚和几个成员趴在餐桌上吃着海鲜大餐。

栗荆起了个早和贺守去海钓，白桃和尚好负责处理他们钓上来的稀奇古怪的海鲜。

这会儿白桃正用小刀肢解着一个蒸熟了的海星，嘴里还说道："这东西居然能吃，我把它解剖了看看。"

贺守在一旁沉默地剥虾，剥好的虾都放到楚鸢的碗里。

栗荆张大了嘴巴，第一次看见贺守给别的女人剥虾，连忙问："贺守，你这是做什么？"

贺守没说话，楚鸢在他身边坐下，拍了拍他宽阔的背，不在意道："他这是在向我表达感谢之意。"

"感谢？"

"对，感谢我昨天带他去打架了，他表示很开心。"

贺守点点头，剥虾的动作更迅速了。

栗荆举着叉子说："贺守，你是野蛮人吗？哪有人打架会开心的！"

贺守利落地拧碎了一个虾头。

栗荆将叉子收了回去，认怂："当我没说，当我没说。"

说来也怪，自家事务所里的人一个一个都神秘莫测，就尉娑看不出什么门道来，一天天的，高高挂起和扮猪吃虎，似乎从来不参与任何事件，事情却又都逃不开他的掌控。

贺守就不说了，武力值担当，不说话的时候估计满脑子都是怎么跟别人打架；白桃是个手术狂魔，要不是事务所管着她，估计都去做人体实验了；尚好没有别的特点，就是特别特别靠谱，靠谱到不管事务所出什么差错，她都能完美解决。一个人的力量堪比一整个公关部，也不知道她到底掌握着什么资源，能够让那么多起追责事件最终悄无声息。

栗荆想来想去也想不通，也就他和楚鸢是个正常人！

他张了张嘴，对尚好说："我一直很好奇，听说这别墅是你的，你不会有什么隐藏的大身份吧？"

一个女孩子能平息那么多声音，肯定只手遮天啊。

尚好顶着那张可爱的脸，摇了摇头，说道："没有啊，我就是个普通人。"

栗荆边嗦海螺边说："你当我是傻子呢！"

尉嫈冷冷道："这片海域都是他们家的，你说呢？"

楚鸢吓了一跳："等一下，你说什么？"

尉嫈为什么会知道？

这个时候，响起一阵门铃声。

没人去开门，楚鸢自告奋勇："我去开门。"

结果尚好说："不用，他能进来。"

能进来？那就代表着，来人是别墅的主人？可别墅是尚好的，那只能是……

门被人推开，有两个帅哥从门外走进来。为首的那个一头黑发，气场沉稳强大，可看起来腹黑极了。楚鸢一看就不想和这个人交手，感觉会很难缠。

果不其然，那人冲着尚好眨眨眼，随后走到尉嫈面前，说道："来得正好，有个秘密任务想交给你们。"

尉嫈伸手道："给钱，尚羡来。"

尚羡来将一张支票递给尉嫈，随后走到餐桌前，一把从背后捏住了尚好的脖子，笑眯眯地说道："这阵子多谢你们照顾我妹妹，在这里表示感谢。"

尚羡来，尚羡来……

白桃捂住嘴巴，小声道："那个外交部的……"

用古话说，尚家就是位极人臣的世代高官！

倒是尉娄对着另一个来客说："你怎么也跟着来了？宋存赫。"

宋存赫脸色凝重道："这次的事情，是我和尚羔来一起拜托你的。"

事关他们公司的女艺人和尚羔来负责保护的重要人物。

"听你这么形容，应该是丑闻吧。"栗荆大胆发言，"某位大佬包养的二奶？"

"喀喀——"宋存赫别过头去，不自然道，"反正就是需要你们保护一下，最近收到了恐吓信。"

"这次你们在我们家的海滩度假，一切费用我来包，有个任务希望大家帮我完成一下。"楚鸢发现尚羔来一直戴着白手套，看来日常出行都很谨慎。他继续说道，"有两个人需要你们保护。"

尚羔来这种级别的人亲自找上他们，事情肯定不简单。他从随行的文件袋里掏出文件发给大家，最后发给尉娄的时候，尉娄将他的手推开，懒洋洋道："不必。"

尚羔来笑了，说道："我倒是忘了，你应该什么都知道。"

尉娄故作高深地说："这不是在这儿等着你嘛。"

所以尉娄才会跟着来，他一早就算好了度假的时候顺便接个任务。

这算是哪门子度假！

楚鸢将文件放在一边，自顾自地吃了一口贺守剥的虾，拒绝道："我没空，不接的哦。"

尚羔来笑容一僵，问道："你说什么？"

楚鸢又吃了一只虾，摇着头说："不接。我来度假的，不是来办事的。事务所的其他人可以。"

尉娄对于楚鸢的态度不感到意外，她就是这么一个我行我素的人。

倒是尚羔来在官场那么多年，见多了阿谀奉承，没见过当着他的面拒绝的，这个女人……

他想了想，开口说："哪怕这两个人物很重要？"

"关我什么事？"楚鸢指指自己，跋扈道，"我最重要，不接。"

纵横官场这么多年，尚羔来就没见过这样干脆利落拒绝他的委托的人。

尉娄这里的人难道不都是有钱就什么都干吗？怎么轮到面前这个女

— 215 —

人说话，她就一脸不乐意了？

尚恙来的语气强硬了些许，并且试图把事情的严重性告诉她："需要的人员比较多，所以还是建议你一起加入。"

楚鸢将吃完的碗推到贺守的面前，示意他接着剥虾，随后看了一眼尚恙来，说道："这么复杂的案子我不想插手。"

啧，这个女人……

尚恙来颇为不满地扭头看了尉娄一眼，结果后者正怡然自得地喝着果汁，丝毫不觉得事务所里的成员这样不把委托人放在眼里是什么不好的事情。

尉娄就这样放纵这个女人如此胡来吗？

尚恙来原本以为只要尉娄在场，大家都应该会听他的，谁知道半路跳出来一个楚鸢。

他颇为不满道："尉娄，你听听你们事务所里的……"

"她我管不住。"尉娄双手一摊。

说是管不住，谁知道是不是偏爱呢？

尉娄咧嘴笑了笑，说道："没办法，要不，你去求求她？"

尚恙来一辈子都是发号施令的那个，哪里受过这种气。要不是因为要保护的人物太重要，他才不会多看这个女人一眼！

尚恙来没好气地说："希望你别不识抬举！"

不识抬举？

楚鸢冷笑道："你圈子里的高官和宋存赫公司里的艺人有丑闻，关我什么事？是我拿刀架在他脖子上让他们狼狈为奸的吗？"

尚好不禁倒吸一口冷气。她是第一次见到有人敢这样跟她哥哥说话。

倒是宋存赫给了台阶下，毕竟他和楚鸢交手次数多，知道她的性子。他赶紧道："哎呀，尚恙来，她就这个性子，你别生气，先把事情好好说说，万一她又有兴趣了呢？"

怎么回事？这群人怎么都这么顺着这个女人？

尚恙来不可思议地睁大眼睛，不可思议道："这女人有什么手段，能让你们都这么听话？"

栗荆抬头看着天花板，小声道："主要是，打不过……"

宋存赫又将视线挪了过去，不知道为什么，经历上一次被楚鸢用冷漠的态度对待之后，他心里就一直不舒服。他不想被她隔离出好友圈。

宋存赫咬了咬牙，从兜里掏出一张支票，递到楚鸢手上。

楚鸢登时双眼一亮，五百万元！

宋存赫的脖子都涨红了，透白的脸上飞过两抹红晕。他别扭地说："反正，这个……不是上次说好了？"

楚鸢将支票接过来，放在阳光下，验纸钞真伪似的翻来覆去地看。

宋存赫气急败坏地说："上次说你坏话，关于你的身份，不是打了赌吗？五千万元太多，一下子也拿不出来，五百万元算是小爷给你赔不是，拿着吧！"

如果这次丑闻曝光出去，花的钱绝对不止这些。

这是认错来了啊？虽然听起来还是很嘴硬。

楚鸢张大了嘴巴，揶揄道："没想到呀，宋少爷君子一言驷马难追。"

钱一收，她登时对宋存赫有了笑脸，再也不见那天冷冰冰的态度，还笑着冲他眨眨眼睛说："宋少果然大方，这钱可比季遇臣给得爽快多了。"

宋存赫一下子炸毛："谁乐意跟季遇臣那种人比？我好歹没有出轨好吗？！"

楚鸢拍拍他的肩膀，谁给钱，她就给谁好脸色，宽慰他道，"是啊，你和季遇臣人畜有别。"

"……"这一下子就夸上他了？楚鸢变脸怎么能这么快呢？这女人是不是掉钱眼里了？一给钱就态度变好。

宋存赫硬着头皮，看了一眼被他们晾着的尚羞来，压低嗓音说："尚羞来也是我们的好兄弟，你就帮一下吧。钱我都给你了，是不是？这件事情可能还会牵扯到季家，你应该不会不想插手吧？"

能让宋存赫这样说话，说明他是真的需要楚鸢。

看着以前一个个看不起楚鸢的江殿归、宋存赫，如今都对她和颜悦色，尉婪无端觉得很不爽。他也不知道自己到底哪里不爽，反正就是有一种心里不踏实的感觉。

她到底要收服多少男人啊？

楚鸢"扑哧"一声笑了，说道："你早说跟季家有关系嘛，莫非是上一次贺守他们去做的卧底任务——"

尚恙来将手竖起来，抵在唇前，然后低声说："我们正在追踪背后的'大树'，这个人是重要人证。目前宋存赫身边的女艺人似乎是他的长期情妇，也是这些事情的知情者，所以我们需要保护他们的生命安全，然后将其捉拿归案。"

楚鸢的眉头一皱，问道："既然要抓他们，为什么又要保护他们的生命安全……"

莫非背后有人想除掉他们，让他们闭嘴，尚恙来他们就没办法顺着线索查下去了？

"他们这次来，是和背后的人交易的。"尚恙来戴着白手套的手交叠在一起，眼眸深邃，似乎带着一股沉重的压迫感，"一旦抓捕失败，他们肯定会被背后的组织解决掉，用死无对证来保全背后的组织，所以我们不能让他们察觉到我们的存在，要保证万无一失地抓捕并且让他们不被幕后的人除掉。"

原来如此。

楚鸢皱眉道："那么为什么说跟季家有关系？"

"季家的股东蒋媛，这两年里和一个账户有汇款往来，想来关系特别密切。"尚恙来腹黑地笑了，然后问，"作为信息交换，你要不要加入这次的任务？"

他故意吊人胃口，是记仇她刚才说不接呢！

楚鸢能屈能伸，立刻道："接，我接，您尽管吩咐！"

呵，这女人！

"我们所要追捕的这个掌握着重大财务账本的人叫马平，是马强的儿子。马强当年也不是什么好东西，如今他儿子走了他的老路，黑白两道通吃，无恶不作，经常帮着洗黑钱，被我们盯上了，我们在暗中寻找证据，以便实施抓捕，发现有的账本是被他随身携带的。宋存赫公司的这个女艺人，叫娇儿，和马平是情人关系，知道很多马平的秘密，算是共犯。"尚恙来说重点的时候干脆利落，看得出来他平时的行为作风就是这样的。

随后，他将一枚 U 盘递了过来，补充道："他们一直跟一个神秘账户进行金钱来往，而这个账户，也就是蒋媛两年里一直在汇款的对象。"

所有的事情都连成了一条线！不会当年的绑架案背后也另有隐情吧？

楚鸢睁大了眼睛，感觉自己似乎在靠近真相，这种刺激让她的呼吸不由加速。她缓缓吞咽了一下口水，抬头看着尚恙来，又问："你们追查了多久？"

"两年。"尚恙来居高临下道，"怎么样？是不是足够吊起你的胃口，嗯？"

迎着他危险的眼神，楚鸢笑了。

这样说来，两年前绑架案的背后很有可能有另外一只手在推动，也许就是那个神秘账户的主人。或许她和蒋媛根本不是被无辜绑架的，而是被那人蓄意绑架，目的就是想让她消失。

一想到世界上有人那么迫不及待地要自己死，她便亢奋得无以复加。好像身处风暴的中心，被推向了危险的高潮。

——来吧，凶手！让我们看看，到底谁才是真正的魔鬼！

看着楚鸢和尚恙来不知何时握在一起决定合作的手，尉婪似乎想起了什么，眼睛微微眯起。

第十二章

夺

　　这天夜里，事务所的成员部署了严密的计划，尚好负责接近女艺人娇儿，栗荆负责监视马平的一举一动并且找机会下手，贺守和白桃负责联络和处理各种突发情况，至于楚鸢……

　　楚鸢站在自己的卧室里，难以置信地看着尉婪，问道："你要我去勾引马平？"

　　尉婪面无表情地说："马平好色，之前就对娱乐圈里的各色女明星有觊觎之心。"

　　"你的意思是要我去偷他身上的证据吗？"楚鸢指了指自己，再次问道，"用色诱的方式？"

　　她明明可以用别的方式的。她很聪明，整个事务所的人都知道，她并不是只有那张脸！

　　不知为何，她的语气里似乎带着控诉。尉婪听着觉得有些刺耳，但还是说："别的办法都很容易打草惊蛇，如果马平察觉了，很有可能被背后的组织除掉，到时候所有证据都会被销毁，我们将会竹篮打水一场空。他既然好色，用美色接近好色之徒便是最容易又不会被怀疑的方法。"

　　楚鸢深呼吸两口气，愤愤道："所以你就叫我去勾引马平？"

　　"啧。"尉婪不耐烦地挑眉道，"又不是真的叫你和他发生些什么。

再说了，全过程有栗荆暗中监视着，一有不对会立刻帮你。"

看着尉嫠的脸，楚鸢鬼使神差地问："尉嫠，是不是只要有这样的事，你就会眼睛也不眨地把我推出去？"

尉嫠的心好像漏跳了一拍，有那么一瞬间，他的大脑是茫然的。

好像楚鸢的提问超出了他大脑的处理范畴。

隔了一会儿，他收回心神，情绪复杂地对楚鸢说："问这种没意义的问题做什么？"

楚鸢却迫切地问到底："是不是？"

"不然呢？"尉嫠冷漠地撇过头，继续说，"再说了，这次任务很要紧，钱也不会少了你的。"

"老娘稀罕你这些钱？"

楚鸢抄起沙发上的抱枕砸在尉嫠的脸上，恨不得砸过去的是刀子。

这个男人虽然冷漠，但会在她被围攻的时候出现，即使她从未开口说过一声"尉少，帮我"，可每次回头的时候，他已经站在她的身后。

就像江殿归那次的事件一样。

楚鸢这个人，铁石心肠，早就不怕背叛了，就怕别人对她好。

而现在，尉嫠竟然要她去勾引马平。

没错，是他命令她去。

任何命令都没有这样的命令来得耻辱。

"不想干随时可以滚，现在的你一个人也可以干翻季遇臣。"尉嫠满不在乎地丢下一句话，"毕竟你已经不是两年前的你了。"

楚鸢的心口一颤，没想到会得来尉嫠这样的话。她无法解释自己胸口那股莫名其妙的情绪。

她明明从一开始就知道，自己和尉嫠之间本身就是一笔交易，谁先动心谁就输了。

虽然她一直这样警告自己，可是两年多的相处下来，也免不了对尉嫠抱有期待。

这个世界上最可怕的不是对某个人失望，而是对某个人有了希望，那代表着自己亲手脱下坚强的伪装，将刀子递到对方手上，告诉他：我的软肋在这儿。

她已经成年，也分得清和尉婪之间那种惊心动魄的暧昧不能当真。

但抛开这层暧昧，他们一丝别的感情都没有吗？

"你既然舍得——"楚鸢吐出一口气，说出来的话都是闷闷的，好像束手就擒的感觉。

她抬头看了尉婪一眼，继续说："那我就去。毕竟这任务是我接的，总得完成。"

尉婪的瞳仁缩了缩。

听见楚鸢用这种语气说话，他觉得不太舒服。看起来她是满嘴答应，好像和以前没什么区别，实际上却再也回不到以前了。

如果他真的让她去了……

尉婪的目光缓缓落下，刚打算说些什么，楚鸢已经迈开了步子。

"去哪儿？"尉婪幽幽地叫住她。

"换衣服，打扮。"楚鸢背对着他，并没有转过身去，只是说，"不是说好了要色诱？我不做到位一些，马平怎么上钩？"

打扮？勾引那种货色还需要特意打扮吗？

尉婪微微眯起眼睛。

楚鸢这是生气了？

或许是的。

两年了，他以前从来不做这种将她推出去勾引男人的事情，虽然她本身的存在就很勾引男人，但刻意使用美色去给别人下套，这还是头一回。

楚鸢有怨气也正常，只是……他要哄吗？或者，他需要对楚鸢的情绪负责吗？

耳边嗡嗡作响，尉婪竟然做不出决定。隔了一会儿，他攥紧五指，咬牙道："好，去吧。"

听见尉婪如此平淡的回复，楚鸢笑红了眼，推门而出。

晚上八点，栗荆通过调看各家摄像头寻找到了马平的踪迹，很快将他定位。这天他带着娇儿去会所里花天酒地，从监控录像里可以看出他肥头大耳，满面油光，搂着她正醉醺醺地走进会所的大门，脸上的横肉都在抖。

栗荆"啐"了一声，嫌弃道："这个人看着就恶臭。"

白桃担忧地说："晚上小鸟要对付他，会不会被揩油呀？"

尚好戴上通信耳麦，边收拾各种电子设备边说道："肯定会啊，气死我了，咸猪手要是敢多碰我家小鸟一下，我就把它砍了！"

尉婪的眉心不着痕迹地跳了跳，看一眼视频上的画面，随后别过头，不屑道："这种水平，楚鸢一个能打他十个。"

喝了酒连路都走不稳，明显是平时纵欲过度，这种人最窝囊了，打两下就求饶。

尉婪这么说着，楚鸢已经打扮好走出来，对于他的话语只是笑了一声作为评价。

这声笑意味不明，尉婪听着分外刺耳。

贺守转过头去看楚鸢，不禁倒吸了一口冷气。

楚鸢穿了一身红色紧身皮裙，深 V 领，腰部收紧，最艳丽的颜色、最显身材的设计，将她衬托得如同强大又美艳的女武神。红色在她身上从来没有用力过猛的俗气，反而在她的气场之下，衬托得无比耀眼。

楚鸢的灵魂是比血还要浓稠的。她从来不畏惧自己身上大红大艳的元素过多，不管颜色多浓烈，她都能完美地撑起来。她脚踩一双最经典的黑色红底高跟鞋，细长的高跟，红色的鞋底，如同一朵带刺的玫瑰。穿上它的女人似乎带上了杀意，特靓行凶，是人间最惊心动魄的美艳凶器，是名为性感的、最锋利的、染了血的刃。

贺守平时很少有出乎意料的行为，如今这样吸气说明他也是真的被楚鸢惊讶到了。这动静令大家都看向她，以至于尉婪的呼吸都陡然紊乱了一下。

她这样是要去勾引谁啊？勾引马平用得着这样状态全开吗？

倒是边上的尚恙来鼓了鼓掌，说道："看不出来啊，这位小姐的美丽就是我们最强大的武器。"

宋存赫跟傻了似的，盯着楚鸢一直没挪开眼睛。那表情十分外露，令尉婪都察觉到了他的出神。

尉婪出声："喂，宋存赫。"

宋存赫这才被他叫得回过神来，上前拉了一把楚鸢，说道："鞋跟这么高，不怕摔？"

"我穿上就不怕摔。"楚鸢的声音冷漠，"怕摔就不会穿。"

有意思。

尚恙来又鼓了鼓掌，能够令他这种地位的男人短时间内鼓两次掌，足以证明楚鸢的本事。

他勾唇说："那我期待你大杀四方的好消息，最好一步到位将证据拿到手。"

这样的女人要亲自送去马平的怀里，是不是有些可惜了？

尚恙来意味深长地看了尉婪一眼，好像是在戏谑地问他——这种美人你也舍得送去让马平占便宜啊？

尉婪精致的五官上蒙着一层寒霜，也不知道是谁惹了他。

看着大家准备齐全要出发，尚恙来的人在外面停了车，就等着他们出马。

宋存赫一马当先领着楚鸢走出去，像引着姑奶奶一样。

尉婪觉得离谱，他以前对她嗤之以鼻，如今却像她的小弟。

凭什么？就凭楚鸢那张脸吗？

尉婪是最后一个出去的。

把楚鸢送到会所门口后，剩下的人都在车上用各种工具和设备关注现场情况。贺守也换了一件花色的短袖装作客人进去，一会儿有意外可以冲在最前面，得负责把娇儿和马平分开。

楚鸢走向会所的时候，尉婪叫了她一声："楚鸢。"

她的脚步一顿，却没回头，接着迈开步伐走了进去。

尉婪的视线锁住楚鸢摇曳生姿的背影，眼神逐渐深沉。

楚鸢进入会所之后，从一个路过的服务员那里套出了马平的包间号。她走到门前时，深呼吸一口气。

她的脑海里忽然掠过尉婪那张脸，漫不经心地笑着，是一副嘲讽世人的模样，眉眼却漂亮极了。

她的胸口像是被什么扯了扯，然后用力推开门。

有陌生女人闯进来，马平搂着娇儿先是一惊，随后看见闯入的女人好像喝醉了，跌跌撞撞地往前走几步，扶着墙站稳以后，茫然地抬起头来，说道："我……我是不是走错房间了？"

每天晚上都有喝多走错包间的客人，服务员没有怀疑，走过去看了一眼，说道："小姐，您是哪个包厢的？我带您过去。"

"我……我就在这儿附近，不好意思。"楚鸢抬起头看了一眼坐在房间最中间那个大腹便便的男人，之后立刻转过头去，抱歉道，"打扰到你们了。"

"等一下！"马平就这么被楚鸢看了一眼，便犹如惊鸿一瞥，站起来指着楚鸢说，"你站住！"

楚鸢的身体一抖，回过神来，问道："哥，你喊我吗？"

马平的年纪都能做楚鸢的叔叔了，被她这一声"哥"叫得骨头都快酥了。这种级别的美女在娱乐圈里都少见，如今自投罗网，他绝对不能让她跑了！

马平问道："你原来在哪儿？"

楚鸢随便报了个数字，说道："我是在这里上班的，刚才陪客人喝得有些多。"

哦，陪酒小姐啊。

马平脸上的笑容更加油腻了，冲着楚鸢招招手："那你和你们领班说一声，你直接来我这里。"

陪酒小姐都是不固定的，服务员也常看见新面孔，因此没有起疑，就看着楚鸢站在门口扶着门把手，颇为纠结地说："这样没事吗，哥？"

她还没有动身向马平走去，马平已经朝她走了过来，胖乎乎的手就这么往她的腰上一揽。

啧啧，这腰。

他许久没见过如此尤物了，怎么能放她出去？

——今天你误打误撞敲开了马哥哥的门，马哥哥就不会放你走了！

马平拉着楚鸢半拖带拽地将她扯到沙发上坐下，笑呵呵道："这地方老板和我熟，我说话也能作数，所以别怕，在我这儿好好陪着。"

说完，他递给楚鸢一杯酒，笑得眼睛、鼻子和嘴巴都皱在了一起："我姓马，还没问你名字呢，叫什么花名呀？"

"小鸟。"楚鸢强忍着恶心理了理头发，勾着红唇喊一声，"马哥，你好厉害，那我不怕丢工作了。"

美女的奉承就是让人内心舒爽，马平举着酒杯哈哈大笑，边上的娇儿被晾在一边。楚鸢用余光观察她，发现她正在玩手机，低着头，好像并不在乎他有别的女人。

楚鸢微微皱眉，这情况让她觉得有些奇怪。她原本以为娇儿和马平是那种狼狈为奸的关系，如此一看好像另有隐情。

不过眼下得先从马平身上拿到证据，所以他搂她，她也顺势靠了上去。他伸手摸她的腿，她也学着他摸他的背和腰，手指还在皮带上扯了扯。

这种大胆的动作让马平直接咽口水。在他眼里，楚鸢这是诱惑、暗示他呢，殊不知她这是借着调情的手法在摸他身上有没有藏东西。

男人被楚鸢柔软的手这样摸着，没忍住，用力掐了一把她大腿上的肉。她先是一疼，随后又娇媚地笑着说：“哎呀，马哥，你弄疼人家了。”

马平直接在楚鸢的脸颊上狠狠地亲了一口：“声音也像小鸟一样好听，你陪客吗？我养你。”

娇儿依然无动于衷，甚至玩手机玩得更专心了。

为了应付马平，楚鸢只能顺着往下演：“我……马哥，您要养我多久呀？您要是玩玩我就不要了，不然我以后过日子可怎么办？”

马平捏了捏楚鸢的鼻子：“小鸟，你马哥哥我是这么无情的人吗？来，我现在就给你转钱，你今晚跟我回去，以后半年都跟我住！”

“我不要住外边的房子。”如果可以去马平的家里，指不定能搜查出更多证据……楚鸢脑子一转，便立刻笑得千娇百媚，伸手戳了戳他的胸口，故作娇羞道，“我要住你家里，你心里边！”

马平恨不得现在就把楚鸢带回家！

这里所有的动静都被楚鸢戴着的微型摄像头耳环传送到了会所外面栗荆的电脑上。

一群人坐在车里，围着他的电脑屏幕，看见马平对楚鸢又是亲又是抱的，宋存赫第一个坐不住。什么马平、狗平、鸡平的，他忍不住了，他要冲进去亲手宰了那个恶臭男！

宋存赫不停地深呼吸，紧紧攥着拳头。尚恙来好笑地看着他的反应，揶揄道：“你这什么反应啊？”

宋存赫气得鼻孔里都能冒烟，咬牙切齿地说：“我想宰了他！”

栗荆扭头去看坐在最后排的尉娈，发现他在看了视频以后眉目阴沉得可怕，带着一股风雨欲来的杀气。那双平时本该是玩世不恭半眯着的眸子完全睁开了，瞳仁如同冰冷的漆黑枪口，正以一种凶狠的表情盯着电脑屏幕。

"尉娈，你怎么不说话？"栗荆捧着电脑气得发抖，愤愤不平道，"小鸟肯定受了天大的委屈！这马平太恶心了，居然还伸手摸她的腰！"

一想到马平想要包养楚鸢，尉娈便冷笑出声。

这种货色也配？楚鸢是他能养的吗？

他还真把自己当回事了，妄想把楚鸢带回家养着！

尉娈仿佛受到了挑战，因为上一个这么做的人，是他。而现在，别的不识相的男人竟然也胆敢打楚鸢的主意。

恰在此时，视频里忽然出现马平的脸。他猛地凑近，整张脸被放大了无数倍。目睹这一画面的白桃叫了一声，身子猛地往后仰，远离屏幕，惊恐道："啊，怎么突然凑了上来？好晦气！"

其他人倏地沉默了。

凑了上来……

"马平是不是……在强吻小鸟？"尉娈的喉咙猛然一紧。

这一变故惊呆了众人，他们正琢磨着此时此刻要不要下车去将楚鸢救出来，毕竟他们几个还是足够对付马平的，可如果真的把楚鸢带走，就代表着他们的计划落空了。

辛辛苦苦走到这一步，真的要停止计划吗？

宋存赫已经脸色铁青。他从未想过楚鸢为了计划居然能做到这种地步，那个马平占尽了她的便宜，而她居然还能忍。

事实上，在马平凑近楚鸢的时候，她便伸手在他胸口推了推，随后故作娇羞道："马哥，你别这样，旁边还有别人看着呢。"

"这有什么？"马平丝毫不觉得尴尬，这包间里的人都听他的，他都习惯揩油了，哪里会停下？

就算是在这里跟她发生点什么又能怎么样？

马平摸着楚鸢的脸说："怎么了，小美人，你是害羞吗？第一次？"

楚鸢点头，故意扑闪了一下睫毛，假装小心翼翼地说着："嗯，人家以前只陪酒……这是第一次陪……陪马哥。"

马平这种龌龊的男人听见跟"第一次"有关的词语就兴奋，说话的声音都变粗了："原来是第一次呀，那哥哥我理解你的紧张了。乖啊，多来几次就放开了。"

"要……要在这里吗？"楚鸢嗲着嗓子问道，语气里还有些紧张，好像是害怕又觉得刺激，"人家没试过，你……你让他们出去嘛，我不想给人看见。"

都出来干这种事了，还装纯呢！

马平笑得露出一口黄牙，大手一挥，吩咐道："你们都出去，一个小时之内都不许进来，省得我家小鸟放不开！"

"我家小鸟"四个字激得楚鸢起了一身鸡皮疙瘩。

服务员都退了出去，坐在一边玩手机的娇儿倒是多看了马平一眼。结果他也对着她说："你也出去吧，先回去。"

"好。"出乎意外的是，娇儿没哭没闹，反应丝毫不像是马平的情人。正常来说，情妇不都是争风吃醋的一把好手吗？

可娇儿居然神色从容淡定，也不知道是笃定了自己地位很稳，还是另有所图，才会这么毫无反应。她站起来，拎上包要走，半分都没有跟马平闹情绪的模样。只是在走之前回头看了一眼，看的是楚鸢。

楚鸢原以为她是用眼神来警告自己，不料她的眼神很复杂，甚至透露着一种怜悯。

这种眼神让楚鸢出了片刻的神，娇儿好像和他们所有人预料的不一样。

终于，娇儿也离开了，包间里只剩下她和马平。

马平搂着楚鸢便压了上来，边亲她的脖子边说："小乖乖，你看谁呢？"

楚鸢立刻收回视线，强忍着恶心说："马哥，你和刚才最后走的那个女人是什么关系呀？"

马平伸手去解楚鸢的衣服扣子，又觉得女人麻烦，问东问西，什么都要问。但为了眼前的美色，他还是说："她啊，是我一个妹妹。你别担心，马哥哥会对你好的，只要你乖乖的。"

看着那布料下呼之欲出的胸，马平的眼睛都发直了。真是好运气，让他碰上一个极品，看来今晚艳福不浅！

楚鸢的脸色泛着白，喊道："马哥，你等一下。"

她还没来得及说完，马平便凑上来嗅她的头发，随后那张嘴便压下来要亲她的唇。

触碰的一瞬间，楚鸢眼里掠过杀意，在马平压着她的同时，她在他的背后狠狠一个手刀朝他的脖子砍了下去！

马平的身体猝然僵硬了一下，随后整个人就这么脱力，重重地摔在了楚鸢的身上。

楚鸢用力推了一把马平，咬着牙从他身下钻出来，对着发丝里夹着的微型对讲机说："可以进来了。"

外面车上的人就等着楚鸢这句话，一下子都冲下了车！

宋存赫是第一个冲进包间的，一进来就看见马平被楚鸢打晕趴在沙发上，哪里还看得出老奸巨猾的模样？

真是色字头上一把刀啊。

楚鸢指着马平对尚恙来说："你自己去找吧，我摸到他上衣内兜里似乎有东西，说不准就是你们想要的证据。"

尚恙来平日里也戴着手套，这会儿皱着眉毛上前翻了一下马平全身上下的口袋，从他的上衣内兜里摸到了一个账本和一个小 U 盘。他举着 U 盘半晌，眯起眼睛说："楚鸢，你可真是立了大功。"

楚鸢站在角落里，不知为何没有上前。她伸手擦一擦自己的嘴唇，力道不轻，连嘴角都被擦红了。

宋存赫像是想起了什么，刚要冲过去，岂料有个身影的动作比他更快，已经闪到了最前面，将楚鸢的手狠狠一抓。

楚鸢意外地抬头，撞入尉斄那双漆黑的瞳孔里，她的心口蓦地一颤。

"做什么？"

"他碰你哪里了？"尉斄开口便是冰冷的压迫感，让人在六月里如坠冰窖。

他为什么会有如此强大的气场？光是寥寥数语就足够冷人心骨。

楚鸢被激起了逆反心理，狠狠甩开尉斄。

尉斄一愣，这是他印象里，楚鸢第一次甩开他。从前不管他怎么样，她总能笑着迎合，千娇百媚，笑颜如花。

可是现在，当着事务所里其他成员的面，楚鸢居然甩开了他。不仅如此，她还学着他冷漠的腔调，扯了扯嘴角说："我用皮囊勾引男人，他还能碰哪里？"

同为女孩子的白桃和尚好都听出来了，楚鸢这是心里委屈，怨上了尉婪。

用美色确实方便快速，可楚鸢从来不是用美色完成任务的人。她头脑聪明，手段颇多，不过是因为貌美会让人觉得是靠美色出风头。可是细细算来，又有哪次事件是她仗着自己的美貌解决的？

为了尉婪，她是第一次。

尉婪知道楚鸢好歹也是千金大小姐，心高气傲的，往日里他就算说那些话来挑逗她，都能在她眼里看见不服输以及想和他过招的狡黠。

然而现在，没有了。她的眼中一片冰冷，好像他令她失望了似的。

尉婪说话的语气有些冲："所以现在问你，他碰了哪里，你能好好告诉我吗？"

楚鸢的眼睛一红，尉婪这意思是她无理取闹了？

她抿在一起的唇都止不住哆嗦了一下。她用力撞开尉婪往外走去，甚至没说一句话，看得跟在后面的成员都有些唏嘘。

栗荆瞅着楚鸢出去，一时手足无措。她穿红衣本该是气场强大，如今却是一身落寞，像是被谁辜负了。他对尉婪说道："你别那样说话啊，小鸟为了这次任务牺牲多大你又不是不知道。"

尉婪就不明白了，他是让楚鸢勾搭一下马平，可马平这些举动又不是他让对方干的，她连带着把气撒在他身上做什么？

宋存赫追问："你追不追？不追我追。"

尉婪的身体一震，讷讷道："你追？"

宋存赫没说话，看了尉婪一眼，追了出去。

他很快就看到了楚鸢的身影。她在会所门口的一个角落里站着，孤零零的，惊艳的眉眼在这一刻有些凋零，楚楚可怜地盯着地面，隔了许久，一滴眼泪落下来。

这滴眼泪连楚鸢自己都震惊了。

她多久没哭了？两年了吧？自从那场绑架案之后，她再也没哭过。她

— 230 —

命令自己不准哭，将所有的感情都封锁起来，变成无情的复仇工具。

不料，她还会哭。她还拥有被一个人伤害后流泪的能力。

楚鸢想擦一擦自己的眼睛，眼前适时递过来一张纸巾。

她的眼神变了变，抬起头来的时候，发现是宋存赫。

察觉她的情绪变化，宋存赫硬着头皮说："让你失望了，不是尉娄。"

楚鸢接过纸巾，说了一句"谢谢"。

她这人爱恨分明，宋存赫是做过对不起她的事情，但后来也道歉了，她拿得起放得下，现在没有什么可抵触他的。

宋存赫从牙关里挤出一句话："你别强忍着，要是需要一个拥抱——"他张开双臂，哄小孩似的说，"过来，我给你抱抱。"

楚鸢再也忍不住了，鼻子猛地一酸，靠着宋存赫的怀抱直接哭出声来。她也不知道自己竟这么委屈。

她以为自己早就不在意了，都离过婚，也失去过孩子，这两年里和尉娄在同一张床上醒来也不是一次两次，哪里还会这样在意自己被谁碰？

她难过的是尉娄的态度。

楚鸢紧紧抓着宋存赫的衣服，像是靠这个在发泄情绪。过一会儿，她总算不哭了，一抽一抽地吸着鼻子，像一只无家可归的小狗。她抬起头来看宋存赫，问他："你们要的证据找到了吗？"

宋存赫说话的声音闷闷的："看尚羡来的反应是找到了，你不用继续再跟马平来往了。"

"嗯。"解决了就好，楚鸢擦擦眼睛，对着宋存赫说，"我对你有所改观了，以为你这人仇视女人、厌恶女人，没想到还是有良心的。"

宋存赫就像是一只被踩了尾巴的猫，就差没跳起来大叫："我讨厌女人是因为我家里是开经纪公司的，那些女明星让我觉得头痛，又假又做作，经常闹事情要我去公关！"

所以他自然而然对女性有了偏见，才会在刚认识楚鸢的时候敌意那么强。毕竟她那张脸就跟女明星似的。不，是比女明星还要好看。

"哦，我还以为你被家里的女性伤害过呢，比如说你老妈不疼你，疼外面的私生子。"楚鸢边吸着鼻子边说，"原来是因为公司里的女艺人啊。那你把我想得太好了，我比女明星还能刁难人。"

宋存赫无语，怎么会有楚鸢这种性格的女人？要不是那张脸，估计早被人打死无数次了吧？

有了宋存赫转移话题，楚鸢好受了许多。她觉得自己也挺冲动的，怎么就因为一个尉婪就脆弱成这样，真不应该。

楚鸢垂下眼帘，攥了攥手指，对自己说：下次不许再这样。

她的余光往会所门口瞟去，一惊。

尉婪站在那里，面容深邃，眉眼漂亮得惊人。他只是那样站着，凛冽孤傲便自他身上散发出来。楚鸢不知道他站在那里看了多久，是不是刚才宋存赫抱她也看见了？

良久，尉婪上前，再一次抓住楚鸢的手，愣愣道："在宋存赫怀里哭够没？"他说话的时候带着寒意，又压低声音，"哭够了跟我回去。"

楚鸢想挣脱，又记起刚才自己脑海里闪过的念头。她为什么要抗拒尉婪？她如果不对他抱有期待，那么不管他怎么对她，她都不会疼才对。

楚鸢的手指攥了又攥，故意扯着嘴角笑着说："哭够了。"

尉婪冷笑一声，不顾宋存赫在场，直接将楚鸢拽到一边。她都不知道他是什么时候叫人另外备的车，毕竟大家不是一起来的吗？可现在他干脆将她直接拖入了他另外一辆车里！

司机发动车子，楚鸢都来不及给宋存赫一个眼神。

宋存赫惊呆了，对着尉婪的背影喊道："你轻一些啊，别弄疼她！"

尉婪身上的煞气更重，用力摔上车门，车子飞驰而去。

这一连串的事情都发生在楚鸢还没回过神来的刹那。

坐上尉婪的车时，她猛地抽开自己的手，语气不善道："还没和他们碰头，你这么着急走？"

"看尚羡来的表情很满意。"尉婪的声音里近乎带着咬牙切齿，"要不要我夸夸你任务完成得很完美？"

"多谢夸奖。"楚鸢看着尉婪，笑得眼眶通红，冷淡道，"举手之劳，不足挂齿，哪里有尉少深谋远虑来得厉害呢？"

这话听起来没什么，但其实是在讽刺尉婪将她送去色诱马平。

尉婪被这话刺得眉头都皱了起来。他有一张很漂亮的脸，皱着眉看人的时候都是无比精致的。此时此刻，他盯着身边的女人说道："你是不是不会好好说话了？"

楚鸢笑出声来，然后说："你都叫我去色诱马平了，我还跟你好好说话干吗？"

他都没把她当个人！

尉婪的脸色微白，伸手再次抓着楚鸢，将她扯近了，发现她的眼睛还带着些许红，想来刚才哭得很用力吧。

他似乎没见过她掉眼泪，第一次看见却是她在别的男人怀里哭。

尉婪心口没来由的有一股难以压抑的烦躁，一想起楚鸢靠着宋存赫的胸膛哭泣他就很不爽。他们之前不还是水火不相容吗？怎么一扭头就能搂着哭了？

尉婪垂眸，视线又落在了楚鸢的唇上。

她的唇有些红肿，他直勾勾地盯着，问道："你的嘴巴怎么了？"

楚鸢不屑又自嘲地说："我擦了擦，怎么了？"

擦？擦能把嘴唇都擦破皮吗？这简直跟自虐一样，受了什么刺激要把嘴巴擦得如此用力？

尉婪心里忽然"咯噔"一下，忍不住掐着楚鸢说："你对着我这么张牙舞爪，对着马平怎么就不会？"

这话问出口，尉婪就觉得自己有些愚蠢。

果不其然，他听见楚鸢嘲讽道："你说呢？这不是你命令我去的吗？你看，我去了呀，还圆满地完成了任务！"

是！他是不是得夸夸她？

她那样娇媚，如同妖精，把喝多了的马平迷得神魂颠倒，还故意支开娇儿，使得马平和娇儿两个人分开，方便事务所的其他成员逐个击破。

楚鸢聪明？她太聪明了，就算是自己不喜欢的任务，也能保持理智。尉婪真得夸她一句冰雪聪明，这样冷静又强大的女人，送去让马平占便宜，是不是太亏了？

尉婪凑近楚鸢，声音有些令人不寒而栗："我从屏幕上看见了画面。"

看见马平那张笑得令人作呕的脸，还有在她身上摸来摸去的手。

"看见了还问我。"楚鸢姣好的面容上带着疏离。她想要远离尉婪，因为此时此刻他身上的气场有些可怕。

尉斐从没有如此放肆地摸过楚鸢，竟然被这样一个丑陋、恶心的男人抢了先！

强烈的不痛快令他有些失控，大脑里有一个声音在告诉他这样是不对的，他不应该为了这种小事而失控，只不过是一个楚鸢罢了，但凭什么——

"凭什么？"在尉斐还来不及思考的时候，话就已经说出了口，"马平碰你，你怎么就不会反抗一下？"

"是，他碰我我不反抗，我还享受呢！"

楚鸢被尉斐这蛮不讲理的话气得口不择言，看着他近在眼前的脸，她还故意把自己的胸口送了上去。她胸前的纽扣歪歪扭扭的，明显被人扯过，到现在都没恢复原状。她一拽，本就摇摇欲坠的纽扣线头便直接崩开了，几颗小纽扣零星地掉在车厢后排。

白得刺眼的胸脯撞入尉斐的视野里。他的瞳仁骤然紧缩。

车厢里的气氛凝固了很久，仿佛在那一瞬间，楚鸢娇笑着扯开自己胸口的模样被按下了定格键。

尉斐震惊，这个女人怎么敢如此行事？

可楚鸢浑然不觉，还对着尉斐说："你们男人不都喜欢我这样吗？嗯？你跟马平又有什么区别？我告诉你，尉斐，你现在看我的眼神那个恶心劲儿，跟他简直一模一样！"

尉斐感觉脑子里像是被人投下了一颗炸弹，炸得他两耳嗡嗡作响。

他回过神来，怒极反笑道："楚鸢，你居然敢勾引我？"

楚鸢的面色一白，还未做出反应，眼前就有一道黑影狂热地压上来。温热的唇瓣让她狠狠一惊，身体都哆嗦了一下。

感觉到楚鸢一个哆嗦，尉斐将她的肩膀按住，随后单手按在她的后脑上，有力的手指插入她凌乱的发丝间，将她的头就这么按在自己的面前。

楚鸢想逃，想把头转开，却根本抵抗不过尉斐的力道。他像是在发泄情绪一般啃咬着她的嘴唇，连舌头都像是火舌一般滚烫。他碰她一下，她感觉自己似乎要被灼烧殆尽。

楚鸢快要喘不过气来，尉斐的吻就像他的人一样狠厉，带着浓浓的戾气，像是不给人一丝活路，她被这种霸道的气场压得近乎窒息。

楚鸢的肩膀垂下去，任凭自己的牙齿和尉斐的磕在一起。

尉斐都不知道自己吻了多久，待他松开楚鸢，两个人都在不停地喘气。

抬起头来的那一瞬间，她从他的眼里看见了狼狈不堪的自己。嘴唇上还残留着那种感觉，她的手指紧紧抓着身下的车垫，抬手就又要去擦自己的嘴。这个动作刺激了他，他按着她的手不让她动，冷冷道："我跟马平是一样的？"

他的声音冰冷，像是杀人的利刃。

楚鸢回想了一下，自己清醒的时候好像从来没和尉斐接过吻。

可是现在，在尉斐的眼里，她发现自己如同瘦小的猎物，被捕猎者盯上以后，完全无路可走。

尉斐抬起她的下巴，她咬着牙，那鲜红的唇上还透着光泽，留着他吻过的痕迹。

他想把马平的味道盖过去，不知道为什么，他就想在楚鸢身上留下自己的味道。

楚鸢将头别过去，不耐烦道："你闹够了吗？"

尉斐的身体一僵，或许这是他们情绪最失控的一次，从前也不是没有过擦枪走火，可这一刻，他觉得自己像头发情的野兽。

在面对楚鸢如此动人心魄的勾引，他已然无法维持理智。

原始的、野性的、浓烈的，是楚鸢轻描淡写就可以勾起来的，有关于他的肮脏情绪。

尉斐笑起来，好像全世界都要为他倾倒一样，光是挑个眉便足以让人心跳加速。楚鸢向来知道他有多恃靓行凶，可这一刻才惊觉，原来他的猎物名单里，也有自己的名字。

日常那些花招并不是小打小闹，而是隐藏着蠢蠢欲动的真实掠夺。

两个人在车厢里沉默地对视，尉斐的视线锁住楚鸢那张殷红的唇很久，才缓缓将目光挪到了别处。

软，好软。

他怎么不知道，楚鸢的嘴唇竟这么软？早知道就早些下手了，哪里还轮得到马平？

他的东西，马平也敢碰？真该死！

尉斐越想越生气，又想扳着楚鸢的下巴再亲一顿，可是触及她的目光，他的表情又阴沉了下去。

楚鸢好像很委屈。

尉斐的睫毛颤了颤，神情难测。

他没哄过女人，身边的女人从来不敢跟他生气，只有楚鸢一个，鲜活得仿佛别人都是死的，她才是唯一有生命的那一个。

会哭会笑、会打会闹，会用狡黠的眼神计算他，舌绽莲花又迂回暧昧，棋逢敌手般和他抗衡着。

而现在，楚鸢眼里的厌恶也是那样清晰。尉斐觉得不爽，却又觉得这才是她该有的表现。她那样桀骜美丽，难驯得像一匹野马。

尉斐伸手去摸楚鸢的头发，她狠狠拍开他。他笑着说："能不能别对我甩脸色？"楚鸢心里一凉，或许尉斐从没认真考虑过她的感受，所以才会说出这种话。她用一副失望的表情看着他，语气冰冷："我不是你的玩具，尉斐。"

"你不要我把你当玩具，那要我把你当什么？"

尉斐轻描淡写的一句话，让楚鸢像是被击垮了似的。

她忘了，这个男人没有心。

他既可以随心所欲地爱上一个人，也可以随心所欲地抛弃一个人，爱与不爱都只看他的喜好。

他帮了她那么多次，也许是她有利可图，也许只是他顺手。

而她记着他帮她的好，却忘了他从不是一个好人。

他坏得离谱，只是过去没用在她身上，如今她见识到了，才懂得什么叫掏心掏肺，什么叫辜负。

楚鸢微微睁大了眼睛，觉得尉斐的话太无情。他那样凶狠地吻了她，现在却说得如此漫不经心。

——尉斐，我们之间到底算什么？

她想问，又憋住了。

楚鸢攥着手指，在心里告诉自己，没必要问。有些事情，不如永远保持不说开的状态，或许还能活得久一些。

于是她转头看向窗外，情绪经历了从一个巅峰摔落到谷底的过程，整个人身上的气息都湮灭了。看着她落寞地转过头去的模样，尉斐下意识地眯了眯眼。

这女人是不是对他有什么不该有的念想？和那些无趣的女人一样？

尉婪觉得楚鸢新鲜，就是因为她和那些女人不一样。

他盯着楚鸢的背影，像是能在她纤细的背上扎出一个洞来。

楚鸢望着窗外不断掠过的风景，连同她脑海里的画面一起加速。她缓缓闭上眼睛，好像是在和什么情绪做一种无声的诀别。

楚鸢一直紧握的手指忽然就松开了，再睁眼的时候，勾着唇轻笑。在深夜里，她的笑声如银铃般于车厢内蔓延，好像是妖精的蛊惑，清冷又勾人。她回答了尉婪数分钟前的那个问题："尉少想把我当什么就把我当什么。"

爱如灾患，无法避开。仿佛刚才她眼里的那些失望都是一场烟，被车窗外的风一吹就散了，好像她从来没有因为他难受过一样。

尉婪的喉结上下滚动，没说话。车窗外夜色正浓，衬得她肤白如雪，在她冷漠的眼里，他看见了自己的脸。

因为他们的提前离开，导致大家都没跟上步调，加上贺守还得单独处理娇儿。她身上也有线索可循，只有尉婪和楚鸢回到了尚好的别墅里。空荡荡的房子里气氛焦灼，两个人对视无言。

沉默许久后，楚鸢先开口："忙了一晚上有些累，就不陪尉少了，我先进去洗澡。"

"站着。"尉婪的声音有些凉薄，就如同窗外的月色。

楚鸢果然站住了，这么听话反而让尉婪觉得不对劲。她以前那股叛逆劲儿呢？

尉婪啧了一声，挑眉道："你是不是怨我？"

楚鸢的身子颤了颤，声音低低的："怎么会呢？"

"怨我就直说。"尉婪挑眉，还是那副桀骜难驯的模样，"我派你去勾引马平，你不乐意，是不是？"

楚鸢的牙齿猛地咬在了一起。她转身，声音里都是厌恶："是。"

他一直知道，却还是这么命令她。

——尉婪，你还能再自私一些吗？

尉婪笑了，问她："那我怎么做你能舒服些？"他走上前，摸着她的头发说，"嗯？补偿你多少钱？"

"我从来就没缺过钱。"楚鸢一口气险些没喘上来，咬牙切齿地说，"不过正好，不是还欠你人情吗？今天就当还给你了。"

尉婪看似情深，实则冷漠至极地说："可是楚鸢，我除了钱，别的什么都给不了你。"

似乎有什么在楚鸢的胸腔里用力地撞击了一下，她微微睁大眼睛，似乎是在理解尉婪这句话里的深层含义。

尉婪观察着楚鸢，看着她脸上的表情变了又变，到最后，她也跟着笑道："尉少多虑了，我什么都没问你要啊。"

"是吗？"尉婪摸着楚鸢头发的手微微收紧，最后松开，释然一笑，说道，"没有就好，给钱这种事情我是无所谓的，别的就没有了。"

这一笑，薄情到了极点。

楚鸢学着尉婪的语气说："尉少这么说最好了，钱嘛，谁都不嫌多，你要是只能给钱，那正好，我也只想要钱。"

好一句我也只想要钱！

说完这话，楚鸢特别不给尉婪面子，冷哼一声走进浴室，倒把他一个人丢在原地。

普天之下敢这样给尉婪甩脸色的，也只有楚鸢了吧。

看着楚鸢离去的模样半响，尉婪蓦地笑了。

当天夜里，贺守是最晚回来的，回来的时候身后还跟着一个女人。白桃跟栗荆正在打牌，看见他领着一个女人进门，吓了一跳。

紧接着，栗荆喊了一声："娇儿？"

白桃手里的牌撒了一桌，惊道："贺守，你怎么把娇儿领了回来？！"

虽然是要从马平和娇儿身上获得证据并顺便抓捕他们，但也不至于直接把人带回来啊！

贺守将娇儿往众人面前一推，说："她说有事找我们。"

娇儿长得好看，在娱乐圈里也是闪闪发光的存在。她如果出事，必定会有大批粉丝心碎，可现在她居然主动找他们？

"你好。"娇儿特别平静，仿佛一眼看到了自己的死期似的，"我知道有人在背后调查我和马平，想要抓我们。"

如此直白的开场，让原本坐在沙发上玩着手机都快睡着的尚好睁开眼睛，问道："你说什么？"

　　"我可以把马平的那些秘密告诉你们。"娇儿一动不动，好像不会抵抗一般，说道，"他背后还有人，此人势力庞大，平时都是秘密联系他，这也是我跟在他身边几个月才知道的消息。"

　　"你参与了马平的那些事情吗？"

　　"没有。但如果马平事发，我肯定也会被拖下水，因为我有很多演出和活动是他给我安排的。"

　　娇儿说着自己的下场，却平静得出奇，好像从一开始就料到了自己不会有好下场。

　　女人站在客厅中央，顶着一张白皙的脸，和他们想象中的模样截然不同。

　　贺守站在门口，双手抱胸，说道："自从马平被你们盯上，她就在想方设法地联系我们。"房间里的楚鸢听见动静也走出来，倒是尉婪的房门还紧锁着，似乎只要找到了证据，剩下的人怎么处理和他都没有任何关系。

　　楚鸢走到客厅，疑惑道："娇儿？"

　　"果然。"看见楚鸢的时候，娇儿总算笑了笑，"我就知道你是故意来接近马平的。"

　　楚鸢走到她面前，平静道："你为什么会想来找我们？不管是马平背后那个可怕的人，还是我们，都不是来救你的。"

　　"我没想过要人救我。"娇儿麻木地看着楚鸢，"马平被人除掉，我求之不得。可如果被背后的黑手杀掉，那么他的罪行就无法被世人知道，所有的线索会断掉，还不如被你们抓走，被法律审判。"

　　听见娇儿的话，楚鸢愣住了。难怪当初在会所里，她会对楚鸢露出那种怜悯的眼神，可能她从始至终是有苦衷的。

　　"我想要马平死。"娇儿的手死死攥在一起，又说，"只要他能死，我付出什么代价都在所不惜。"

　　被迫成为他情妇的那一刻起，她的心就已经死了。

　　马平养着她，令她声名大噪，一部接一部地拍戏，广告代言也是接踵而来。照理说，她该知足才对，多少小明星还没这个待遇呢。

可越是这样，娇儿越是恨。她想着，如果有朝一日，自己成了最火的女艺人，或许可以选择那个时候自杀，留下一封遗书，来撼动整个娱乐圈。

可她如今被马平圈养着，消息也都被他压住，她有的只是满腔的恨。

现在终于有人要对马平下手了，她感觉自己就是靠这一口气撑着。她将手机交给楚鸢，不知为何，这个女人令她觉得心安。

第十三章

痒

"你跟我不一样。"娇儿把手机递过去，说，"你给我的感觉是可以不用靠任何人都能活下去的。"楚鸢的心口一震，看着她递过来的手机，听她接着说，"这个手机里是全部的证据，包括我偷拍的照片、录的视频，里面有马平和幕后人见面的画面。不过幕后人很谨慎，见面也是全副武装，看不到模样。总之，我把所有可以扳倒他的证据都放在这部手机里了。一直没敢交出去，是怕对方最后也被他摆平，那我只会死无葬身之地，且一切心血都会付之东流。"楚鸢握紧了手机，笃定道："你放心，我们不会被马平贿赂的。"

"我信你。"娇儿终于露出了这天晚上的第一个笑容，"不知道为什么，第一眼看见就觉得你不是一般人。"

楚鸢拍了拍娇儿，以示安慰。她的艺名也是娇滴滴的，本该是被人捧在手心怜惜……

"马平强迫我，又拍了照片和视频威胁我，如果我说出去，身败名裂的只会是我，我妹妹还靠我活着，她还在住院……"娇儿捂住脸，像是忍不住了，靠着楚鸢崩溃大哭，"我不想成为马平的共犯，可我没办法，他看起来对我很好，好像我是个不要脸的女人。人人都说我是攀上他才火起来的。事实上，我觉得恶心透了！他甚至用我拍戏的片酬洗钱！我的粉丝不知道，我的公司不知道，我需要在他们面前微笑。我是明星，我不能让他们恐慌，我唯一能做的就是把所有证据都保存下来。或许有一天，会有人救我出去，那我可以把这一切公之于众，顺便给自己讨个公道……"

同样是要养活家里人，娇儿和袁冰若截然不同。袁冰若为了钱害人，她却在绝望中生出了自我拯救的力量。

听见娇儿哭泣，楚鸢不忍心道："你别哭了，今晚你就在这里好好待着，明天会有人带你走。"

"我不会跑。"娇儿红着眼睛，扯了扯嘴角对楚鸢说，"明天接我的是谁？公安局对我来说，反而更安心些。"

只要马平能倒台，她在所不惜。

楚鸢叹了口气，娇儿心里的恨意太强大了，或许能比肩她对季遇臣的恨。

一群人手忙脚乱地联系了尚羔来，他说现在就接娇儿，方便进行各种审问和盘查。结束通话后，娇儿指了指自己，问道："我该走了，是吗？"

"嗯……他说现在就来接你。"楚鸢难得温柔了一次，对于苦命的人，她向来不吝啬自己为数不多的善良。

她安慰娇儿："你相信我们，马平一定会被扳倒的。"

"好。"娇儿不吵不闹，乖乖坐在沙发上等着尚羔来和警察来接走她。

倒是楚鸢于心不忍，这场面让她觉得难过。她跟栗荆打了个招呼，就先回房了。

她走进房间，没来得及关上门，就有一只脚横在门缝里，抵住了要关上的门。

楚鸢一愣，竟然是贺守。她让他进来，关了门才问道，"怎么了？"

"你有事。"贺守的语气冷漠，但是斩钉截铁，"你的表情不对。"

过去的楚鸢可不会有这种多愁善感的眼神。

"我是替娇儿觉得可悲。"

光鲜亮丽的背后是一地泥泞。

"你是不是也觉得自己可悲？"

贺守和楚鸢独处一室，但是没有任何尴尬的气氛。二人在卧室的落地窗边一起盘腿坐下，她笑着打开一瓶早就拿进来的红酒，也没有找酒杯，而是直接对嘴喝了一口，淡红色的酒液残留在她的嘴角。

她仰着脖子，看着窗外的夜色，喃喃道："贺守，你说，被伤过的心还会复原吗？"

听见楚鸢这么问，贺守也不是傻子，自然听得懂她的意思。

只是贺守和尉婪相识已久，关系也不错。他伸手拍了拍楚鸢的肩膀，劝道："你是个好姑娘，没必要在尉婪这种人身上浪费感情。"

楚鸢一惊，没想到贺守说得这么直白。

"也没到这个地步吧。"楚鸢无奈地笑笑，"你说得我好像被尉婪辜负又欺负了似的。"

害她的是季遇臣，不是尉婪。他至少还在很多时候帮了她不少忙，哪怕她因为这次的任务而受了委屈，但也不至于是非不分。

"尉婪不是一个可以爱上的人。"贺守看着窗外的夜色，静默地和楚鸢盘腿对坐。他看着她的脸，不得不承认她漂亮得扎眼，浓墨夜色衬得她肌肤雪白，尉婪肯定也是对她有念想的。

朝夕相处两年，他最了解尉婪这种视觉动物，肯定对楚鸢有那种想法。不过他一直以为她和尉婪是那种互相发泄欲望的关系，不承想两年了尉婪居然都没碰过她。

想了想，贺守还是决定劝劝楚鸢："尉婪他什么都会，除了爱人。"

此话一出，楚鸢颇为赞同地说："他看起来就不像是会爱上一个人的人。"

"纯粹的坏罢了。"贺守难得笑了笑，对着楚鸢说，"你能想清楚就好，趁着现在还早，把心思收回去。对尉婪动心，没那个必要。小鸟，我不想到最后我们大家一起散伙，你也是重要的伙伴，所以别受伤。"

贺守平时很少说话，是个冷漠的冰山帅哥，平时在照片里都充当背景板的角色，这天却这样掏心掏肺地跟楚鸢聊了许多。

楚鸢还有些感动地说："谢谢你愿意跟我说。"

"事务所里的人都是受过伤才会敲开这扇门。"贺守长长的睫毛颤了颤，缓缓道，"栗荆也好，桃子也好，哪怕是看起来天真无邪的尚好，都有不得不留在这里的理由。"

裴却怀好像也是。

那日送他回家，楚鸢总觉得自己好像有一瞬间触碰到了他的灵魂深处。

他心里好像有浓浓的恨意。

说到最后，贺守将手放在楚鸢的头顶，重重地按了按，好像是前辈安慰后辈似的，说道："你也是，小鸟。"

楚鸢的心口一颤。他们都在掩盖着什么秘密呢？究竟受过什么样的伤才会在事务所里成为互相取暖的伙伴呢？

明明大家看起来都家世优越，却各自承受着痛苦。

她是，他也是。背叛者的火焰将她的人生烧作了人间炼狱，而她在灰烬里浴火重生，如同涅槃的凤凰。

贺守站起来，将楚鸢刚才拎着的红酒瓶拿起来，对着嘴也灌了一大口，赞道："好酒。"

"这酒是尉娈上个月送的。"楚鸢扯着嘴角冷冷地笑道，"是不是很好喝？"

"嗯。"贺守看了一眼瓶身上的字，判断出了这瓶酒价格不菲。

他将空瓶子放在手里掂了掂，对楚鸢说："喜欢尉娈的人是不会有好下场的。小鸟，身为朋友我不想看见你受伤。"

"你不是尉娈的好兄弟吗？"楚鸢仍旧是坐在地上的姿势，抬头看着贺守冷峻的下巴，问道，"怎么会想到跟我说这个？"

贺守倒是直白："是尉娈暗示我这么做的。"

楚鸢觉得像是有一股电流猛地窜过四肢百骸。她微微睁着眼睛，不知自己是该哭还是该笑，说话有些颤抖："是尉娈找你来让我死心的？"

贺守沉默了，却也是回答。

"哈哈哈，真没必要。"楚鸢笑得花枝乱颤，"真没那个必要。贺守，我还不至于为了尉娈要死要活。他这人就是心思重，是不是？生怕我爱上他，向他索要什么。'爱'这个字真是让他吓破胆了，是不是？"

说这话的时候，楚鸢的声调已然有些尖锐："你放一千个一万个心，我绝对不会为了他要死要活。我承认我们之前是有些越界了，但我也不是不知好歹的人。尉少算是我的恩人，我犯不着让我的恩人反感我。"

她越是这么说，贺守越觉得刺耳。

楚鸢的脸色有些苍白，可眼神那么亮，亮得有些刺眼。

她强大了太多，可强大的代价，似乎就是献祭自己的感情。

她心底有一束火苗猛地熄灭了，毫无前兆、悄无声息地熄灭在漆黑一片的世界里。

楚鸢说完，也站起来，对贺守说："不过，我谢谢你说那么多话安慰我，我不会和他闹翻，也不会喜欢他，你可以让他放宽心了。"

贺守皱着眉，想说什么又说不出来，最后还是放弃，叹了一口气，说道："那我回去了，你别多想。"

"不过是好好睡一觉就好的事情。"楚鸢勾着红唇说道，"你也早些休息，晚安。"

贺守还未来得及说话，就被楚鸢推出房间。门一关，他靠着门，又是一声叹息。

贺守转身去了尉婪的房间，敲门进去的时候发现他在打游戏，手机屏幕发出的光反射在他的脸上。他的房间很黑，没有开灯，只有微弱的手机灯光。

"嗯？"尉婪抬头看了看走进来的贺守，声音依然还是漫不经心的腔调，"解决了？"

"你指的是解决哪个？"贺守将他的手机抢了过来，平静道，"解决马平和娇儿的事情？还是解决小鸟？"

尉婪失笑道："贺守，你犯不着用这种控诉我的语气说话吧？"

贺守捏了捏眉心，无奈道："该说的话我都替你说了，反正你以后别后悔。"

"我察觉到不对劲想刹车罢了。"尉婪的手机被抢，别的什么都干不了，只能双手一摊，继续说，"有什么可后悔的？楚鸢也不缺人爱。我看江殿归和宋存赫一个一个的都跟在她屁股后头开心得很。"

贺守有些无语，而后道："他们不也是你带去给楚鸢认识的吗？"

尉婪一噎，这么一说也是，但他就是心里不太舒服。

自从楚鸢回国，她就越来越耀眼夺目。美丽是她专属的强大武器，而为她保驾护航的，是她的铁石心肠。

强势又艳丽的女人，剥离了感情，是无所不能的。

尉婪的目光深沉下去，从床头柜里摸了一根烟出来，在昏暗的房间里点燃，零星的火光燃烧着烟草。

　　"如果楚鸢知道你当初救她是因为……"贺守话说到一半不说了，因为他察觉到尉娈骤然变冷的目光，转而皮笑肉不笑地说，"把你那眼神收回去，坏种。"

　　尉娈冷笑道："快闭嘴，不管楚鸢怎么样，我都不会后悔，也不用你在这里叽叽喳喳。"

　　贺守恨不得现在就让尉娈尝尝苦头，于是故意激他："等哪天楚鸢跟着别人跑了，你就哭去吧。你不是看上她的腿了吗？呵呵，以后不管是被哪个男人拥有，反正就是轮不到你。"

　　尉娈被烟呛得咳嗽，语气里威胁意味十足："我把烟头按在你嘴里，信不信？"

　　"小心我把你的头拧下来当烟灰缸。"贺守转身出门，还冲着尉娈比了一根中指。

　　尉娈真是身在福中不知福，非要让人家姑娘掐断情感苗头，真掐了就等着哭吧！

　　"哐当"一声，贺守脾气不小地关上了门。

　　楚鸢一夜无眠，早上醒来罕见地挂了黑眼圈，但精神还是不错的。她想了一晚上想通了，看见尉娈时，还大大方方地打一个招呼。

　　正在泡咖啡的尉娈愣住了。

　　昨天夜里楚鸢还跟他拧巴呢，现在怎么跟换了个人似的？

　　好像回到了刚认识的时候。她风情万种，又满目疏离。

　　尚好挥挥手，说道："小鸟，你来啦！我哥哥说为了感谢事务所成员的帮忙，请我们去游艇上玩，马平和娇儿的事情他们正式接手啦！"

　　楚鸢总算展开一个笑颜："娇儿终于可以睡个好觉了。"

　　她强撑着一口气，就是等着马平落网，如今他落在了尚恙来的手里，上面的人肯定会采取雷霆手段，决不姑息。

　　白桃瞅着楚鸢的黑眼圈，顿时双目放光，贴了上去，惊讶极了："你怎么有黑眼圈和眼袋了？要不要我给你动个手术？帮你去眼袋！"

　　"你是不是这阵子没做手术，手痒了？"楚鸢一把将白桃推开，"我就是一晚上没睡好，再睡一觉就好了！"

看她精神不错的模样，应该影响不大。尉婪多看了她几眼，而后幽幽地说："为什么睡不好？"

楚鸢像是被踩了尾巴似的，笑着对尉婪说："当然是为了某个人渣。不过我想得开，现在已经想通了。"

"呵呵。"尉婪端着咖啡的手抖了抖，"希望你说到做到。"

一个小时后，楚鸢等人被尚差来接到了游艇上。迎着海风，她从游艇的甲板上如同美人鱼似的跳入海水中。没有受污染的海域清澈见底，海水都透着静谧的蓝绿色，在阳光的照射下甚至能看见浅底的珊瑚。她扎入水中溅出不少水花，几秒钟之后猛地探头浮出水面。

她笑得灿烂，拍打了一下水面，掬一抔水扑在自己脸上，随后抹一把脸，对着白桃和尚好说："快下来呀！"

水面波光粼粼，衬得她全身仿佛在闪闪发光。她乌黑的头发贴在背后，不施粉黛反而有一种娇憨又魅人的风情。

沾了水的皮肤白皙又湿润，透着诱人的光泽。

坐在甲板的椅子上晒太阳的宋存赫看呆了，手里的可乐险些掉在地上。

尉婪的目光渐深，看着她湿漉漉的，和安徒生童话里美好的美人鱼一模一样，就连最后的故事发展也是——为了爱情灰飞烟灭。

宋存赫放下可乐，"扑通"一声，也跟着跳进了海里。

紧跟着传来楚鸢的尖叫声："宋存赫，你耍流氓啊！抓我干吗？"

"我脚底打滑摔下来，没来得及准备好，你让我扶一下怎么了！"一片水花中，宋存赫骂骂咧咧地喊道。

"不会游泳你要什么帅啊？"楚鸢指着甲板上的鸭子游泳圈，"你去玩那个！"

宋存赫的脸都黑了，幽幽道："我会游泳，只是刚才跳水的姿势没调整好！"

两个人在水面上推来推去。

栗荆托着下巴，不禁感慨道："哎哟，这场面好养眼哦！"

尉婪脸上的墨镜险些被气歪，不满道："你什么意思？"

栗荆将手放在鼻子面前故意扇了扇，找死地说："怎么有一股酸味呀？"

尉婪按了按指关节，面无表情地站起来。

栗荆缩了缩脖子，继续挑衅："干吗？想打架？"

原本还在玩水的楚鸢和宋存赫听见两声落水声，紧跟着是栗荆的惨叫："救命啊，我不会游泳啊！救命啊，有人谋杀啊！尉婪，你要淹死我啊！"

一看是尉婪架着栗荆也跟着从甲板上跳进了水里，可怜的栗荆在水里乱扑腾。边上伸过来一只手，他立刻抓住了，随后拼命将头探出水面，下巴搁在什么软软的东西上面，这才算得救。

栗荆刚脱离了危险，呼吸到一半突然感觉气氛不对劲。

怎么感觉有杀气？

栗荆定睛一看，发现自己正被救命恩人楚鸢抱着，脸正搁在她的胸上，一抬头就跟她来了个四目相对。

栗荆登时脸色爆红，解释道："小鸟，我……我不是故意的！"

楚鸢倒还好，拍了拍栗荆白皙英俊的脸，问道："没事吧？呛着没？"

尉婪和宋存赫已经带着杀意一左一右地游过来，看尉婪的表情，估摸着能直接把栗荆封印在海底。栗荆想松开，又不敢。他不会游泳，怎么办啊？

"你给我松手！"宋存赫杀气腾腾道，"你碰哪儿呢？"

栗荆硬着头皮道："我不能松，松了我会沉下去！"

尉婪游过来，扯着栗荆的脖子将他拉开，冷声道："不想沉，我让你上西天如何？"

"救命啊！"栗荆的惨叫声划破了天际，连同海水都跟着涌动。

十分钟后，栗荆虚脱了，趴在贺守从船上丢下来的小黄鸭救生圈里，整个人像是一块晾晒的肉干，吐着舌头，喘着粗气道："我这辈子都学不会游泳了。"

贺守握着香槟，一脸冷漠地看着海里的人，对栗荆说："没事干吗非要去激尉婪？"

栗荆"呸"了一口，将灌进嘴里的海水吐掉，不服输地说："在海里我的攻击力减弱了，有本事到陆地上我们一对一！"

尉婪拽着楚鸢在水里一个转身，笑意里带着杀气："你信不信下一秒把小黄鸭游泳圈的气放光？"

盛不世个人访谈

主持： 光粒编辑部

微博： 光粒阅读

受访人： 盛不世

特邀嘉宾： 浮生三千、阿迟、阿乔

大家好，我是主持人粒粒子。

很荣幸邀请到我们美丽善良又聪明大方的作者盛不世，同时感谢浮生三千、阿迟和七七三位嘉宾的到来。

楚鸢和尉婪的故事到这里先告一段落了，粒粒子抓着想去打游戏的作者来跟大家聊一聊创作花絮，掌声有请！

阿迟：少打游戏，多码字！

阿乔：少打游戏，多码字！

七七：少打游戏，多码字！

浮生三千：少打游戏，多码字！

我和你们一直璀璨！

　　宝藏作者的话，我很喜欢那多这个作者。

　　至于宝藏小说，那就不得不提一提《在他的深情中降落》这本啦，一听名字就知道一定是绝美的爱情故事，俺也想拥有一段可以让我沉浸的美好爱情！

　　等这本书上市后，我一定要再好好体会体会到底有多深情！

　　浮生三千：哈哈，谢谢亲爱的推荐，我觉得《万千璀璨》也是宝藏小说（绝对不是商业互吹）！陆总确实很深情，《在他深情中降落》已经甜蜜上市啦！希望每个女生都能遇到属于自己的陆容渊，拥有一份坚定不移的爱情！

　　粒粒子：我也想拥有一段可以让我沉浸的爱情，如果没有，让我一夜暴富也行，一夜不行，一月亦可！哈哈哈，言归正传，粒粒子为大家准备了一个小小的福利：关注粒粒子的微博@光粒阅读，给《万千璀璨》拍好看的照片@光粒阅读就有机会获得神秘礼物哟！

阿乔：哇哦！我的第一本长篇小说在哪里？

七七：阿乔快写！我签你！

阿迟：阿乔快写！我签你！

七七：别跟我抢！我签你！

⭐ **Q3：除了写文，还有哪些爱好？**

盛不世：爱打游戏，人菜瘾大那种，爱吃牛蛙（最爱的食物了吧），爱看各种动漫，是个浓度很高的二次元。

阿迟：我也爱吃蛙蛙！

七七：我也爱吃蛙蛙！

阿乔：我也爱吃蛙蛙！

粒粒子：我也爱吃蛙蛙！

盛不世：人类的本质果然是复读机。

⭐ **Q4：是什么契机让你走上写文道路的？**

盛不世：其实很早以前有在网上看各种校园言情小说，那个时候就想过未来自己也要做一名网络小说家，没想到真的实现了……再往前推，小学初中那会儿还学过画画，初心都是想盛不世：她们都欺负我！呜呜呜——

粒粒子：哈哈哈，我比较善良，我不欺负你，我们来聊聊天。

⭐ **Q1：聊一聊笔名的由来。**

盛不世：当时想起一个很帅的笔名，所以想到了"不世之材"这个成语，就有了这个称呼，很热血、很燃，甚至还有读者误会我是男性，哈哈哈。

阿迟：这题我会！我曾用过一个中性化的编辑名，至今仍有不少读者认为我是男生。

七七：我就不一样了，我靠性格直爽成功让读者以为我是男孩子。

阿乔：确定不是暴躁阿岁在线杠人？

七七：绝交到下班！

粒粒子：搬凳子，摆瓜子，看好戏。

浮生三千：编编们好欢乐，羡慕这种可以随便绝交的感情！（好像哪里不对，不管了，先慕为敬！）

⭐ **Q2：是何时开始写小说的？**

盛不世：2017 年就开始正式写长篇言情小说啦！

栗荆吓得脸色惨白，忙求饶："好汉饶命！"

这一闹就是一下午，他们回到岸边的时候，橙色的余晖铺在蔚蓝的海平面上。楚鸢从甲板上走下来，身上还有些湿漉漉的，白桃递给她一条浴巾。她裹住身体，走到尚好身后，问道："晚上什么安排呀？"

尚好边串着手里的肉边说："我哥给你们安排了露天烧烤，在甲板上一起吃，还有当地特色啤酒哦！"

听见有好吃的，一群人自然开心。开心之余，尚好指了指楚鸢，又说："不过我哥说有事找你和尉婪，你们过去一下。"

楚鸢有些迷惑——什么事还会特意叫上她？

楚鸢慢步过去，看见甲板的角落里站着一个高瘦的人影。那人迎着海面吹着风，听见动静转过来，冲他挥挥手。

熟悉的白色手套，楚鸢一眼就认出了尚恙来，于是上前说："找我有事吗？"

"语气怎么这么差？"尚恙来一听就皱眉头，尉婪身边的这个女人挺有本事，就是脾气好像不太好，谁的账都不买。

他把文件递给楚鸢，说道："当初不是说跟季家有关吗？这些给你。"

楚鸢接过文件，沉甸甸的，看起来很有分量。她愣住，而后问道："你的意思是，你们从马平那边查到了跟季家有关的事情？"

"嗯，前几年季家的财务没出问题，不过这两年开始有了。"尚恙来又将一个U盘给了尉婪："这里是你想要的。"

尉婪收下U盘，随意塞进兜里，不置一词。

楚鸢有些疑惑地问："你也在查季家？"

"跟你没关系。"尉婪弹了弹楚鸢的额头，"还不如看看你手里的证据，我的事情不用你管。"

楚鸢翻了个白眼。她本来也不想管，不过随口一问。

看清楚文件的内容后，楚鸢感觉自己的手有些发麻。她分析道："季家的财务出现问题，是在我'死'后？"

"准确来说是在蒋媛入股季家以后。"尚恙来调整着手套，俊美的脸上没有一丝表情，声音毫无温度，"季家这种豪门世家，财务一有风吹草动就会引起我们的高度关注，不过这两年一直没抓到什么把柄，不料如今会从马平事件里查到一些蛛丝马迹。"

"洗钱？还是偷税漏税？"楚鸢有些着急，这些可是足够扳倒季遇臣的猛料，他本人对此怎么可能毫不知情？

"具体的还要调查，但是不难发现这两年里蒋媛作为季家的股东，一直在给这个J开头的账户汇款。"尚恙来伸手指了指上面的一串账号，"所以可以看出他们关系匪浅，肯定一直有联系，我们目前排查到这个账户的主人在海外，而且……"

尚恙来压低声音，看了尉婪一眼，问道："后面的内容是她能听的吗？"

尉婪冷笑一声，这意味不明的笑声让楚鸢心里一凉。

她有些吃惊地问："有什么我不能听的？"

尉婪啧了一声："说吧。"

"哦。"尚恙来吁了一口气，接着说道，"这个账户的主人，看起来太正常了，所以才显得不正常。"

这是什么逻辑？

楚鸢还是一脸没懂的样子："这跟尉婪有关系吗？"

尉婪此时的眼神就跟碰见宿敌一样。

那个账户的主人到底是谁，蒋媛又为什么会给他转钱？

"我觉得是这个账户的主人出的主意，当年你的绑架案……"尚恙来身处高位自然什么都懂，那些风声也听到过些许。

他继续说："你和蒋媛被绑架，也许就是这个人主使的，而季遇臣……"

尚恙来看了一眼尉婪的脸色，无所谓道："不过是被人利用罢了。"

楚鸢感觉自己好像听到什么不得了的消息："季遇臣也会有被人利用的一天？"

"当然，他婚内出轨是事实。"尚恙来拍拍手说，"他不出轨，也许背后的那个人还没办法同时绑架你和蒋媛，正是因为他出轨，才让对方有机可乘。"

如此一说，她被绑架确实蹊跷。当时她在医院，照理说也是防护森严，却被人迷晕了绑出去。这说明做这一切的人肯定很专业、很熟练，而绑架她的歹徒冲动又凶狠，不像是能干出这么严密的事情的人。

"策划的人和绑架我的人，是两批人。"楚鸢皱着眉头说，"除掉季遇臣和蒋媛，是不是就可以顺藤摸瓜找到背后的真凶？"

"也许是的。"尚恙来说完这一切，看向无边无际的海平面，"有人是干事的，有人是出谋划策的，而我们目前接触到的只是替这个人办事的人，并没有接触到主谋。"

莫非袁冰若下药事件也是这个主谋安排的？蒋媛想害的人是楚鸢，所以找了江殿归这个冤大头。而事实上，还有另外一个人想害尉婪，所以找了袁冰若给他下药，才会导致当时有两个人想要下药的混乱情况？

结果尉婪的酒被楚鸢喝了，使得两个计划错乱，从而中止，最后先下药的袁冰若被抓，而江殿归发现自己被当枪使逃过一劫。

尉婪是为了找到这个主谋，才决定帮她的吗？

楚鸢疑惑地看向尉婪，问道："可为什么是我呢？"

利用她的仇恨来让她助他一臂之力吗？

楚鸢想不通："你跟他有什么仇？你是不是失去过什么是拜他所赐？"

尉婪没说话，表情冷得可怕。

楚鸢没有追问，感觉再追问下去，尉婪可能会情绪爆发。他从来没有因为一件事情如此直白地表露过情绪，这只能说明当年他也肯定因为某件事情而痛彻心扉过。

只是……楚鸢茫然地看着尉婪带着抵触情绪的侧脸，那样阴鸷却偏偏俊美万分。

——尉婪，你是不是曾经爱上过什么人？

从尚恙来这里取得重要进展，楚鸢还是老老实实地跟他说句"谢谢"。这令他有些意外，他原以为她从来不会低头，不料她会真心地感谢每一个帮过她的人。

这女人不是铁石心肠，只是铠甲太硬，但凡对她好一些，她就会将对方划入自己的圈子。

楚鸢先离开，尚恙来看着她的背影对尉婪说："过去的事情都过去了，你一直纠结这些也没用。"

尉婪知道尚恙来指的是什么，笑得邪魅，回答道："只是有些账算不清楚罢了。"

"可你现在身边不是也有挺好的人吗？"他抬了抬下巴，对着楚鸢离去的方向说道，"楚鸢就挺好的。"

尉斐嗤笑一声，这一刻他的眼神冷得逼人，再也看不出一丝一毫平日里和楚鸢打情骂俏的暧昧。他撇开眼去，残忍地说："根本不是一路人。"

"咝——"尚恙来戴着手套的双手交叠起来，摇摇头感慨，"那看来是我多虑了。"

不是一路人吗，尉斐？

这句话尚恙来没说出口。

尉斐朝着众人正在烧烤的地方走去，宋存赫正将烤熟的牛肉喂到楚鸢嘴里，结果刚递过去，边上冒出一个脑袋，一口把他烤的肉全吃了。

宋存赫怒目而视，喊道："给我吐出来，栗荆！"

栗荆嚼着牛肉说："烤老了，你想泡妞的话，还是要先把手艺练练！"

宋存赫恨不得将扦子扎进他的嘴里，放狠话："我把你吊起来烤了，信不信？"

话音未落，栗荆的手机响了起来。

一看，居然是裴却怀打来的。少见啊，他居然主动联系他们。

一接通，对面劈头盖脸道："楚鸢呢？"

栗荆愣住了，随后说："在我旁边呢，我们在烤肉。怎么？想我们了？"

"Vera要召开记者发布会了，关于之前在剧组跟楚鸢起冲突一事。"裴却怀的声音特别急切，"让楚鸢赶快回来，我刚收到消息，有个女明星要被封杀，叫娇儿，圈子里都传遍了。她和她背后的靠山被抓，所以她很快要发布退圈公告，她的资源全被Vera抢走了！"

资源全被Vera抢走了？

栗荆开着功放，楚鸢听见了也是一惊，问道："为什么？"

"Vera背后是季家。"裴却怀对楚鸢说，"之前娇儿还挺火的，分走不少她的资源，现在娇儿要被封杀了，她风头正盛。她那么记仇，肯定会对你下手，所以你得做好准备迎接她的各种手段。从你拍摄开始，已经算一只脚踏入了这个圈子。"

楚鸢笑得特别无所谓，干脆道："她能把我怎么样，派人杀了我不成？"

裴却怀沉默许久，说道："你还是不懂网暴对一个人的伤害有多大。"

楚鸢沉默，隔了一会儿，裴却怀催她快回去，便挂断了电话。

"我又不是圈子里的人。"楚鸢咬牙切齿地烤着串，"度假都不安生，真是烦死了！"

尉娄幽幽地说："太正常了。娇儿是马平的人，和那个幕后黑手有联系，季家也和他有联系，马平倒台了以后娇儿的资源被回收给季家的艺人，才算不亏。"

兜兜转转，一切还是在那个神秘人的手里握着。

Vera或许和娇儿没有任何分别，看起来是高高在上的明星，实则是别人手里的棋子。只是，那么轻松就可以抢走娇儿的资源吗？想起娇儿当时脸上绝望又偏偏强撑着的笑容，楚鸢的心口一阵疼。她好像看见了脆弱又无力的自己。

怎么能任凭娇儿被他们撕碎呢？

楚鸢看着烤肉，笑出声来："凭他再神通广大，我也要一一破了！"

尉娄"嗯"一声，将烤好的串递到楚鸢的嘴边。她也没仔细看，张嘴就吃了。

宋存赫气得嘴都歪了，不满道："这是我刚烤好的！你抢走干什么？"

尉娄笑得嚣张："又没写你的名字。"

宋存赫扭头骂栗荆："他喂楚鸢的东西，你怎么不去吃？"

栗荆被骂得头大，只好说："打不过啊。"

宋存赫被栗荆气得脑壳疼，又拿他没办法。

别看栗荆平时不摆架子，但好歹也是堂堂栗家大少。栗家在学术界评价很高，他打小就被各种教授、业界大咖夸着长大，也不知道怎么就想不通，竟然来了事务所。

不会是因为楚鸢才去的吧？

宋存赫现在看哪个男人都觉得对方对楚鸢有意思。他把栗荆拖到一边，压低声音说："她在你们……就你们这儿，是不是很抢手啊？"

栗荆看了一眼和尉娄并肩而站的楚鸢，想也不想地说："那是，我们家小鸟能不抢手吗？回头娱乐圈一曝光，那就是妥妥的天后！"

那语气像是自家小孩子考试拿了年级第一名。

隔了一会儿，栗荆回过神来，才问："你问这个干吗？"

宋存赫的眼神飘忽不定，敷衍道："我就问问。"

栗荆一把掐住宋存赫，不信他说的："你这贼眉鼠眼的，不对劲！"

"你才贼眉鼠眼！"宋存赫指着自己的脸说，"我不帅吗？"

那确实帅，宋大少爷能不帅吗？不帅怎么会有那么多小明星排长队倒贴他呢？

栗荆盯着宋存赫说："之前见到楚鸢的时候，你不是还很厌恶她吗？今天怎么突然间打听起她来了？"

宋存赫的表情特别可疑。

栗荆吸了一口气，道："你不会是喜欢我们小鸢——"

话音未落，栗荆的嘴巴直接被宋存赫捂住了。他白皙的脸上飞过两抹红晕，气急败坏道："说什么呢？我跟她那叫水火不相容！"

栗荆拽下宋存赫的手："看不出来啊，你小子也是个人才，被楚鸢骂过就爱上她了？"宋存赫的面子哪里挂得住，想也不想地说："你是不是喝醉了？我怎么可能爱上楚鸢！"最后一个字说完后，他有些心虚。

不知道为什么，最近他总是下意识地盯着楚鸢看，等他意识到的时候，就已经这样了。最开始，他看不起这个女人矫揉造作的样子，岂料她也同样对他不屑一顾。

现在，楚鸢依然没有把他看得多重要，他却对她有了兴趣。

楚鸢身上，好像没有男女之情，有的只是赤裸裸的野心和欲望。

她好像不会对一个人有感情，而肢体接触，哪怕是亲密关系，也不过是她发泄的工具罢了。

她比男人还野心勃勃，她猎豹一般凶狠的眸子里充满着掌控欲，只要和她对视，就能感觉扑面而来的不择手段和不近人情。

她是可以在面对尚羌来这种级别的高官干脆利落地丢下一句"不接任务"的女人，是会在袁冰若弱者般求情时说出"别死在我家门口"的女人，是于众人围攻下对着江殿归冷漠发声"到我身后去"的女人……她哪怕一丝不挂，却仿佛仍有无形的王冠每时每刻在她头顶闪烁。

她的软肋到底在哪儿？

宋存赫太好奇了，好奇楚鸢一再打破他对"女人"的看法和定义，她到底还能做出多少惊世骇俗的事情，他好奇得无以复加。

这样一个女人，当初又怎么会为了季遇臣那样卑微虔诚呢？

一想到季遇臣曾经得到过楚鸢不顾一切的爱，宋存赫就不舒服。他无法为自己辩驳这种感情不是喜欢，所以他心虚了。

宋存赫沉默半晌，才又说："我认识楚鸢的时间并不长，还没产生感情。"

"你自己信吗？"栗荆翻了个白眼。他和楚鸢认识太久了，自然知道她有多耀眼。

他直言不讳："大可不必强要面子，连尉婪都抵抗不住我们小鸟，你怎么可能会对她没兴趣？这样的女人，对每一个自尊心强的男人来说都是一种危险又刺激的挑战。"

楚鸢一笑，杀遍天下富贵花。

尉婪背后好像长了眼睛似的，感觉到栗荆和宋存赫时不时看向自己，便回头冷冷地看了一眼。

那一眼好像带着警告。

宋存赫咬牙，对着栗荆说："为什么尉婪不防着你？"

"我是正人君子，有什么可防的？"栗荆用一种不放心的眼神瞅着宋存赫，"你要是想追楚鸢，得先过我这关！"

他们可是把楚鸢当作妹妹宠着的，他们心疼她过去的遭遇，才会想要保护她。

至于尉婪，他也和他们一样，是想要保护楚鸢吗？

栗荆的眼神落寞下来。

尉婪虽然一直和他们有联系，可有的时候栗荆觉得他离他们很远，远到像是不在一个世界的人。

这边宋存赫和栗荆各想各的，那边尉婪和楚鸢倒是一夜回到了从前，就仿佛那天她控诉他的场面根本不存在。他们笑得疏离，哪怕他亲手喂她吃东西，她依然浑身带着提防。

尉婪跟楚鸢碰了杯，可乐和冰块撞在一起发出凉爽的气泡声。他看着她的脸，微微皱眉。总觉得一切都变了，却又好像什么都没变。

他这阵子和楚鸢走得太近了，该拉开些距离才对，否则等到哪天感情真的刹不住车了，可就麻烦了。

他心里这么想着，面上却不动声色，看着楚鸢被尚好拉去海边捡贝壳。

天色渐沉，海风卷起她的长发，在他眼底定格成了一幅画。

第二天早上，他们便启程回去。

裴却怀催得紧，喊楚鸢快些复工，后续有一个品牌现场要他们一起出席，还是那个香水品牌。

看样子那边的负责人有意向让楚鸢做代言，可惜她在这之前算是毫无经验的素人，需要借这个品牌踏进娱乐圈。

白桃原本以为楚鸢不会加入这些纷争。娱乐圈不太平，她生怕楚鸢再遭人陷害。

岂料楚鸢答应了，还答应得爽快，回去的路上一直在盘算着怎么跟裴却怀合作，从此声名大噪。

白桃担忧地说："出名的方式有很多种，你怎么会选择娱乐圈？"

楚鸢压下眼底的一片寒意，平静道："我不能让她们瓜分娇儿的资源，既然总有一个人要接手——"她看向白桃，漂亮的眼睛里是上战场的杀伐果决，"那为什么不能是我？"

白桃恍惚了一会儿，忽然间笑起来。

楚鸢是跟娇儿共情了吗？所以才会露出这种眼神。被欺辱和压迫过的人，根本无法坐视不理吧？

她摸了摸楚鸢的脸，说道："我知道你去娱乐圈也就是玩玩，不过你要是想闹，那不如闹个痛快。Vera 是季家的人，正好能打击到季家背后的势力，我支持你。"

当然闹啊，这名利场一天一朵花争奇斗艳，该轮到她楚鸢出手了。

当天晚上，楚鸢风尘仆仆地跟裴却怀在发布会的场所外面碰了头。这会儿外面无数媒体正等候着，他们打算冲上来仔细问这个初来乍到的新人是如何顶撞前辈 Vera 的，不料她入场的排面极大。

大红色的拉法，法拉利中的天花板。

楚鸢下车的时候，所有人都倒吸一口冷气。

未见人脸，先见高跟鞋。红色的鞋底，丝绒皮面。

她身穿黑色紧身裙，一下车，便如同女王登场，迈出的每一步，都仿佛有一场杀戮横生。见惯了娱乐圈各种各样的美的记者从未见过带着杀气的美。楚鸢像是被鲜红玫瑰缠绕的利刃，有着漂亮到令人无法呼吸的五官。

副驾驶座里还坐着一个男人，目光邪魅，正冷漠地看着举着摄像机的众人。

有人辨认出来是谁，不禁捂住了嘴巴，尉……尉少！尉少为什么会坐在这个女人的车里？

世人都说尉婪行事荒诞，亦正亦邪，又有人说，他太好看了，做什么坏事都能被原谅。

确实，长成尉婪这样也算长到头了。他抓一把头发，漫不经心地伸出手，在空中冲着前面的人群随便点了几下。

举着摄像机的狗仔登时便识相地收起了手里的器械，让开路，甚至屏住呼吸不敢说话。

等楚鸢走到门口，在裴却怀的面前站定，尉婪打了个指响，边上的人才敢围上来拍照。

好可怕，尉少的气场好可怕！

裴却怀扯着嘴角笑道："开个发布会，你怎么弄得跟登基一样？"

楚鸢轻吁一口气，转身回看众人。她红唇微张，开口便震惊全场："大家好，我知道你们很多人都想知道我是谁，我在这里郑重地自我介绍一下。我叫楚鸢，是季遇臣的前妻。"

这一夜，这座城市开始有个传闻。

如今，时代让离了婚的女人面临诸多困难，娱乐圈更是将婚姻史或是恋爱史隐藏起来，生怕被人扒出来变成黑点。

可在此时，有女人野心勃勃地站出来，空前绝后地说——我叫楚鸢，是季遇臣的前妻。

听见她这么说，在场所有人都惊呆了。有资历比较老的记者大胆发言："小姐，季少的前妻不是……不是两年前，就没了吗？"

此话一出，所有人又是一阵吸气声。

这句话勾起了所有人的好奇心，紧跟着便有人说道："对啊，你是什么时候和季遇臣离的婚啊？"

"前阵子季少不是还大婚了吗？"

"两年后再嫁再娶怎么了？多正常。"

有些人叽叽喳喳，你一言我一语地将豪门那些事情描述了出来，惹得一堆被蒙在鼓里的人脸色纷纷大变。

楚鸢听着这些拱火的声音，感觉有些熟悉。她低头看过去，发现记者里夹杂着几张熟悉的面孔。她不禁露出狡黠的笑容。

栗荆和尚好戴着帽子，手里端着摄像机，与普通记者无异，却故意说那些惹人遐想的话。他们一说话，其他人也跟着七嘴八舌起来。

"楚小姐，您方便说说当年发生了什么吗？"

"怎么会想到来娱乐圈发展呢？"

"楚家是不行了吗？"

镜头下，楚鸢的脸没有一丝瑕疵。她笑起来的时候带着一股桀骜难驯的气息，好像在说：任你角度如何刁钻，我的颜值都不会崩一下。

她处变不惊道："由于身体原因，我在国外治疗了两年，最近好转了才回国。因为怕家里人担心，所以我一直没告诉我的哥哥。目前家里人都知道了，大家也都挺好的，谢谢大家对楚家的关注。"说完，她话锋一转，"至于我和季遇臣的婚姻，也是在前阵子刚结束，我和他签订了离婚协议，希望可以好聚好散。"

好聚好散，这不是当初季遇臣对着还是胖子的她说的话吗？

如今在众多摄像机下，也从她的嘴里说了出来！

风水轮流转啊，季遇臣，终于到了要公开的这一天！

听见楚鸢的话，一堆记者都震惊地问："可是如果你们才结束婚姻关系，为什么季少前阵子会有结婚宴呀？"

"对啊，那不是犯重婚罪吗？"

"我听说婚礼现场好像被人闹了……"

"不会是楚小姐您的主意吧？"

一堆问题直接砸过来，她也没有闪躲，而是大大方方地说："是，是我的主意。两年前的绑架案，所有人都以为我死了，其实我没死。"

第十四章

缠

——其实我没死。

短短几个字，让人顿生无数疑问。

立刻有人追问："那到底发生了什么？"

"所以是季少婚内出轨了吗？和您有婚姻关系的情况下还找第三者？"

"这我就不知道了。"楚鸢轻描淡写地将手一摊，随后对裴却怀说，"我们今天是过来开品牌发布会的吧？正好，我也借着这个场合和大家说一下。"

裴却怀拉着一张脸，冷冷地说："都快开成你的个人发布会了，你总算想起来正事了？"

"那没办法，我看大家都对我很好奇的样子。"楚鸢伸手摸了一把裴却怀的脸，问道，"你不会介意的吧？大影帝。"

这个动作可真是太大胆了，也就楚鸢敢在镜头下这么做，还被拍得一清二楚。

她仗着自己长得好看，做这种事情丝毫不带胆怯的，甚至还有一种女大佬的潇洒感。她刚放下手，里面就有人走出来，甚至大喊着："楚鸢来了，楚鸢来了！"

"楚小姐，我们韩总有请。他说等您很久了，希望您能在今天签下代言。这个香水品牌代表着女性的抗争和自由，所以由您来，是最合适的！"

女性的抗争和自由？

楚鸢愣住了，问道："莫非是当年明珠大小姐的……"

"正是！"

众目睽睽之下，有个身穿西装的中年男子走出来，眉眼里似乎还能看出当年的轰动岁月。他在记者的关注下朝楚鸢走去，缓缓道："楚小姐，久仰大名。"

看着男人的脸，楚鸢深呼吸，恭敬道："韩叔叔，您好。"

韩深也没想过，时隔这么多年，会出现这样一个令他们大吃一惊的女人。拍摄当日，就有人把 Vera 耍大牌的事情告诉了他，大半夜让所有人陪她玩，还撂挑子。后来听说楚鸢艳压 Vera，并且气得她离场，本来脾气特别好的他都在办公室拍了一下大腿，赞叹道："干得漂亮！"

爽！这性子，太爽了！

楚鸢的存在让他们发现了女人不一样的可能性，女性可以温柔，可以妩媚，也可以气场全开、大权在握。她无疑是极好的人选，自带话题性，跟裴却怀的一张合照就险些让社交软件瘫痪，足以见得她的热度之高。

韩深看着楚鸢，觉得她身上有两股强烈的气息，善良和强势，似乎共存于她的身体里。见惯了大风大浪的男人笑着说："也许你会引起新的轰动。"

就像当年的唐诗一样。

楚鸢没听懂韩深在说什么，只是单纯想把 Vera 和季家搞垮罢了。既然 Vera 要在外面说她抢别人的资源，那不如抢个彻底。

娇儿的东西，谁都别想从她手里拿走！

在万众瞩目之下，楚鸢和韩深签订了合约。他当场宣布楚鸢从此是这个香水品牌新的全球代言人，话音一落，在场所有人瞬间热情高涨。有记者还想问韩深几个问题，岂料他摆摆手，只是说，日后就会知道他们选择她的理由。

为什么选择这样一个又红又黑的女人成为代言人？

只有经历过两种极端人生的人，才知道中间的温和是什么样的。

孝顺、善良，和为自己而活的自私、桀骜经历着一场殊死搏斗，最后哪个会获胜呢？

——当初从高楼一跃而下的温明珠，你又是做了什么样的选择呢？

韩深一锤定音以后，大家都不敢再有疑问，倒是有人喋喋不休地说："你是不是仗着自己是楚家大小姐，所以要抢走 Vera 姐的资源？"

楚鸢笑着说："是呀，怎么了？"

众人惊呼。

"我就是仗着我是楚家大小姐，我就是抢了。"楚鸢身旁有个离她很近并且在发呆的记者，她直接将话筒抢了过来攥在手里，对着镜头说，"听清楚了吗？我就是抢了，Vera，你不是开发布会故意卖惨，说有人在拍摄现场欺负你吗？少装，谁敢欺负你呀？是你大半夜叫所有人起床陪你拍摄，最后又耍小性子不干了。既然违约，那么裴却怀找我一起拍，又有何不可？"

这种惊天爆料，还是现场直播的，可真是太刺激了！

帮 Vera 说话的人并没有放弃："那你也太不讲礼貌了吧？反正你对 Vera 的态度很差，而且现在代言人变成了你，不就是抢代言吗？"

话音刚落，外面响起一阵脚步声，Vera 居然来了！

她想好了要和楚鸢拼个你死我活，甚至连直播都没看，故意选择在这种时候登场，就是为了给楚鸢一个下马威。

Vera 化了一个楚楚可怜的妆，一登场，记者们都闻到了腥风血雨的味道。

女人之间的战争要开始了！

初来乍到的楚鸢面对的可是娱乐圈的顶级美女 Vera！

"就是你！"果然，Vera 的助理先声夺人，"就是你在拍摄现场欺负我们 Vera。我们实在咽不下这口气，所以拖着 Vera 过来了，就为讨一个公道！"

Vera 边抹眼泪边说："别说了。小杨，这样显得我们不讲道理，不要在人家的品牌发布会上闹事。"

Vera 知道自己的影响力，只要她一出现，她的粉丝就会心疼，自然会有粉丝替她攻击品牌和楚鸢。

有一群为她保驾护航的粉丝，她的战斗力就是最强的，只需要掉掉眼泪，不仅会有粉丝替她出头，还能赚民众的好感度。

结果面对 Vera 的梨花带雨，楚鸢指指自己，霸气道："你来的路上没看直播吧？是不是还不知道我是谁？"

大多数明星都戴着面具，小心翼翼，八面玲珑，从来不会这样说话。

而眼前这个女人，谁的面子都不给，甚至还翻了个漂亮的白眼。裴却怀看出来了，楚鸢这个翻白眼的劲儿和尉婪一模一样，一模一样地看不起人。

她说："所以，你既然这么喜欢卖惨，我陪你卖。你不是一直觉得我就是个默默无闻的女司机吗？不好意思，我是楚家大小姐，你的代言我抢定了。"

娱乐圈谁敢这样说话啊？谁敢？

饶是粉丝众多的裴却怀都没有这样说过话，太肆无忌惮了！

可是楚鸢敢！她得了便宜，还要卖乖！

她冲着镜头笑道："不过我也不是想出道，我只是来娱乐圈转一转，还得回去继承家业。Vera，你这么喜欢浑水摸鱼，也要清楚一点，做人做事别太欺负人。你看，你的报应这不就来了吗？你的报应就是我。"

这让所有人想起一句流行语——百因必有果，你的报应就是我。

Vera 处处耍大牌，现在踢上了一块铁板，可不就是报应？

说完这些，楚鸢便挽着裴却怀的手臂，摆了个姿势，笑眯眯道："嘻嘻，好好看看，属于你的全球代言现在是我的了哦。"

楚鸢张扬跋扈，好像从来不在乎别人如何看她，行事作风荒诞至极。

她抓着话筒宣布这个全球代言人身份的时候，还特意看了精心准备的 Vera 一眼，眼神里带着嘲讽和怜悯。她对 Vera 说："真得谢谢你的耍大牌啊，要不然，这代言人还轮不到我呢。"

杀人诛心，这简直是在 Vera 的伤口上撒盐！

韩深的香水品牌闻名遐迩，全球代言人可谓重量级，如今被楚鸢轻描淡写地拿到手，还笑着对她道谢。

Vera 原本还维持着楚楚可怜的模样，现在已经咬牙切齿。她一开始并不知道楚鸢的身份，原本是做好了要让楚鸢下不来台的准备的！

可她没想到，楚鸢居然这样毫不在意世俗眼光打她的脸！

Vera 会卖惨，会耍大牌，有两副面孔。但楚鸢呢？她专治这种人。

看着楚鸢耀眼夺目的模样，Vera气得嘴唇都在发抖：“你这样欺负我，大家都看在眼里！”

“是啊，都看着呢。”楚鸢半分都不怕，还笑眯眯地说，“就像你那天晚上欺负工作人员一样，好坏大家都看在眼里，心里都有杆秤。”

她毫不避讳欺负Vera，她光明正大地跟Vera宣战！

Vera的助理扶着发抖的Vera，声音尖锐道：“你别得意！娱乐圈可没你想的那么简单，大小姐不会真的以为自己能呼风唤雨吧？这里都是靠实力的，你没有实力，一样会被大家抛弃！”

楚鸢好奇道：“实力？你家Vera有实力吗？凭她拍广告和演戏时的死鱼脸？”

连裴却怀都被楚鸢如此大胆的话刺激得倒抽冷气，敢在公开场合这样说话的，可能就只有她了吧。

她是真不怕Vera的那帮死忠粉！

Vera被楚鸢激得脸色煞白，堂堂顶流女明星居然被一个新人驳斥得下不来台，她真是小看了楚鸢这个女人！

想想也是，能借着“裴却怀司机”这个身份混进娱乐圈，肯定是个有心机的人。

助理为了给Vera圆场，只能对她说：“Vera姐，我们一会儿还有个通告，何必在这里跟这个斤斤计较的泼妇一般见识，我们还是先走吧。”

Vera一听，脸色才有所好转。是啊，她怎么也是当着所有人的面来了，要是不找个好听的理由退场，人家还以为她怕了呢！

于是Vera恶狠狠地瞪着楚鸢说：“我也就随便恭喜一下你得到全球代言人的称号吧，我们走着瞧。”

“哈哈哈。”楚鸢拿着话筒鼓掌，“真会给自己找面子，走好不送。”

全场的记者不敢说话。

楚鸢的嘴真是太毒了，一句比一句犀利，人家都说得饶人处且饶人，但她偏不，她就喜欢看以前欺负别人的人现在反过来被她欺负。

先前被Vera甩脸色和欺负过的工作人员恨不得现在站出来给楚鸢捏肩捶腿——姑奶奶，您这一出也太解气了！这可是直播现场啊！

Vera从没有这样丢人的时候，助理赶紧叫停了直播，到底是Vera的面子，他们也不敢不给，于是直播临时中断，插入他们之前拍的音乐短片广告，没让更多人看到。

但楚鸢的所作所为已经让全场人心服口服。

眼看着 Vera 咬牙切齿地走了，楚鸢这才高高抬起下巴转过身来，对着全场的工作人员说："一段小插曲而已。我们继续吧。"

韩深公司的人对着楚鸢连连竖大拇指——疯美人，够劲！

整个发布会气氛无比火热，最后发布通稿时，楚鸢的照片也是极美的。

楚星河在家里刷到了自己的妹妹上头条，甚至还有一些词条打着"千金复仇归来，竟然当场开撕 Vera"这样激起大家阅读欲望的关键词。

他点开一看，看见自己的妹妹光彩照人地站在舞台中央。本该是属于裴却怀的场合，如今裴却怀像个陪衬，她光是站在那里勾唇一笑，就自带光环。

不乏 Vera 的粉丝闻声而来攻击楚鸢，评论区特别精彩。

楚星河一开始还担心妹妹的名声，看着看着，他一拍大腿，管这么多干什么！妹妹爽不就好了吗？

楚鸢解决掉所有的事情，跟各大记者打完招呼从人堆里走出来，天色已晚。她回到车旁，尉婪正坐在车里玩手机，好像这几个小时对他来说根本没有任何影响。她拉开车门，他才从副驾驶座位抬起头来，问道："解决完了？"

"嗯。"楚鸢潇洒地拨一下头发，"正式公开本小姐没死的消息，并且告诉季遇臣，报复开始了。"

楚鸢还活着的消息一经公开，季遇臣和蒋媛势必会被架在火上烤，毕竟前阵子他的婚礼可是无人不知无人不晓，这对于他来说就是一巴掌打在了脸上！

尉婪冷笑一声，道："还挺高兴？"

这样抛头露面，会给自己招惹多少对家，她不知道吗？

不，她知道。她这样明晃晃地撕破脸，只不过是为了告诉那些敌人——你们干脆一起上得了，省时间。

"我当然高兴。"楚鸢深呼吸一口气，发动车子，"假死两年，现在终于可以曝光在大众视野下了。"

"现在难受的不是季遇臣，是蒋媛。"尉娈伸手去摸楚鸢的头发，"我有时候挺好奇你的。楚鸢，你好像更喜欢那种鱼死网破的快感。"

楚鸢没有抗拒尉娈的触碰，眯了眯眼睛，踩下油门。

——尉娈，我们以后也会有这样的快感吗？

什么好聚好散，那都是场面话，都是骗人的。

她要你死我活，要玉石俱焚！

——季遇臣，为了这一天我等了多久？为了彻底将你击垮，我必须站出来，把一切都亲手抢回来。

这天，季遇臣出轨的消息传开，网上闹得沸沸扬扬的都是楚家和季家当年的盛大联姻。蒋媛的存在令大家发现，原来季遇臣当年就已经出轨了，而两年后，在原配没有死的情况下，他竟然还想着另娶娇妻，选的结婚日竟然还是当年原配的"忌日"！

"杀人诛心啊！同床共枕这么多年，季遇臣怎么这么狠？"

"越是豪门越是狠，季遇臣简直太可怕了！"

"我都不敢想象这两年楚鸢过的是什么日子。"

"我没记错的话，当时还流传着季遇臣深爱亡妻两年不娶的消息呢，没想到两年一过，就迫不及待地娶新人啦！"

"楚鸢要是不站出来，指不定得有多惨呢！还好她命大，不然就这么给小三和渣男让了位，想想都咽不下这口气啊！"

"我总觉得该重新调查一下当年的绑架案，有没有可能是季遇臣派人干的？"

季遇臣看着网上的消息，气得眼睛都红了。楚鸢竟然敢在这样重大的场合下把他们过去的事情公开！

现在什么版本的流言都传了出来，还有人传他是杀人犯，精心策划绑架案来害死楚鸢。原本季遇臣和蒋媛是想借着网络，发酵楚鸢打人的视频来网暴她，不料现在形势彻底被扭转了，网上所有人都在网暴他和蒋媛，说他们是绝配。

季遇臣砸了手机，眼底都是恨意。他维持了那么久的人设，怎么可以被楚鸢彻底破坏？不，他绝对不允许这种事情发生！

于是季遇臣开始找人买断消息，花钱能压下去的事情，就不会任凭事态发展。

蒋媛一边哭，一边握着季遇臣的手说："阿季，我们是不是得分开了？"

"不，不可能！"季遇臣搂着蒋媛，坚定道，"我既然选择了你，就不会抛弃你！"

"他们骂我……"蒋媛开始卖惨，哭得梨花带雨，"阿季，我好怕我撑不下去。"

消息传来的当天晚上，相关新闻登上了头条，所有人都在猜测当年的绑架案真相。

第二天，季家股票暴跌，公司门口有人丢臭鸡蛋，并且大喊"杀人凶手"！

第三天，蒋辉开的奶茶店又被人砸了，说在里面吃出蟑螂还被压消息，仗着妹妹是季遇臣的情人为所欲为，现在报应来了。

在被网暴了一个星期以后，楚鸢坐在基地里春风得意地吹着口哨玩扫雷。

裴却怀将手机丢了过来，懒洋洋道："有新消息。"

热搜榜第一——季遇臣携新欢出入医院，疑似患上抑郁症。

"抑郁症？"楚鸢看了一眼，觉得无聊，将手机又丢回去，并道，"蒋媛惯用的卖惨手段罢了。"

"有用呢。"尉婪幽幽地说，"这消息一放出来风向就已经转变，估计是季遇臣的公关手段之一。有人心疼她年纪轻轻被网络暴力，患上了抑郁症。"

抑郁症？这三个字可谓是最强大的利器。

楚鸢冷笑一声，真正该同情的是那些因为无法开解的痛苦而得抑郁症的人，而不是蒋媛这种干了坏事被网暴导致抑郁症的人。

所以哪怕她现在得抑郁症，也得不到任何同情！

倒是外人听说蒋媛得抑郁症，口风开始有些变了。

"女人何苦为难女人啊，都得抑郁症了，真的要她死才放过她吗？"

"就是，万一是被骗当小三的呢？"

楚鸢冷笑着看网络上的评论，乌合之众最容易被带着跑，只要风向一变，他们的观点就会随大溜。

楚鸢坐在基地里，浑身散发着冷意，上一回气氛这么严肃还是尉婪发火的时候。尚好察觉到她在生气，对她说："小鸟，这些消息我可以叫我哥帮忙压下去。"

要是乌合之众的想法容易更改，为什么不让他们扭转风气呢？

楚鸢摇了摇头，说道："我不想一直依赖你们，这件事情我有解决办法。"

尚好眨眨眼睛，说道："可是现在外面说得好像我们欺负蒋媛那个女人一样！"

明明是她自食恶果，可她居然无耻地用抑郁症来洗白自己！

抑郁症可不是让她用来脱罪的！

"季家股票下跌，肯定有我哥哥的手笔，现在正是季家需要帮忙的时候。"楚鸢冷静道，"圈子里的人我都会去通知一声，到时候季遇臣想要找人把这个难关渡过去，门都没有！"她这是决定要用楚家来对抗季家。

可季家到底也是数一数二的大家族，这次的风波应该是能扛过去的。

听见楚鸢这么说，尚好叹了一口气，道："那现在网络上这些流言蜚语我们该怎么办？"

"任凭它们去。"楚鸢看了一眼手机，勾唇道，"只需要等待一个时机。"

一个时机？

尚好疑惑地看了栗荆一眼，他也摇摇头。

只有一直没说话的尉婪意味深长地笑了。

夜里两点，楚鸢一边敷着面膜，一边查看自己的理财产品。这几年她做的投资不少，有赚有亏，不过总的来说还是赚钱的，也难怪白桃经常叫她小富婆。

这会儿，小富婆正跷着二郎腿等待某个人忍不住主动找上门。

果不其然，一通电话打了进来。

楚鸢笑意盈盈地接起电话，那边的声音是带着急喘气的："你在哪儿？"

这三个字一出，楚鸢就知道，鱼上钩了。

她轻笑道："怎么大半夜给我打电话？你也有睡不安稳的一天？是来求我的吗？"

"媛媛因为抑郁症这几天都住院了。"季遇臣开门见山道，"你到底想要怎么样？闹得大家都下不来台，你很开心吗？"

"是啊，很开心。"楚鸢在别人眼里就像个疯子，"知道你们睡不着，我可开心了。季遇臣，你都高枕无忧两年了，没想到也有这一天吧！"

"我们出来谈谈。"季遇臣深呼吸道，"提出你的条件，我们交换。我们出来谈谈吧，楚鸢！"

楚鸢有些唏嘘。自己当初也深爱过这个男人，如今他竟然成了这个样子。

她垂眸，答道："报地址吧。"

季遇臣有些意外："你居然愿意跟我谈谈了？之前不是一直拒绝跟我交流吗？"

"是啊。谈谈交易，谈谈钱，指不定你给的钱足够多，我也就咽下这口气了。"楚鸢看着天花板，忽然间自嘲地笑道，"顺便，也算是对过去的爱做个告别吧，我们都已经不是对方心里原本的模样了。"

——季遇臣，原来不只是你善变，我也善变。我好像对你半分都不爱了。

楚鸢出门时，在卧室的尉婪听见了动静，皱着眉起身。他没有开灯，摸着黑走到客厅，看着她开车离去的背影，眸子微微眯起。

大晚上的，她找谁去？

尉婪有些不放心，给栗荆打了个电话，把栗荆吵醒不说，还冷着声说道："你调一下监控录像，顺便定位一下楚鸢的车子，她刚刚出去了。"

栗荆揉着眼睛，他真是快供不起这尊菩萨了。

"你的黑客技术都快赶超我了，干吗非得喊我做啊？"他无奈道。

尉婪觉得不爽，但又说不上来为什么。

自从那天他和楚鸢说过话，就总觉得她看向他的眼神冷冷的。

他那一句"除了钱，我什么都给不了你"好像直接让楚鸢对他的态度发生了转变。

他不爽，很不爽，十分不爽！

"因为我不想亲自追踪这个女人。"隔了一会儿，尉婪不耐烦地说，"你起床，现在就开电脑追踪。"

"不想就别干。"栗荆翻了个身,"全城都是你的眼线,找人你比我还快,居然叫我加夜班。"

"给钱的。"尉婪说,"干不干?"

栗荆登时从床上坐起来,下床开了电脑,说道:"我现在就帮你调查!"

五分钟后,栗荆连通讯记录都查了出来,足以见得他多想从尉婪身上捞到这笔钱。

"有人给楚鸢打了个电话,所以她出门了。你猜是谁?"

是谁?尉婪半眯着漂亮的眼睛,冷漠地说:"裴却怀,还是宋存赫?"

"都不是。"栗荆幸灾乐祸道,"季遇臣,小鸟的前夫。"

尉婪的脸色骤然变冷。

大晚上去找季遇臣?这个女人不是口口声声说不会原谅他吗?他还以为她的决心有多强呢!没想到他半夜一个电话,她二话不说就跑出去了,不会是心软了吧?

尉婪清了清嗓子,说道:"等她的车停下来,把地址发给我。"

他倒要去看看,这对已经签了离婚协议的夫妻,还有什么掩人耳目的事情要相约在半夜去做。

楚鸢一路开车到了季遇臣所说的地点,那是一家冷清小众的清吧。她走进去的时候,他正在吧台边上喝酒。这天在清吧驻唱的是个弹着吉他的女歌手,声音有一种沙哑的寂寞,好像经历了很多事情,边弹边唱,看见有人进来,头也没有抬。

倒是季遇臣抬起头来,看着楚鸢,说:"你终于来了。"

楚鸢没说话,隔了一段距离抽开一把椅子。

她坐下后,季遇臣说:"我还以为你会爽约。喝什么酒?"

楚鸢冷漠地说:"不喝酒,来杯牛奶吧。"

季遇臣的表情一变,问道:"你是开车来的?"

"嗯。"

"当年你还是一个科目二都考不过的……"季遇臣不知道是哪根筋搭错,开始回忆起来,"没想到一眨眼你都会自己开车了。"

楚鸢翻了个白眼,说:"你不知道的事情多了。"

这个女人真的是一丝旧情都不念吗?

季遇臣发现楚鸢就算来见他，也坐得比较远，于是他主动靠近，坐在了离她最近的凳子上，开口道："最近的事情为什么要闹成这样呢？"

　　向大众爆料，她不怕自己也跟着丢人吗？

　　为了拖他们下水，连自己的名声都不顾了？

　　楚鸢撩起耳畔垂下来的发丝，侧脸优雅迷人。她说："这不是得问问你嘛，种什么因，结什么果。"

　　如果当初他们没有对她步步紧逼，如果当初他选择了她，是不是一切都会不一样？

　　季遇臣不敢去想，因为那些伤害已经造成了。

　　如今的楚鸢那样耀眼，就好像是一颗冉冉升起的新星。她燃烧着自己的生命，只为了向他报仇。

　　"我知道你怨我，我要怎么做你才可以发泄怨气呢？"

　　季遇臣又靠近了些许，这个动作让楚鸢本能地往后靠了靠。她道："很简单，只要你们家破人亡就行了。"

　　"楚鸢！"季遇臣痛心疾首地喊着楚鸢的名字，"你就真的半分不念旧情吗？我们曾经也是夫妻，虽然签下了离婚协议，可是你想过没有？你这样做等于让我们两家人都下不来台，我们还有父母长辈，他们要是看见我们闹成这样，那多难看……"

　　"既然觉得难看，当初就别找小三啊。"楚鸢笑着道，"你要是想问我解决办法，那就给钱吧，给到我满意为止。"

　　对于楚鸢来说，钱是唯一可以弥补愤怒的。她不缺钱，但她知道钱的重要性，唯有从他们身边剥夺同样重要的东西，才能够稍微令她觉得解气。

　　"你怎么会变成这样！"季遇臣按住楚鸢的肩膀，愤愤道，"尉婪把你带坏了，是不是？他给你洗脑了吧？才让你变成这样不讲道理的人！"

　　说完这话，季遇臣把楚鸢从椅子上拉起来，说道："你跟我回去，跟我回季家。楚鸢，我爸妈还是很喜欢你的，当年你出了事他们也很心痛，现在知道你没死，他们又庆幸又开心。你跟我回季家，不要再待在尉婪的身边了！"

　　一定是尉婪，是尉婪把他的女人变成了这样陌生又残忍的毒妇！

　　季遇臣死死咬着牙，看着楚鸢白皙冷漠的脸，觉得自己像是被骗了一样。这个美丽强大的女人本该是自己的妻子，如今却天天陪在尉婪身边，像什么话！当年的绑架案不会也是他为了抢走她而故意设计的吧？

离婚协议都签了，唯有搬出自己的父母，才可以稍微让楚鸢心软一下。毕竟当初季遇臣的父母对楚鸢极好，这也是她愿意忍气吞声的原因之一。

可没想到楚鸢想也不想地打掉了季遇臣的手，冷冷道："你如果是想来道歉或者求和的，我劝你把态度放好一些！"

季遇臣攥着手，隐忍道："你为什么不肯回来？现在外面的人都在说我是杀人犯，你应该满意了吧？我已经把一切都扛了下来！楚鸢，你还想要我付出什么？跟着尉婪，只会让你变坏！"

"是啊。"回答他的不是楚鸢，而是从门口走进来，凛冽如风的尉婪。

尉婪的出现令季遇臣大吃一惊。他原本以为楚鸢半夜约见自己，是绝对不会再有外人插手的。没想到，尉婪居然还是找来了！

这个男人怎么就是甩不掉呢？

季遇臣对着尉婪也没了好脸色，想着就算撕破脸皮，他也是季家的大少爷，尉婪就算再只手遮天又怎么样，他扛得起！

于是季遇臣一把将楚鸢拖到身后，如临大敌般地说道："大半夜的，尉少有什么事？"

"你大半夜能找楚鸢，我大半夜就不能找？"

尉婪笑了一声。看着季遇臣将楚鸢拉到身后的动作，不知道为什么，他怎么看怎么刺眼。两年了，他好像已经把她看作专属于自己的，如今猝然清醒，发现别的男人对她有觊觎之心，这让他很不舒服。

尉婪皱着眉对楚鸢说："过来。"

楚鸢没说话，只是直勾勾地看着尉婪。

往日里，他这样说，楚鸢肯定会笑得千娇百媚地凑上去。而现在，楚鸢变了。她冷漠地双手抱胸，用旁观者的口吻说："你们跟仇敌相见似的，要不我让位置给你们打一架？"

尉婪眉梢一挑，季遇臣也是难以置信地回头看向楚鸢。她怎么能说出这种冷漠的话？

"楚鸢，你不要再跟尉婪混在一起了。"想到这里，季遇臣心头越发愤恨，指着尉婪说，"从第一眼见他起我就知道了，他不是什么好人。楚鸢，你跟我回季家。"

楚鸢"啪"的一声打掉了季遇臣的手，冷笑道："他是不是好人我不知道，但你肯定是人渣，季遇臣。"

季遇臣感觉胸口一阵刺痛，神情落寞："你现在就那么痛恨我吗？"

他这不是都半夜出来努力扭转局面企图让楚鸢消消气了吗？

楚鸢笑弯了眼，反问："你说呢？"

"我承认！我承认我当初是出轨了，可那个时候不能怪我啊！那个时候我被强迫联姻，肯定会反感你。"季遇臣为了洗白自己，什么话都说得出口，"现在不一样，我现在想明白了，你跟我回去吧，不要再待在尉娄身边。"

"回去？"楚鸢还没说话，尉娄说话了。

他上前一步，当着季遇臣的面，主动抓住楚鸢的手。

尉娄是何人，从来只有他招别人过去的份儿，现在居然亲自牵楚鸢的手。

楚鸢感觉自己胸腔里有什么被猛地撞了一下，抬头去看尉娄的脸。他正用一种很不痛快的表情睨着季遇臣，说道："来求和也不知道态度好些？季遇臣，你这样，她怎么可能放过蒋媛？还没明白吗？一切都是因为你出轨，因为你当初选择了救小三！"

"你怎么会那么了解？"季遇臣倒吸一口冷气，一个可怕的念头在他脑海里形成，"我一直觉得奇怪，莫非当年的绑架案是你策划的？是你一早就想抢走我的楚鸢？"

"你的楚鸢？"这四个字不知道刺激到了尉娄哪里，他怒极反笑道，"睁大你的狗眼看看，就凭现在的你，配得上？"

季遇臣险些没喘上来气，眼看着尉娄抓着楚鸢的左手，他便去抓她的右手。他说："楚鸢，你别生气了，你给我一些时间处理这些问题好吗？我现在变得更好了……"

尉娄直接打断了他的话："她不适合你这种更好的，适合我这种最好的。"

此话一出，连楚鸢都惊了，瞪大眼睛去看尉娄。这人来的时候是喝酒了吗？说话怎么这么冲动？

结果比尉婪更冲动的是季遇臣，他视尉婪如仇敌，不甘心地说："以尉少的地位，要什么样的女人没有！为什么偏偏要纠缠着我们家楚鸢？你的名声可没多好，别想把楚鸢骗走！"

"你还调查了我的名声？"尉婪笑得放肆，好像季遇臣取悦了他似的，"真是不好意思，我这人别说名声不太好了，就没有干过一件好事，全是黑历史。"

季遇臣闻言，便对楚鸢说："听见没有？楚鸢，你可要看清楚眼前的男人啊！他不是一个好人，就算我们离了婚，我也不想看见你被别的男人欺负。我都是为了你好，所以你还是回来吧，哪怕我们离婚了，我也能保护你。"

"你能保护得了谁？"尉婪冷冷地嘲讽，"蒋媛还住着院呢，你就跑来讨好楚鸢？不会是谁都舍不得，所以都想要吧？"

"尉婪，请你适可而止！"季遇臣终于直呼其名，忍了那么多，让了那么多，他再也没办法退步。于是他加重语气，"我和楚鸢是协议离婚，我确实签了离婚协议，但还没走完法律意义上的离婚程序！目前她还是我的妻子，你现在碰的是别人的老婆！"

令楚鸢震惊的是尉婪接下来的话。

尉婪毫不在乎地说："我看上了你的老婆，不行吗？"

这句话，跟刀子似的刺穿了她的心脏。

楚鸢脸色煞白："尉婪，你在说什么！"

尉婪也有些急，"嘚"了一声，将手指竖在楚鸢的唇前。然而恰恰是这个动作，令季遇臣大受刺激。他大叫着上前一把拽住尉婪的衣领，用力揪紧尉婪的领口，连指关节都泛着青色，似乎愤怒到极点："尉婪，你别给脸不要脸！"

尉婪扯了扯嘴角，露出尖锐的虎牙，捏住了季遇臣的手腕，看起来没有用力，眼神却冷得吓人。他说："你早就没有资格再回头来求楚鸢复合了，老老实实跟你的抑郁症情人过一辈子去吧，废物！"

"废物"两个字掷地有声，甚至带上些许咬牙切齿。尉婪想不通，凭什么这个季遇臣，这种水平的男人都能被楚鸢那样深爱过。她以前是瞎了眼吗？看上这种男人！

尉娈将季遇臣用力甩开，气得不行。

对于女人被抢了这种事情，没有一个男人忍受得了这样的屈辱，季遇臣像发了疯一样要打尉娈。恰在此时，原本一直在弹吉他的驻唱女歌手一看真的要打起来了，立刻走下台，将吉他横在他们中间。女人的烟嗓一开口，就有一股安抚人心的力量："都喝多了是不是？在我们小酒吧闹事，以为没人敢管是不是？"

她这天算是这里的领班，真要打起来，摔碎了锅碗瓢盆，还得从她的工资里扣。

于是她抓了一下头发，不客气道："都给我滚出去，以后不许进我们店！"

还挺有个性！

楚鸢挑了挑眉毛，对女人道歉："不好意思。"

"不好意思个屁！"女人用吉他挡在季遇臣面前，道，"我看你们原本坐下来好好地聊事情，这个男人一来，场面就变了，脚踩两条船可不好！"

楚鸢愣了一下，然后听见她继续说："主要是这两个男人都不太行，你这眼光也太差劲了！丢不丢人啊？"

楚鸢一时之间不知道该说什么，倒是季遇臣，气得眼眶通红："你什么意思？是他抢我老婆！"

"听他的语气，不是你先出轨的吗？"女人丝毫不怕，举着吉他挥舞了两下，继续道，"活该！你先出轨，凭什么她不能去外面快活？"

季遇臣的脸色一阵青一阵白，还想说什么，那个女人迅速找来了保安。这保安看起来人高马大，比尉娈和他不知道壮了多少，连楚鸢都看呆了。

一个小小的清吧里藏着这么个巨人。

那人往大厅一站，大吼一声："谁要打架？"

听得其他喝酒的客人都不敢说话了。

女人走过去用吉他打在他背上，语气略带责备："你把客人吓跑了，扣的是我的工资！"

强壮的男人挠着头说："抱歉啊，小钟。"

被称作小钟的女人对楚鸢说："领着你的新欢旧爱快出去，以后别来我们这儿！"

楚鸢大笑两声，拍板道："以后还来！"

小钟怒目而视。楚鸢眨眨眼，补充道："不带男人！"

说完，她拽着尉娈出门了。她原本是想从季遇臣这边要些钱的，毕竟他是来求和的，没想到被尉娈搅和了。

他这一闹，都不知道损失了多少钱。

楚鸢在心里叹了一口气，尉娈总是在这种时候坏她好事。

不过不知道为什么，这天的尉娈怪怪的。

季遇臣眼睁睁看着自己曾经的枕边人拉着尉娈走了，呆愣在店里。

他出门的时候，做过许多心理建设，也许楚鸢这两年就是咽不下这口气，大不了他拉下脸好好求求。

可一碰到楚鸢，这张嘴就不会好好说话。他们又吵得跟之前几次见面一样剑拔弩张，导致她对他的耐性越来越差。

季遇臣曾经也问过自己，他当年真有那么恨楚鸢吗？除却她是个胖子，其实他找不到攻击她的点。她善良软弱，从来不对他指手画脚，他说什么就是什么，好打发，又给他面子。甚至不管他在外面怎么胡来，回家看见的永远是她那双清澈和带着爱意的眸子。

可是他不甘心，不甘心自己被人嘲笑娶了一个胖老婆，于是他出轨了。蒋媛年轻、身材好，性格又合他胃口，在她的枕边风下，他好像对楚鸢越来越不耐烦。

然而当年那一刀子刺入楚鸢身体的时候，他仿佛也跟着痛了一下。

知道楚鸢没死，季遇臣的心情复杂。他不肯承认自己居然在庆幸楚鸢没死，可是仔细一想，倘若她有怨气，那他认错不就一切都结束了吗？

可发展到这一步，早已没办法结束了。

季遇臣双手攥成拳头，身体好像被分成了两半，一半是蒋媛，她对他也很好；而另一半则被现在这个浑身是刺的楚鸢占据了。

小钟看着季遇臣愁眉不展的模样，冷哼了一声。男人啊，真是无趣，失去了才知道别人的好。

她用吉他敲了敲季遇臣的背，幽幽道："一切都是命，从你做出选择的那一刻起，就已经没办法回头了，接受事实吧。"

娶了那么漂亮的老婆也能出轨，男人真是没一个靠谱的！

季遇臣眼眸渐深，最后的良知也仿佛被吞没了。

酒吧外。

楚鸢拽着尉娈走出来。

他在她背后不屑地笑着，引得她回头看他："你发出这种声音干吗？"

"你半夜还来见季遇臣呢。"尉娈说话还是那么刺人，"我觉得好笑，不可以笑吗？"

"我半夜见谁跟你有关系吗？"楚鸢在车边站定，拉开驾驶座的车门，好像送尉娈已经成了习惯似的，"原本今天想敲竹杠，从季遇臣身上要些钱，毕竟当年楚家投资了季家不少钱，结果你一来，又把我的计划破坏了。"

"我还得给你赔罪是不是？"尉娈眯起了眼睛，阴阳怪气道，"不好意思，打扰了你和季遇臣的单独约会。他可是求复合呢，说他变得更好了。"

"说话能不能别恶心人！"楚鸢狠狠一下拍在了方向盘上，隐忍着怒火，"不要天天用季遇臣来刺激我！"

她承认自己确实错爱了人，可这也是她自己摔的跟头，跟他有一丝一毫的关系吗？他凭什么看着别人痛苦还要来嘲笑？

结果尉娈更用力地捶了一下车子的座椅，低吼道："你以为我看你大半夜出去跟季遇臣约会很开心是不是？"

楚鸢愣住了。

尉娈精致的眉目逐渐染上无法控制的怒火。

他扣住楚鸢的脖子，力道大得下一秒就能将她纤细的脖子掐断似的，吼道："听不出来吗？我很不爽！很不爽！"

楚鸢被他按在驾驶座的座椅上，红色的拉法像是一头被血染红的猛兽，而他们便是猛兽体内的刀子，正一刀一刀从里面割开五脏六腑。

互相纠缠贴紧的那一刻，才知双方原来都是利器，越是缠得紧越是血肉模糊。

楚鸢快要无法呼吸了，但她还要笑着说："你不爽什么啊？我就是大半夜跟季遇臣上床都跟你没关系！"

尉娈的瞳仁骤然紧缩，冷声道："你在试图激怒我？"

"激怒？"楚鸢跟听见笑话似的。她那张脸那么漂亮，哪个男人能逃得出她的手掌心？

尉娄一直觉得，楚鸢的美丽就是一种隐藏的威胁，他或许哪天也会被她的美丽击中。

他掐着楚鸢的手没松，说道："看来你早就猜到了我会出现。"

"我一直有这个设想，毕竟我习惯性做最坏的打算。"

楚鸢撩了一下头发。如今看起来，她似乎才是更冷静的那个，因为清楚自己和尉娄之间的差距，所以她也有想过，或许从她深夜出门那一刻，就已经被他发现了。

看，尉娄就如同一条毒蛇一般难缠，悄无声息地追上门来。

"放不放？我要开车了。"

说完，楚鸢挑了挑眉。她被尉娄这样压着，却丝毫不惊慌。

"你就这么舍不得季遇臣？非要半夜去找他？"尉娄松了手。

他也不是一个闹事不挑地方的人，开车得注意安全，只是……

"季遇臣到底哪里好？足够你这样豁出去爱他？他都没皮没脸了，你何必降低自己的格调？"尉娄想不通，也搞不懂，为什么季遇臣能让楚鸢另眼相待。

就凭他的不要脸吗？

楚鸢一边发动车子，一边沉默以对。直到回到家里，她要下车，被尉娄再次拽住。

对上男人的眸子，楚鸢一颗心颤了颤。

她咬着牙，终于开口道："你为什么总是在这种时候装出一副很在乎我的样子？"

尉娄刚要说话，她又迅速打断了他："之前是你自己说的，我们之间的关系无非就是像现在这样，那么我半夜出去找季遇臣，你急什么？"

尉娄也想问问自己，他急什么？

他巴不得楚鸢天天出去找别的男人，省得她成天用那种他欺负她的眼神控诉他。

"我只不过是替楚星河管管你罢了。"尉娄说话的语气猝然变冷。

他可以眼睛不眨地说爱她，也可以在下一秒轻而易举地抛弃她。这种男人，到底有真心吗？

"那我谢谢你愿意替我哥管我，不过尉少，没人管得住我。"楚鸢指了指自己，娇笑着说，"我的人生信条是'管好我自己'，别人的死活跟我没关系。所以尉少放心，我不管什么时候都是把自己的利益放在第一位的，您不用这样害怕我受伤害。"

言下之意，她不会对季遇臣心软，他大可不必半夜这样追踪她。

楚鸢这个语气，令尉婪心口一紧。

这个女人好像一面镜子，他们的灵魂相似度太高了。

留她在身边，会让他越来越舍不得，这不是个好兆头。

"希望你说到做到。"尉婪将话说得很硬，落地仿佛一砸一个坑，"别给我添麻烦。"

添麻烦？什么是添麻烦？她对他有感觉，是添麻烦吗？

楚鸢眼眶微微泛红，跟着笑说："知道了，不会的。"

——你也别后悔。

听见楚鸢这么说，尉婪总算松开了她。

女人察觉到他情绪的转变，立刻转身下车。她什么动作都比他更快，松手快，转身也快。这个女人，太狠了。

可尉婪还是觉得，他们之间似乎出现了一道屏障。

两个人都竖起了浑身的刺在互相试探。

在尉婪一通操作之后，楚鸢心里也不痛快。她不喜欢一直被人拿前夫的事情开玩笑，爱上季遇臣是她做过的最愚蠢的事情，如今看到他那么多不为人知的一面，她才知道自己当初有多可笑。

可笑归可笑，她也不想任由尉婪嘲讽自己。这个人总是抓着她的过去不放，有意思吗？

楚鸢回头看了一眼自己身后的尉婪，对他的感情一下子变得复杂。很多时候他确实会出面帮她扫清障碍，可是现在的他，好像也成了障碍的一部分。

她需要将尉婪也清扫掉吗？

第十五章

舍

楚鸢叹了一口气，拉开门。门外的尉焚看着她的动作，皱起眉。

她回到卧室里，手机收到一条短信，发件人是季遇臣。他写了一篇小作文，劝她就此收手，两家还不至于撕破脸皮。顺便絮絮叨叨地讲述了自己当年对她的感觉，以及现在的后悔，他说如果需要做出一个选择，他也许不会像以前那样愚蠢。

蒋媛得了抑郁症住院，他却跑来跟楚鸢表忠诚。

看完这些文字，她的内心竟然一丝波澜都没有。

从前她求他爱他，求得快要死掉，现在终于等来了他这份虚伪的爱，她竟然对此不屑。楚鸢将手机丢到一边，打开了电脑。她需要寻找当初绑架案里的几个犯人，或许有他们的证词，她可以将季遇臣彻底打得无法翻身。

楚鸢从栗荆那边要了资源，便在电脑键盘上疯狂敲击。

同一时间的国外，男人坐在名贵的沙发上，看着下人递上来的照片，勾唇笑了。

一双桃花眼本该是激滟又诱惑的，可从他瞳孔深处折射出来的，只有危险和杀意。

"这是她吗？"

"嗯，"手下恭敬地说，"先生，这是她最近的照片。"

照片上赫然是楚鸢的侧脸，她正坐在拉法的驾驶座上，染着红色指甲的手搭着方向盘，表情坚毅冷漠。

"真是有趣。"那人将楚鸢的照片放在桌上，手从她的脸上抚过，似乎在隔着照片抚摸她似的，轻声道，"造物主真是个神奇的东西呢，没想到你们会这样像。"

"先生，我们要回国吗？"

"暂时先不用。"那人高高在上地眯起眼睛笑了，"总要等到一个最关键的场合才配得上我登场来到你身边，不是吗？楚鸢。"

楚鸢忙了一整晚，抬头的时候天已经大亮。医院闹事之后，她向尉婪要了一个星期的假期，没想到此后再没过过多少安生日子。

不过等一下还得出门，她怕是补不了觉了。

楚鸢叹了一口气，关掉电脑。她从书房走出去的时候，正好撞上刷着牙走出来看风景的尉婪。

楚鸢眼下微微泛着青色，显然是一夜没睡。尉婪愣住，刷着牙的动作一顿，伸手去碰她的眼睛，问道："你没睡？"

楚鸢下意识地抬了抬手，嫌弃道："牙膏别喷我脸上！"

尉婪收手，瞪了楚鸢一眼。

他走回去漱了漱口，抬起头时，发现楚鸢也跟了进来。她顺手拿了挂在尉婪牙刷旁边的另一支，拿到以后，两个人都愣住了。

楚鸢手里的是红色的，尉婪的是黑色的，但形状怎么看着……

楚鸢叫一声："你怎么连牙刷都要跟我买一样的啊，学人精！"

尉婪将嘴里的水吐掉以后，皱眉道："我刚换的新牙刷，你别自我感觉良好行不行？"

楚鸢举着牙刷说，"我的也是新买的！"

说完，两个人都沉默了。

他们住在一起不说，现在连用的东西都是同款。他们在日常生活中好像真的是一对情侣，可他们的心仿佛越走越远了。

楚鸢也觉得奇怪。放在过去，她从来不会因为这些小细节而尴尬，甚至连打情骂俏都熟练得跟夫妻一样，如今因为牙刷无意间买到了同款，她居然心跳加速了几秒。

不争气，说好别为尉婪动心了，动心的后果她可受不起！

楚鸢恶狠狠地挤了一大坨牙膏出来，看着尉婪说："我明天就换新的！"

"随便你！"尉婪没好气地砸下三个字。

两个人都在怄气，说完这些之后就再也没说过一句话。

栗荆定了吃饭的地方，楚鸢一晚上没睡也要赶过去，只是今天开车的换成了尉婪。

他看着楚鸢的黑眼圈，自觉地坐上了驾驶座。

这个女人少见地有疲惫的一面，也不知道昨天回来之后干吗了，不会是想季遇臣想了一个晚上没睡着吧？

脑子里掠过这个念头，导致尉婪踩油门的时候比平时使劲。车子飞速窜出去，导致楚鸢险些没系上安全带，本能地大叫一声："开这么快找死啊？我安全带都没扣上！"

尉婪被吼得一愣，下意识地松开了油门。

回过神来的时候他磨了磨牙，他为什么要这么听楚鸢的话？也就她敢这样肆无忌惮地朝他大吼大叫吧。

明明开着跑车，却以四十迈的速度龟速前行，引起了无数路人围观。这是尉婪人生中开跑车最慢的一次。

楚鸢因为没睡好导致状态不佳，他叫她的时候发现她竟然靠着椅子睡着了，微风吹起她的头发。

等红灯的时候，尉婪怔怔地看了楚鸢几秒。

她安静的时候挺好看的，就是一张嘴能把人气死。

尉婪拿出一条丝巾盖在了楚鸢身上。

她睡着了正好，省得一会儿他开快了又要说他。

尉婪飙了二十分钟的车，到达地点，下去的时候栗荆和宋存赫正等在那里。他没想到宋存赫也在，顿时头大。他侧头，叫醒了楚鸢。她揉着眼睛看着从自己身上掉下去的丝巾，一愣。

"你的？"

"嗯，送你。"尉婪的睫毛颤了颤，眼神复杂。

楚鸢熟练地绑了一个马尾，随后用丝巾扎了一团花。她下车后，栗荆看着她的高马尾，止不住地夸她的新发型很飒。

宋存赫仔细观察以后，酸味十足地说："定制的吧？上边还有尉婪的英文名绣花呢。"

楚鸢看不见绑在脑袋后面的丝巾，便好奇地问："尉婪的英文名是什么？"

"Alexandrite。"宋存赫发音标准地念出，虽然他为人不靠谱的样子，但英文水平一直还是可以的，毕竟家境优渥。他还顺带翻译了一下，"亚历山大变石，你直接叫'变石'就行。"

变石？

那不是价格昂贵又可遇不可求的珍稀宝石吗？听说在不同的光线下颜色是不一样的，因为含有特殊微量元素。

稀有性导致它价值极高，传闻被发现的时候是俄国皇太子亚历山大二世的生日，所以被命名为亚历山大变石。

楚鸢笑了一声，这英文名还挺符合尉婪的人设，自私又虚伪、做作，明明拥有极高的观赏性颜值，却又因人而异，擅长演戏。

可这丝巾……是女款的啊，为什么会绣尉婪的名字？

楚鸢看向尉婪，岂料后者直接把头扭开了，似乎是拒绝跟她交流这条丝巾背后的故事。

"哎呀，别管是变石还是什么石了！"栗荆拉着楚鸢往里走，转移话题，"尉婪都把丝巾给你了肯定是不要了呗，你纠结这些干吗，是不是？"

尉婪"嗯"了一声，是不要了，这丝巾是故人给他的，留着也没什么意思。

楚鸢皱皱眉，问道："难道是个女人送给尉婪的？"

栗荆脸色一变，随后立刻笑道："哎呀，女人又怎么了嘛。"

楚鸢压低声音："尉婪一般不收女人的东西，能收下说明对方还是挺重要的。"

宋存赫也跟着说道："指不定是老相好。"

尉婪心里"咯噔"一下。

栗荆发现事情走向不对。今天原本是一起制订娇儿和马平一事的后续计划的，这会儿要是牵扯到他的身上，他发起飙来可不好收场，于是栗荆立刻对着宋存赫的背影大喊："你那嘴是租来的吗？着急还啊？！"

宋存赫笑得又帅又贱。他可不给尉斐面子，都认识这么久了，谁都知道尉斐虽然是个渣男，但背后势力太神秘，大家都一知半解的，没人知道尉斐到底经历了什么。

难得有尉斐的事情，这不得好好八卦一下？

"哎哟，原来尉少也有情史啊，我还以为你不屑谈恋爱呢。这丝巾放在车上好久了吧？是不是上一个坐副驾驶座的女人留下的？"

楚鸢脸色一白，不知道想到什么，加快了走进去的脚步。

尉斐也没解释，只是不耐烦地"嗯"了一声。这一声代表着默认，确实是上一个女人留下的。

没有女人可以坐尉斐的车子，大家都以为楚鸢是头一个，毕竟她空前绝后又美艳惊人。却不料，原来曾经还有一个女人，可以这样肆无忌惮地坐在尉斐的副驾驶座上。

楚鸢走在最前面，低低地笑了一声，也不知道是在笑谁，是笑尉斐，还是自己。

她是个头脑清醒的人，知道自己和尉斐之间的擦枪走火都是逢场作戏，也清楚知道现在听见这些事情，自己胸口的沉闷是为什么。

她好像真的对尉斐有感觉。

楚鸢攥了攥手指，眼神暗下去。

她率先走进包间，自觉坐在桌子最中央。她来了之后，什么C位都要让给她，连尉斐都争不过。

这个女人的气场还真是越来越不加收敛了。

她叫来服务员随意点了几个菜，而后将菜单递给后面走进来的人，就好像是大老板先发话，随后小弟再插嘴。

尉斐做主将剩下的菜品点完，宋存赫和栗荆也正好坐下。

宋存赫思索许久道："娇儿被封杀了，我们公司肯定是受影响的，毕竟她是我们最近在捧的一个艺人，很多投资都要打水漂。"

"Vera那边好像拿走了娇儿的一部电视剧。"栗荆挠了挠头，这方面的消息他向来收集得快，"还是一部古装大女主，烦死了。"

楚鸢玩着筷子，轻描淡写地问："这部古装剧都谈定了吗？"

"还没。"

宋存赫对此也有些愁眉不展，所以才会想找尉婪他们来出主意，毕竟娇儿和马平落网的事情就是他和尚羌来委托的。

"那反派女配确定了吗？"楚鸢笑了笑，敲敲桌面，问栗荆，"Vera跟剧组已经签合同了？"

"嗯。"栗荆看了看天花板，边想边说，"反派还没，因为人物性格问题，一直找不到愿意接手的女演员……"

说到一半，栗荆愣住了，因为他看见对面的楚鸢指了指自己。

这搅屎棍怎么哪里都想搅和两下呢！

栗荆立刻去看宋存赫，见到他摸着下巴说："你想演反派？"

楚鸢笑着说："我不仅想演，还能艳压她，当彻头彻尾的反派。"

这话也就她敢说了。

果不其然，楚鸢这么一说，对面的尉婪挑了挑眉。

能跟季家正面对抗的路子，楚鸢是一条都不放过，因为Vera是季家投资的公司艺人，所以如果楚鸢能跟她在同一部剧里把她的风头全抢了，就等于在打季家的脸。

难怪她会这么兴致勃勃，甚至还想主动演反派。

尉婪心里了然。只是他在想，楚鸢这么咄咄逼人，到底是不在意季遇臣了，还是依然太在意季遇臣？

怎么总觉得昨天夜里她跟季遇臣之间的那个眼神有些旧情难忘的感觉呢？

这边尉婪在思索，那边宋存赫却猛地灌了一口可乐之后对楚鸢说："我可以帮你安排进去，不过有件事情我想在饭后跟你聊聊，你有空跟我单独出去吗？"

尉婪心里"咯噔"一下。

他抬头看向楚鸢，却见楚鸢轻描淡写地答应道："嗯。"

嗯个鬼啊嗯！宋存赫跟楚鸢又不搭边，能是什么事？！

尉婪感觉自己根本吃不下去了，越吃越来气，结束的时候他率先结了账。他刚要走，就看见落在最后面的宋存赫拉住了楚鸢。

他说："尉娑和栗荆能先出去吗？我和楚鸢有事得聊聊。"

有事？

尉娑和栗荆对视一眼，二人都皱着眉。

栗荆说："你们聊什么事，还得把我们轰走？"

宋存赫的脖子都红了，说道："哎呀，总之你们先出去，记得把门带上！"

还要关门聊？！

栗荆急得去看尉娑，却发现他面无表情，好像丝毫不介意楚鸢跟宋存赫有什么不可告人的秘密。

"他们都是你介绍认识的，怎么还有悄悄话了呢？"栗荆边关门边问尉娑，"难不成是宋存赫要找楚鸢借钱？"

尉娑的喉结上下动了动，反问："关我什么事？"

"那你的意思是你不在乎呗。"栗荆直起身子，说道，"那走了，反正宋存赫会送楚鸢回去的。"

他上去拽了一把尉娑，没拽动。

尉娑站在门外，脸上倒是没什么表情，但纹丝不动。

栗荆无语，尉娑这也太闷葫芦了吧，半天打不出个屁来！

想知道就表现出来呗，又不丢人！于是乎，栗荆从口袋里掏出手机，随后在屏幕上点了点。尉娑用余光瞄到，登时破功："你在楚鸢身上放了监听器？"

"嘘！"栗荆拽着尉娑走到一边，又分给他一只无线耳机，狡辩道，"怎么叫监听器呢？这是自带收声和定位功能的发信器，我是为了……为了保护楚鸢的人身安全好吗？刚才吃饭的时候顺手塞在她的口袋里了。"

吃顿饭也要确保人身安全吗？

尉娑咬牙切齿地说："栗荆，你太无耻了！怎么可以做这种偷听的事情？"

尉娑说完，立刻将无线耳机塞进了耳朵里。

栗荆："……"

——你的动作可比你的嘴巴诚实啊。

栗荆调准了频道，和尉娑缩在外面大厅的沙发上一起监听楚鸢和宋存赫的对话。

在包间里的宋存赫浑然不知正被人偷听着，他不是第一次跟她独处，但不知道为什么，心跳还是加快了。

上一次独处，还是在酒店里，他替尉婪送她回去，见识到了她不为人知的一面，从此这个风格迥异的女人就在他心底留下了烙印。

宋存赫也觉得奇怪，天底下女人那么多，他怎么就偏偏看上一个行事作风这么放荡的女人，可动心这种事情哪里说得准？

也许是因为芸芸众生太平平无奇，而楚鸢又出挑得别具一格吧。

宋存赫深吸一口气，对楚鸢说："之前委托的事情，我想道声谢。"

楚鸢百无聊赖地玩着杯子，说道："不用，你们又不是不给钱的。"

一句话直接把宋存赫堵死了。他还以为楚鸢会顺势打开话题，结果她这么一说，那他还有什么可谢的？

一个拿钱一个干事，天经地义，用不着谁跟谁共情。

隔了一会儿，宋存赫竟然直接上前抓住楚鸢的手！

楚鸢一惊，想挣开他，却发现面前的他本该是白净的脸现在一片红晕。他结结巴巴地说："我是真的很不爽，看你特别特别不爽！"

"嗯，我知道。"楚鸢点了点头，"你要不先松手？"

"怎么可能松手！"宋存赫趁着这个时候，一股脑儿全说了，"第一次看见你，觉得你特别烦人，白长一张那么好看的脸，结果嘴那么毒！你说你好端端一个美女怎么就长了这么一张嘴呢？还一天天扮猪吃老虎，打人！你是女人吗？楚鸢，你是个女人，你知道吗？你应该在男人背后乖乖洗手做羹——"

"说完没？"楚鸢听见宋存赫说这个就烦，这群男人一天天说来说去就是女人这不该那不该，本质上还是心虚害怕，好像女人能抢了他们的地位似的。

尉婪就从来不在乎这些事情，女人男人，是好是坏，他都无所畏惧。

可能强大的人，本身拥有的就是压倒性的实力，才会不害怕性别差异或是任何一方的忽然觉醒。

宋存赫知道楚鸢不爱听这些，可他还是牢牢地抓着她的手，一意孤行道："我知道你不喜欢听，可是楚鸢，如果把我当作一个大众，或许我的声音就是大众的声音。你能保证自己永远不会被世俗的眼光所伤害吗？"

"我不在乎大众如何评价我。"楚鸢笑了，仿佛任凭天崩地裂，她都不会皱一下眉，"我只想管好我自己。"

"如果你不在乎别人讨厌你，那你会在乎别人喜欢你吗？"宋存赫顿了顿，用尽力气问出最后一个问题。

楚鸢原本还算潇洒的表情顿时一僵。她感觉自己的心跳都加快了，不敢相信地看着宋存赫，问道："你说什么？"

宋存赫语无伦次地说："反正我是真的很讨厌你，看你各种不顺眼，我就是觉得你这个女人别有用心，越漂亮的女人越不可信。"

楚鸢被人讨厌惯了，早已无所谓，不料宋存赫接下来说的是："但我一天不见你就浑身难受，想方设法地打听跟你有关的事情，照理说你这种女人我应该看不上才对！"他的声音原本挺高昂的，说着说着就低了下去，"可是我好像真的有些喜欢你。"

有些喜欢你……

尉斐和栗荆都愣住了，那一瞬间，他们感觉自己的灵魂好像腾空了几秒。

宋存赫跟楚鸢告白了？

尉斐不敢相信，觉得自己好像傻掉了，根本没想到会发生这种事。宋存赫何许人也，家里是开经纪公司的，各色好看的女人都能排长队。他从来不会对任何一个女人动真心，甚至觉得她们很麻烦，而现在，他居然在认认真真地跟楚鸢告白？

一股无名的怒火涌上心口，尉斐直接从沙发上站起来，表情阴沉得可怕。就在他要冲进去的时候，栗荆一把拦住他，劝道："尉斐，你别冲动啊！我们坐下听听后续，小鸟肯定不会接受宋存赫的，对不对？"

尉斐的声音冷得吓人："她敢？！"

"她不敢，她不敢！"栗荆拽着尉斐，"没人敢！你最好了，你别吃醋！坐下来听一下后续发展！"

尉斐哪里分得清栗荆这话背后的意思，只觉得一股气在他胸口冲撞。他不是不知道楚鸢多撩人，只是现在身边的朋友对她告白，令他大脑里的警铃一下子响了。

这个女人太致命了！

楚鸢被宋存赫的话砸蒙了，坐在椅子上愣住数秒，随后猛地推开椅子站起来，大声道："你搞什么？"

"我搞什么？"宋存赫气急败坏地说，"我在示爱啊！示爱听不懂？你能不能别不知好歹？"

他越是气急败坏，害羞的表情就越明显。

"把你的爱收回去吧，我可承受不起。"楚鸢攥了攥手指，"我没空跟你比情操，你这种花花大少就别来我面前装深情了。"

"你这是刻板印象！"宋存赫不服输，"我是花花大少怎么了？以前的我不能代表现在的我！你都跟我在一张床上打过架了，怎么就不能跟我试试？"

楚鸢呵呵地冷笑道："不想就是不想。"

"你还惦记着季遇臣？"宋存赫拧着眉毛，上前逼问楚鸢，"是不是？"

"狗才惦记他。"

"那你是不是觉得江殿归比我好？"宋存赫着急地追问，"因为上次我袖手旁观，他帮了你。"

楚鸢还是那副无动于衷的模样，幽幽道："知道也挺好。"

"那江殿归追你，你会同意吗？"

"江殿归追我干吗？"楚鸢好笑地说，"他大学论文都来不及写，还追女人？"

宋存赫忍无可忍地问："那我到底哪里不好？你是不是喜欢尉婪？"

此话一出，不仅楚鸢沉默了，连同外面原本在爆发边缘的尉婪也跟着沉默了。

他一下子安静下来，甚至能够听见自己心跳的回响，一声又一声。

他在期待什么？

包间里，楚鸢被宋存赫这么一问，破天荒地没有像回答刚才那几个问题一样立刻回答，只是别过头去，冷冷道："不关你的事。"

宋存赫的心顿时凉了半截，喃喃道："那就是……"

"如果非要对这种感情加个定义——"楚鸢忽然抬头，眸子里的光亮得逼人，就好像蒙了尘的珍珠终于被人洗净，天光破晓的一瞬间，光穿透乌云。她说，"或许是的。"

宋存赫感觉自己的腿软了一下，哆嗦着问："你说是的，是指？"

"我对尉婪吗？"楚鸢笑道，"我和他朝夕相处两年，我是最清楚不能对他动心的了。但我们相处的每一分每一秒，都如同一种无声的吸引，在诱惑我俯首称臣。"

楚鸢的话通过耳机传进来，让尉婪心口一紧。

"他总是能在最危急的时候出现，然后替我解决一切后续问题，从这个方面讲，他像我的恩人。"楚鸢停顿了一下，又说，"他没有害过我，所以我没办法控诉他什么。我或许是真的因为日积月累之下而对他有了好感，但我也清楚，我们之间不会有结果。"

她连尉婪是什么身份都一无所知。

他却知道她的每一个秘密，从身体到灵魂。

宋存赫艰涩地开口："所以你……"

"所以我已经放弃了。"楚鸢连放下一个人都是这样干脆利落，好像她只要决绝一些，快速一些，心就真的不会难受了。她继续说，"那些为数不多的，被我惊觉的好感，已经被我亲手掐灭。尉婪也不想让我对他有感情，因为一旦有，我就会被他冷处理。感情对他来说，是个累赘，对我来说也是。我只有不爱他，不对他产生任何感情，才能够永远不会受到伤害。"

没有开始就已经结束了。不过，好在这段感情也不是什么值得开始的。

楚鸢笑了笑，撩起耳边的头发，微微笑道："不必心疼我，我没有任何损失，他也没有。这辈子我已经不指望感情了，还是指望钱吧。"

说完这话，她推门出去，不料迎面撞上了尉婪。

楚鸢根本不知道尉婪会在门外站着，她刚和宋存赫说完了她跟他之间的关系，这会儿迎面撞上，脸上的表情还没收拾好，就这么被他看见了。

尉婪看见她的慌乱和无措，那一秒，她好像不是那个漂亮强大的千金小姐，而是一个爱而不得的普通人。

也仅仅是一瞬，楚鸢便收拾好了表情。她颇为意外地看了一眼尉婪，疑惑道："你们怎么在门外？"

栗荆寻思，总不能说是来偷听的吧？于是他走上前，绕过尉婪，伸手搂住楚鸢的肩膀，顺手偷偷将她衣服上的监听器摘下来，借口说："这不是担心你和宋存赫在里面打起来嘛，我们在外面方便随时冲进来劝架。"

楚鸢抬头看着天花板，无语道："在你们心里我到底是个什么样的形象啊……"

"嗯，大概就是疯美人吧。"

栗荆准确地说了一个形容词，又在楚鸢看不见的角度将监听器塞进口袋里。于是塞着耳机的尉斐就听见一阵刺耳的摩擦声，吵得他皱起眉头，将耳机取了下来。

楚鸢不知道他们听见了全过程，有些茫然，只说："怎么会呢？宋存赫只要不犯浑，我是不会揍他的。"

跟在后面的宋存赫冷哼了一声："怎么算犯浑？追你算吗？"

楚鸢脚步一顿，道："这个问题我不是回答过你了吗？"

宋存赫的脸色不太好看。他生平第一次跟一个女人示爱，结果呢？人家不在乎！他能忍？他要是能忍下这口气，他的名字倒过来写！

开玩笑，就这么放弃了，回去估计他爹都能戳着他，骂他没本事！

于是宋存赫朝前走了几步，想要追上楚鸢，结果被人拽了一把。

宋存赫愣住，发现尉斐正拽着自己的手。

他心里掠过一个念头，尉斐不会是对楚鸢有想法吧？

下一秒，他脑子里又响起楚鸢那句"我已经放弃他了"。

呵呵，宋存赫摆出一个笑脸，轻轻掸开了尉斐的手，挑衅道："兄弟，你一个已经出局的，莫来管我。"

尉斐被宋存赫甩开，额角的青筋直跳。他周围的男人真是没一个好东西，看看宋存赫现在就是见色忘义！为了一个楚鸢，都不顾兄弟情义了！

尉斐想了想，问道："出局是什么意思？"

宋存赫眉梢轻挑，不着急追了，让栗荆跟楚鸢肩并肩走远了后，才压低声音在尉斐耳边说："我刚刚在里面跟楚鸢告白了。"

虽然听了全过程，但宋存赫一说，尉斐的心还是跟着快速地跳动。

他好像可以肆无忌惮地告诉所有人他对楚鸢的好感。

宋存赫察觉不到尉斐的想法，贱兮兮地说："我问了楚鸢是不是喜欢你，那小妮子看起来是挺喜欢你的，然后她说之前确实对你有感觉，不过你们的关系好像比较神秘，我也不好多问，毕竟我尊重她的个人选择嘛，她到最后说已经放弃你了，并且不会再喜欢你。"

尉婪的心冷了。

宋存赫还特别豪迈地拍了拍尉婪的背，说："好兄弟，真得谢谢你，要是楚鸢还喜欢你，那我可就半分机会都没了。得亏你让她死心了，哈哈，别怪兄弟不讲义气，反正你也不喜欢她，让我试试吧。"

宋存赫的口吻是真的对他们之间发生的一切一无所知，还反过来感谢尉婪。

尉婪忽然间觉得胸口涌起了一股难以名状的感觉，又酸又痒，就好像是自己的东西被人盯上了，他却根本不能出手争抢。

楚鸢不是他的玩具，虽然他一直想把她变成自己的玩具。

可楚鸢是不会答应的。正是因为她不会，也不顺从，尉婪才会对她有那么大的兴趣，导致她一表露自己对他的渴望和依赖，他就本能地排斥和躲避。

或许是不想让楚鸢也变成和外面那些女人一样。又或许是，她对他的爱会让从来不会有负罪感的他产生负罪感。

正是这种视而不见，让楚鸢亲手掐断了自己对他的好感。

她太聪明，又太狠心，都不需要尉婪说什么，就果断结束了情感，不给他一丝压力，也不添麻烦。

这样的女人，到底是太坚强，还是太孤独了呢？

尉婪琢磨楚鸢的心思时，宋存赫笑得跟过年一样："哎呀，真好啊，楚鸢现在没人喜欢，这不是正好给我机会嘛。以前老骂你渣男，我错了。尉婪，你就是个好男人，两年了你都没下手。我知道，你就是替兄弟守着，我谢谢你，改天请你吃饭！"

尉婪真是想要吐血，宋存赫的一番话直接把他逼成了内伤。他能不能现在就去掐着他的脖子，把他掐成"尖叫鸡"，然后告诉他——楚鸢是绝对看不上你的！我珠玉在前，她还看得上你这样的？

不过尉婪没说，他向来嘴硬。

宋存赫一直跟到门外，从自己的车里拿出了一沓合同，对楚鸢说："你要来演的话，就直接签字吧，这是那部剧的合同。还有这个，是娇儿之前的各种商务资源，你看看哪些你有兴趣，我可以都推给你。"

楚鸢要是想跟季家瓜分娇儿的资源，那不是正合了宋存赫的意？娇儿之前就是他公司里的艺人，楚鸢想要资源，就肯定得和他多接触，那么他们之后的交集也就多了起来。

尉婪怎么想怎么不对劲，怎么就发展成了宋存赫离楚鸢越来越近？

不过楚鸢倒是没犹豫，拿着笔就在合同上签了字，并问："多少钱？"

宋存赫愣住了。这个女人谈钱的口吻好像在问今天下不下雨一样。

"我说，当反派多少钱？"楚鸢边签名字边说，"总不可能随随便便就演吧？我也不是小角色。啧，钱少了，我怕我哥不同意啊。"

宋存赫顿时感觉自己对这个女人真是滤镜太重了。她分明还是那个要钱不要命的楚鸢！

楚鸢要参演的消息一经放出，整个圈子都为之轰动。她名为"影帝的女司机"的账号整天都有人拜访，而且分成两批人。

第一批，各路粉丝，不只是裴却怀的，还有 Vera 的，大多是诅咒楚鸢的恶毒之语。

第二批，看热闹的，女生居多，都在说"来看看顶级美女千金"，"教我怎么追男人吧，姐姐"，"出书好不好？我也想给裴却怀开车"，等等。

楚鸢的社交账号热闹，她自然是开心的。和季遇臣的离婚协议也已经在走流程，再过几天她便可以恢复自由之身，到时候还能回过头来把蒋媛收拾一番。当小三可不是那么轻松的！

于是，楚鸢在账号上和这群看热闹和咒骂的人特别热络地往来。

"抢 Vera 的资源，这姐真是不要脸，现在还夸她长得好看的人，到底是什么心啊？"楚鸢答曰："抢人者人恒抢之，这是 Vera 的报应。她不爽让她当面来找我，犯不着你在这里替她出气。她一个月赚好几千万，你赚多少？"

"你是不是勾引裴却怀啊？抱着他的大腿才进的娱乐圈吧？他清清白白这么久，名声就这样被你玷污了！他还是个孩子啊！"

楚鸢快乐地打字："你是不是没见过帅哥？好惨。有空去搜搜我哥长什么样，我从小看到大，不像你，只认识一个裴却怀。女人，还是要见识多些。"

"千金大小姐来娱乐圈干吗？是不是本事不够，大集团不让你去上班啊？哈哈哈！"

这条评论楚鸢看了觉得特别顺眼。她心情愉悦地回复："是的，事情全让我哥干完了，我就是个废物，只能来娱乐圈数钱。"

尉娈早上睡醒，刷了刷楚鸢的账号，看见她给恶毒网友的回复，险些气笑。这个女人怎么这么不知收敛，她好像不害怕被网暴，反而巴不得网暴来得更猛烈一些。

和所有的主流唱反调，偏激、极端、桀骜不驯。

尉娈推开门，准备叫醒楚鸢，她正好也起床了。他还没敲门门就被打开了，与她四目相对。大大的领口从她的肩膀滑落，露出大片白皙的肌肤，白得刺眼。

尉娈的喉结上下动了动，想起宋存赫盯着楚鸢背影的那个眼神，不自觉没好气地说："起来，长假放完了，你该上班了。"

楚鸢抓着头发，烦躁地说："又要上班了！"

尉娈看她这样烦躁，心情就愉悦起来，吹着口哨去刷牙。

五分钟后，楚鸢也来到洗手池边上。

她挤着牙刷，又愣住了。

"尉娈，你有病吧？"楚鸢说，"我换了新的电动牙刷，你也跟着换啊！"

尉娈真想把牙膏沫子喷在楚鸢脸上："我的是新买的，是你学我吧！"

"我的也是新买的！"楚鸢举着粉色的电动牙刷，看了一眼尉娈那支黑色的。

原本以为这次不会撞了，结果又撞了。

得，懒得再换了。

看见她爹毛的样子，尉娈就想笑，也不知道为什么，总觉得她这副样子没被外人看见过，只有他知道。

尉娈比楚鸢先一步刷了牙，做好早餐，等他坐在一边喝咖啡的时候，她动静不小地跑回卧室。她从二楼走下来的那一瞬间，他感觉自己的心脏骤然收缩了一下。

她穿着皮裙、黑丝、高跟鞋，从二楼一步一步地走下来，婀娜多姿，步步生花。

尉婪举着咖啡杯，杯子里的咖啡出现了令人不易察觉的晃动。

他说："你干吗？"

楚鸢故意动作性感地抽开椅子在尉婪对面坐下，左手拿叉右手拿刀地切开了他做的三明治，说："这不是你说的吗？下次上班要我穿黑丝。"

尉婪猛地灌了一口咖啡，还是觉得渴。

她切三明治的时候，让他觉得不是在切三明治，而是他的心脏。

楚鸢慢条斯理地吃完饭，最后站起来，笑得专业熟练，对着尉婪道："走吧，尉少。休息一个星期，我是该调回状态了。"

她好像丝毫不顾忌尉婪了。

也许是把对尉婪的好感掐死了，可以让她没有后顾之忧地释放那些正常男人根本无法招架的魅力。在她眼里，他已经和普通人没有区别。

意识到这个，尉婪微微眯了眯眼睛，冷笑一声，抓起车钥匙，走向停车场。

楚鸢来到公司后，被许多人围观。

黑丝包裹下的大长腿让路过她的每个人都瞳孔收缩，而当事人似乎毫不在意，就这么走到自己的工作岗位，收拾了一下一个星期没碰的键盘上的灰，拽着裙子坐下来。

尉婪跟在她身后，推开总裁办公室的大门，随后当着她的面缓缓关上。

他一进去，两个世界就被隔绝开来。楚鸢在外面，免不了被一顿议论。

此时，有一个男人走上前来，在看见楚鸢的时候，眼中带着些敌意。

楚鸢一愣。男人朝她举手，说："我叫李也，是尉总的助理。之前尉总派我去出差一个月，今天刚回来。"

啊，原来是同行啊，难怪把她当竞争者呢。

楚鸢伸手和他握了握，道："你好，我叫楚鸢，新来的。"

李也上下瞄了楚鸢一眼，在看见她的黑丝时，猛地抽回视线，咬牙骂道："上班真是不知廉耻。"

"你说我？"楚鸢轻轻捏了一下自己的黑丝，丝袜触感良好。她翘着手指头，说，"这是你们尉总命令我穿的，要怪就去怪他。"

"不可能！"李也斩钉截铁地说，"尉总不是那种人！我等下进去做报告，一定会和他好好说说你这种穿着打扮！"

楚鸢"哦"了一声，表示并不在意。随后，李也敲响了总裁办公室的门。门没关紧，里面传来李也义正词严的抗议声："尉总，您新招了女秘书吗？她那个打扮像什么样，那个袜子，那个袜子……"

尉婪喝了一口水，问道："不好看吗？"

"不……"李也愣住了，大惊失色地看着尉婪的脸，隔了一会儿面色涨红，结结巴巴地说，"好……好看。"

尉婪想把水泼到他的脸上："你盯着看了是不是？"

李也下意识地捂住脸说："是你问我好不好看的！"

听见李也说好看，尉婪直接从椅子上站起来了，冷冷道："我就知道你们嘴上说着楚鸢这不好那不好，其实你们看得比谁都起劲。"

李也后退两步，辩解："尉总，我不是那种人！"

"那你看了没？"尉婪磨了磨牙，"不是还夸好看吗？"

李也如鲠在喉，进退两难，隔了好久，才说："楚鸢怎么着也是尉总的人，我只敢看一眼，不敢多看！但尉总看上的人，确实好看，主要是尉总眼光好！"

怎么这么会拍马屁呢？

尉婪好气又好笑地说："其实就是前几天跟她打赌，她输了，今日限定。你放心，不会给公司带来什么影响。"

李也这才松了一口气，要是楚鸢天天穿黑丝来公司……他仔细想了想那个画面，好像也不是不行。

李也用力摇了摇头，义正词严地说："公司是尉总说了算的，您做主。但如果楚鸢业务能力不行，我肯定也会提出异议！"

在他这里，只要业务能力够强，男的女的、是人是鬼都无所谓。他是实力至上主义者，能把事情做好，谁管她穿还是不穿衣服。

尉婪当初就是看中李也这一点，才会这样重用他。

他点点头，说道："正好明天有个会议要做报告，你告诉楚鸢，让她自己做做准备。"

"您打算交给新来的？而且这准备时间有些短吧，临时下任务的话，一天会不会不够？"李也有些错愕，以前这种重点的总结工作都是交给他来的，没想到尉婪这次居然让楚鸢负责。

尉婪没多说，只是意味深长地笑道："你不是想见识见识她的能力吗？明天就可以好好见识。"

李也皱眉，搞不懂尉婪葫芦里卖的什么药，但毕竟是自己的顶头上司，他也没多说，恭敬地退到门外，发现楚鸢跷着二郎腿，正笑着看他。

这笑容跟刚才的尉婪一模一样。

李也感觉自己眼花了，为什么他会觉得新来的楚鸢和他的老板尉婪是一个"物种"？楚鸢给李也端了一杯热水，说："李哥，出差累了吧？坐下休息休息。"

李也的工位和楚鸢一样，都在总裁办公室外面，方便及时替尉婪排忧解难。他看着她这么殷勤的模样，感觉自己背后起了一层鸡皮疙瘩，但是伸手不打笑脸人，他还是接过了水。

路过的员工看见李也从楚鸢手里拿过水杯，吓得脸色大变。

"新来的楚鸢这么快就拿下尉婪身边的李也了？"

"那可是李哥啊，她哪里来的胆子这样奴颜媚骨的？"

楚鸢也听见了窃窃私语，不过她不在乎，反正她在尉婪的公司里就没有过好名声，随他们去吧。倒是李也察觉到她这种破罐子破摔的情绪，一板一眼地说："在公司里，人情世故也很重要。"

他怎么像个老前辈啊？

楚鸢咧嘴笑了笑，说道："我只要做好分内的工作就可以了。"

"如果你不去社交，就算你做到十分——"李也顿了顿，教育她，"在大家眼里你也就五分。"

偏见和刻板印象是与生俱来的，如果不去改变，不管她做多少好事，都只会被人讨厌，甚至还会说她做好事是假惺惺。

见李也这么认真地引导，她觉得有些不可思议，不由自主地伸手摸了摸他的头，像是哄小狗似的："知道了，知道了，下次尽量对他们态度好一些。"

李也是个勤勤恳恳又会赚钱的老实人，长得白白净净的，做事严肃认真。

他能力强、性格直，对待工作一丝不苟，然而在和同事相处之时，严肃之余又多了一些照顾和关怀，在公司里名声极好。

交给他的事情，尉斐向来放心。

见自己的劝说被人接受了，李也颇为开心，对楚莺的误解一时半会儿也解开不少。他没好气地扭过头去说："明天正好有个会要开，你记得准备一下材料。"

楚莺愣住："明天开会，今天才通知我？"

李也知道这确实有些突然，刚才他就觉得尉斐这个安排不太好。不过尉斐都决定了，他也不好说什么，只能点点头道："就当是考验你的能力，对了，资料什么的我可以发给你。我这里有每个月的总结，可以让你轻松不少。"

原本还一板一眼的李也在楚莺眼里的形象登时变成了一尊男菩萨。她双手合十，恨不得磕个头，说道："太好了。李哥，你把资料给我吧，我今天加班做演示文稿。"

李也将U盘递过去，心想：这才像个打工人的样子嘛。

就见拿了U盘的楚莺一下子变了脸，咬牙切齿地转着手腕从工位上站起来，高跟鞋恨不得踩进地板里，浑身杀气地朝着总裁办公室走去。

李也吓得脸色煞白，忙喊："新来的，你干什么？"

下一秒，楚莺踢开了总裁办公室的门，甚至都懒得关门就大喊道："明天开会今天临时给我下任务，你这不是刁难我是什么？尉斐，你怎么这么不要脸，搞这套来找我碴儿啊！你信不信我辞职？我要辞职！拿笔来！我要把辞职报告的字签在你这张阴阳怪气的脸上！"

这吼声连外面路过的员工都能听见，发现大家害怕的表情，李也擦着冷汗过去把门关上，守在门口深呼吸，在心里疯狂祈祷。

普天之下敢这么跟尉总说话的，就只有这个新来的了吧！难怪能空降，肯定有过人之处，他突然不敢怀疑了。

吵架归吵架，楚莺还是老老实实地开启了加班模式。虽然她讨厌加班，但是说好了要在尉斐这里上班，总不能说走就走给别人造成麻烦。

楚莺其实一直觉得自己完全可以不用依附尉斐了，但是她习惯有始有终。等手头上的事情结束，就跟他好聚好散，也不算她欠了他的。

李也下班要走，看见楚鸢一动不动，过去敲了敲她的电脑桌面，问："加班？"

"嗯。"楚鸢头都不抬地说，"李哥，路上小心。"

李也失笑道："倒也不用太拼命，你是新来的，大家不会对你要求太高。"

楚鸢总算用余光瞟了他一眼，道："我对我自己要求高。"

李也感觉自己说错话了，隔了好一会儿，才说："那你加油。"

楚鸢笑眯眯地点头。目送李也走了之后，她喘了口气，接着加班。

也不知道她是哪里得罪了尉婪，居然连临时让她加班这种损招都想得出来。她敲打键盘越来越用力，脸上的表情也很难看，这让从里面走出来的尉婪见了直接笑出声。

他说："怎么还一边加班一边咬牙切齿的？"

楚鸢没好气地说："哎哟，人都走光了，我还以为这一层楼就剩我一个，没想到还有您啊。"

尉婪走到楚鸢身边坐下，指了指自己，问她："我不是人吗？"

楚鸢面不改色地说："你不是。"尉婪一顿，听见她继续说，"你是畜生。"

啧啧，这张嘴还是这么伶牙俐齿。

不过楚鸢骂人的时候，为什么他丝毫不生气，反而还亢奋呢？

尉婪认真思索许久，感觉自己可能真的是个变态。现在周围都黑了，这么大一栋楼只剩下他们这边的灯还亮着。电脑屏幕反射的光打在楚鸢冷艳的脸上，他就这么怔怔地看了许久，随后伸手摸了摸。

楚鸢一惊，下意识地躲开，皱眉道："你别动手动脚。"

"我已经下班了。"尉婪坐在她身边，两个人的身体贴得极近，在这种除了他们再没别人的场合里，这种行为就显得格外暧昧。

男人压低了声音，道："这不是过来陪你嘛。"

楚鸢冷笑道："要不是你给我下任务，我也不至于现在还在加班。"

尉婪的手伸到了楚鸢的唇前，她想也不想地张嘴咬住了他的手指。

可没想到的是，尉婪不怕疼，还笑着用手勾了勾她的虎牙，调情似的说道："别咬我。"

楚鸢被尉棼激起一身的鸡皮疙瘩。她最恨的就是尉棼顶着这张脸为所欲为。她移开视线，道："你又想要玩弄我，是吗？"

　　这人总是这样，喜怒无常，心情好了把她当玩具随意逗弄，心情不好就放在一边。尉棼是没有心的，她绝对不可以沦陷。

　　尉棼托着下巴，将手从楚鸢的齿缝里抽出来，眸子微微眯起，道："想见识见识你的虎牙咬人有多疼，会不会有一天扎着我。"

　　楚鸢龇牙，凶给尉棼看。她道："我早晚有一天亲口咬死你，咬断你的脖子，喝你的血！"

　　尉棼受用地勾唇说："嗯，就当你为民除害了。"

　　楚鸢加了多久班，尉棼就一动不动地坐在她身后看了多久。等到她结束工作，伸着懒腰，才发现他还在，于是懒腰伸到一半，立刻收回动作，问："你没走？"

　　"我在看你。"尉棼毫不掩盖自己对楚鸢的欲望，真面目暴露无遗，"你认真加班的样子挺性感的，尤其是穿着黑丝。"

　　楚鸢当场脱下高跟鞋朝尉棼的头顶丢过去："再敢对着我调情，我杀了你！"

　　然而楚鸢没想到的是，她跟尉棼在公司里待了这么久，季遇臣竟还在楼下等着他们。

　　看到楚鸢穿着皮裙裹着黑丝走出公司，在外面苦苦等候的男人难以置信地喊出声："楚鸢？"

　　楚鸢扭头，就发现季遇臣站在路旁，手里握着车钥匙，好像等了很久。

　　从她下班开始，他就来了，观察着每一个下班的人，却始终没有看见楚鸢。他一直等啊等，等到她加班结束，想着可以再跟她有什么进一步的发展。知道她的身份以后，他就没办法忘记她了。

　　他总想着可以回到过去，所以不肯放手，一再纠缠。这不，都纠缠到公司门口来了。不料，他的前妻跟尉棼格外亲密地出了总裁专用电梯。

　　季遇臣的声音带着咬牙切齿："楚鸢，你真的跟尉棼勾搭上了？"

　　尉棼刚想说早勾搭上了，结果楚鸢脸色一甩，冷声道："跟你有关系吗？"

　　季遇臣去拉楚鸢的手，说："你回来吧，好不好？"她现在的模样比以前漂亮太多了，他好后悔，她都没在他面前穿过黑丝，如今却……

楚鸢笑着说："这话要是被蒋媛听见，不知道她会作何感想？"

"我承认，我跟蒋媛的事情确实伤害了你。"季遇臣英俊的脸上一片悔意，也不知道是真的还是装的，毕竟他太会演戏。楚鸢无法确认他的真心，便一律都认定是装的。

她不想再看见季遇臣出现在自己面前，只想让他身败名裂，于是没耐心地要往前走去。

岂料，他深吸一口气，一把拽住她，在她回头的一瞬，一把扣住了她的脑袋。

他强吻她，当着尉娄的面。

这一瞬间，尉娄感觉自己的胸口像是有一把火被人猛地点燃了！

楚鸢瞪大眼睛，瞳孔骤然紧缩。她用力推开了季遇臣，抬起手背狠狠地擦着自己的唇，愤怒道："你疯了吗？"

季遇臣被楚鸢推开，但没被推远，他的唇上还湿漉漉一片。她承认，他是长得帅，要不然她当初也不会瞎了眼。两年前她是个胖子的时候，他碰她都嫌晦气，如今却主动倒贴，还强吻她，真是太讽刺了。

季遇臣的眼眶通红。他也不知道自己为什么这么失控，甚至是当着尉娄的面。他还没来得及说话，尉娄的表情已然变得难看。

尉娄一把拽下自己的西装外套，崩裂的纽扣滚落一地。随后他将袖口粗鲁地挽起来，嗤笑一声，便朝季遇臣狠狠地抡起了拳头。

"等一下，尉娄！"尉娄还没有打到季遇臣，楚鸢就已经拦在了他面前。

尉娄心口一紧，险些收不住力道，问道："你几个意思？"

她竟然拦他？

季遇臣看着楚鸢挡在自己面前的背影，心里顿时五味杂陈，刚要说话，就听见她攥着尉娄的手说："你把拳头松开！"

尉娄被楚鸢攥着，表情带着戾气："他碰你，我忍不了！"

"哦。"楚鸢松手。

两个男人顿感意外。

紧跟着，楚鸢将高跟鞋脱下来直接砸在季遇臣的脸上，坚硬的鞋底打在他脸上，带来一阵剧痛。

"那我打完你再打，烦死了！这个死渣男，贱不贱啊！"

尉氏集团公司门口可真热闹，热闹到把原本都下了班已经回家的李也又召唤了回来，甚至连记者都一路赶过来，就差写个"女子当街暴打前夫因其纠缠过度"的新闻标题

不过季遇臣也不是吃素的，挨了打，身后跟着的保镖也冲出来。几个人拦在楚鸢的面前，气势汹汹道："你竟敢动手？"

楚鸢指着自己说道："那你有本事也对我动手啊！"

保镖咬紧牙关。这可是楚家千金，他们敢动吗？！

他们一边架着季遇臣往后退，一边喊着："泼妇！"

"亏我们季少一直在等你下班！"

"没良心的坏女人！别不知好歹，你等着遭报应吧！"

说完这些，那群保镖就架着季遇臣走了。他走的时候脸上写满了难以置信的表情，仿佛是没想到楚鸢会这样毫不留情。她到底是他的前妻啊，亲她一下是要了命吗？

楚鸢没打过瘾，还想冲上去，那群保镖就拽着季遇臣当场表演了一个撤退。

于是，她只能攥着高跟鞋指着他们的方向，怒道："以后别让我看见你这晦气的人！有多远滚多远，听见没？"

尉婪满肚子的火还没发出来呢，人已经被楚鸢打跑了。

楚鸢站在那里，夜风吹起了她的长发。她随意地将头发朝脑后撩去，撩到一半她抓着头发回过头来看尉婪，说道："给我买双鞋吧。"

这双高跟鞋也不能要了。

尉婪眯着眼睛，就这么盯着楚鸢漂亮的脸半晌，说道："行。"

"回去吧。"楚鸢赤脚踩在地上。

尉婪下意识地看了一眼她的脚，包裹着黑丝的足弓线条流畅。

她赤着脚走了两步，问他："车子在停车场吗？"

尉婪走上前。

楚鸢后退一步，问道："干吗？"

她还没问出接下来的话，尉婪就已经把她打横抱起来，因为没防备，

她就这么撞进了他的怀里。

她的心脏似乎用力地收缩了一下，原本咬死了不会为尉婪再次动摇的心墙，好像出现了一丝裂痕。

楚鸢脸色涨红，道："你干什么？"

"鞋子坏了。"尉婪抱着她去了停车场，语气却不是很好，"不想看见你这双脚在地上踩来踩去。"

太诱惑了。

楚鸢抓着尉婪胸前的衣服，就这么被稳稳地抱到了车边。男人将她放在副驾驶座上，随后低下头去，和她贴得极近。

"不是季遇臣，我也不至于这样。"楚鸢别过头去，"要发火就找季遇臣。"

尉婪伸出大拇指，用力地在楚鸢的唇上擦了一下，好像是要擦掉季遇臣吻她的痕迹。

他并没有着急关上车门，而是直视着楚鸢的脸，道："下次别让我看见你被别人碰了。"

"在你看不见的地方就可以，是吗？"楚鸢挑衅般地舔了舔嘴角。

她的美丽是一发锐利的子弹，而现在对准的便是尉婪的胸腔。

"真少见啊，尉少，您这是在为我吃醋吗？"

尉婪感觉胸口像是被她一箭射中了似的，剧痛后带来的是根本无法排解的瘙痒。他按着楚鸢，带着几分威胁道："别逼我对你下手。"

一旦越界，他们就再回不去了。

但他没想到的是，楚鸢根本不怕，她就喜欢玩火，只有她一个人胆战心惊算什么？

——尉婪，我要把你拖下水，要你像我一样，内心无法安宁。

于是楚鸢搂着尉婪说："别啊，大不了一起下地狱好了，我就喜欢跟你鱼死网破。"

尉婪狠狠在她的脖子上咬了一口，语气里充满了危险："老说这种话勾引我，是不是？"他遇见过太多女人，有的喜欢装纯，有的喜欢卖弄风骚，唯独楚鸢不一样，她放在明面上的浪荡还多了些许漫不经心，好像倘若眼前这个男人不是他，换个人，她也能娇笑得风生水起。

"勾引的就是你，别的男人我还不屑呢。"楚鸢的手在尉婪的下巴处摩挲着，轻轻拂过他的喉结。她艳丽的唇一张一合，说出来的都是虚伪又浓烈的情话，"尉少还有什么花招？我都挺想看看的。"

这样有趣的女人，便宜别的男人，是不是有些太可惜了？

尉婪一把掐住楚鸢的腰，说道："车上不舒服，要去就去床上。"

想得美呢！

楚鸢的眼神骤然变冷，率先松开尉婪，笑着说："几个菜啊？喝成这样。"

尉婪登时脸色一冷："你玩我？"

从来只有他玩别人的份儿，眼下却被楚鸢玩了！

楚鸢捂着嘴咯咯地笑道："你好像当真了呢，不会吧？尉少，当初可是你亲口告诉我的，让我别爱上你，不会后悔了吧？"

后悔？他尉婪的人生信条里就没有"后悔"两个字。

情绪经历一遭大起大落，他恨不得把楚鸢这个勾引人的狐狸精掐死在他的车上！

尉婪咬了咬牙，笑得面色铁青，说道："楚鸢，你真的是出息了，欲擒故纵玩得挺娴熟啊。"

他摔上副驾驶座的车门，转身来到了驾驶座，一边发动车子，一边对楚鸢冷笑道："最好别让我抓到什么把柄。"

威胁？

楚鸢看着尉婪发动车子，调整到一个舒服的姿势，装作不经意地吁了一口气，缓缓闭上眼睛。

她的心脏还在怦怦直跳。

到底是欲擒故纵，还是一时上头，借着漫不经心的话，把真实的心情吐露出来？

楚鸢自嘲地笑道："把柄？尉少，你手上已经没有我的把柄了，接下来的事情我可以自己一个人做，我们也该分道扬镳了。"

分道扬镳，她这是什么意思？

原本还在开车的尉婪猛地踩了一脚刹车，问："你几个意思？"

"我和季家已经撕破脸，之后一切都会走法律流程。"楚鸢低着头，尉婪看不清楚她的表情，只听见她说，"好像也没有什么理由在你身边继续待下去了，你不如把你想利用我的事情直白地告诉我，我替你完成，然后我们两不相欠，怎么样？"

听见楚鸢如是说，尉婪抓着方向盘的手紧了紧。

是，他当初救她确实是有利可图，所以她才和他达成了一个交易。他帮她复仇，而他也需要她帮他达到什么目的。

如今，尉婪确实在楚鸢的复仇路上帮了她不少，甚至还曾买下商场来帮她打脸开奶茶店的蒋家人。她受不住，这份夹杂着利用的好意太强大了，让她的心理防线几乎崩溃。

原来一个男人肆无忌惮对一个女人好的时候，哪怕是出于利用，都让人无法抗拒。

"我告诉你，你就替我把那件事情完成了？"尉婪怒极反笑，在一脚刹车之后，反而将油门踩得更狠了。他说，"楚鸢，你就那么想离开我？"

楚鸢的心颤了颤。她抬头看着车厢顶部，问自己，想从尉婪身边离开吗？

待在他身边太令人上瘾了，惊心动魄的暧昧，她当真能舍得吗？

还是早就舍不得了。

——尉婪，如果先动心的那个人就输了，那这场对峙里，我把赢家送给你。

"如果我说我喜欢你呢？"在沉默许久之后，楚鸢忽然间开口说了这么一句。

只是这一句，尉婪便觉得天崩地裂一般，让人眩晕。

她那样直白又锐利地说出了他不敢回应的话。

他攥着方向盘的手似乎都在抖，半晌才从喉间挤出一句话："那就是你不知死活了，楚鸢。"

不知死活。原来有的人，可以对一份好感，用这样伤人的话回应。

"是吧。"楚鸢笑红了眼，不知道是不是在嘲笑自己的愚蠢，"我知道我自己不知死活，所以才想着早些替你办完你想办的事情，然后从你身边滚开。"

尉婪低头看去，发现楚鸢的手指紧紧握在一起，红色的指甲像是失去了光泽似的，没有平时的光彩照人。

"你也说了，救我是有利可图，不如你直接告诉我你的目的，这样也能早早完事。"楚鸢的声音颤抖，"你看，这不也算是拿起放下了？"

她说这话的时候，心里一丝难受都没有吗？

尉斐很想问问楚鸢，她是怎么做到这么狠的，直面自己对一个人动心的事实，又当着这个人的面，把自己的心扼杀。

——怎么做到的？楚鸢，你就不会对我声嘶力竭地吼两句吗？骂我渣男也好，怪我撩人也好，为什么不说？为什么不痛斥我？

爱哭的孩子有糖吃，你连这个道理都不知道吗？

尉斐心里有无数的话要说，到了嘴边却变成一句："看来你很想跟我断绝关系。"

"是啊，既然得不到，整天待在一起干吗呢？还是说你想吊着我，继续看我难过？"楚鸢笑得眼睛都眯了起来，眼角似乎还有晶莹的液体。她轻轻地说，"不了吧。尉斐，你现在已经知道我喜欢你，我也摊牌了，装嘴硬那套没意思，你既然烦我，我们就互相放过吧。"

楚鸢从来不会哭得令人心疼地朝着尉斐大喊，只会在意识到某个事实发生的时候，用尽一切去克制和冷静。

两年前那一场绑架，把她的善良和慈悲都扎碎了，连同她对自己的善良和慈悲一起。

红灯时，尉斐狠狠刹住车子，转身注视她的那一刻，他的目光如刀锋上反射的寒芒。他对楚鸢说："若我不想放你走呢？"

"不爱我，又不放过我。"楚鸢也直视他，"尉斐，我有的时候真的看不懂你。"

看不懂就对了。

尉斐没有要放楚鸢走的意思，却也没有回应她对他的感情。

他摆明了就是要吊着她，就是不想放手。

尉斐的狠，原来也从未将她排除在外。

车厢里一路死气沉沉。

到了别墅，楚鸢想下车，尉斐又将她抱起来，出乎意料地，她并没有抗拒。

他从停车库里将楚鸢一路抱到了客厅，又将她放在沙发上。

"想走的话，我放你走。"隔了许久，尉婪又说，"但你走了以后就别回来。"

刺痛顷刻间遍布全身，楚鸢错愕地抬头，发现男人的表情也是复杂的。他看着她，仿佛在看另一个人。

楚鸢像是明白了什么似的，心凉半截，冷冷道："你是不是拿我当别人的替身？"

尉婪的表情在听见楚鸢这句话之后倏地变了，陌生得好像她这两年根本不认识他一样。他深深地看了她一眼，随后道："这个世界上是不是有个人和你长得特别相像？"

楚鸢感觉自己的心口倏地一凉："你这是什么意思？"

"或许等那一天到来你就懂了。"

尉婪的手缓缓放在楚鸢的脖子上，就像是一条毒蛇缠紧了她。他说："在那之前，我不会害你的。但如果你妨碍我，楚鸢，我不介意让你看看我的真实面目。"

从绑架案开始的那一刻起，就已经注定，他将在冷眼旁观之下，造就她的铁石心肠。

楚鸢顿时觉得彻骨的冷，也许她的前夫季遇臣根本没说错，当年的绑架案，会不会是尉婪……她张了张嘴，说话的时候声音已经有些颤抖："那你救我的目的是什么？"

"在这世界上无非就是深爱与报复。"尉婪的声音压下来，勾唇道，"我很期待他某天发现你在我身边的样子，楚鸢。"

而这一天，就快要来了。

夜里，楚鸢失眠了。她忽然间意识到，自己要面临的，不只是这两年对季遇臣的仇恨，甚至可能还要面对新的暴风雨，而她一无所知。被尉婪卷进暴风雨中，她还企图全身而退，实在是异想天开。

楚鸢给栗荆打了个电话："我能不能查一查尉婪的身份？"

栗荆正在打团，听见这话吓一大跳，结结巴巴地说："小鸟，你……你……你怎么突然……"

楚鸢的睫毛颤了颤，冷艳的脸上出现些许落寞，道："我和他很快就要分道扬镳了，在那之前我想把我疑惑的事情搞清楚。"

"你要离开事务所了吗？"栗荆一听见"分道扬镳"这种词就受不了，皱着眉说，"小鸟，尉婪虽然不是什么好人，但是……"

——但是他没有害过我们。

楚鸢大概知道栗荆要说什么，抬头看着卧室的天花板，说："然而我好像被他拖下水，不能独善其身了。"

"尉婪身上有很多秘密，据我所知，他妈妈是个小三。"栗荆也没有藏着掖着，听见楚鸢清冷的话语，便直接说开，"这个消息被人压了下去，因为尉家家大业大。对了，他的父亲不只他妈妈一个情妇，所以他也不是家里的独子。"

楚鸢一边爬起来打开自己的电脑，一边听着栗荆絮絮叨叨："所以我大概能理解尉婪从来不相信任何人的性格，他自小就被父母伤害了，母亲是个恋爱脑，父亲是个大渣男。哦，对了，尉婪的妈妈可漂亮了！我们很早以前去执行任务的时候见到过……"他一讲起过去就刹不住车，"小鸟，你还喜欢尉婪吗？"

楚鸢搜索着尉婪的资料，敲着键盘的手顿住，隔了一会儿，才说："不喜欢了。"

没结果的事情，何必呢？

"也好。"栗荆嘟囔着，"喜欢尉婪是没有结果的。"

每一个人都这么跟她说，裴却怀、贺守、宋存赫，就好像尉婪是一个无药可救的人。

可到底是无药可救，还是他早就放弃了自己。

楚鸢抿唇，转移话题："我用你的身份去社工库看一下哦。"

栗荆险些跳起来："你又披我的马甲！"

"主要是我这小马甲也没人认识啊。"

楚鸢在栗荆看不见的地方吐了吐舌头，入侵的动作无比快。栗荆之前就说过，给她一些时间，她肯定会成为比他还恐怖的存在，上一个被他用这种话评论的人是尉婪。

然而尉婪从来不喜欢登顶，就喜欢屈居第二位，然后扮猪吃第一名的那个老虎，心态极其恶劣。比起他的阴险，楚鸢倒是潇洒和亮堂许多。她将尉娈的资料统统调出来，猛地发现两年前尉娈回国的那一天，就是她和季遇臣发生关系的那一天。

那一天，她无意识地和季遇臣滚到了床上。第二天醒来两个人都是蒙的，因为这个，季遇臣恶心了她好久。后来有了孩子，她还以为能够靠孩子挽回男人的心。

"我和季遇臣曾经发生过一次关系，但那次的事我没有印象了，醒来就是睡在一起的。"楚鸢咽了咽口水，"会不会是尉娈的手笔？当天晚上我在酒局第一次看见他，也是他阔别十多年第一次回国。"

"也许。"栗荆抬头看着天花板，"尉娈就是奔着你回国的。"

看着尉娈名下的跨国公司，楚鸢皱眉道："他在国外的事业风生水起，尉氏大部分生意都在国外，没必要回国内，很奇怪。"

栗荆也跟着轻飘飘地说："你说会不会是当年他就爱上你了？"

楚鸢呵呵冷笑，说道："你骗鬼呢，我把我当年的照片发你，要不要？"

想到两年前的楚鸢，栗荆闭嘴了。

尉娈喜欢漂亮的女人，肯定不会对楚鸢心生爱慕！那么必然是发生了什么，导致他主动来到了她的身边。

楚鸢用力睁了睁眼，一个人的照片映入了她的视野里。

那张脸，是她做梦都不会忘记的。

宋存赫之前说过的话语骤然在她耳边响起："骗谁呢，楚星河就两个妹妹，胖的那个两年前不就已经死了吗？"

楚星河就两个妹妹。

楚鸢倒吸一口冷气。

两年前和尉家有交集的人里面，赫然出现了她最熟悉的人。

"我的……姐姐。"

鼠标停留在名字上许久，楚鸢感觉自己浑身骤然发冷。他们是亲兄妹，自然是相像的，尤其是她和她姐姐。两年前她还是个胖子的时候，没人会把她们认错，但现在瘦下来的她，和她姐姐太像了……

"尉娈好像是因为我跟我姐姐的关系，才会选择救我的。"仿佛当头一盆冷水泼下，楚鸢猝然清醒，不敢相信地看着姐姐两年前的行程，"我姐姐之前是超模，然后有一次参加国外活动认识了在国外的尉婪……"

这一认识，孽缘便开始了。那是属于她姐姐和尉婪的故事，这个故事里，楚鸢只是个配角。

在她不知道的世界另一端，也曾经有人经历过惊心动魄的爱情。她只是个一无所知的可怜人，却在两年后被迫卷入他们的斗争。

楚鸢深呼吸，松开鼠标，声音都跟着哑了："我宁可自己还是当年那个傻子。"

栗荆听着不忍心，于是问道："小鸟，你在哪里，在家吗？我们出来聊聊吧。"

身为尉婪多年的好友，栗荆大概是知道一些内幕的，却没想过楚鸢的心能这么狠。她明知寻找答案会受伤，还是毅然决然地选择了真相。

楚鸢没说话，肩膀垂下来。她低头看着自己红色的指甲，仿佛逼出了心头的血。隔了一会儿，她说："栗子，你一会儿能带我出去兜兜风吗？"

楚鸢报了一个地址，然后说："带我去找个人吧。"

二十分钟后，一座清雅的小酒吧门口，有人推开了门。

女歌手在看见走进来的人时，愣了一下，弹吉他的手一停，便收了手站起来问道："怎么又是你？"

楚鸢扯了扯嘴角，结果对方说："但这次带来的男人还不错。"

栗荆被她说得脸色涨红，往楚鸢身后躲："你的性格怎么比小鸟还奔放？"

"奔放？"小钟单手叉腰道，"姑奶奶就是最奔放的！上回她带来两个男人在我的酒吧打架，我被扣不少工资，我这不是害怕她又带个渣男来嘛！"

不过这次这个看起来不像是渣男。

小钟勾唇，笑道："你倒是比上次那两个好很多。"

栗荆压低声音："上次你带了谁来？"

"季遇臣和尉婪。"

栗荆闻言双手叉腰，笑道："哈哈哈，那确实比不得我！"

小钟一边给楚鸢倒酒一边翻白眼，目光掠过栗荆脖子上的项链时，微微一怔。

"你这条……"小钟指了指栗荆的脖子，问，"项链是哪里来的？"

顺着她手指着的方向，楚鸢也看过去。那是栗荆一直戴着的 U 盘造型项链，不知道从什么时候开始就戴着了。

他是个黑客，戴这种造型的项链倒也正常。

栗荆挠了挠头道："是我从小戴到大的。"

小钟的眼神微暗，随后跟楚鸢碰了碰杯，说："晚上好，今天又遇到什么事了？我看你的表情不是很好。"

楚鸢笑着说："你怎么比我还懂我？"明明才见过几次面。

小钟颇为得意地说："可能是因为美女惜美女吧。"

这不要脸的劲儿和栗荆一模一样啊。

楚鸢失笑，和她手里的牛奶杯碰了一下，说："你不喝酒吗？"

"不喝，今天你喝，我就不喝醉了。"小钟好像一下子看出楚鸢很郁闷，于是说道，"我叫钟缱绻，你叫我小钟就好啦。对了，刚才刷社交软件还看见你。"她将手机举到楚鸢面前，问，"这个是不是你？楚鸢，影帝的女司机？"

楚鸢点点头，应道："嗯。"

"你身边的男人可真多啊。"钟缱绻唏嘘着，"一个比一个帅，故事还这么精彩，你和裴却怀是什么关系？"

"你是他的粉丝？"

"不是。"钟缱绻双手合十，十分向往似的说，"就是想问问你和大明星搞暧昧刺激吗？"看着她贼兮兮的模样，楚鸢笑着骂道："八卦死你得了，我跟他是同事，不是那种关系。"和尉婪倒是那种关系，只可惜，这关系见不得人。

她不过是她姐姐的替身。

钟缱绻看了一眼旁边的栗荆，又问楚鸢："那你……那你和他是情侣吗？"

栗荆面色涨红，率先回答："怎么可能？她想得美！"

楚鸢拍案而起，道："什么意思？"

栗荆说："跟我谈恋爱，你这是癞蛤蟆想吃天鹅肉啊！"

楚鸢伸手去掐栗荆，旁边的钟缱绻笑得人仰马翻。她和楚鸢虽然交情不深，但寥寥数语可以感觉出来两个人八字很合，如果抛开这层身份，她还挺想交楚鸢这个朋友。

不过楚鸢所在的圈子是个花花世界，应该不缺乏愿意倾听的人吧。

钟缱绻扶了一把楚鸢，说："既然你需要一个倾听的人，不如跟我说说吧。再说，你也不会无缘无故来这里，对不对？"

一个小时后，钟缱绻将杯子丢在地上，大骂一声："他救你就是为了利用你？楚鸢，你犯不着为这种男人伤心！"

栗荆在一边拿着扫帚，说："你们抬抬脚，别扎着……"

他怎么像吧台的服务员？

楚鸢躺在钟缱绻的怀里，喝多了口吻都变得嚣张起来："就是！还好我身边帅哥多，还来不及伤心，是不是呀？小栗子，你过来让我摸摸。"

栗荆认命，将脸凑上去。楚鸢用手指挠了挠他的下巴，说道："我晚上不想回家。"

家里有尉婪，她看着他那张脸就来气，长那么帅，心肠却那么歹毒。

栗荆心里"咯噔"一下，说："那你去我家睡？"

"我要和小钟一起。"楚鸢搂着钟缱绻的脖子，"你带我和小钟一起去你家里睡嘛。"

他真的不会被尉婪砍死吗？

楚鸢媚眼如丝："你是不是怕尉婪？"

栗荆说："不仅怕尉婪，我还害怕你哥哥楚星河。"

"放心。要是出事了，我肯定罩着你。"楚鸢拍拍栗荆的肩膀，豪迈道，"把你的大床让给我吧。"

栗荆再怎么样都拗不过楚鸢的脾气，她什么时候低过头？

在生与死之间纠结了一下，栗荆忍痛说："可以，我带你们回我家吧。但你们别乱来，我家平时就我一个人住，要是喝多了吐地上，可没人给你们收拾！"

钟缱绻晃了晃手里的牛奶盒，说："我喝的是牛奶！"

楚鸢也想说话，但头很沉。她张嘴的时候感觉大脑里面像是塞了一团棉花，本来很活跃的思维在这一刻变得迟钝，于是她站起来想清醒一下，却因为站起来的动作太快，整个人都摔了下去。

"哎！"栗荆手疾眼快地抱住了楚鸢，另一只手里还拿着扫帚，"你带她去我车上吧，一会儿扫完地，我来锁店门。"

钟缱绻心想：你怎么会这么熟练？到底你是服务生还是我是服务生？

不过看楚鸢醉成这样，她没多说，从栗荆手里接过楚鸢，顺便接过他的车钥匙。

钟缱绻看了一眼车牌，愣住了，扶着楚鸢的手都开始发起抖来。

隔了许久，她倏地一笑，随后拉开后排车门，将楚鸢送进去，再将车门一关。

十分钟后，把整个大厅清扫干净的栗荆终于舒一口气，出门的时候干脆利落地上了锁，这才来到车边。

楚鸢躺在钟缱绻的大腿上，蹭了蹭，嘟囔："还是女孩子的腿舒服啊。"

栗荆刚说楚鸢喝醉了比较安静，岂料她下一句话依旧是语不惊人死不休："下辈子当个渣男，把我身边好看的女人，都……都追一遍……"

栗荆发动车子，心想楚鸢这种脾气也只有尉婪能驾驭得了，一般男人哪里是她的对手！可惜，尉婪不选择楚鸢。

也好，他不要，他们要！要楚鸢的人多着呢！

到家后，栗荆绕到车后将她抱出来，扭头就看见钟缱绻熟门熟路地跑到他家门口，摆弄了一会儿，门开了。

栗荆抱着楚鸢发愣，然后问："你怎么知道我家里的密码？"

钟缱绻指着他的车牌说："你不是都写在车牌上了吗？"

栗荆觉得有哪里不对，但这个回答又特别对，于是他干脆不想了，搂着楚鸢走上二楼，将她放在床上，紧跟着拍了一张照片。

发给谁？当然是发给尉婪。

栗子："菜婪子，你看这是谁？"

照片里赫然是楚鸢喝多了满脸红晕地倒在栗荆床上。她长长的睫毛垂下来，毫无防备地闭着眸子，面若桃花。

栗子："嘻嘻嘻。"

桃子："？？？"

HS：“？？？”

好酱：“什么情况？什么情况？”

裴：“日防夜防，家贼难防？”

桃子：“栗荆，我杀了你！夺妻之仇不共戴天！小鸟是我的，她的尸体只有我能捡！”

栗子：“变态女黑医，滚呀！被你捡走还不如被我带回家安全！”

好酱：“哇哦，我还以为小鸟会和尉婪住在一起呢，没想到竟是和栗荆。”

栗子：“不是，这你就误会大了。”

裴：“呵呵，这个女人原来就是处处留情。”

HS：“裴却怀，你很酸。”

裴：“我不酸，不说话的那个人最酸。”

不说话的是谁？所有人都盯着手机屏幕里尉婪的头像。

他看了一眼聊天记录，都没发现原来楚鸢又不在家了。她是什么时候偷偷溜出去的？

原来上一次她半夜出门去找季遇臣，是特意让他听见动静的，这一次她想偷偷溜出去，竟然连他都没察觉！

明明只隔了几个房间！

栗荆的床就那么舒服，能让她睡得更香？

这个女人凭什么能在别的男人床上熟睡？

尉婪磨了磨牙，从床上坐起，给栗荆打电话，语气森冷：“人怎么会在你那里？”

（未完待续）

图书在版编目（CIP）数据

万千璀璨 / 盛不世著 . -- 北京：台海出版社，
2024.9

ISBN 978-7-5168-3814-3

Ⅰ . ①万… Ⅱ . ①盛… Ⅲ . ①长篇小说－中国－当代

Ⅳ . ① I247.5

中国国家版本馆 CIP 数据核字 (2024) 第 051440 号

万千璀璨

著　　者：盛不世		
出 版 人：蔡　旭	策划编辑：阿　乔	
责任编辑：魏　敏　李　媚	封面设计：苏　荼	

出版发行：台海出版社

地　　址：北京市东城区景山东街 20 号　　　邮政编码：100009

电　　话：010-64041652 （发行，邮购）

传　　真：010-84045799（总编室）

网　　址：www.taimeng.org.cn/thcbs/default.htm

E－mail：thcbs@126.com

经　　销：全国各地新华书店

印　　刷：长沙鸿发印务实业有限公司

本书如有破损、缺页、装订错误，请与本社联系调换

开　　本：880 毫米 ×1230 毫米	1/32	
字　　数：317 千字	印　　张：10	
版　　次：2024 年 9 月第 1 版	印　　次：2024 年 9 月第 1 次印刷	
书　　号：ISBN 978-7-5168-3814-3		

定　　价：46.80 元